中国现代文学馆青年批评家丛书

丛书主编 吴义勤

徐刚 著

虚构的仪式
同时代文学片论

北京大学出版社
PEKING UNIVERSITY PRESS

图书在版编目(CIP)数据

虚构的仪式：同时代文学片论 / 徐刚著 . —北京：北京大学出版社，2017.3
（中国现代文学馆青年批评家丛书）
ISBN 978-7-301-27804-8

I.①虚… II.①徐… III.①小说研究—中国—当代 IV.① I207.42

中国版本图书馆 CIP 数据核字（2016）第 290226 号

书　　　名	虚构的仪式：同时代文学片论 XUGOU DE YISHI
著作责任者	徐　刚　著
责 任 编 辑	李冶威　黄敏劼
标 准 书 号	ISBN 978-7-301-27804-8
出 版 发 行	北京大学出版社
地　　　址	北京市海淀区成府路 205 号　100871
网　　　址	http://www.pup.cn　新浪微博：@北京大学出版社 @培文图书
电 子 信 箱	pkupw@qq.com
电　　　话	邮购部 62752015　发行部 62750672　编辑部 62750112
印 刷 者	三河市国新印装有限公司
经 销 者	新华书店 660 毫米 ×960 毫米　16 开本　18.5 印张　250 千字 2017 年 3 月第 1 版　2017 年 3 月第 1 次印刷
定　　　价	42.00 元

未经许可，不得以任何方式复制或抄袭本书之部分或全部内容。
版权所有，侵权必究
举报电话：010-62752024　电子信箱：fd@pup.pku.edu.cn
图书如有印装质量问题，请与出版部联系，电话：010-62756370

目 录

丛书总序　　吴义勤　5

第一章　批评的表情　1

　　一　"学院派"批评真的穷途末路了吗？　1
　　二　批判的重建：文化批评的未来　5
　　三　"微时代"文学批评向何处去？　12
　　四　意气用事无助于优良批评的形成　15
　　五　"茅奖"："终身成就奖"的喜与忧　18

第二章　"谎言"中的"真实"　23

　　一　在"谎言"中发现"真实"　23
　　二　碎片、传奇与历史的魅影　27
　　三　检视近期乡土小说的寓言化策略　40
　　四　文学的"民族性"如何呈现？　46
　　五　中国科幻：走出去，以及如何走　50

第三章 历史的"野兽" 54

一 《老生》：历史的"野兽" 54

二 《回家》：不可能的归途 69

三 《炸裂志》：寓言中国的"实"与"虚" 76

四 《牛鬼蛇神》：先锋记忆的缅怀与溃散 85

五 《一句顶一万句》：追忆"讲故事的人" 94

第四章 时代的精神状况 100

一 《篡改的命》：绝望感，或虚妄的激情 100

二 《飘窗》：知识者角色与时代精神状况 109

三 《隐身衣》："形""质"分裂的时代 119

四 《风雅颂》：知识者的"逃离"与"回家" 126

五 《正午的供词》："艺术之死"的时代隐喻 131

第五章 世相与现实 138

一 《问苍茫》：现实的追问与历史可能的祈愿 138

二 《蜗居》：中产阶级的"贫困"及其他 144

三 《石榴树上结樱桃》：如何讲述乡村的故事 150

四 《天堂蒜薹之歌》：现实的激愤与批判的证词 155

五 《沉重的翅膀》：作为一种历史态度的改革文学 161

第六章　新潮的力量　167

一　薛忆沩：内心的风景　167

二　邱华栋：城市的"精神现象学"　171

三　蒋一谈：城市内心的"深描"　177

四　阿乙：屈辱而荒谬的灰暗人生　186

五　徐皓峰："新武侠"的风格和意义　192

第七章　同时代文学片论　197

一　"80后"写作：一个话题的诞生与消亡　197

二　郑小驴：虚构的诱惑　201

三　吕魁：纯真与世俗的辩证法　211

四　南飞雁：世俗生活与官场叙事　220

五　陈崇正：云山雾罩半步村　228

六　飞氘："奇点时代"的"故事新编"　236

第八章　新女性的面向　242

一　张悦然：告别"青春期写作"　242

二　孙频：苍凉卑微的"剩女"爱情故事　245

三　马金莲：农事诗，或苦难中的温情　256

四　宋小词：隐忍与告白　264

五　蔡东：卑微者的隐痛　274

后　记　283

丛书总序

中国现代文学馆是在巴金先生倡议和一大批著名作家的响应下，于1985年正式成立的国家级文学馆，也是目前世界上规模最大的文学博物馆。中国现代文学馆的主要任务是收集、保管、整理、研究中国现当代文学书籍、期刊以及中国现当代作家的著作、手稿、译本、书信、日记、录音、录像、照片、文物等文学档案资料，为文化的薪传和文学史的建构与研究提供服务。建馆二十多年以来，经过一代代文学馆人的共同努力，中国现代文学馆的事业不断发展壮大，现已成为集文学展览馆、文学图书馆、文学档案馆以及文学理论研究、文学交流功能于一身的综合性文学博物馆，并正朝着建成具有国际影响的中国现当代文学资料中心、展览中心、交流中心和研究中心的目标迈进。

为了加快中国现代文学馆学术中心建设的步伐，中国作家协会党组决定从2011年起在中国现代文学馆设立客座研究员制度，并希望把客座研究员制度与对青年批评家的培养结合起来。因为，青年批评家的成长问题不仅是批评界内部的问题，而且是一个对于整个青年作家队伍乃至整个文学的未来都具有方向性的问题。青年评论家成长滞后，特别是代际层面上70后、80后批评家成长的滞后，曾经引起了文学界乃至全社会的普遍担忧甚至焦虑。因此，客座研究员的招聘主要面向70后、80后批评家，我们希望通过中国现代文学馆这个学术平台为青年评论家的成长创造条件。经过自主申报、专家推荐和中国现代文学馆学术委员会的严格评审，中国现代文学馆已经招聘了三期共30名青年评论家作为客座研究员。第四批客座研究员的招聘工作也已经完成。

四年多来的实践表明，客座研究员制度行之有效，令人满意。正如中国作协党组书记李冰同志在中国现代文学馆第二批客座研究员聘任仪式上的讲话中所指出的那样，青年评论家在学术上、思想上的成长和进步非常迅速。借助客座研究员这个平台，通过参加高水平的学术例会和学术会议，他们以鲜明的学术风格和学术姿态快速进入中国当代文学批评现场，关注最新的文学现象、重视同代际作家的创作，对于网络文学、类型小说、青春文学等最有活力的文学创作进行即时研究，有力地介入和参与着中国当代文学的创作实践，在对青年作家的研究及引领方面发挥了不可替代的作用。作为70后、80后批评家的代表，他们的"集体亮相"，改变了中国当代文学批评的格局和结构，带动了一批同代际优秀青年批评家的成长，标志着70后、80后青年批评家群体的崛起。鉴于客座研究员工作的良好成效和巨大社会反响，李冰书记在第一批客座研究员到期离馆时曾专门作出了"这是一件功德无量的事情，要进一步扩大规模"的批示。

为了充分展示客座研究员这一青年批评家群体的成就与风采，中国作家协会和中国现代文学馆决定推出"中国现代文学馆青年评论家丛书"，为每一个客座研究员推出一本代表其风格与水平的评论集，我们希望这套书既能成为中国当代文学批评的重要收获，又能够成为青年批评家们个人成长道路的见证。丛书第一辑8本、第二辑12本分别在2013年6月、2014年7月由北京大学出版社推出后引起了巨大反响，现在第三辑11本也即将付梓出版，我们对之同样充满期待。

是为序。

吴义勤
2016年夏于文学馆

第一章 批评的表情

一 "学院派"批评真的穷途末路了吗?

在文学批评方法各显其能的今天,批评文体的差异本无足轻重。具体而言,无论是学术论文体,还是鉴赏随笔体,或者其他什么体,文学批评的有效性并不因外在样式的不同而发生根本的改变。这便应了那句老话,"杀猪杀屁股,各有各的杀法"。很难说批评文体本身孰高孰低,只能说其来有自,特点不一,而高低的关键只在于运用这种方式的具体个人。但颇为奇怪的是,在如何获得文学批评的"在地性"与现实感的诸多讨论中,唯有"学院派"批评,因其鲜明的形式特征,而往往成为人们反思批评文体问题时的众矢之的。

在系统清理"学院派"批评的是非功过之前,我们可以比较粗略地确定这种批评的三个要素,一是批评者的学者身份,二是批评中的学理性,三是写作时的学术规范与专业化特征。即从批评主体来看,它注重的是完整的学院教育和正规的学术训练;从批评方法来看,它更注重知识、学问的谱系化,更强调批评的理论视野和知识结构;从批评风格来说,它大多是谨严、庄重的论说体,而很少用散漫、自由、活泼的印象体。而就当代文学而言,"学院派"批评家其实主要是由就职于高等院校、科研机构的当代文学教研工作者构成,"他们或者有着较好的文艺理论根基,或者有着深厚的现代文学功底,他们的文学批评更多地体现出文学研究的特质,在话题的选取与论题的阐述上,也相对地以沉稳扎实见长。研讨当代文学中一些相对稳定的现象与一些比较重大的问题,是他们的强项之所在"。① 概而言之,"学院派"批评意味着理性、严谨、引经据典的特征,它力图建立批评者与学者的双重身份,保持与商业、政治、社会体制的一定距离,而寻求批评的独立意义。然而在今天,"学院派"批评往往又被指责走得太远,以至于脱离现实,只局限于学术化的小圈子,这便构成了如今问题的缘由。

其实法国著名文学批评家阿尔贝·蒂博代在他的代表作《六说文学批评》中,早已指出了以大学教授为主的职业的批评的主要特征。一方面是优势,体现出批评者良好的学养、系统化的知识、宽阔的视野以及持论较为平和、学理性强等特征。另一方面则是不足,如重规矩规范、沉闷的学究气、缺乏敏锐的艺术感觉等。看得出来,蒂博代似乎对以大学教授为主的"职业的批评"颇有微词,而后来者对于"学院派"批评的理解与探讨基本沿此思路展开。

目前批评界对"学院派"批评大多持质疑的态度,指责"学院派"批评"搬弄西方学术名词,话语呆板、枯燥、乏味,行文程式化、规整化,学究气浓厚,堆砌时髦的学术名词却未击中要害,没有思想深度,没有锐气,没有鲜明的立场,没有独到的学术见解,没有对作品文本的针对性,行文空洞、沉闷"。而问题的关键则在于,"以学术规范为终极的学术目的,忽略了文学批评所应具有的思想、精神与灵魂"。② 关于学院派批评的诸多弊病,我们通过期刊网的论文搜索可以得到印证。确实有大量的以研究为名的评论文章,将鲜活的文学论文写得面目可憎。这些四平八稳的学术论文,以高头讲章的姿态出现,多是为了应付职称评审,用评论者的话说,沦为"没有灵魂的学术消费品"。这些与内心生活和

---

① 参见白烨《文学的新演变与文坛的新格局》,"中国作家网"2009年9月19日。
② 参见陈竞、金莹《学院批评:如何批评,怎么说话?》,《文学报》2010年1月7日。

个人体验毫无关联的流水线式的生产模式，正在败坏批评的名声。

"学院派"批评的最大问题在于，批评的学理性空前加强，但批评的现实感却极大弱化。批评蜕变为从理论到理论，从文本到文本的游戏，而失去了现实的针对性，批评有时候会沉浸在单纯理论操练的欢悦之中，在纯粹阐释中迷失了批判性力量，而流于一种无效的分析。最近中国社会科学院张江院长相继发表多篇长文讨论"强制阐释"的话题，他就中国文学批评对西方理论的膜拜，以及理论的误用所造成的批评失效等状况，进行了全面的清理，其目的在于致力于中国文学理论批评的话语重建。从"强制阐释"到"本体阐释"[①]，张江所主张的是回到文本，回到常识，说的就是这个意思。我们常常开一个玩笑，聪明的评论家为了避免与评论对象交恶，而故意玩弄一些理论名词，将原本清晰的评论观点引向复杂，写出评论对象绝难读懂的批评文章，这看似异常高明深刻，其实非常巧妙地逃避了对于评论对象作品优劣好坏的评价和表态。这当然是"学院派"批评进入走火入魔状态的表现，但也确实是客观存在的普遍问题。尤其是考虑到目前多数批评从业者都在学院谋职，他们不得不服膺于学院教学和科研考核的基本原则，因而"学院派"批评几乎奠定了当前文学批评的主要形态，以至于当它出现问题的时候，问题本身也势必变得极为明显。

然而在此需要指出的是，这里所产生的问题其实并不是"学院派"批评自身所带来的。作为一种批评方式，或者说学术建制，"学院派"批评的形成自有其历史原因。当今时代，"学院派"批评占据了主流，这也是1990年代以来学术转型的产物，文学批评的学院化与"思想淡出，学术突显"的社会现实密切相关，再加之1990年代以来海外汉学的影响，文化研究的冲击，年轻一代批评工作者所经受的教育和学术

---

① 参见张江《当代文论重建路径——由"强制阐释"到"本体阐释"》，《中国社会科学报》2014年6月16日。

训练，使得学术化、理论化的批评模式成为文学批评的"新常态"，这也造成了当今文学批评的基本样貌。

尽管"学院派"批评目前还存在很多弊端，但一味指责学院派的诸多弊端，人云亦云地漠视它不可替代的优点，其实并不公平。比如作为"学院派"批评的对立面，媒体和网络批评固然有许多鲜活的东西，其自由与随意所塑造的"焦点"和"热点"往往也能牢牢抓住人们的眼球，但不可否认，其间大量充斥的吹捧灌水，粗制滥造的软文，以及哗众取宠的奇文，所表征的批评问题可能比"学院派"更加严重。所以问题的根本并不是文体的问题，而是批评从业者有没有用心投入的问题，用比较矫情的说法，是有没有带着批评者的体温和诚意。

因此可以说，批评不仅仅是要判断一部作品的好坏，或者仅仅乐于阐释，批评也是批评家借由认识这个世界，并经由身处的这个世界来反观自我的方式。通过文本阐释世界，进而在实践的层面探寻一种新的历史的可能。因此批评从来都不是判断或鉴赏某个作品，而是要进行细致入微的考察和分析，进而打开这个隐秘而荒谬的世界的一角。它面对的不仅仅是语言的纹路和肌理，虚构的世界里那些宽广而博大的人物内心，抑或如深渊般无比幽暗的人性本身，更要面对整个丰富而驳杂的外部世界，在更高的意义上阅读历史和社会。优秀的"学院派"批评，将个人的体验与对这个世界的理解，以及对美好未来的可能性的冀望，都渗透在文辞优美且饱含情感的文字之中。

尽管存在这样那样的问题，但不可否认，"学院派"依然是批评的主力军，依然是批评活力的重要来源，其理论的穿透力，所带来的历史纵深感，所囊括的社会宽广度，其通过文本的细致阅读，精微的分析所达至的作品阐释力，并不是随感式的评论所能替代的。我们总是抱怨"学院派"批评的诸多弊端，但我们始终无法摆脱"学院派"批评的基本框架。未来相当长一段时间，它仍将作为文学批评的基本样态出现。总而言之，"学院派"批评的重要性仍然无可置疑，"这不仅在于它在介入创作、解读作品中显得更为内在和深入，还在于它以专业的性质和美学的品质在总体文学批评与文学活动中，无可替代地起着主导性与引领性的作用"。换言之，"就一种批评品质而言，以学院为基础的重视学理的话语方式"，依然是未来文学批评塑造自身的基本框架。因此我们基于反思的角度，对"学院派"批评的批评，并不是为了诋毁和消灭"学院派"，而是为了让它在重视学理的基础上，维持精神世界的"在场"，以便更积极地吸收其他文体批评的优点，参与社会热点与焦点问题的讨论。其最终的目的是为了期待更有力量，更加诚实的批评。

二 批判的重建：文化批评的未来

熟悉文艺理论史的人大概都知道，文化批评的缘起可以追溯到1960年代，它有两个主要分支：一是德国的法兰克福学派，这一学派的文化批评家有一个显著的研究倾向，即把社会批判理论与大众文化的意识形态结合起来，他们由批判法西斯专制主义的文化工业入手，通过对各种文化现象的研究揭示出当代资本主义社会的"异化"本质，进而对资本主义制度进行无情批判。另一个重要的分支便是英国伯明翰学派的文化研究。伯明翰学派长期致力于新的历史环境中工人阶级文化生存状况的研究，尤其重视工人阶级文化的异质性和复杂性。甚至注重由这种异质性而产生的"亚文化"所包含的对资本主义制度的抗争和文化反叛意味。无论是哪个学派，作为社会整体的文化，都被置于研究和批评的重要位置。而在他们眼中，理论的生产性和阐释力，都是围绕文化而展开的。而这些批判理论与社会文化之间的积极互动，则保证了知识的"活性"状态，从而极大地改变了知识的整体面貌。这对于传统的文学研究无疑具有极大的冲击意义，因为无论如何，思索文化研究及批评的意义，都意在重申批评的政治维度，从而激活文学研究稍显僵化、沉滞的状态。

批评的泛化：从文学到文化

从历时来看，文化研究原来的学科基础是文学研究。这一点中西方具有高度的一致性，无论是中国，还是美国、欧洲，最为活跃的文化研究学者，都曾是文学研究者。究其原因，可能与文学研究的方法太过发达有关。熟悉批评史的人，可以轻松梳理出这样的脉络：从新批评的细读，到结构主义和叙事学分析，从原型批评和精神分析理论，再到风靡一时的新历史主义、后殖民主义、女权主义等诸种后现代理论。文学研究的新方法、新观念层出不穷，而与此相反，经典的文学阅读却在离我们远去：文学似乎面临着"死亡"的危险。在这个后现代的传媒时代，文学日益"小众"，已然难以处理大众所关心的现实问题。因而文学批评便开始毫不安分地溢出文学之外，而直接面对文化这个"大文本"。这便正如文学批评家罗兰·巴尔特以文学的方式对照片、宣传画所做的卓有成效的解读。在巴尔特那里，文化意义上的批评，意味着对资本主义"神话"的批判，以及对整个社会文本的颠覆性阐释。或许就是在他的启发下，批评不再限于纯文学文本的解读，而是扩展到整个社会生活。从人的衣食住行到流行文化，从不同区域的文化形式到国族认同，文化研究几乎无所不在。一片蓬勃的情形似乎表明，只要站在所谓"文化"的立场上，所有的批评都有了言说的自由。

反观中国，文学批评向文化的"泛化"则有着更为深层的含义。现在看来，20世纪80年代文学批评的繁荣，其重要的依据在于，当时的文学占据了社会文化的中心地位。从某种意义上说，文学其实承载了当时整个社会政治想象的能量。从"伤痕文学"到"反思文学"，从"改革文学"再到后来的"现代派小说"，文学的发展与时代的轨迹紧密相连。在当时社会科学尚未建立的情况下，文学其实扮演着调动大众政治批判能力的角色，而批评也当然意味着那个时代的政治批评。直到90年代之后，文学才日渐失去了它的"轰动效应"。究其原因，固然在于文学日益的"向内转",在追求"文学性"的道路上,逐渐失去与社会的紧密关联。但另一个重要的原因则在于,社会范围内学科专业体制的逐渐成熟,一个重要的标志就是政治学、社会学等学科的建立,这无疑极大地屏蔽了文学的政治功能。在此,整个社会已然不需要通过文学的方式来实现政治想象,而自有其学科化的划分,因而文学研究失去其政治批判和社会想象的功能,而走向一种平实、冷静的史料索引和考据之风也就不足为奇了。文学与文学研究回到了社会给它派定的位置,然而问题在于,一方面文学自有其"小",而"纯文学"更只是一条羊肠小道,但文学批评却早已无比发达,各种潮流层出不穷。批评之"刀"被各种理论学说锻造得无比锋利,但文学之小却实在让人扫兴。于是,批评开始跳出这些不争气的文学,而像罗兰·巴尔特那样,寻找自己合适的用武之地,以此重新激发批评的社会想象力。在这个意义上,按照文学的方式,对整个社会文本做文学意义上的解读,似乎成了一种当然的趋势和选择。

当然,"文化研究"的领域不可说不广袤,其活力不可说不蓬勃,但批评的"泛化"也容易招致一些问题,比如其外延的无限扩大,只要冠以"文化"的美名,都可成为批评的对象。其中最需警惕的便是"文化拜物教",即在文化研究的知识生产与文化产业化之间形成的共谋关系。当今社会,文化的产业化已经成为不可逆转的现实。这样的大背景下,文化研究被打上"粉红色"的标记便显得不可避免,这也是消费社会商品拜物教的逻辑所在。就像周宪教授所说的,"假如说文化研究落入权力/知识共生关系之窠臼具有某种知识政治学意义的话,那么,文化研究演变为文化产业的赞美者和吹鼓手,则揭橥了它蜕变为知识经济之附庸的可能性"。[①] 当然,商业操控固然是文化研究"产业化"的重要推手,但另一方面,官方基于"文化大发展、大繁荣"所做的意

---

① 周宪:《文化研究:为何并如何?》,《文艺研究》2007年第6期。

识形态方面的顶层设计,也是值得政治批判意义上的文化研究予以高度警惕的。在此颇为反讽的是,当我们突然发现某位哈维尔理论的铁杆粉丝,居然能在一夜之间"蜕变"为重大课题"社会主义核心价值与当代大众文化的价值观研究"的主持人,我们就不难体会文化产业"恩惠资助"的魔力所在。因而,我们一方面要警惕文化研究在与知识/商品的共生关系中沦为推销商品和牟取利润的"思想库",也要小心在与官方意识形态的合作生产里消解其批判性和对抗性。毕竟,确保文化研究的批判性才是恪守文化研究而非文化经济或文化政治研究的关键所在。

作为文学研究方法的文化批评

我们常说的文化研究除了指前文所提及的"以文学的方式解读文化"之外,另外在很大程度上则包括"以文化的方法阐释文学"。就后一种意义而言,指的是文学研究不再停留于文本本身的分析阐述,而是转向了政治、经济、思想的评论研究,以及由此而来的学科交叉"合围"。在此,以经典作品分析为基础的传统文学批评开始极为明显地转向以考察各种形式的文化实践为基础的文化研究。近年来,随着文化研究的日益蓬勃,这种模式不断受到学院派知识分子,尤其是青年学生的广泛追捧,这在极大改变文学批评面貌的同时,也不可避免地带来了一些问题。正如人们所指出的,文化批评的泛化使得文学研究独有的精细而微妙的审美特性大打折扣,因而一时间,各路方家也直言不讳地指责其存在的误区,诸如"理论先行,疏离文本""大而无当,浮华无质""不顾语境,盲目西化",以及"无视规则,作秀媚俗"等言论不绝于耳。但批评虽然存在,文化研究已然成为"显学",其方法成为当今文学研究的基本原则,却是不争的事实。其实客观来看,文化研究方法的文学批评并不是一次划时代的创造,按照希利斯·米勒的说法,它更像是一次"回归","回归到新批评派以前的旧式的传记、主题和文学史的方法之上"。① 而且更重要的是，这种文学研究的趋向并不是完全排斥对文学的文本和语言的研究，只是更多地把这一内部研究置于文化研究整体中，使之成为整个研究工作的有机构成之一。也就是说，文化批评的方法内化在当今的文学研究之中，使得原本单调的研究模式呈现出丰富复杂的样态。

为了更清楚地看到这一点，我们或许有必要简要梳理一下英国文学与文化研究的历史。其实真正对文化概念产生重要影响并对文化批评的形成产生关键作用的人，就是英国批评家马修·阿诺德和F.R.利维斯。在阿诺德那里，文化作为对美与智慧的追寻，最终将使人类获得完美的救赎。在他看来，只有文学或者最宽泛意义上的诗歌，才能推动他所称之为文化的崇高思想活动。在这个意义上，阿诺德将他的文学研究与文化理想有效结合了起来，从而扩展了文学批评的视野，使之具有了文化批评的意义。在他身后，利维斯比阿诺德走得更远。当阿诺德将文化作为抵制无政府状态的重要法宝时，利维斯公然宣称大众文明是一个不健康的社会，需要用经典文学予以疗救，进而在此基础上创造一个更加美好的社会。因而他大力主张文学的社会批判作用，将文化批判视为"我们时代文明真正的潜在的力量"。然而，他的精英主义立场又是与阿诺德一脉相承的，因此他极为重视少数精英创造的价值判断对社会公众的影响。这种文化观念受到真正的冲击是在20世纪50年代。作为后辈的雷蒙德·威廉斯在英国文学"伟大的传统"之外，对前辈的观点做出了修正。他以整体文化和共同文化为号召，开启了一个以"文化与社会"为主题的文学传统。他不再把文化看作高高在上的精神产物，而将其看作既包括经典更包括日常生活的一种全新价值形式。他站在马克思主义的立场，不断推崇一种作为"整

---

① J.希利斯·米勒：《文学理论在今天的功能》，参见拉尔夫·科恩编《文学理论的未来》，程锡麟、王晓路等译，中国社会科学出版社，1993年，第122页。

体的生活方式"的文化,从而有力地克服了英国文化传统中"文化"与"社会"的脱节现象,进而破除了"高雅文化"与"低俗文化"之间的藩篱,将文化研究带入一个更为宽广的领域。此后,威廉斯逐步在其共同经验和"文化唯物主义"的观点中,将理论的目光转向了英国工人阶级文化传统。他认为在英国工人阶级运动的传统组织和制度中形成的某种共同文化,构成了文化研究的基本议题。因而可以说,正是从威廉斯开始,文化批评逐渐脱离文学领域,开始发展成为后来多元化的文化研究,而基于文学批评的文化批评也逐渐呈现出丰富的样态。

作为政治批判的文化批评

唯有文化意义上的批评,才能激活文学的政治想象和大众激情,这便是英国文化研究的前辈给历史的启示。这也一举奠定了此后文化研究的基本色调,即极为强烈的左翼批判色彩。应该说作为批判理论的延伸,文化研究正是20世纪60、70年代席卷全球的激进左翼社会运动的产物,因而它所显示的也是左翼知识分子在学术领域形成的强烈的社会政治关怀。这无疑极大地反驳了文学研究所蕴含的精英意识。对于中国而言,同样的情形依然有效。90年代中国社会面临与80年代不同的问题,比如国企改革、工人下岗,贪污腐败、社会不公,贫富悬殊,价值观嬗变等,另外还有全球化时代的国际政治等新情况。对于这些问题,包括文学在内的人文社科学者都给予了高度的关注。因此,如果说80年代的文学批评还在热衷于内在批评、语言批评和形式批评,而且这种语言与形式的背后表征的是"文革"后一代知识分子政治热情的相对冷漠的话,那么90年代文化研究的兴起则与知识分子重燃社会参与的激情有关。而文化研究的特点正在于它强烈的政治关切与参与热情,这是一种政治化的学术或学术化的政治。

当然,以文化的方式阐释文学也会招致一些"罪状",比如温儒敏教授就曾撰文痛陈的现当代文学"空洞化"等"困扰现代文学研究的几个问题"。温教授曾在其文章中肯定"文化研究热"给中国现当代文学研究带来新的活力、新的角度的同时,也直言不讳地指出了它存在的弊病。当然,对于温教授来说,他最后想落实的结论在于,"无论如何,文化研究不能取代文学研究,'中文系'也不宜改为'文化研究系'"。这固然有其作为传统的文学研究者,对于自身学科地位的守护,但不可否认,其执着守护的"文学性"与审美,也确实存在着暧昧不明的特征,正如其所指出的,"当今文坛在市场化推进下日益陷于媚俗、玩世、虚无的泥潭,所谓'纯文学'的呼唤容易给人以小市民犬儒主义的错觉"。① 因而现实的问题在于,一方面,文学研究以考据癖、史料癖的形式在日益导向历史研究;而另一方面,"纯文学"的所谓审美和鉴赏,又在市场媚俗的挤压下逐渐走向一种小资产阶级的伤感。在此情形下,如何激发文学批评的活力,确实是一个极为棘手的问题。就拿 90 年代现当代文学研究来说,当时整个社会的政治、经济、文化各方面都发生了巨大的变化,面对新出现的文学情形,比如"张爱玲热"、王朔和痞子文学、通俗文学与"国学"等等,既有的理论资源已经很难解释,而进入新世纪以来,普通大众的"底层化",中产阶级的"屌丝化",这些也都早已超出了传统文学研究的范畴。因此转向借鉴文化研究理论也就顺理成章了。现在看来,文化研究确实具有强大的社会捕捉能力,其不拘一格的政治批判性,让新一代的研究者在文学领域再度唤起了日渐丧失的"现实感"和使命感。因而,这种扩充版图实际上并不是出于什么跑马圈地的野心,而是为了苦苦寻觅,重获文学批评实践性的政治功能。毕竟很难想象,如果剔除掉"文化意义上的文学批评",既有的文学研究还能剩下些什么东西。

最后再回到特里·伊格尔顿在《二十世纪西方文学理论》的结尾所下的那个结论,一切文学都应是关于政治的。"政治批评"正是他给

---

① 温儒敏:《谈谈困扰现代文学研究的几个问题》,《文学评论》2007 年第 2 期。

文学所下的终极定义，在这个意义上，文化研究的重要意义正在于，以政治批评的方式唤起文学研究中日渐失落的核心要素，这才是重建文化的社会批判能力的必经之途。在当今时代，我们或许只能通过郭敬明的电影《小时代》，而非诺贝尔文学奖获得者莫言的小说，来触摸我们这个"大时代"的蛛丝马迹。在这个"去政治化"的年代，唯有文化意义上的研究或批评才具有重新焕发出"发现政治"的批判活力，从而导向一种具有生产性的政治批评的形式。

三 "微时代"文学批评向何处去？

马克·波斯特在他的著作《信息方式》中描述了多媒体融合时代的信息场景。在他看来，热衷于信息社会的人高声通报了一个完美交流时代的来临，即人们获取"所有时代所有地方的所有信息"不再是遥远的梦想[①]，这无疑是现代的馈赠。紧接着，信息的便利更加细致入"微"地落实到每个平凡个体身上，由此带来更加深刻的媒介革命。这便是以"微信息"和"微交流"共同推动的"微时代"的来临。这里当然包含着一系列的人文和美学后果值得认真思索，而对于我们关心的文学批评而言，新的转机和内在的陷阱也恰恰需要人们仔细辨识。

"微时代"与批评的新生

随着移动互联网时代的到来，无论我们是否愿意，文学批评都随着微博、微信、微电影、微文学一道，进入到一个名副其实的"微批评"时代。在此，洋洋洒洒的"大块文章"已绝难再现，但"微批评"又并不是一个简单的传统批评的"瘦身版"，它意味着一种新的文体和传播

[①] 参见马克·波斯特《信息方式——后结构主义与社会语境》，范静哗译，商务印书馆，2000年。

方式，以及新文体背后的批评姿态和解放潜能。在此需要厘清的，无疑是"微批评"与它的对立物——传统专业文学批评之间的关系，因为只有在与后者比较的意义上，"微批评"的意义和局限才能清晰呈现。

一直以来，学界对过于封闭的专业文学批评多有微词，常指责它们搬弄西方学术名词，话语呆板乏味，行文程式僵化，难以击中对象的要害。当然，其中问题的关键在于，以学术规范之名，忽略批评所应具有的思想、精神与灵魂。概而言之，专业文学批评固然深刻、严谨，但其学理性常会成为"弱化"批评现实感的罪魁。因而批评其实存在着蜕变为从理论到理论，从文本到文本的危险，它有时候会沉浸于单纯理论操练的欢悦，在纯粹的阐释中迷失批判性力量，而流于一种无效的分析。

在自媒体的时代里，每个人都有可能成为信息的发布者，因而"每个人都是批评家"，这无疑有利于打破"专业精英文学批评的壁垒"，激活普通大众的话语热情，也"解放"长期以来被"控制"的批评活力，打破专业话语对批评行业的"垄断"。在这个意义上，"微批评"因其"微小"而更易于回到对象本身，回到批评的"初心"，它仗义执言，无所旁骛，能够在简短的文字中直抵根本，而无须漫无边际的铺陈和虚张声势的延展，更没有长篇累牍的枯燥和食洋不化的迂腐，它拒绝一切关于批评的繁文缛节，只要"寸铁杀人"，一针见血的"快意"和"语不惊人死不休"的"惊艳"。

"微批评"，或文化失序的合谋

尽管"微批评"将批评的权利下延到普通读者身上，以捕获非专业人士灵光乍现的时刻，但遗憾的是，并非所有的参与者都是"一语道破天机"的"神人"，毕竟这需要比专业批评更高的概括力和更卓越的语言天赋，且这种能力并非通过学习就可以练就，而毋宁说是天才任性而为的结果。那些逃离了引经据典、资料索引拖累的纯粹知性和感悟，那些心灵极度自由状态下闪现的思想火花，以只言片语的方式显现出来自然令人叹为观止。

然而需要指出的是，那些基于"微批评"的原则，以"灵魂在杰作中历险"的方式所生产的"酷评"，固然可以让人领略"不着一字尽得风流"的犀利、尖刻和酣畅淋漓，但更多的批评活动其实与此无缘。就像人们所谈到的，"微批评"有时候也逃脱不了媒体狂欢的宿命，那些简短、直接，无须严密逻辑就能制造的文字神话，其实能够更加方便地制造一个个"眼球话题"。简洁和犀利之中自然也免不了冷面与冷血，以及"用情绪代替判断，用谩骂代替观点，追求发泄的快感"。再加之由于文化失序所造成的商业混乱，"微批评"容易在资本的裹挟下沦为成本低廉的市场营销行为，比如，越来越多的电影发行部门都会借助"微批评"来进行宣传。那些唯利是图的影评人，混淆视听的大批"水军"，以及稳居幕后的网络推手们利用"微批评"制造网络焦点，操纵民意，形成不正当的商业竞争。由此可见，所谓的"微批评"其实极易悄无声息地充当文化失序的潜在合谋者。

仔细看来，相对于传统批评的专业性而言，大部分"微批评"的内容往往存在较大的随意性，只言片语之中，批评本该具有的"复杂思想"被极大消解，而沦为一种"充满思想泡沫的口水"，很难形成具有理论性、专业性和权威性的评论。另外，"微批评"又会高筑批评方式僵化的壁垒，使得传统学理性的批评模式被个人化的情绪宣泄所取代。这些都是"微批评"不得不正视的问题。

批评视野的融合

作为专业批评的对立面，"微批评"固然有许多鲜活的东西，其自由与随意所塑造的"焦点"和"热点"往往也能抓住人们的眼球，但不可否认，其间大量充斥的"蜻蜓点水""嬉笑怒骂"和"不着边际"也是极为令人失望的。

因而面对"微时代"文学批评碎片化、表象化,批评纯度被稀释的现实,如何将其与专业文学批评相融合便成为一个实实在在的问题。一方面,专业批评家不可以忽视"微批评"的存在,而应将其充分纳入自己的视野,从中发现更多批评资源、批评视角和真知灼见;另一方面,"微批评"也应加强批评的专业性和学理性,以提升学术品格和权威性。而就其融合而言,专业批评者则要以"外地人"的谦虚态度,向"微批评"的"土著们"学习,倾听他们几乎是本能地使用着的"土著理论",然后,将它们加工成专业意义上的"微文学"批评话语。经过加工之后的这套"微批评"话语便既是地道的"微时代"的批评表达,又惊人地达到了专业批评的水准,由此形成专业批评与"微批评"之间理应构成的对话关系。

总之,无论是"微批评"还是专业批评,米歇尔·福柯关于批评的梦想或许是我们大多数批评者共同追求的方向,他说:"我忍不住梦想一种批评,这种批评不会努力去评判,而是给一部作品、一本书、一个句子、一种思想带来生命;它把火点燃,观察青草的生长,聆听风的声音,在微风中接过海面的泡沫,再把它揉碎。它增加存在的符号,而不是去批判;它召唤这些存在的符号,把它们从沉睡中唤醒。……我喜欢批评能迸发出想象的火花,它不应该是穿着红袍的君主,它应该挟着风暴和闪电。"①

四 意气用事无助于优良批评的形成

前不久,自创刊以来一直争议不断的《文学报》"新批评"专栏,因刊发了评论家李建军的长文《2012年度"诺奖"〈授奖辞〉解读》

---

① 米歇尔·福柯:《哲学的生命》,参见《权力的眼睛——福柯访谈录》,严锋译,上海人民出版社,1997年,第104页。

而再度惹来非议。先是由《收获》执行主编程永新表示"罢看《文学报》"以示抗议,接着编辑部主任叶开以"批评的底线"为名,对李建军的重头文章及"新批评"栏目大加挞伐。在此,姑且不论"新批评"所倡导"久违的""唱反调"的文学批评,给死气沉沉的文坛所注入的"一丝活力"是否具有现实意义;也不论事件的"导火索"——李建军文章对"授奖辞"的扎实细读有没有点到实处,单就其批评姿态而言,他对莫言小说的评价,虽包含诸多过激的言论,但《收获》方面将其指责为"巧立名目、杜撰莫须有罪名加以棒杀"的"'文革'檄文",则未免有些言过其实。

对当代文学历史稍加了解便可得知,相对于特定时代文学批评与作家本人身家性命之间所发生的悲剧性关联,如今的批评可谓皆为"浮云",纵然批评家来势汹汹,巧舌如簧,也无力将任何人"批倒批臭",更别说"再踏上一脚"。作为喧闹时代的众多声音之一,即便是雄心勃勃地以"真诚、善意、锐利"相号召的"新批评",在当今之时也只能独守寂寞一隅,默默把玩着迷离的纸上游戏,虽看似热闹,却终究被隔绝在公共生活之外。本来莫言获奖该是当代文学重返公共生活的一次契机,然而这次文学界内部的"互掐",则实在有失斯文和体面。

当然,作为一次因文学批评而展开的"口水战",这次事件有意思的地方在于,它并不是在人们习惯意义上所看到的作家和批评家这对相互依附的矛盾共同体之间展开的,而是极为突兀地引入了《收获》这份老牌文学期刊,这使得这次风波有了别样的意义。作为国内口碑极佳,最具影响力的文学杂志之一,《收获》毫无疑问地代表了当今纯文学的标尺。一直以来,《收获》也都被认为是"中国当代文学史的简写本"。毫无疑问,它当属国内文学第一名刊,所登小说亦多出自名家,既是如此,这些作品则理应更能经受得住各方的批评才是,正所谓"浮云遮望眼,公道在人心"。既然有人发声,就必能代表一些人的想法,《收获》及其编辑部没有权力阻止这种声音,而一个有气量的文学大刊,一位有胸襟的优秀主编也没有必要这样做。更何况,从学理的角度来看,李建军的文章并非一无是处,甚至有许多观点还是切合实际的。因为无论对于专业的文学研究者,还是一般的文学阅读者来说,莫言的小说在其"伟大"之外,都存在着显而易见的问题,这些问题并不能因为莫言的获奖而假装视而不见。而批评家的任务就是将这种"不见"揭示出来,以引起人们的警示。

表面上看,程永新和叶开瞄准的是"新批评"的所谓"不良风气",认为他们是"博眼球的谩骂"和自我炒作,并以坚守批评底线的名义,倡导一种积极健康的文学批评形式。然而,他们的言论只是停留在观念层面,更多只是意气用事的成分。反观程永新的微博,倒是能从他提到的几部小说中看到其更为隐在的愤怒缘由。比如《天香》《古炉》等,这些都是《收获》杂志近期刊发的作品。或许在他看来,"新批评"似乎是在揪住《收获》不放,"不负责任"地批判而有意为难。这种"刁难"无疑是对《收获》编辑文学鉴赏力的亵渎,更是对作品本身的诋毁,而至关重要的是,担心这种"负面曝光"会对杂志的销售链条形成侵害。对于程永新来说,《文学报》"新批评"已然触犯了《收获》的核心利益,似乎他们就是派来专"黑"《收获》的。在这个意义上,我们就不难理解被此事惊动的京城著名酷评家肖鹰先生的强势介入了。作为"新批评"的作者之一,肖鹰的立场当然不言自明。在他看来,"程永新、叶开二人对《文学报》骂街,意在为《收获》叫卖。他们要求的'批评底线',就是不准碰他们手下的'名家名作'"!"程、叶二人的表演,纯粹是两个浑身商家痞气的文坛小丑的自作机灵,自慰自娱"。肖鹰的慷慨出手,大有路见不平拔刀相助的气魄,但其尖酸刻薄的语言和不无粗暴的人身攻击,却似有将水搅浑的意思。然而尽管如此,肖鹰的文章还是指出了问题的一些根本:这一切无非出于一个"利"字。

说到"利"字,在此值得一提的是,随着莫言的获奖,最近无比活跃的《收获》杂志因曾发表莫言的首篇小说,而沾沾自喜地以莫言小说的发现者自居，一下子将其知名度又提高不少。另外，也是乘着莫言获得诺贝尔文学奖的东风，编辑叶开将自己研究莫言小说的博士论文和旧作《莫言评传》改头换脸，火线鼓捣出专著《莫言的文学共和国》，并四处走穴大肆宣传。联想到此前《收获》大幅提高作家稿酬，对于"选刊""摘桃"的大张旗鼓地拒绝和指责，无非也是为了提高刊物的影响和发行量。当然，这些都是闲话，与本案无关。一言以蔽，其实《收获》杂志大可不必如此焦虑，以其文学品味和在当代文学界的重要地位，秉持开放包容的心态则势必拥有更加宽广光辉的未来。

最后回到本题，文学中人一方面倡导创作自由，但另一方面却不允许批评家自由地发声，岂不谬哉？窃以为，批评的权利需要尊重，批评的效果和有效性则应交给时间检验，交给文学共同体里的大多数人来检验。"新批评"的对象都是阅读面甚广的文学大家，其批评的有效性自然会得到大多数行家里手的检验，胡搅蛮缠还是一针见血，明眼人还是一清二楚的。对于真正的不良批评大可以用"反批评"的方式予以回驳，出于一己之私上纲上线地批判，不仅无助于优良批评传统的形成，也容易造成文学界内部的紧张和分裂，使原本就极为狭小的文学共同体更加狭隘。什么是好的批评？这是一直以来人们的疑问。我以为，这恰是一次普及教育的机遇，期待程永新和叶开二位先生就李建军或更多"新批评"的文章提出自己"反批评"的意见，而非意气用事地将之打入另册，如此也能让更多初涉批评的年轻人拜读学习，好的批评说不定就真的来了。

五 "茅奖"："终身成就奖"的喜与忧

2015年8月，万众瞩目的第九届茅盾文学奖评选工作，以五位当红作家毫无悬念的获奖而宣告终结。尽管这次"茅奖"评选被认为是"史上角逐最激烈"的一次，但就结果而言，从252部入围作品中选出的这五部作品，终究代表了四年以来当代长篇小说最重要的成就，其权威性不容置疑。如格非的《江南三部曲》便堪称"知识分子写作的典型代表"；王蒙那部"旧作新出"的《这边风景》则无疑具有"特殊时期"的"特殊的历史价值"；金宇澄的《繁花》虽存在较大问题，但它的"横空出世"还是收获了良好的口碑，能够获奖也是众望所归的结果；而苏童的《黄雀记》也显示了独一无二的"南方的情调、气味、气氛"；李佩甫的《生命册》更不用说，这部"储备五十年"筑就的"心灵史"，被认为"揭示了城市和乡村的时代变迁及其带给人们的心理裂变"。

在此引人注目的无疑是五位获奖作家的平均年龄，已然超过了61岁，其中最年长的王蒙已年过80，而最年轻的格非也已超过51岁。作为创造积累超过30年的作家，他们都可谓功成名就，而此次加冕"茅奖"亦是对其功名的再次确认。一时间人们也恍然大悟，原来当我们评茅盾文学奖时，评的是"终身成就奖"，此言果然不虚。尽管就长篇小说的创作而言，它对作家的经验能力、思考和思想能力都有着极高的要求，因而更加青睐"文坛老人"其实也无可厚非。但总体上"老人们"的持续获奖，还是让人心生不快，这也不得不让人思索"茅奖""终身成就"背后的诸多奥秘。

坦率地说，这是一次没有争议的评选，因而也并没有什么关于评奖的负面消息传出，从任何角度来看，这次的评奖都显得极为圆满。但仔细分析，我们也可看到，问题也恰恰在于这种"圆满"本身。换言之，就其评选而言，各方的满意在某种程度上恰恰证明了这次"折中选择"的审慎与平庸。这似乎是各方力量妥协的结果，这种选择既是文学自身的胜利，也必然包含它的遗憾。

从这次评选的结果来看，很大程度上是来源于"茅奖"评选机制的变化。"茅奖"评选之所以不断改革，也是为了应对可能的争议，以及由此而来的不良社会影响。这也难怪，其实不光是茅盾文学奖，一切官方的评奖都逃脱不了媒体聚光灯的审视，这固然显示了媒体监督的社会进步意义；但另一方面，这种商业式的关注却是一种质疑式的"挑剔"和"挑衅"，它以寻找新闻的方式制造社会效应，这给评奖本身的"偶然性"与"多层次性"带来巨大压力。这一点，在最近几届的鲁迅文学奖中产生了诸多教训。在这个背景下，基于制度的改革，对"茅奖"评选方式予以调整便显得至关重要了。也就是从2011年第八届茅盾文学奖评选开始，作协引入了大评委制和实名投票制。面对62人的庞大评委阵容，显然没人有能力左右最终的结果，而内定、贿选等不良操作更是变得越来越困难，这也从根本上杜绝了过往评奖中偶然出现的"爆冷"状况，这当然有利于评选的公正。再加之几乎所有的评委都来自文学一线，这都无疑使得评奖实现了"回归文学本身"的夙愿。

然而，纯文学内部的表演其实也绝难令人满意。美学上的广泛分歧，使得评价一部作品变得日益困难，尤其是在"大评委制"人多势众的情况下。而当绝对的"唯作品论"变得举步维艰时，所有的共识也只能依据作者的名头勉强展开，这也就是业内逐渐形成的所谓评选"潜规则"。甚至评委们也都理直气壮地承认，"一种均衡原则在起作用""在评选作品时，也同时参照作家的创作经历与创作积累""在看作品的同时，也看作家的贡献"，即更为"看重作家的持久创作力、作家长期以来累积的文学口碑"，因而，"有多年创作经验并保持高水准的作家更容易赢得评委青睐"，也是"顺理成章，理所应当"的规则。

由此可见，在"纯文学"这个狭小的天地里，作者的名望成了裁决作品好坏的重要依据，也成为评奖环节中一种简单的取舍方式。于是，评奖自然而然地沦为圈子范围内论资排辈的游戏也就不足为奇了，这无论如何都是一件令人不安的事情。比如这次获奖的王蒙，这是1950年代便登上文坛的"资深作者"，但单就长篇小说的质量而言，他最好的作品被一致认为是出版于1986年的《活动变人形》，这也是那个时代的优秀之作，但当时却因种种原因遗憾地与"茅奖"擦身而过。而这次《这边风景》的获奖既是对当年"遗珠之憾"的补偿，也是对王蒙本人多年来坚持创作的肯定。同样的情况也出现在李佩甫的身上，《生命册》的获奖固然是对这部作品的肯定，但也不能忽视当年《羊的门》的落选为他此次获奖所埋下的伏笔。这种补偿式的选择，早已成为"茅奖"评选公开的秘密。就拿上届获奖的湖北作家刘醒龙来说，他最为看重的作品当然是史诗巨著《圣天门口》，而非脱胎于旧作《凤凰琴》的那部《天行者》，但事实上获奖的却是后者。这毋宁说是评委们基于《圣天门口》最后一轮抱憾落选的愧疚之情，而做出的平衡和心理补偿。甚至是诺贝尔文学奖获得者莫言，也有着同样的经历，客观地说，他的《蛙》很难说就超越了之前的《檀香刑》和《丰乳肥臀》。

这种杰作的落选，与事后的补偿，久而久之也成为一种评选常态，使得原本奖励作品的重要奖项，逐渐蜕变成为如今这疑似的终身成就奖。而这样的评奖也终将滋生出它的惰性来，看看还有谁没有得奖，看看他这次有没有新的作品问世，姑且不论新作的水准究竟如何。而没有得奖的作家，只要坚持创作，便很有可能在不久的将来有所斩获。"茅奖"就这样鬼使神差地从作品奖变成了作家奖。看样子，这是要倾力打造对于我们时代的伟大作家和不朽作品的情感追认。比如许多评论者都已注意到格非、苏童同时获奖的文学史意义，在他们看来，这是当年叱咤风云的先锋派作家经典化的重要标志，也是对于一代人影响至深的写作者修成正果的重要标志。而有趣的是，"茅奖"评选也非常及时地满足了人们这种微妙的情感体认。

总而言之，以对评审黑幕猜测的忌惮为由所做出的制度创新，固然极大提升了"茅奖"评选的严肃性和公信力，但这样的方式终究显得沉稳有余而活力不足，它过于追求实至名归的僵化和保守，使得获奖本身逐渐蜕变为对于经典化的文坛名宿的"还债"。在此，"茅奖"的规矩已然建立，它消除了草创之初的简单和粗粝，却转而以中规中矩的排队，死气沉沉的"分猪肉"，走向异化和无趣的歧途。当获奖变成一种写作成就的简单积累和追认时,年轻作家的光彩势必会被无情漠视,而提携后进更是一纸空文。

从"茅奖"终身成就的背后,我们看到,这是一个拒绝任何意外的评奖,也同时拒绝了任何的可能性,它会让自己因过于规矩而流于平庸,逐渐让人厌烦。

第二章 "谎言"中的"真实"

一 在"谎言"中发现"真实"

一直以来，文学与现实的关系都是常说常新的话题，它不断地被人强调且深入讨论。文学力求在"及物"的写作中反映世道人心，把握时代脉搏，进而积极触摸现实议题，这当然是其当仁不让的功能。而更重要的是，文学竭力向现实靠拢，通过故事的讲述对社会问题进行"想象性的解决"，从而激起公众的关注和反思，这也是在"纯文学"的藩篱之外，逐步改变当下文学"边缘化"处境的重要举措。

我们对文学史稍作回顾便可发现，当代文学的魅力其实恰在它的"当代性"上，即执着地关注现实，始终与时代的发展同步，思索现实提出的问题。比如20世纪50年代初的《我们夫妇之间》就讲述了新时代城乡伦理的嬗变与价值冲突，而"百花时代"的《组织部来了个年轻人》则极为敏感地涉及新政权官僚主义的阴影及其现代病症，这些无疑都是当时的重要问题。再比如我们在讨论20世纪五六十年代的农业合作化题材小说时不得不提到《创业史》《山乡巨变》《三里湾》，都是在形象化的故事编织之外，讲述诸如"入不入社"，走不走农业合作化道路等事关现实政治焦虑的问题。60年代以后的作品，无论何种题材，皆要努力呈现各条战线上的"两条路线的斗争"，实际上正是以文学的方式展开的现实政治生活的叙述。进入新时期之后，文学的潮头此起彼伏,但无论是"伤痕""反思""改革"抑或"寻根",文学皆密切联系着现实的问题指向。从北岛、舒婷等人的"朦胧诗"到王蒙的"意识流"小说,从张洁的《沉重的翅膀》再到路遥的《人生》等经典作品,作家都不约而同地将自我坦诚融入那个时代,讲述一代人和他们所身处的现实的故事,演绎出现实的矛盾与困惑、欢欣与苦痛,以及可喜的变迁和艰难的抉择。

时至今日,越来越多的人认为,正是80年代中期先锋文学的勃兴,在丰富文学表现技巧的同时,将"现实"的文学引向"虚构"的歧途。现在看来,《虚构》《现实一种》《褐色鸟群》等作品在深化个人体验、丰富文学技巧的同时,对现实的问题采取了有意疏离的姿态。于先锋作家而言,"现实性"反而成了制约文学走向卓越的罪魁。但他们开启的"纯文学"观念其实走向的是一个"圈子化"的小众世界,其作品的格局也日益狭窄。在他们的影响下,文学甚至逐渐沦为学院体制与批评机制供养的"文化标本"。此后,随着文学的分化,呈现生活现实的责任反而被拱手交给商业写作和消费主义文学,而"纯文学"则携带着更大的理想走向沉沦。这些"躲进小楼成一统"的"密室写作者",不断地疏离现实世界的人间烟火,沉迷在想象与技巧的泥淖之中,妄图用观念和语言的狂欢来驱逐现实生活的痕迹与意义,而他们也理应为如今文学边缘化的现实负责。直到新世纪伊始,人们才开始不断地对"纯文学"观念做出检讨,重新认识到作家看清广阔现实的重要性。

如今的文学,当然已经很难令人满意。这突出地表现在,功成名就的作家们总是在"纯文学"的惯性下写作,他们似乎早已丧失了把握现实的能力,因而也总是习惯咀嚼一己悲欢,与现实的苦难巧妙地擦身而过。相形之下,那些商业化色彩浓郁的文学形式,反而以别样的方式维系着文学与现实的紧密联系。比如那部因道德之名为人所痛斥的《蜗居》,它所表现的房地产世界以及百姓生活,终究是时下中产阶级最为关心的现实问题,大资本与腐败官场的阴影之下,"普通人"

艰难而又令人心碎的价值抉择，所呈现的正是时代的病症所在。就连郭敬明的《小时代》也展示了现实生活的重要侧面，它裹挟着青春文学的印记，商业的气息也扑鼻而来，但小说（或电影）所表现的时代情绪还是能够让人清晰捕捉的。虽然作品本身并非以批判的姿态呈现，但郭敬明这位文学商人的全情投入，确实能够让人体认到新时代的财富崇拜与"金钱奴隶制"的魔力。

这两年成名作家的作品集中出版，比如马原的《牛鬼蛇神》、林白的《北去来辞》、苏童的《黄雀记》、韩少功的《日夜书》等，然而给人的感觉是，尽管老作家的功力尚在，叙述圆熟令人称道，但稍感遗憾的是，这些作品皆流于个人情绪与历史记忆的表达，仿佛都在思忖个人的体验与悲欢，而回避对现实的描写。在此之中，余华的《第七天》和马原的《纠缠》，虽然都是不同程度的中国故事，难得地体现出作家的勤勉和变化的决心，但事实却残酷地证明，他们的努力终究难以令人满意。

《第七天》是余华停笔多年后的一部长篇小说，亦被认为是对现实展开"强攻"的作品，但正如人们所评价的，他所发现的问题只是流于新闻片段的拼接和微博热点的剪辑，总体并不能令人满意。客观地说，小说《第七天》实际上延续了余华在《十个词汇里的中国》中对现实的描绘与情感态度。正如他在那本随笔集的后记中所说的，他"写的就是中国的疼痛"，而《第七天》所体现的现实态度和历史看法则如出一辙，只不过以小说的具象方式呈现了出来，其中当然不乏更为情绪化的叙事表达。在他看来，这个长篇作品写的是"一个国家的疼痛"，一个平凡人"死无葬身之地"的故事，贯穿其间的拆迁、死婴丢弃、"鼠族"生活、杀警案、地下卖肾等元素在小说中聚集，构成一个万花筒式的当代现实世界。其中作者的激愤在于，小说里只有死人的世界才是没有贫贱、没有悲伤、没有仇恨的人人平等的所在，因而多少包含着一些"辞气浮露，笔无藏锋"的毛病。总的来看，小说流于一种浮泛式的现实描摹，贯穿其间的亦是愤恨式的情绪表达和寓言化的观念演绎，再加之小说章节之间的叙事并不流畅，情感难以衔接的弊病较为突出，这些都不免让人怀疑作者写作的诚意。当然，小说也自有其复杂面，其包含的微妙抒情性不容忽视，另外语言中也蕴含着一种阴郁和绝望的美感，这都让人想起他早期小说《在细雨中呼喊》的某些风貌，这或可算作《第七天》为数不多的亮点吧。

另外一个小说是马原的《纠缠》。小说体现了作者在形式的迷狂之后把握当下现实的努力。小说以一个中产阶级城市家庭围绕遗产展开的各种争夺与纠缠为中心，呈现了这个以金钱为中心的"最坏的时代"。小说试图以"形而下"的姿态贴近日常生活，这一点与他过往的小说大异其趣，甚至与复出之后的《牛鬼蛇神》也完全不同，作品涉及城市生活的许多方面，机场、保险公司、法律条文等等，体现出马原小说难得一见的新意，但令人遗憾的是，他本人却仿佛与此有着一种刻骨的隔膜，这位当年的"先锋派"作家似乎仍未从昔日的荣光中回过神来，他始终无法清晰地讲述一个故事，因而他一再声称的日常生活也终究变了味道。这便犹如一个从来不屑于日常性的作家，突然有一天面对着如洪流般汹涌的日常生活时所展现的惊愕与无所适从。

当然，也有人声称这部小说"读起来真过瘾""是非常好读的作品"，但更多人还是刻薄地称之为"生活的'段落大意概括'"。而事实上，这个"更接地气"的作品，其情节设置和表现深度上的平庸和疲软还是一目了然的。尽管作品想竭力表达出现代生活的荒诞感，但他的刻意设计却并没有起效果，那所谓钱德勒式"悬疑"更是被遍布的"狗血"桥段无情冲垮。联想到此前并不成功的《牛鬼蛇神》，以及与《纠缠》如出一辙的《荒唐》，都无情地表明了"先锋之后"马原的叙事窘境。

小说家当然是要用"谎言"来展现"真实"，但问题在于，并不是所有虚构的"谎言"都能自动产生更高意义上的"真实"，也并不是所有的现实都是天经地义的"真实"。无论何种叙述，虚构的还是非虚构的，寓言的还是写实的，古典的抑或现代的，作者的全情投入和饱含诚意的书写，才是文学自我更新的机遇所在。作为与《第七天》《纠缠》形成对立的作品，在此有必要提及方方的那篇引起广泛讨论的小说《涂自强的个人伤悲》。这个作品以朴实的笔调热情讨论了农村青年的个人出路问题，虽为一部脸谱化，甚至略显隔膜的个人故事，但却可以从中从容读出一个阶层的整体面貌，它所深切反映的正是当下中国正在上演的悲剧故事。因而涂自强这个"典型环境中的典型人物"，其个人的遭遇便与这个深切变动的时代紧密联系在了一起。尽管小说本身还存在着诸多问题，但方方的这种写作，也执着证明了文学在咀嚼一己之悲伤的同时，努力介入社会公共生活的重要意义。

总而言之，文学总是在期待当下鲜活的现实经验，它理应包含浓郁的生活气息，展现热气蒸腾的现实世界，并积极融入个人真诚的感受与发现。因此，相对于经典作家的圆熟但不接地气而言，我们其实可以更加期待当下更为活跃的"70后""80后"青年作家，比如徐则臣、张楚、弋舟，再比如更为年轻的蔡东、孙频、宋小词，他们都在努力谱写无处不在的日常生活，敏锐观察着不断变动的现实世界，他们用自己的作品阐释个人所置身的这个时代，尝试着表现时代的难题，表现人们内心的感动和期盼，进而展示世俗社会里的世道人心。这群随时代共同成长的年轻人，是未来讲述中国故事的主力军。

二 碎片、传奇与历史的魅影

这是一个碎片化的时代，总体性的历史已经不可挽回地终结了。遥想当年，革命历史题材小说的宏阔与笃定令人念念不忘，直到20世纪八九十年代之交，以偶然性和不可知论相号召的新历史主义小说才大行其道。自此以后，新世纪文学的历史叙述便不得不在"历史化的极限"①之处苟延残喘。其间的缘由固然在于,一方面,历史作为文学的顽固癖好,执着证明着只有历史的在场,才是伟大作家和不朽作品的完美保障;可另一方面,历史的庄严表述早已在文学的千疮百孔之中变得举步维艰。因而如何在纯文学的范围内书写历史,把握重大的历史事件与历史记忆,在文学性与历史性之间艰难抉择,确实是非常重要的问题。作家固然对旧有的历史叙述心生不满,试图以自己的体悟"重构"历史,而复杂的20世纪中国恰好又为作家提供了丰富的素材,但不可否认的事实在于,新世纪以来的当代作家虽以各自不同的方式书写历史,但其具体的呈现却难以令人满意。比如我们从几成经典的《受活》《生死疲劳》《古炉》《蛙》《天香》《四书》等重要作品中,已然可以看出,作家对历史的理解与判断其实相当简单,他们对某一历史场景、历史事件所包含的意义缺乏深度的分析,只是遵循一般大众化的批判观点,基本的叙事也是在人云亦云的观念中敷衍而成。即使作家对历史场景和人民苦难进行正面叙事,依然只是在常识性的历史基础上进行展示,将文本中的历史视为一个静态的、概念化的、有固定结论的背景,没有更深层次的理解和发现。具体来说,就近年来具有代表性的长篇小说而言,大体有以下几种历史书写所体现的倾向值得人们重视和检讨。

"个人化"与怀旧的碎片

这种写作方式往往在"碎片化"与只言片语的历史中抒发怀旧情怀,从而以个人史叙述消弭整体的历史。它总是以历史的名义,在虚有其表的历史标识中突显个人记忆,或者在个人记忆中掺杂历史片段和怀旧情绪,使整个叙事显出历史的韵味。在此,历史最多只有一些

---

① 参见陈晓明《"历史化"与"去-历史化"——新世纪长篇小说的多文本叙事策略》,《杭州师范大学学报》(社会科学版)2011年第2期。

片段的意义，标识着一种空洞的在场。比如最近被人热捧的金宇澄的长篇小说《繁花》，小说写20世纪60年代到90年代上海的市民生活，写的是与个人记忆相关的日常叙事，在怀旧的情绪中极为深情地书写旧年的风景和器物，其精细度较之王安忆的《天香》更甚，就此也将上海怀旧的情绪推到了极致。小说写到"白相"，写吃酒，看《万有文库》；写跳舞，看电影，甚至搞腐化，一切都无比繁复而精致，也有泥沙俱下的时尚与欲望。

《繁花》有意思的地方在于，它可以从任何一个地方开始读起，因为故事是像繁花一样盛开着。小说缺乏一种向前推进的动力，它只是不停地叙述，一个接着一个的人物，一个接着一个的故事，不停地讲故事，讲那个年代的故事。小说书写上海地域文化背景中不同阶层人的成长，在怀旧的氛围中再现过去年代的日常生活，进而将风俗史和日常生活史巧妙地呈现出来，这固然令人感到惊喜，但遗憾的是，我们并没有从中看到太多整体的历史，或者至多只有一个轮廓，布满了一些闪亮的碎片。小说也写到了60年代，但给人的感觉好像是，60年代的记忆仿佛只是工人新村厕所单元里布满孔洞的板门，再或者只是"破四旧"批斗"香港小姐"时年轻中学生的兴奋和欲望。或许作者从来就没想过要再现那个年代，而只想打捞一些闪亮的碎片，带给人有关"昨日重现"的绝美幻想。因而对这个时代的历史叙述，从来就不能要求太高。正如贾平凹所言，"有人说过，小说就是个回忆。作家写作留下那份资料，让人们看到人世的沧桑，世态的变化，也就可以了"。①在此，金宇澄《繁花》中大张旗鼓地叙述，那些无数细节所堆积的历史再现，其实只是为了让人感慨一下时代的沧桑，而与历史本身毫无关联，这种奢侈的想象不禁令人认真思索起小说的意义。难怪有人批评其作"细致体贴的沪上风情文过于质"，而"呈现出满纸骸骨迷恋者的

---

① 参见《城市，从传统到现代：贾平凹与金宇澄对话》，《光明日报》2013年8月15日。

颓败性颤动"①。

同样是写历史与个人记忆，相比较而言，昔日的先锋作家马原时隔二十多年后推出的长篇新作《牛鬼蛇神》的历史意味则更加淡薄。小说开篇便是"文革"大串联的故事，它以一位13岁男孩大元的视角展开故事，却与政治批判和意识形态臧否全然无关。包括那个耸人听闻的标题，也与"横扫一切牛鬼蛇神"的荒谬年代划清了界限，因而作者试图表达的具体内容便一目了然了。

尽管从余华的《兄弟》，到苏童的《河岸》，再到如今马原的《牛鬼蛇神》，当年的先锋派小说家在蛰伏多年之后，都不约而同地选择以"文革"的故事开启长篇，但马原无疑更加淡化了历史的意义和叙事功能，完全沉浸在青春与成长的故事之中。在此，"文革"只是一个虚置的背景，历史也徒有其外表，并无实质内容。对于《牛鬼蛇神》中的"文革大串联"来说，其绝对的意义恰在于标定一位青春少年走向自我生命的起点。就此，《牛鬼蛇神》对于马原来说，或许在于缅怀失去的青春，追忆逝去的年华，重新体味一个人独自面对世界的最初经验。于是，叙述（或者写作）便成了追忆个人生命的仪式，用王德威先生的话说，"写作（叙述）不只是个除魅的仪式，也是一种招魂的方法。写作引领我们一次又一次进入记忆的深渊，在其上洒下不同的亮光"。②

因而，《繁花》和《牛鬼蛇神》这两部小说，一个是无尽的怀旧，一个是一味地书写个人记忆，二者都在表现历史方面不同程度地打了折扣。相反，韩少功的《日夜书》要做得好一些。《日夜书》虽包含着韩少功个人的青春记忆，但也提供了一代人的精神生活。这部小说与既往的知青题材有很大不同，它既没有渲染知青的苦难，也没有夸大他

---

① 刘大先：《现实感即历史感》，《文艺报》2014年6月4日。
② 王德威：《写实主义小说的虚构：茅盾，老舍，沈从文》，上海：复旦大学出版社，2011年，第26页。

们的理想主义情怀,而只是书写他们的日常生活和各自不同的命运遭际,尤其是还囊括了他们的当下命运。当然,这些命运遭际中也有苦难的因素,但并不是小说的重点。就像韩少功说:"为文学尽可能提供一些新的形象,是创作的应有之义。我描写这一代人既要避免'表功会'的夸张,又要避免'诉苦会'的滥情,那么当然需要拿出复杂一点的人物,给读者的判断增加一点难度。"① 由此也可以看出,《日夜书》似乎对历史有一种超然的态度,看不到太多的怨恨,更多是缅怀自己和一代人逝去的青春。小说也有对大历史中小人物不同命运的唏嘘喟叹,比如马涛这位"民间思想家",他所遭受的体制性迫害,以及因这种迫害而获得的自以为是的正当性,确实具有典型意义。它不仅是一种对"青春"进行祭祀的写作,也别开生面地呈现了一个时代,写出了一代人的怅惘和幸福。现在看来,像韩少功的《日夜书》这样既包含着个人的青春记忆,但又提供了一代人精神生活的作品并不多见。

"传奇化"与文本的拼贴

将历史叙事"传奇化"是商业时代历史书写的通病。永远有戏剧化的历史事件,为平淡的人生增添精彩,但却使得文学流于庸俗。"传奇化"的历史叙事,往往将历史的宏大作为传奇的美妙背景,以人性的名义,在已然编制有序的政治框架内,讲述大历史中的小人物所承受的不幸命运。对于历史来说,它们并没有增添什么新的见解和看法,而只是在人云亦云的框架里,编造出足够离奇、足够动人的故事而已。就此,有两部业已改编成电视剧或电影的长篇小说,或许能够清晰地说明这个问题。这两个小说分别是艾伟的《风和日丽》和严歌苓的《陆犯焉识》。

艾伟的《风和日丽》以杨小翼这个弱女子作为主人公,就预先设

---

① 参见戴维《韩少功用〈日夜书〉向50后"致青春"》,《都市快报》2013年5月29日。

定了这个大历史中的小人物所承受的不幸命运。这个小说当然具有独特的个人化的历史叙述风格，但这里的"个人化"却具有非常可疑的地方。它的问题在于，这里的"个人"太过独特，反而失去了切入历史的能力，因而它通过个人的轨迹所展示的恰恰是公共的历史。小说写得很流畅、很好看，但是总觉得它过于概念化，没有什么意料之外的东西。毋宁说这是一部为学院知识分子写就的小说，从"美术馆枪击事件"到"政治动乱"，我们有太多现成的"历史材料"可以安插在小说人物身上。如果说苏童的《河岸》和莫言的《蛙》中的历史叙事还包含着作者的个人体验，那么《风和日丽》里的"个人化"就变得极具公共性，几乎是按照教科书写出来的中国当代史，杨小翼这个人物设置得很巧妙，她的特殊出身和复杂遭际，足以使其个人命运担当起和大历史缠绕纠葛、互渗互通的重任，她和几个男人之间的故事，也为小说增色不少。但遗憾的是，《风和日丽》只剩下一些奇观化的个人遭遇与熟悉的历史场景的僵硬拼接。从新中国成立前到建国初期，再到"文革"、中越战争、1989年政治风波，乃至商品经济热潮和千禧年狂欢等等，这漫长的五十年历史，却是与艾伟本人毫无关联的故事。

小说中，艾伟在处理杨小翼情感困境方面显示出了过人的功力，但历史时代的强行植入却不断地削弱着小说的情感节奏。在此，作者唯恐读者不能察觉其间包含的历史讯息，而将那些标志性事件突出地显示出来，因此小说一旦引入对时代情势的书写，个人就仅仅沦为了穿针引线、"串"起历史的道具，也看不到人性与历史搏斗的痕迹。关于这部小说的最初思路，艾伟坦言来源于2006年的一次福建小镇旅游。"那是一个红色旅游景点，一座考究的宅子，墙上挂着一个女人的照片，非常贵气，据说这个女人是当年某高干的情人，新中国成立后曾去过北京寻夫，后来一直未嫁"。"我当时想起京剧中王宝钏和薛仁贵的故事，想起大时代的风云变幻和命运际遇，我觉得这里有中国人喜欢的乱世传奇,于是就想写这个故事"。①归根结底,这是一部乱世的传奇故事,有革命有爱情,有理想也有阴谋,最为关键的是,有一个女人和几个男人的"风流韵事"。

  同样的情况在严歌苓的小说《陆犯焉识》中也有体现。严歌苓的故事一向精彩,她的小说总有一个非常清楚的故事内核。她知道她要讲什么故事。比如《第九个寡妇》,讲的是一个公公在儿媳妇的地窖里藏了几十年,藏到头发都白了;《小姨多鹤》是一个日本留在中国的少女,被一个中国男人当作生孩子的工具;包括《金陵十三钗》也是她的作品,一群妓女代替唱诗班的学生赴日本人的宴会;这些离奇的故事中包含着特定政治背景下"人性的光辉",这是她小说的基本命题。《陆犯焉识》的故事内核就是一个做了犯人的男人,想起他曾经忽略了的妻子的种种好来,于是千方百计地逃跑回家,发现这时妻子已经不认识他了,其基本的故事构架便是可以容纳深度叙事的传奇结构。《陆犯焉识》的独特性在于它所设置的时代背景,主人公陆焉识逃跑的地方是1950年代的劳改农场,这就与知识分子改造的惯常主题联系到了一起,包括主人公年轻时纨绔子弟的形象,以及作为意气风发的"海归"与学术界知识分子的关系问题等,在政治与人性的碰撞之余,具有极为丰富的思想内涵。因而在此,爱情的悲歌只是一个结构,一个故事内核,它包裹在政治当中,显得极富传奇性和政治敏感性,人性的深度也容易由此可见,但历史的丰富复杂却被很大程度地遮蔽了。

  就传奇化的历史叙事而言,叶兆言的《很久以来》与叶弥的《风流图卷》也值得一提。《很久以来》是一部从民国一直写到当代的长篇小说,看起来没有想象中那么长的篇幅,却足够丰满厚重。小说之中,时间在高密度的剧情中飞逝,民国、"文革"与当代,在两个女主角的人生中连贯起来。面对众人瞩目的"文革"历史,叶兆言并没有以惯常

---

① 卜昌伟:《〈风和日丽〉残酷悲情》,《京华时报》2010年3月12日。

的方式呈现，而是选取了不同的视角，为此读者或许会发现，历史并不像传说的那么简单明了，而真实远比小说更加残酷荒诞。小说在政治与人性的碰撞之中，彰显出女性主人公生逢乱世，命若漂萍的悲苦。这本是极富吸引力的看点，难怪它有一个更加媚俗的题目，叫做"驰向黑夜的女人"。而依据传奇性和政治敏感度，来获得一种情感的切近与深度模式，也是此类小说一贯的技术。然而问题在于，基于爱情与阴谋、政治与人性的碰撞，在封闭的历史之外，寻找别开生面的传奇故事、百转千回的人物命运，看得人惊心动魄，但历史的丰富复杂依然被极大地遮蔽了。

与此类似的是叶弥的《风流图卷》，如果说叶兆言的《很久以来》通过女主人公在不同历史时期的生命遭际，隐含着一代人对"文革"的普遍经验与沉痛记忆，那么叶弥的《风流图卷》则以少女孔燕妮的视角再现了"革命时代"的欲望与成长。小说讲述了父亲是留美心理医生、母亲是革命干部的孔燕妮在1958年与1968年两个特殊年份的故事，小说以夸张乃至怪异的手法为我们描绘那个荒诞不经的年份里精神压抑的人们对人性本能的追求。投河被救却因晒太阳时"把生孩子的东西朝着伟大领袖的画像"而被判处死刑的常宝，放浪形骸"生得有趣，死的夸张"的乡绅柳爷爷，风流倜傥"长得像孙道临"的父亲与不断渴求政治前途的母亲，从15岁就开始孜孜不倦地在那些肃杀的年代里寻找身体愉悦的孔燕妮，以及心理扭曲，以告密为能事的卑鄙小人王来恩。通过这些人物故事，作者希求重现那个特殊的年代，以此展示那些被遮蔽，被损害的人性、爱与怜悯。小人物与大历史的劈面相迎，不时铺陈一些激动人心的"风流韵事"，这样的技巧我们并不陌生。在此，荒诞似乎是小说的不二法则，在这种美学追求的掩护下，文学的虚构突然有了极为广阔的用武之地，而所谓的历史也沦为一副活色生香的"风流图卷"。

"风格化"与"文学性"的张扬

为了掩饰小说历史性的孱弱,纯文学的作家往往在历史书写中增添许多风格化的文学要素,进而在文学性魅影的张扬中逃避历史的虚空。人们常说,好的小说一定要"飞"起来,这个"飞"便意味着在实在的逻辑中编织一些虚构的要素,比如贾平凹《古炉》里的主人公"狗尿苔",小说里这位呆傻的侏儒,每次一闻到某种特殊的气味,村子里就会死人。这是象征,还是寓言?抑或魔幻现实主义?没人说得清楚。但恰是这种和故事情节并无关联的风格化叙事,使小说变得神秘莫测起来,而在此之中,历史是否精确也不再重要。

就此方面,需重点提及的作家无疑是诺贝尔文学奖获得者莫言的一些小说。莫言在很大程度上是一位出色的小说家,然而,似乎是为了接续"新历史主义"小说的余脉,在《檀香刑》《生死疲劳》和《蛙》等最具代表性的长篇小说中,他都选择一头扎入历史之中,以至让人一眼看去,莫言书写的就是一部中国的现代史:它经由晚清、民国到社会主义革命,一直延续到当下,其间,义和团、抗战、土改、人民公社、计划生育,以及90年代的市场化改革等历史的"陈迹"都清晰可辨。然而问题也随之而来,似乎可以这样说,在写小说的时候,莫言具有十足的历史主义癖好;而就其所呈现的历史而言,他又是一个专事虚构的小说家,他就这样巧妙地游离于二者之间。一方面,他以历史的"在场"敏锐地触及某些严肃题材,从而引起读者的注意,比如《生死疲劳》中的土改,再比如《蛙》中的计划生育;另一方面,他又以文学的名义巧妙地"逃脱"这个敏感的领域,以此规避可能的政治风险,从而以高超的小说技巧与历史"调情"。

就莫言小说叙事的特征而言,人们讨论较多的是"谵妄现实主义"一词。根据童明、郑周明等人对莫言诺贝尔获奖赞辞的分析,是"谵妄现实主义"(Hallucinatory realism)而非"魔幻现实主义"(Magic realism），构成了莫言小说的突出特征，这也是其创作区别于拉美作家的焦点所在。在他们看来，"魔幻"与"谵妄"既有联系又有区别，前者侧重于神奇现实的客观化和同一化；后者则指向主观状态下觉察到的幻觉与自由自主的状态。因而确切地说，谵妄现实主义追求的是一种"类似梦境的真实"，所以它亦可称为"白日梦现实主义"。在解释这种"谵妄文化"或"白日梦文化"的来由时，政治压抑下的非自由状态被人反复提及[①]。仿佛在此情形下，为了对抗一种政治意识形态，这种"谵妄"（或"幻觉"）现实主义以文学虚构的名义所展开的"胡编乱造"具有了无可辩驳的合法性。

  这不由得让人想起苏联作家索尔仁尼琴的名作《古拉格群岛》。关于这部批判专制主义的名作，郭松民在一篇题为《两个索尔仁尼琴》的文章中谈到，小说原本有个副标题，叫做"艺术研究尝试"。根据作者的自述，他其实是想用科学研究的方法写一部劳改营的历史，但由于缺乏材料，只好用"艺术研究"予以替代。在他看来，这种"艺术研究"优于"科学研究"的原因在于，科学研究需要大量的实证，而"艺术研究"只需两三个像样的例子即可，因为事实的缺欠可以通过"艺术的跳跃"来解决，或者以"猜想"的方式讲述几个故事来予以填补。这种"艺术研究"自然要比科学研究更加方便和快捷，因为它可以在不掌握材料的情况下凭空虚构和编造，进行任意的歪曲和夸大[②]。莫言那些涉及历史题材的小说，大多采取的就是这样的"艺术研究"方法。在《生死疲劳》中，主人公西门闹是在土地改革时期被枪毙的地主，为了反抗对自己的冤枉，他不断地在阴间喊冤，然后被阎王报复，开始了自己的六道轮回之旅，并得以从各种动物的视角，见证"奇特"的中国当代史。在此，民间的六道轮回固然是个噱头，以此彰显出"谵妄"的

---

① 参见童明《莫言的谵妄现实主义》，《南方周末》2012年10月19日。
② 参见郭松民《两个索尔仁尼琴》，《大公报》（香港）2008年8月7日。

技巧，但其呈现的历史可谓荒诞，毫无细节和史实可言。

同样，阎连科的小说《四书》也充满着非常惊悚的"想象性描述"：大饥荒时候的人吃人；为了逃离劳改场，人们用自己的鲜血去灌溉麦地，只为能长出玉米一样粗大的麦穗。这种带有极强"玄幻"色彩的写作与非常具体的历史书写紧密勾连，不禁让人深感震惊。因而小说颇有意思的地方也在于，故事的框架指向可信的历史，但一到具体细节时，文学的手法便走上前台。这其实涉及阎连科一贯坚持的创作手法，即以更具文学性的方式对传统现实主义的超越。2002 年，阎连科在《受活》的题记中写道："现实主义——我的兄弟姐妹哦，请你离我再近些；现实主义——我的墓地哦，请你离我再远些。"而后这种超现实主义的理论逐渐发展为神实主义的看法。按照他在《发现小说》中的看法，神实主义指的是"在创作中摒弃固有真实生活的表面逻辑关系，去探求一种'不存在'的真实，看不见的真实，被真实掩盖的真实"，"它与现实的联系不是生活的直接因果，而更多的是仰仗于人的灵魂"，因而"在日常生活与社会现实土壤上的想象、寓言、神话、传说、梦境、幻想、魔变、移植等等，都是神实主义通向真实和现实的手法与渠道"[①]。

这无疑表明他是新历史主义与现代主义文学观念发展到极致的产物，其实阎连科对于自己历史书写的如此"肆意妄为"，也多少流露出一些尴尬的意思，并也曾为自己的历史叙事风格做过检讨，"历史在自己的笔下，永远是演绎、发展故事的背景，是为故事服务的条件，这是写作的尴尬，也是写作的无奈。正是这种对历史的无知和无奈，我曾几次下过决心，这辈子坚决不写历史小说。碰不得历史就尽量躲开它，千万不要犯那种自己以为对历史作了半天思考，结果历史学家一句话

[①] 阎连科：《发现小说》，《当代作家评论》2011 年第 2 期。

就一言而蔽之的错"。①然而事实上,阎连科不仅没有停止书写历史,反而大有对此模式乐此不疲的意思。在他看来,《四书》"这样一次不为出版而无忌惮的尝试"表明,"那样一个故事,我想怎样去讲,就可能怎样去讲,胡扯八道,信口雌黄,真正地、彻底地获得词语和叙述的自由与解放,从而建立一种新的叙述秩序。建立新的叙述秩序,是每个成熟作家的伟大梦想。我把《四书》的写作,当作写作之人生的一段美好假期。假期之间,一切都归我所有。而我——这时候是写作的皇帝,而非笔墨的奴隶"。②因而我们可以发现,阎连科的《四书》其实无意表达新的历史,而是展示一种历史的情绪,因为关于大饥荒的历史,早在十多年前杨显惠的《夹边沟记事》里就被极为严肃地考察过。同样是一段历史时间,同样的封闭式农场的地点,同样以一群右派改造知识分子作为描述对象,《四书》比《夹边沟记事》晚了十年,虽然一是小说一是纪实,但既然作为小说的《四书》以书写历史真相来标榜,那么它就不能再以虚构之名来回避与纪实的《夹边沟记事》之间的比照,而就题材所触碰的历史真相和人性深渊而言,《四书》远远不及《夹边沟记事》骇人③。因而,从史实的角度,阎连科的小说其实并没有体现出推进历史研究的价值,依然还是一些人云亦云的看法和道听途说的观念。而这样一些观念的呈现,恰恰是因为小说的形式感而获得了相当的合法性。所以,无论是"魔幻",还是"谵妄",抑或是阎连科先生所说的"神实主义",都旨在强调诡异的想象与具体历史书写的有效结合,因而这样的历史呈现出夸张、偏执,乃至"玄幻"的特征,也就不足为奇了。当然,这都是以文学、艺术的名义进行的,一切自有其逻辑,因而也丝毫不能怀疑这种历史的"可信性"。无论是《生

---

① 阎连科:《长篇小说创作的几种尴尬》,《当代作家评论》2006年第1期。
② 阎连科:《发现小说》,《当代作家评论》2011年第2期。
③ 参见张定浩《皇帝的新衣——阎连科〈四书〉》,《上海文化》2012年第3期。

死疲劳》中的六道轮回,还是《四书》中的圣经语言和奇绝的想象,都是以风格化的形式表现文学性的特质,都是用来掩盖历史内在虚空的利器。毕竟,使得小说更具现代主义手法,更具文学味道,我们才有可能忽视它的历史细节是否精确。尽管亚里士多德有句名言,"诗比历史更普遍、更真实",但"纯文学"毕竟不是敏感政治的保护色,而以文学性为基础的风格化叙事,也不是历史幻觉化的借口。

以上便是对近年来几种历史书写方式所呈现问题的梳理,他们不约而同地以轻逸的姿态从历史中逃逸,而失却了对历史正面强攻的力量。或许当今之时,正面强攻的方式早已销声匿迹,而"逃逸"才是"迂回"的必经之途。这就像杨庆祥在《历史重建及历史叙事的困境》一文的结尾处所谈到的,"21世纪第一个十年的长篇历史写作很难说是成功的,但这些写作依然值得尊敬和讨论,因为这些写作至少暗示了一种重建历史的勇气和决心。它们所暴露出来的种种问题,与其说是这些作家在面对中国复杂历史状貌时的顾此失彼,更不如说是重建历史本身就是一个西西弗斯式的过程。"① 正是因为历史重建本身是艰难而几乎不可完成的任务,所以新世纪以来的历史叙事无论多么精彩,都显得难以令人满意,而小说中历史感的阙如,则更加令人忧心忡忡。关于历史感,刘心武在他的长篇小说《钟鼓楼》中曾有表述,"历史感是很难用语言表述清楚的。那是一种思想、情感、知识、理想、意志、信心的综合效应。"它理应是"在流逝的时间中所应奔赴的位置和应当承担的责任、使命感——一种人类历史和个人命运交融在一起的神圣感觉"②。一言以蔽之,即批评家所指出的,"细碎的生活表象背后的本质探求"。遗憾的是,我们的作家已经很难有这样的使命感和本质探求

---

① 杨庆祥:《历史重建及历史叙事的困境——基于〈天香〉〈古炉〉〈四书〉的观察》,《文艺研究》2013年第8期。
② 参见刘心武《钟鼓楼》下,《当代》1984年第5期。

的决心。当然关于历史写作,话又说回来,无论是革命历史主义,还是新历史主义,一切历史叙事其实都逃脱不了被修饰的命运,因而注定与真正的历史无缘,但倘若就此将历史或历史的观念完全简化为琐碎的个人记忆,传奇化的虚假故事,再或是一种风格化的文学观念,那么小说家的任务也未免太过简单和轻率。正如评论者所说的,要想"拥有突出的'历史感',就不能仅仅停留在事物的表象层次进行浮光掠影浅尝辄止的扫描,就必须以足够犀利尖锐的思想能力穿越表象,径直刺进现实和历史的纵深处方可"①。无论如何,人们热切期盼的"迂回"在于对历史的严肃以待,而非巧妙地擦身而过,人们期待的也是从文学中读出历史的复杂,而不是简单。

三 检视近期乡土小说的寓言化策略

尽管城市生活已然成为当下中国人面对世界的基本方式,但不可否认,渐行渐远的乡土依然在人们心中保有重要的地位。"后乡村时代"的小城镇建设正如火如荼地进行,面对大时代的异动,乡村的历史变迁想必也成为当下作家竭力书写的对象。然而,变动的乡村秩序也并不是每一个写作者都能完美把握的。诚实的写作者固然试图发现其中的秘密,所做出的艰难尝试令人称道,但也有为数不少的"聪明作家",依然置身"纯文学"的生产机制,他们基于惯性而写作,臆想着乡村可能的模样。或者干脆只是借助乡村叙事的外壳,以寓言化的外在策略,写作着与真正的乡村毫无关联的别样故事,其间的得失也不禁令人深思。

首先值得一提的是关仁山的最新长篇《日头》(《人民文学》2014

---

① 王春林:《2013年长篇小说:"70后"作家克服历史感不足之局限》,《山西日报》2013年12月15日。

年第 9 期），这是作者"中国农民命运三部曲"（前两部为《天高地厚》《麦河》）的收官之作。小说通过"金权汪杜"等四大家族几代人错综复杂的关系图谱，描写了冀东平原日头村近半个世纪波谲云诡的历史巨变。小说冀望在呈现"文革"至新的转型时期北方农村的斑斓画卷的同时，亦试图在叙事的意义上概括整个当代中国的农村文明史，这无疑显示出作者宏大的叙事野心。然而无论是对于作家本人还是整个当代乡村叙事，这都意味着一次巨大的挑战，其间所面临的困难显而易见。

坦率来说，《日头》为人称道的地方在于，终究显示出当下作家对于现实的敏锐观察和批判的勇气。面对当前农村田园荒芜、生态失衡、空巢老人、留守儿童、道德沦丧、城镇化的强拆等社会现象，关仁山试图在《日头》里回应这些纷纭的社会现象和问题，并从制度、文化和思想的高度，探究当下中国乡村文明崩溃的历史过程和原因，探索时代困境以及农民、农村的出路。并在此过程中，剖析农民的劣根性，以及对权力、资本致使人性的扭曲和异化做出果敢的批判。除此，小说以古钟作为主线，用十二律结构全篇，并与二十八星宿相衔接，在象征的意义上也显示出小说形式的巨大抱负。然而这部被认为是"半个世纪乡村中国变革的缩影"的作品，其实并非毫无问题。

阅读这部《日头》，总让人想起 2013 年阎连科饱受争议的小说《炸裂志》。小说《炸裂志》是阎连科继《四书》之后最新的长篇作品。这个不折不扣的寓言小说，以县志的形式书写了一个叫做炸裂的山村，从村变成镇，由镇变成市，最后成为超级大城市的故事，进而通过这个村庄三十多年的历史变迁，叙述了改革开放以来中国的发展之路。正如阎连科所说的，炸裂的原型就是深圳，但小说并不因此而拘泥于一时一地的历史表述，而是立足于整个改革开放的历史，因而这是一个地地道道的讲述中国故事的小说。

就小说而言，《炸裂志》其实是从"改革元年"开始叙述的。这里有人民公社化的解体，还有新自由主义的卷土重来，这当然是三十年来中国社会变迁的重要图景。然而，小说的最大意义不在于细节的真实性，而在于一种荒诞不经的寓言性，它用一种概括式和缩减式的寓言叙事来囊括当代中国的整体形象，这无疑显示了作者的文学野心。在此，阎连科运用了当代作家通行的做法，即从一个村庄的变迁，来讲述当代中国的变化，这是从《创业史》到《古炉》的文学传统，而《炸裂志》也意在表明中国三十年的发展，借此对甚嚣尘上的时代主题，比如中国速度，中国模式等问题表达自己批判性的反思和忧虑。

《炸裂志》被人批评较多的地方在于要表现的观念太多，理念的先入之见等，这些都影响到小说的叙事态度。同样，关仁山的《日头》也在刻意追求一种显而易见的象征性，古钟、魁星阁和状元槐，这些都是日头村"文脉"的象征物，它们被认为是乡村文明的标识，作者为它们的消逝而忧心忡忡。《日头》还不乏魔幻的情节，比如会哭的杂毛狗，以及作为时代精神象征的红嘴乌鸦，都扮演着点缀作品文学性的重要功能。然而小说的魔幻部分还有些生硬，未能成为作品的有机成分，即这种贯穿在小说中始终的可辨识的象征符号，使小说的意义变得过于明显。其中的问题在于，小说寓言的演绎显得太过粗略，而细节的编织似乎缺乏耐心，用雷达先生的话说，"作为小说，故事虽有波澜，但矛盾解决得过于轻易"，以至于将小说写成了中国故事的粗略梗概，没能看出鲜活叙事中绵密的针脚和生动的韵味。

另外，作者所运用的叙事元素其实也不新奇，无论是政治闹剧、家族斗争，以及时代荒诞的表现，都是同类叙事的常见情节。但作者却试图运用这些杂乱纷纭的叙事对现实进行饶有意味的概括，通过荒诞不经的寓言在"更高意义"上把握中国的内在实质。他过于刻意地将之塑造为一个无可指责的中国故事，即日头村在一个连一个的骚动中走向消亡的历史过程，以及极为宏大地书写一部当代农村文明史。而这巨大的写作野心，在具体的落实过程中又显得困难重重。事实上，作品也最终失之于细节的真实与情感的真切。也是在这个意义上，小说为我们提出了一个问题：倘若没有细节的真实作为支撑，只有更高的精神追求、道义承担和主题升华，这样的叙事是否有效？

除了关仁山的《日头》、阎连科的《炸裂志》以外，范小青的《我的名字叫王村》（《收获·长篇专号》2014年春夏卷）也是值得重视的作品。如果说《炸裂志》是当代中国发展主义的寓言，那么《我的名字叫王村》更像是一则现代/后现代的身份寓言。范小青的小说以卡夫卡《变形记》式的开头先声夺人，确实，人变成了老鼠，这固然只是现代主义的譬喻，却分明包含着异化结构中对于现代人生存困境的揭示。在这部小说中，作者突破了惯常的叙事模式，以日常化、不乏戏谑的语言与纠缠不清的逻辑游戏，讲述了一个近乎荒诞的遗弃弟弟又寻找弟弟的故事。这个滑稽的过程，既是现代主义式的"寻找自我的历程"，又在现实意义上承载了社会百态、乡村巨变等关乎乡土前途与命运的忧思。也是在这个意义上，"寻找"只是一个载体，既呈现出乡土文明崩溃的现实中，现代人对土地的依恋，又在人性和逻辑恣意编织而成的荒诞空间中，展现了现代人对自我身份的焦虑。总之，作品折射出作者在文学创作上的自我突破与不断创新的追求，以及意欲打通哲学和现实双重世界的努力。

但在此情形之下，《我的名字叫王村》所呈现的乡村叙事反而显得简单，而无边的荒诞将叙事原本应该具有的生动细节巧妙地一笔带过。作者以乡村为名，讲述的却是现代人在荒诞的现代社会所遭逢的身份困境。因而乡村的故事只是虚有其表的外衣，并无任何实质的意义。作者的情感投注与其说是指向乡村，关乎一位失踪者的尊严和艰辛，不如说是指向自身的，悼念的是现代个人面对这个世界时的焦虑和无奈。这也显示出作者的精英主义立场，她恐怕早已失去了感受真正乡村的能力，只能避实就虚地写作"借乡村的酒杯，浇个人心中的块垒"的现代故事，而绵密的日常生活在这看似格调高雅的叙事中早已失去了踪迹。

同样是讲述乡村，相较于《日头》和《我的名字叫王村》的寓言化策略而言，孙惠芬的《后上塘书》（《人民文学》2014年第11期）则显得更具乡村叙事的质感。十年前，孙惠芬的长篇小说《上塘书》以其地理志式的结构广受关注，如今的这部《后上塘书》借用当年的题名，意在表明一脉相承的文学抱负，即对乡村命运的热切关注。然而时过境迁，其间的变化显而易见。用她自己的话说，"乡村与城市的关系不再是重点"，小说更多是在叙事的意义上，呈现"一个人灾难之后的灵魂转变"。

不得不说，在呈现乡村的复杂性上，《后上塘书》的基本命题与梁鸿的"梁庄系列"高度相似，只不过它重返"虚构"，注重的是通过引人入胜的叙事，来建构一个切实可感的乡村世界。小说开篇便是一幕奸杀的骇人场景，而整个故事也不出所料地沿着侦探悬疑小说的方式展开，怀疑与解谜的跌宕历程，只是为了铺陈出主人公肮脏的过往。这位地方新贵从不名一文到一夜暴富，成长为特殊阶层的历史过程，当然布满了血腥和罪恶，小说一点点打开这些尘封的往事，在多重聚焦不断变换的叙事之中，整个作品获得一种惊人的延展性。看得出来，作者在如何讲好一个故事上下足了功夫，神神鬼鬼的叙事手法，借鉴了侦探悬疑小说的元素，使整个故事终究称得上引人入胜。我们大概可以猜想得到作者的启迪所在：央视法制类节目的剧情设置，亦是从最基本的嫌疑入手，意外地牵出主人公的周边关系和过往轨迹，一番周密、详实的侦查往往将这些可能排除，而最后的谜底总是出人意表。

《后上塘书》的最后，故事并没有如人所愿地上演特权覆灭的好戏，而是非常和谐地讲述了主人公的忏悔，以及从灾难中获得重生的企盼。这当然是为了服务于主人公灾难之后灵魂转变、畏惧之中心灵忏悔的叙事主题。对于孙惠芬来说，这种多少有些"狗血"的剧情并不是为了获得一种单纯的情节陡转，而毋宁说是尽可能对这个世界表达善意。在这个意义上，小说虽在人性的深处诉说了时代变迁，但终究与《我们名字叫王村》《日头》等顽强讲述乡土文明崩溃寓言的故事稍有不同，它除了讲述这个令人耳熟能详的寓言之外，亦在更深的意义上想象着一种新的历史可能。

　　作为乡村题材的长篇小说，另外如季栋梁的《上庄记》和刘庆邦的《黄泥地》也都各有可取的地方。比如前者对宁夏西海固乡村生活一笔一画的描摹令人印象深刻，字里行间也可看出作者对那里的乡村一草一木、一山一石的关注和热爱。小说对农村教育、"空巢"现象带来的问题和贫瘠现状的揭示，让人触目惊心。故事中"我"作为一名下乡扶贫干部，为此所做出的努力也颇具现实质感。小说没有贯穿始终的故事，片段的印象更像一次走访的散记，反而显得更加真实和细致，而小说本身既是对日常生活的白描，也是精神世界的折射，布满了沉重的压抑感和疼痛感。

　　而另一部小说《黄泥地》则是著名作家刘庆邦的最新作品，小说虽概念化地描绘了当代乡村政治生态的复杂面貌，编织出诸如村支书卸任、改选、告状、上访等一系列跌宕起伏、惊心动魄的事件，作者看似漫不经心，旁逸斜出地书写，却在不动声色的冷峻笔墨之中，揭示出在中国农村这块土地上，改革的艰难，人性的坠落，人心的冷漠，正义与善的软弱和无望。因而也是极具现实主义力量，极具中国特色的人性故事。而在此之中，作者借主人公房国春的眼睛，看到耕地被卖被毁时所流露的深深忧愁和焦虑，都能让人感到作家对农村和土地的深厚感情，感受到作家的现实怀抱、责任与良知。

　　这些小说或是讲述偏远村庄所面临的严峻问题，深入到现实内部展开顽强的现实主义叙述，追求类似报告文学般的真实再现；再抑或是以冷峻的笔墨切入乡村复杂的政治生态之中，以此揭示时代的真相，显示作者的理想与抱负。这些严肃而朴实的创作虽存在各种各样的问题，但作者们试图把握变动社会中乡村秩序的努力还是令人感动，而事实上，我们也能从中感受到现实的本色与真实的沉淀。当然最重要的是,他们并没有以一种轻佻的寓言化策略,逃避对乡村现实的直面,从而显示出写作者的诚实。

四 文学的"民族性"如何呈现?

对于我们许多人来说,少数民族文学的意义在于,可以从熟悉的千篇一律之中发现可贵的陌生。确实,作为可能蕴含着异域风情的文学样式,人们总是习惯性地想象它们"养在深闺人未识"的精妙,抑或带着些傲慢的同情目光,"由衷地赞叹"这些不熟悉的格调带来的不期然的惊喜。欣赏它们质朴的样式,清新的风格,以及不流俗、不做作的自然之美。就像人们所说的,这些作品里的人,都在五彩缤纷的自然之中活动,而不是在酒店、高楼,以及品牌汽车之中流连。透过他们的文字,我们看到的是对天地草木的虔诚与敬畏,这是整体文学中难得一见的风景。当然,这种惬意的欣赏,也多少包含着中心地带对边缘蛮荒之地的恩赐与打赏。有时候对于整体文学而言,这些质朴的形式或许只是聊胜于无的点缀,重视与否,往往取决于中心地带的文化照顾与身份政治式的权力分配。

对于相当多的少数民族作家而言,从事写作的最大动机在于,弘扬本民族行将消逝的文化。比如布朗族作家陶玉明就有一种由来已久的焦虑,担心布朗族历史悠久的文化后继无人;同样的忧虑在畲族作家山哈那里也有生动的体现。因而他们竭力彰显出山寨边地的异域奇观,便是以挽歌的情调书写自身的文化表达。在他们笔下,可以看出现代化的冲击之下传统文化消逝的痕迹,而写作这种文化抵抗的实践活动,则责无旁贷地构成了地域文化建设的重要部分。

确实不可否认,在最广泛的文学意义上,少数民族文学不仅是地域文化的重要成分,更是中华文化不可或缺的、最具生命力和影响力的组成部分。对于整体的中华文化来说,55个少数民族各自的文学艺术，是具有特征性标志的精神产品和结晶，也构成了所有民族文化符号中最稳固、最具有代表性的情感产物。但问题在于，少数民族作家中真正的母语写作者并不为我们所熟知，因而我们不得不总是在汉语写作的意义上谈论民族文学，这种思考框架似乎也暗示了问题的症结所在。

纵观习惯意义上的少数民族文学，我们可以发现，它们多倾向于在传统与现代的框架内讲述民族故事，那些带着使命感的厚重之中满是朴拙的叙事技法与醇厚的日常生活显影。然而，诸如此类城市化潮流冲击下人性的嬗变，乡土与民间信仰的本土性，以及民族文化的独特性，及其在外来冲击下所面临的瓦解的风险，都是整体的文学视域内早已习惯的主题。

这里便涉及民族性的问题。总体来看，汉语写作的少数民族作家与汉族作家的差异性并不明显，因而如何显示其民族性便成了一个问题。因为往往，作家的民族身份与作品的民族性之间并不能轻易画上等号，而且也很难有作家能够在真正本土化的语境中书写，换言之，绝对的民族性并不存在。这也是如今广泛讨论的少数民族文学民族性日趋淡化的原因所在。在这个背景中，作家的民族身份有时候只是一种符号化的标记。比如朝鲜族作家金仁顺在写作《春香》之前，并没有充分证据显示其作品的民族性风格，而是与大多数汉语作者一道分享着同样的欧美现代小说的传统与技法。但恰如她所言，其民族身份给她的创作带来了双重优势，即一方面作为朝鲜族中的汉语写作者，相对于母语朝鲜语而言，她属于少数派；另一方面，作为汉语写作中的朝鲜族人，在整体的汉语写作中又是少数派，这种得天独厚的优势，当然容易使她在汉语写作中成长为明星级的人物。因而当她极具策略性地写出民族标志性的作品《春香》时，就不免被人另眼相看了。这部小说对春香这位朝鲜民族的标志性人物进行了重新表述，因而小说之于金仁顺，更像一部过于遥远的民族传奇。或者可以说，对于更喜约翰·厄普代克,雷蒙德·卡佛,以及理查德·耶茨的她来说,这更像是一部为了"骏马奖"而"私人定制"的作品,因而这次过于特殊的"回乡之路"便多少有些面目可疑了。其间的问题恐怕在于,除了人们耳熟能详的春香,金仁顺其实很难以小说的方式去捕获更为鲜明的民族标记附着物了,这或许正是以汉语写作的少数民族作家,在面对民族性表述时的困境与焦虑所在。

无论如何,民族性才是少数民族文学生存和发展的命脉,但围绕民族性,也一直都有"回归民族"与"走出民族"的争论与徘徊。确实,在全球化与本土化的全重压迫下,既要积极地寻求开放,又要顽强地保全自我,这是何等艰巨的文化任务。因而是回归民族,突显特殊性,还是走出民族,追求普遍性,这几乎构成了民族文学的永恒困境。也正是在这样的困境之中,少数民族作家的自我想象会出现一些明显的问题。他们不得不总是选择本民族具有象征性的文化符号,来实现民族的自我认同。比如,藏族文学的民族特色往往体现在哈达、经幡、酥油茶等文化符号的表象描绘上,而事实上,这里面相当多的作品并没有深涉民族命运、社会心理结构等内在的精神世界。

一直以来,在有关西藏的文学书写中,奇观和异域风情是比较流行的做法,而神秘与符号化的拼贴也早已泛滥成灾。即便是像小说功力深厚,深谙现代技巧的藏族作家次仁罗布,也只有《放生羊》《界》等少数篇什拥有让人安静下来的神性力量,体现出民族性和地域性的品格;而尼玛潘多的《紫青稞》书写藏族的日常生活,虽叙述了许多符号化的民族物件,充满了浓郁独特的民族文化和地域特色,但也只是张扬了一种顽强的乡村本位主义,显现出一般意义上善良、淳朴的传统伦理精神。另外如最近炙手可热的回族作家马金莲,作为"西海固文学圈"中80后女作家的代表人物,也只是在民族性的外表之下,显现出更多令人熟悉的元素,比如经典文学序列中乡土的苦难和女性的隐忍,而其民族风格也止于日常生活的描摹,难以触及民族精神的深处。

这其实都让人看到了汉语写作中地域性与民族性呈现的悖论所在，进而也说明了守候母语作为文明保全的行动依据的重要意义。长期以来，由于语言障碍的客观存在，中国当代文学的全貌一直隐而不彰，生态意义上的各民族多语种写作并没有完全显现。其原因在于，并没有人能够完整地把握所有民族的语言，因此相当多的文学，有的甚至是被本民族视为经典的作品，都并不为其他民族所熟知。比如用蒙古语写作的大诗人阿尔泰，他的照片就被挂在牧民的蒙古包里，即使在蒙古国，他也是广受尊敬的人物；而亚生江·沙地克用维吾尔文创作的六卷本小说《诸王传》，则在新疆各民族读者中引起强烈反响。另外，中国目前也有不少使用朝鲜语写作的优秀作家，他们的作品在韩国开始受到欢迎，与韩国各方面交流也非常多，这对于中国多民族文学的发展建构无疑是一次很好的尝试。好在最近几年，这样的问题开始逐渐引起重视，民族文学研究也积极探索汉语写作之外丰富复杂的文学世界。

近来，全国各地的多民族学者都在积极讨论中国多语种文学和文化的重要问题。其实在此之前，几个大的少数民族语种，维吾尔、柯尔克孜、朝鲜、蒙古、壮、苗、彝、藏语等，都在切实有效地开展各自文学发展报告的详细整理工作，且皆取得较为重要的成效。尽管接下来的挑战在于，我们可能难以在多语种写作的背景中准确把握族别文学和国别文学的边界，但不可否认的事实是，只有语言才能塑造不同的文化精神。面对全球化的大潮，也唯有语言和文字是文化多样化的坚强堡垒。一个民族的文化密码最大程度地保留在语言和文字之中，因而少数民族作家唯有通过母语写作，才能解开文化密码，最大程度地彰显文学的民族性品格。而所有这些，对于我们在比较文化的视域内讨论中国文学的世界性因素等问题，无疑具有极为重要的意义。

五　中国科幻：走出去，以及如何走

最近，一直梦想着走出国门的中国科幻，终于迎来了令人振奋的好消息。号称凭借一己之力，将中国科幻文学带入世界水平的刘慈欣，在遥远的大洋彼岸发表了气势恢宏的《〈三体〉和中国科幻小说》，这篇被冠以"可能世界中最坏的一种，以及可能的地球中最好的一个"副标题的英语文章，第一次郑重其事地向世界读者介绍了小说《三体》和中国科幻文学创作，尽管出于商业的考虑，文章只是为接下来《三体》英文版的发行预热，但对于走向世界的中国文学而言，事件本身还是具有十足的标志性意义。

其实早在此前，中国作家用科幻形式所表达的对现代化过程中各种问题的思考和忧虑，便引起人们广泛关注，甚至已有相当多的科幻短篇小说被翻译到国外。2012年底，香港英文刊物《译丛》曾推出"中国科幻专号"，介绍从晚清到当代的中国科幻作品，作者包括刘慈欣、韩松、王晋康等科幻名家，以及夏笳、飞氘、赵海虹等新生代的佼佼者，这被认为是中国科幻面向海外读者的一次集体展示。此后，在科幻理论学者吴岩教授的积极努力下，世界顶级科幻学术期刊《科幻研究》也出版了一期中国专号，一时间，媒体大呼"中国科幻文学终于发声"，这样的"发声"虽只是一种理论和学术研究的点缀，但对于中国科幻文学而言，终究具有独特的影响和含义。似乎所有的铺垫都是为了有一天，中国科幻文学真正意义上走向世界。因此不可否认，此次《三体》英文版的问世，既是一次夙愿的了结，也是新的期待的开始。就像人们所说的，这将是中国长篇科幻小说一次较大规模的对外输出的起点。而事实上，《三体》这部里程碑式的作品，终究可以"让世界知道，中国人'面朝黄土背朝天'的传统形象正在发生改变，中国人的宇宙观正在变得更加开阔"。

作为中国当代科幻小说的领军人物，刘慈欣的作品因其宏伟的格调和绚丽的想象而广受赞誉。在许多人看来，这位山西娘子关电厂的高级工程师，利用闲暇时间从事文学创作，以惊人之力创造了一种具有中国特色的科幻文学样式。其代表作《三体》三部曲是近年来中国科幻领域最畅销的长篇小说之一，截至目前中文版已累计销售约40万套。三部曲以恢弘大气的笔触描述了地球文明以外的"三体文明"，评论界称其"为中国文学注入整体性的思维和超越性的视野"。尽管从畅销角度来看，《三体》还远远不如那些炙手可热的网络文学作品，但却是科幻爱好者、圈内人以及整个文学界近几年最为看重的作品。比如《科幻世界》的主编姚海军就对《三体》给予极高评价，认为"哪怕是跟西方科幻作家的一流科幻作品放在一起，《三体》的文学性和科幻内核都是不逊色的"。

姚海军的这番言论当然并不夸张，事实上，从刘宇昆翻译的第一部《地球往事》的阅读反馈来看，西方专业的读者还是对刘慈欣的作品评价颇高，认为"刘慈欣站在了无论任何语言的推测思索性小说的顶峰"，而"《三体》思考了我们时代的诸多重大问题"，"它是一部超乎寻常的小说"，"彻彻底底的杰作"。然而，似乎在一番客套之后，终于有人指出了问题的实质，即还是将其视为一部讲述中国故事的奇观小说，加拿大作家麦家玮就认为，《三体》"深入探究了中国共产党历史上最骚乱时期的人心"，因而"刘慈欣给我们展现了难得一见的、20世纪60年代的铁幕"。看得出来，人们对于中国的兴趣，还是远远大于对于中国文学的兴趣，这也是世界范围内中国文学命定的结局。

因而在此，走出国门固然可喜，但问题在于，作为国内"边缘之边缘"的小众文学，中国科幻如何在传播之中获得一种广泛的商业品质和大众认同，而不至于沦落为西方文学专柜中聊胜于无的点缀？这便涉及中国科幻"走出去"之后，又该"如何走"的老问题。即在"白人中心主义"的文化氛围中，非英语世界的翻译文学本就占据少数地位的阅读空间里，作为"少数中的少数"的中国科幻文学究竟何去何从。

其有限的影响力似乎不难估量，这一点，即便是获得诺贝尔文学奖的莫言也不得不坦然承认。问题在于，如何在这种有限之中获得更多接受的空间。

或许有人还在天真地以为，世界范围内科幻文学的比拼，在于故事的编制和想象力，写作技巧与鲜明的叙事风格，人性的隐喻与现实情怀，诸如此类多层面的较量，但实际的情形可能远比人们想象得复杂。可以这么说，无论《三体》多么优秀，甚至可能与西方科幻文学相差无几，但这种一枝独秀终究也会独木难支，因为它无法匹敌西方成熟的产业体系。作为一种类型的通俗文学，围绕科幻小说所展开的较量，其实涵盖着整个产业，这并不是单个文本的绝对竞争。

这里似乎不得不提到在整个科幻产业中占据重要地位的电影。相较于文学的语言障碍，电影的影像叙事所塑造的"可见的人类"更像是一种普世的语法，也更易获得一种直观的理解和接受。一个不得不承认的事实是，在当下好莱坞最为成熟的影片类型中，科幻早已成为最具影像冲击力和票房号召力的叙事题材。从几年前热闹非凡的《变形金刚》《阿凡达》，到最近依然火爆的《普罗米修斯》《环形使者》，再到让人欲说还休的《2012》，乃至"神片"《云图》《地心引力》，一连串耳熟能详的罗列意在表明，一部好莱坞的电影地图，已然被刻上了鲜明的科幻标识，而其中不乏经典科幻作家的作品。这便是与西方科幻文学同步的社会文化背景，这也是《三体》的中文世界所无法比拟的。

确实，倘若将科幻电影视为科幻文学的有益补充，一种互相支撑的互文式阅读的媒介，那么我们便不难发现，中国科幻文学几乎是在科幻电影严重缺席的情形下踏上"走出去"之路的，没有电影这个巨大的文化工业"驮着"，科幻文学的艰难可想而知。清理一下中国科幻电影的历史，我们悲哀地发现，除了早期粗陋的《珊瑚岛上的死光》《霹雳贝贝》等儿童题材电影曾艰难地表现出某些科学幻想的主题之外，很难再找到经典科幻片的影子。其实话说回来，关于中国科幻的发展，国产电影并非没有想法，事实上它早已瞄准了中国的科幻小说，但受制于技术能力，一直无法展开切实而具体的行动。就此，一个令人感到欣喜而又悲凉的消息在于，别说那部影响深远的经典小说《三体》，就算是像刘慈欣另外的小说《乡村教师》《赡养人类》《流浪地球》，以及韩松的《地铁》《红色海洋》等知名度不算太高的作品，倘若交给成熟的好莱坞科幻团队来改编，做出来的产品恐怕也并不会比《阿凡达》逊色多少。

因而问题的关键在于，无法将中国的科幻故事转译成世界通行而直观的影像语言，这势必将严重阻碍中国科幻文学的发展，乃至最终制约中国文化海外影响力的提升。从这个意义上来看，科幻电影的意义并不在于它所展示的某种荒诞不经的幻想，而是文化大工业时代一个看似柔和，却杀伤力十足的文化产品，而这对于亟待寻求"走出去"发展战略的中国科幻来说，无疑具有启示意义。因而就科幻文学与科幻电影的关系而言，如何由电影回馈文学，由大众文化辐射精英文化，这是中国科幻在思索"走出去"，以及"如何走"的重要问题时，需要认真考虑的课题。

第三章 历史的"野兽"

一 《老生》:历史的"野兽"

倘若在阐释小说文本时,我们将其后记也视为小说不可分割的一部分,那么我们在讨论贾平凹的长篇小说《老生》时,自然没有理由在小说结束之际,对附着于后的这篇文情并茂的文章视而不见,尤其是在面对这样一位惯于在后记中说明写作缘由的作家时更是如此。我们深知,作者的自叙总会在辩解和补充之中弥补小说的言之不足,其中甚至不乏欺瞒与伪装的陷阱,但对于规定小说意义生产的方式和方向,预设批评展开的可能路径,却具有极为惊人的效力。事情往往是这样,它既是可贵的引导,又是恼人的干扰。因此当贾平凹在《老生》后记里以"曾经的历史""六十年来的命运"这样鲜明的字眼,明白无误地牵出"历史"的问题时,所有围绕小说《老生》的批评阐释,都注定要在历史叙述的周边小心翼翼地展开,尽管从某种意义上看,我们面对的可能只是一部并没有标明特定年代的,布满了谶语迷信、巫言传说的故事集萃。

历史的"逃离"与"捕获"

贾平凹一再声称:"如果把文学变成历史,那就没有文学了,就没有意思了。"①但他的小说却总是与历史发生隐秘的关联。如人所言,自《废都》起,"他的每一部长篇,都几乎是一个时代的关键词或照相式总结"②。人们也不得不由他的小说思索历史、记忆与个人书写之间的密切联系。在《古炉》后记中,贾平凹将《古炉》的写作与"文革"记忆紧密勾连,"我的记忆更多地回到了少年,我的少年正是20世纪60年代的中后期,那里中国正发生着史无前例的'文化大革命'","对于'文化大革命',已经是很久的时间没人提及了,或许那四十多年,时间在消磨着一切"。"我想,经历过'文革'的人,不管在其中迫害过人或被人迫害过,只要人还活着,他必会有记忆"。而一次回乡的经历与见闻,使他产生了把记忆写出来的欲望。《古炉》如此,《老生》亦如此。而后者更是一次大的"整理",它试图写百余年中国,即意味着重写《古炉》中的"文革"、《秦腔》和《带灯》中的"乡村",还有他以前有所涉及,但终究不是重点的"革命"与"暴力"等。这种记忆的总结与"整理",也自然包含着重新认识和表现现代中国的宏大抱负③。

确实如此,当代作家总是对历史心存执念,执着书写独一无二且激动人心的中国故事。在这样一个"碎片化"的时代,总体性历史已然不可挽回的今天,这样的抱负无疑令人感怀。这种顽固的历史癖,固然与中国人重史的文化传统息息相关,即历史作为文学的顽固癖好,执着证明着只有历史的在场,才是伟大作家和不朽作品的完美保障;可问题也接踵而来:经历了"后历史"的洗礼,文学的庄严表述早已变

---

① 孙若茜:《贾平凹:原来如此等老生》,《三联生活周刊》2014年第45期。
② 李美皆:《作家六十岁——以〈带灯〉〈日夜书〉〈牛鬼蛇神〉为例》,《南方文坛》2013年第5期。
③ 参见王尧《神话,人话,抑或其他——关于〈老生〉的阅读札记》,《当代作家评论》2015年第1期。

得举步维艰，新世纪小说的历史叙述其实不得不在"历史化的极限"①之处苟延残喘。就此，如何在纯文学的范围内书写历史，把握历史事件与文学记忆，在文学性与历史性之间艰难抉择，便成为至关重要的问题。作家固然对旧有的历史叙述心生不满，试图以自己的体悟重构历史，而复杂的 20 世纪中国恰好又为作家提供了丰富的素材，但文学性与历史性之间艰难的美学平衡，却是每一个写作者都需面对的棘手问题。这就像杨庆祥指出的，"经过 20 世纪叙事学和新历史主义学派的理论阐释后，历史和小说之间的界限变得越来越模糊。即使小说家努力通过'形式''修辞'等等相对'文学化'的方式来为小说的本体地位进行努力，但是几乎所有的小说家都不得不服膺于这样一种规则，即，任何伟大的小说都指向一种历史，这并不是说小说就是历史的附庸，而是说，小说本身的宿命已经决定它必须与历史纠缠在一起，它从历史中起源，以历史为对象，最后创造历史并成为历史的一部分"②。而这种历史重建的努力，一方面在历时性的角度回应着整个当代文学史中文学与历史的症候性关联，更在共时性的层面暗示了中国当下历史的断层和历史观的分化。

在陈晓明教授看来，当代中国小说的艺术性根本体现在它对历史的处理上，"放在世界文学的框架中来看，汉语小说的贡献主要也体现在对 20 世纪中国历史的表现上"③。而以个人经验穿越历史，"重述 20 世纪中国"，亦是最近一批青年研究者讨论的话题。他们认为，近 30 年间中国大陆的长篇小说清晰地存在着一次"重述 20 世纪中国"的文

---

① 陈晓明：《"历史化"与"去－历史化"——新世纪长篇小说的多文本叙事策略》，《杭州师范大学学报》2011 年第 2 期。

② 杨庆祥：《历史重建及历史叙事的困境——基于〈天香〉〈古炉〉〈四书〉的观察》，《文艺研究》2013 年第 8 期。

③ 陈晓明：《"历史化"与"去－历史化"——新世纪长篇小说的多文本叙事策略》，《杭州师范大学学报》2011 年第 2 期。

学潮流①。即叙述者们在"文革"结束、改革开放展开的背景下,感受到 20 世纪走向终结的气息,意识到从整体上把握和叙述 20 世纪中国的时机已经来临,而鉴于潮流兴起与"告别革命"论题的强烈互动,其目的自然是为了"摆脱 20 世纪历史中的主流叙述"。再加之有关"两个 30 年"的讨论,"中国向何处去"成为现实隐秘的焦虑所在,连带着讲述 20 世纪中国历史也成为热潮。在这个意义上,历史的重述亦可看作历史转折关口的自我审视。而小说以虚构的方式,仪式般地对准"历史与怪兽",以个人经验"穿越"业已写就的革命编年史,进而总结"革命世纪"的腥风血雨,试图清偿它的遗产和债务,便具有了别样的意义。在这个意义上,我们来审视贾平凹的长篇小说《老生》,便可清晰地领略其历史"重建"与"重述 20 世纪中国"的努力,小说以多文本的"去历史化"的方式,将革命的编年史,还原成民间野史般的流言蜚语、传说逸闻,呈现出历史别样意义的同时,当然也暴露出历史叙述的诸多问题。

在贾平凹看来,《老生》的写作也与一次回乡的经历有关。在《〈老生〉后记》中,60 岁的贾平凹将小说写作归咎于数年前除夕夜里到祖坟点灯,跪在祖坟前的他感受到四周的黑暗,也就在那时,他突然有了一个觉悟:那是关于生死的感悟。确实,"这是一个人到了既喜欢《离骚》,又必须读《山海经》的年纪了"②。从棣花镇返回西安,他沉默无语,长时间把自己关在书房里,什么都不做,只是抽烟。"在灰腾腾的烟雾里,记忆我所知道的年代,时代风云激荡,社会几经转型,战争、动乱、灾荒、革命、运动、改革,为了活得温饱,活得安生,活出人样,

---

① 参见何吉贤、张翔、周展安《当代小说创作中的"重述 20 世纪中国"潮流》,《21 世纪经济报道》2015 年 5 月 4 日;《"20 世纪中国"的自我表达、重述与再重述——重述"20 世纪中国"三人谈之二》,《21 世纪经济报道》2015 年 5 月 11 日。

② 贾平凹:《〈带灯〉后记》,《收获》2013 年第 1 期。

我的爷爷做了什么,我的父亲做了什么,故乡人都做了什么,我和我的儿孙又做了什么,哪些是荣光体面,哪些是龌龊罪过?太多的变数呵,沧海桑田,沉浮无定,又许许多多的事一闭眼就想起,又许许多多的事总不愿去想,又许许多多的事常在讲,又许许多多的事总不愿去讲。能想的能讲的已差不多都写在了我以往的书里,而不愿想不愿讲的,到我年龄花甲了,却怎能不想不讲啊?!"①这是一个动情的时刻,其中自然包含着纠结的写作者如鲠在喉的郁闷和一吐为快的释然,而在这种重新"想"与"讲"之中,纷纷涌来的刻骨铭心的记忆与革命历史的"暴力再现"终究令人心惊。

在此,一方面在时间的消逝中感慨"世道在变",进而追忆过往,这固然是极为普遍的个人动机;但另一方面,小说在讲述自己故事的同时,也试图记录一个时代和世纪,并通过他的讲述和记录让历史得以铭刻。《古炉》是这样,《老生》亦是如此。如果说《古炉》聚焦于"文革"这个20世纪中国历史的"暴风眼",那么《老生》则试图在更漫长的历史里追溯革命的起源和后革命的余响,这便是对这个"革命世纪"的完整呈现。在这个意义上,评论者惊呼"他开始在小说中处理真正的历史经验了"②。而事实上,面对这部借唱师之口唱出的四个故事,无论是"对20世纪中国历史的一次还愿式的书写",或是"20世纪中国的'悲怆奏鸣曲'"③,其实都与作者某种老去的心态有关。即当贾平凹的祖辈的历史与中国20世纪的历史发生重叠同构时,面对"风起云涌百年过"的时段,"我有使命不敢怠"的个人叙述便具有了更加急迫的意义。

---

① 贾平凹:《老生》,人民文学出版社,2014年,第291页。
② 谢有顺:《〈老生〉:使乡土的"肉身"更真实》,《羊城晚报》2015年4月19日,第B2版。
③ 陈晓明:《贾平凹长篇小说〈老生〉:告别20世纪的悲怆之歌》,《文艺报》2014年12月19日,第2版。

第三章 历史的"野兽"

这也就像陈晓明所指出的"晚郁时期",将此用在花甲之年的贾平凹身上是极为恰切的。所谓"晚郁"意再强调"历史沉郁累积的那种能量",以及由此与"一大批作家'人过中年'的创作态度的重合",而其中最为重要的表征在于,"文学于苍凉中重新扎根于历史,历史又以这种方式给予文学以魂魄"①,而《老生》大概属于这样的写作。这并不仅仅是一个"一生活得太长"的老者对自己一生所思所想的总结与回顾,而对于历史中的革命而言,更有一种"在烟雾里说着曾经的革命而从此告别革命"的凭吊与感怀。一部总结之作就是这样,"总结不是带有强烈文学性的词汇,它质地坚硬、思维中性、声调寻常,不过它却带有时间的属性,一条顺水滑行无情流逝的时间链条被外力拉断或阻滞,带来暂时的停顿和回望,因而一个野心勃勃的视野就值得期望"。②确实,相较于《秦腔》《古炉》《带灯》等贾平凹近期故事一向所主张的在琐碎的"细节洪流"中把握物象的"静"与"慢",《老生》一反常态地冒险以"小故事"来搏击"大历史",着实令人意外。在《老生》一书中,贾平凹有意识地疏离开那种历史大事件建构起来的 20 世纪的现代性逻辑,并以此化解"历史化"的压力,寻求对它的逃脱、转折的艺术表现机制,由此来打开汉语小说新的艺术面向。他尝试以民间写史的"去历史化"方式,试图"以细辨波纹看水的流深",实则是充满了野心的自我期许——"重述"20 世纪的秦岭乡村历史,重新"捕获"更为广阔的宏观历史。

"游荡者"的"权力"

在《老生》中,贾平凹如此用力地写作,甚至不惜无视历史自身的

---

① 陈晓明:《汉语文学的"逃离"与自觉——兼论新世纪文学的"晚郁风格"》,《当代作家评论》2012 年第 2 期。

② 项静:《一个人的总结——林白〈北去来辞〉》,《上海文化》2014 年第 1 期。

复杂，或许和某种外向型的写作模式有关，他迫切需要一部辨识度较高的标志性文本。他需要在小说中清晰呈现可以辨认的中国形象，并以最为流行的中国经验，来填充最易理解的历史观念，以及形式上，最为传统的中国文本《山海经》的刻意显露，正是花甲之年的贾平凹如此急迫的一次人生总结的全部含义。在这个意义上，我们似乎就能理解小说通过《山海经》的"强行植入"来展开的一种叙事文学的多文本策略。尽管在此，《山海经》的引入有着思维方式相近的说辞，即"《山海经》是写了所经历过的山与水，《老生》的往事也都是我所见所闻所经历的。《山海经》是一个山一条水地写，《老生》是一个村一个时代地写。《山海经》只写山水，《老生》只写人事"①。但这种自然与人事的生硬比附，以及希求达致的"写出了整个中国"的艺术效力，也终究是一种需要作者的辩词才可理解的相关性。而诸如"苦恼的仍是历史如何归于文学，叙述又如何在文字间布满空隙，让它有弹性和散发气味"②之类，以参差对照的方式提点故事，通过节奏感的调节，来制造的一种历史辽远已逝的气韵，也是淡漠无定、暧昧不明的模糊感觉。这或许也是南帆所言及的，"一种模糊不定的氛围，一种氤氲蕴藉，一种空阔寂寥的'虚'"③的题中之义。然而，以文本的拼贴制造一种多少显得微弱的形式美感，也算是贾平凹对于故事写法的不懈探索，他毕竟是要"以自己的方式写史，想借此回望人和村庄的来处"④，其间的辛酸成败也难一概而定。

很显然就历史叙述而言，《老生》早已溢出了主流意识形态的框架，它叙述着记忆中业已死去的历史，那些谶纬迷信和稗官野史，隐而不

---

① 贾平凹：《〈老生〉后记》，《老生》，人民文学出版社，2014年，第292—293页。
② 同上书，第291页。
③ 南帆：《"水"与〈老生〉的叙事学》，《当代作家评论》2015年第1期。
④ 谢有顺、苏沙丽：《不仅是伤怀——读〈老生〉的随想》，《当代作家评论》2015年第1期。

彰的奇谈、流言与传说。当然,这并不是为了取代旧有的历史,而只是"补正史之厥",对主流叙述予以反思。正如王德威所说的,"小说夹处各种历史大叙述的缝隙,铭刻历史不该遗忘的与原该记得的,琐屑的与尘俗的"①。在此,贾平凹其实也是试图探索"被压抑的"历史主体,因而在此饶有意味的话题便是小说的历史讲述者——唱师的功能与意义。

《老生》讲述故事的视角非常独特,它以唱师这个贯穿性的人物为中心,在他将死之际,通过聆听《山海经》获得一丝人性的启发,进而回顾自己一生的见证,叙述人类"在饱闻怪事中逐渐走向无惊的成长史"。"作为唱师,我不唱的时候在阳间,唱的时候在阴间,阳间阴间里往来着,这是我干的也是我能干的事情"②。小说在此虚设了唱师这个"确实是有些妖"的人物,他虚无缥缈,影影绰绰的形象,贯穿了整个故事的始终。他鬼魅般亘古不变的容颜令人心惊,那些阴阳五行、奇门遁甲的小伎俩,正是他得以示人的拿手好戏。唱师见证了无数的死亡,作为神职人员,他一辈子与死者打交道,往来于阴阳两界之间,没人知道他多大年纪,但关于他的传说,却玄乎得令人难以置信。用小说的话说,"二百年来秦岭的天上地下,天地之间的任何事情,他无所不知","而就尘世里的事务,他能讲秦岭里的驿站栈道,响马土匪,也懂得各处婚嫁丧葬衣食住行以及方言土语,各种飞禽走兽树木花草的形状、习性、声音和颜色,甚至能详细说出秦岭里最大人物匡三的家族史"③。他知道过去未来,预测吉凶祸福,见证生死繁华,歌唱逝者亡灵,"他活成精了,他是人精呀!"这当然只是作者故弄玄虚的笔法,却包含着深刻的用意。唱师的出现,使得小说似乎获得了一种貌似公允客观的叙事视角,并以民间性的方式见证历史,窥破着大历史的神话。

---

① 王德威:《想像中国的方法》,三联书店,2003年,序言第2页。
② 贾平凹:《老生》,人民文学出版社,2014年,第142页。
③ 同上书,第3页。

就此而言，这唱师是巫，是神，他活在尘世间，却有着"穿越"阴阳界的能力，这使贾平凹的小说讲述变得别开生面，并进一步印证其小说美学"表现了一种西方现代主义文学的精神深度模式和东方神秘主义传统参炼成一体的尝试"①。

这位贯穿性的唱师角色，无疑有着复杂的历史内涵。对于主流意识形态而言，他是"妖孽"，但对于民间话语来说，他又具有某种神性的维度。他就介乎"神"与"妖"之间的位置，作为一位"间离的入戏者"而存在。而这种"间离的入戏者"的位置，其实也是一位写作者应该具有的位置。小说家要沟通历史与现实，在阴阳两界之间往来，因而小说本身的意义，也犹如唱师一样，它唱着阴歌，把前朝后代的故事编进歌词里，像超度亡魂一样超度历史。因而将唱师的形象理想化，使之玄之又玄，不仅具有隐喻意义，也具有间离的效果，它使得历史的真实性被悬置了起来。

唱师这位大地上的"游荡者"，颇有些类似于本雅明意义上的时代的异己者，"这些人无所事事，身份不明，迈着乌龟一样的步伐在大街上终日闲逛"②。他既归属于他所生活的那个时代，同时又是这个时代的异己者和陌生人。他见证着那些"清白和温暖""混乱和凄苦"，以及所有的"残酷，血腥，丑恶，荒唐"，洞悉着这个时代的秘密。他似乎具备在一成不变的历史之外开辟出新的线索与可能的条件。毕竟，那些被压抑的历史主体应该被拯救出来，而新的历史写作必须是同胜利者的历史写作格格不入的。伴随着一种显而易见的去革命化、去历史化姿态，小说中革命的过程被描述为荒谬的动乱，一次正义泯灭、邪恶丛生的行动。然而，这样一种概念明确的叙述行动，固然可以把个人、人物从历史的整合性中解救出来，但这种质疑的历史叙述姿态，也

---

① 胡河清：《贾平凹论》，《当代作家评论》1993年第6期。
② 汪民安：《福柯、本雅明与阿甘本：什么是当代？》，《马克思主义与现实》2013年第6期。

只能捕捉叙述者将死之时的记忆片段,将之连缀成破碎的历史,而无法建构一个完整的世代。

将历史简化为无聊的阴谋与血腥、荒诞的暴力和杀戮,尽管对于作者而言,一辈子所记取的刻骨铭心的个人记忆可能就在这里,而将历史讲述为神神鬼鬼,奇门遁甲的巫言,这是因为后者更具有叙述的快感,但对于以小说写史而言,其中的问题却显而易见。在此,唱师只是一个无所用心的叙述者,他只能叙述那些琐碎庸常的历史事件,将历史简单地道德化,抽象为善与恶,或是将历史描述为绝对的"暴力的再现",而对于暴力本身缺乏必要的分析。就像评论者所批判的,"唱师就是替代性外在视角的行使者,他本身就是一个大历史的旁观者或者顶多是被动的参与者。唱师所体现出来的神秘性和乡民对他的敬畏感,不过是普通民众对于他者文化、另类世界的畏惧和小心谨慎的疏远。贾平凹在这里放弃了写作者的主体性,将自己的视角等同于叙述视角,也就是说曾经在批判现实主义、革命英雄传奇、启蒙历史叙事中的知识分子视角隐遁了,只有民众在星罗棋布、犬牙交错的村庄进行着蜜蜂寓言式的布朗运动"[①]。贾平凹也正善于运用"他者化"的历史主体方式,使自己的讲述从容地从某种艰难的叙述境地中逃脱。比如正像杨庆祥的精彩分析所昭示的,《古炉》中"去成人化"的历史主体,同时也是一个"去罪化"的主体,贾平凹正是通过这种方式将"历史责任"这一至关重要的写作伦理搁置起来,而"罪"成了"暴力"的奇观,对"罪"与"恶"的记忆则"呈现为一种旧式文人式的抒情笔记"[②]。如果说在《古炉》中,历史写作的具体性(写实性)堕落为日常生活的拼凑,那么在《老生》里,野史、笔记、无从考证的乡野传说,以及神神

---

① 刘大先:《小说的历史观念问题》,《文艺报》2014年12月19日,第2版。
② 杨庆祥:《历史重建及历史叙事的困境——基于〈天香〉〈古炉〉〈四书〉的观察》,《文艺研究》2013年第8期。

鬼鬼的轶事，则无情填充了革命本该具有的模样。

唱师运用他看似高明的姿态俯瞰芸芸众生，他如巫师，如神鬼，如佛陀一般，不参与历史的实践，只是永远见证，永远游离。他见证世间一切暴力与痛苦，却只是以犬儒式的冷漠打量着，并且放任自流。这不由得让人想起韩毓海对 20 世纪 90 年代中国文学的反思，"什么是价值中立呢？尼采说追求价值中立就是佛陀的态度，佛陀的态度其实就是拒绝对事物表态，拒绝作是非价值的判断，佛陀的智慧就是对世界闭上眼睛。为什么？因为要保命、要长生不老，所以就闭起眼来对世界没有态度，只有价值中立才能长生不老"①。故而，唱师成了长生不老的"妖孽"，他的"一生活得太长了"。

"野兽"，或重述革命的难题

《老生》将历史小说化，而革命叙事沦为谶语和传说，被还原成暴力与荒谬的夹杂。老黑为了女人起意闹革命，匡三鬼使神差成为革命功臣，而他卑微的滑稽史，不啻是对革命正史的解构与颠覆，在此，以历史还原之名所做的解构工作固然显示出别样的意义，但却只是在 20 世纪 90 年代新历史的意义上延续革命叙述，并没有提供全新的历史哲学。因而贾平凹借唱师之口的讲史，固然饱含诚意，但仍脱不了"老生常谈"的意思。甚至，即使贾平凹自己，也曾在《白朗》《美穴地》《五魁》等"匪事"小说中展示过如今《老生》中的革命"野史"，他不过轻易重拾了从前的笔墨。

另外，小说对老黑之"黑"的描述，对白土、玉镯首阳山"不食周粟"的隐喻所包含的悲苦和义愤，以及土改中的基层乱象和"文革"中乡村政治的描绘，总觉得无法给人全新的陌生感。在此，革命起源的神话被无情嘲弄，革命的伟大创举被叙述成一般意义上的起事和造反，

---

① 韩毓海：《关于九十年代中国文学的反思》，《粤海风》2008 年第 4 期。

小人物们的兴风作浪，而与以往王朝的民乱故事并无太大区别，这种写法无疑是以"让革命消失的方式表达了对革命的态度"①。而改革开放之后的段落，引人注目的还是那些时政或热点事件，如"非典""周老虎"事件的直接拼贴，则又多少显得有些滑稽。正如人所言的，"如果一个作家一意孤行地要与大众传媒在社会效果上一较高下，那它必然会像乔伊斯预言的那样，在进行一场注定要失败的战争"②。

　　小说着力于描绘被压抑者历史的挖掘与呈现，但其历史观却显得极为简单，依然秉承的是"去历史化"与"去革命化"的历史脉络，其复杂性描绘当然大为减弱。比如革命者无情地杀戮，就被渲染为绝对伦理意义上的"恶"，而无法包容深广的历史内涵。这一点并不奇怪，事实上，对于这个革命的世纪，对于20世纪的历史，贾平凹更多是在王德威"怪兽"的意义上来讨论。后者在《历史与怪兽》一书中延续对中国文学"阴影面貌"一以贯之的注目和探勘，提出的依然是"足令人心顾虑低回而引以为忧"的老问题——历史暴力及其文学书写。"我所谓的历史暴力，不仅指的是天灾人祸，如战乱、革命、饥荒、疫病等，所带来的惨烈后果，也指的是现代化进程中种种意识形态与心理机制——国族的、阶级的、身体的——所加诸中国人的图腾与禁忌"。他将"历史的暴力"比喻成"梼杌"这种"外表怪诞，本性凶劣，且好斗不懈"的怪兽。在他看来，这一切都源于历史"充斥着乱臣贼子，暴行恶迹的记录"，而"我们人类的每一代都见证、抗拒，也携手制造了自己时代的怪兽"，其极致处，"恶自我增生繁衍所建构出来的历史（或者应该说是反历史），只能平添更多的暴力和荒谬"③。

---

① 何吉贤、张翔、周展安：《"20世纪中国"的自我表达、重述与再重述——重述"20世纪中国"三人谈之二》，杨早《21世纪经济报道》2015年5月11日。
② 格非：《小说叙事研究》，清华大学出版社，2002年，第16页。
③ 王德威：《历史与怪兽：历史，暴力，叙事》，台北麦田出版公司，2004年，第5页，第109页。

确实，我们总是很习惯地将历史与"暴力和荒谬"相提并论，具体分析《老生》也可发现，恰如评论者所言的，"整本小说，以杀心起兴，以凶心铺陈，以瘟疫卒章"，呈现的是一个"多头怪兽和狮子统治的世界"，它写的是"这个世界礼俗败坏，人活不出尊严，仿佛全都在什么恶兽的掌控之下"的现实与历史，因此这小说，"该算是贾平凹一曲悲愤的'阴歌'，为百年风雨泥泞送终"[①]。这样的概括当然敏锐指出了文本的现实，但却并没能打开更为复杂的面向。在此需要引入阿兰·巴迪欧关于"历史的野兽"的概念，在"历史与怪兽"之外，去发掘历史叙述自身的生机与活力。

同样是在20世纪的背景中讨论历史与暴力之间的联系，巴迪欧在他的《世纪》中借用曼德尔施塔姆的诗句对"历史的野兽"的阐述其实别具深意。"我的世纪，我的野兽，谁能直接穿透你的眼睛，谁又能用自己的黏稠的鲜血，黏接两个世纪的脊梁？"尽管在巴迪欧看来，对于深陷于历史泥淖的人来说，20世纪是一个"悲惨而恐怖的事件""唯一能够来称呼其统一性的范畴是罪行"，而这个"罪恶的世纪"，处处可见的是"无法消退的暴虐"。但"暴虐"和"罪恶"并不是历史的全部，"这个世纪同时是囚笼和新生，同时是十恶不赦的恐兽和新生的年轻的野兽"。这里的"野兽"意味着，对于旧的世界来说，新世界是一个绝对的"溢出物"，它与原先的那个世界之间没有那种温情脉脉的藕断丝连般的联系，这是一种"横冲直撞，难以驾驭"的"纯粹的新"。因此尽管"历史是一只巨大而凶猛的野兽，它将我们陷于囹圄之中"，但我们"必须抵挡住它那重若千钧的目光，驯服它并让它屈从于我们的麾下"。而事实上，"对于一个到处流浪而奔跑的野兽而言，这个充满着羁绊的世界无疑是最大的障碍。革命，一定是革命，将这个曾经的世界在野兽那火焰般的身躯中将其燃烧殆尽，让野兽将旧的世界连

[①] 黄德海：《悲愤的"阴歌"——贾平凹〈老生〉》，《上海文化》2015年第3期。

根拔起"。①

  小说固然包含着一种先入之见的观念,它试图在"历史与怪兽"的意义上,通过"暴力的再现"的方式,呈现历史之恶,但历史的复杂性在于它自身兴许蕴藏着一股"野兽"的活力,那种"纯粹的新"能够超过作者既有的观念,以极其曲折的方式呈现历史复杂的踪迹。当然如《老生》所表现的,革命者最初兴许只是一群乌合之众,打家劫舍的土匪,然而将历史道德化、欲望化固然简单轻率,人物自身的复杂在于他并不会始终随作者的笔墨流转。比如根据研究者的考察,乡野民间对于革命造反的朴素态度,其实往往体现为对于造反主角超凡能力的赞颂而非诋毁。他们"或是神力惊人,或是步履如飞,或是法术通天,大多身怀绝技,具有上天入地之能"。有的民众虽然也意识到他们是"草寇",然而,"这里无法看到对忠顺和反叛的清晰界分,对造反也没有指责、告诫的意思"。不能说这些传说在宣扬造反有理,但它们的确不去抹黑造反者,而"搁置对他们进行政治和道德的评判",这为造反提供了一个相对自由的空间。这种造反观,为民众对中共早期革命者的理解和接纳,提供了一个值得注意的意识铺垫,为中共向乡村的渗透提供了一个相当基本的纽带②。我们其实是可以从《老生》中隐约感受到这种朴素的民间力量的。仔细体味小说对老黑的刻画,其实颇有点像《水浒传》对人物的描写。这是一个百无禁忌的"新人",字里行间虽包含着嘲讽和挖苦,道德上的败坏也显而易见,但他参与历史时依然体现出复杂的韵味,人物身上有一种不屈不挠的活力。这是与贾平凹小说中由来已久的"邪异"的力量一脉相承的。尤其是当老黑、

---

① [法] 阿兰·巴迪欧:《世纪》,蓝江译,南京大学出版社,2011 年,中译前言第 15—16 页,第 2—22 页。
② 刘永华:《造反故事与闽西土地革命》,《社会经济史视野下的中国革命》笔谈,《开放时代》2015 年第 2 期。

李德胜和雷布最后死去的时候，其实都潜藏着一种历史的悲壮感。

当然就贾平凹笔下的唱师而言，当历史以"去革命化"之名沦为流言和传说之时，巫言、暴力、血腥与死亡就构成了历史发展的全部奥秘。因此无论被革命者无辜杀害的普通人，还是革命者自身，最后都无一幸免地走向死亡，而苟活者匡三其实只是卑琐的革命边缘人。小说固然通过这样貌似公允的方式，揭示了革命的无情、无耻与荒诞，却以恫吓的方式书写了造反者的悲惨命运，进而诅咒革命者（或暴乱者）不得善终的结局。然而客观上，我们也可隐约从中看到革命主体的塑造过程。在这些乱糟糟的妄想与行动之中，可以见出一份荒诞，亦可看到革命的艰辛。正是在无情的杀戮与死亡中，感受革命"为有牺牲多壮志，敢教日月换新天"的真谛。

总之，中国革命的难题性要求我们要不断地回顾鲁迅关于革命混有"污秽和血"的提醒，在文学创作上，也要直面这种难题性，因此如何理解革命自身必然携带的"污秽和血"，而非简单地在重述历史的潮流中反过来用"污秽和血"整个地取代了革命，这是需要小说写作者认真思索的问题。尽管就《老生》而言，贾平凹基于其写作技艺和生活经验的丰富性，从最污浊混沌的经验层面形成一道自下而上的微薄的光线，最终重返在我们各种观念型构之外的"地方"，进而传神地写出了国家和革命之外的某种"地方性"，这当然体现出作者思考的努力和诚意，事实上也为如何重新面对真实经验、书写真正的中国故事提供了借鉴意义①。但遗憾的是，其写作的世界观和历史观却无法产生显著的变化，这不由得让人想起一位著名评论者对于贾平凹这批"50后"作家的尖锐批评，他们"不再是文学变革的推动力量，他们对这个时代

---

① 参见陈思《"新方志"书写——贾平凹长篇作品〈老生〉论》，《中国现代文学研究丛刊》2015年第6期。

的精神困境和难题,不仅没有表达的能力,甚至丧失了愿望"①。确实,倘若不去力求开掘历史的复杂面向,而一味听凭唱师看似高明却不切实际的谶纬巫言,那么"历史必将被记忆的浮尘所掩埋,而那些浮尘堆积如山,终有一天会僭越地宣称它们是我们时代文学对于历史的真切记忆"②。

二 《回家》:不可能的归途

在近期出版的众多以"纪念世界反法西斯战争胜利七十周年"为题的长篇小说中,海飞的《回家》是一部极具特色而又引人注目的重要作品。海飞的作品一向具有良好的文学质地和出色的故事能力,其强烈的画面感为其影视改编打下伏笔,新作《回家》似乎也不例外。小说成功描述了两支已然溃败却梦想回家,渴望安宁的国共小分队,联合各色人群一道阻击日寇,舍生取义的故事。小说塑造的这些徒具卑俗念想的乌合之众,毅然踏上的殊死抗争的悲壮旅程,无疑令人印象深刻,而故事本身的情怀与气概也足以使人侧目。小说试图在抗日战争的叙事脉络中,寻找一种合乎历史与人性的表达方式,在革命历史的俗套之外,彰显出一种激动人心的悲壮感。就此而言,故事本身虽不能说毫无瑕疵,但终究显示出十足的诚意。而就小说赖以支撑的核心情感,比如回家的渴望而言,其实与习惯意义上的英雄壮举并不矛盾,反而显示出人性的深度来,这也恰恰彰显出作者思索的勇气。

《回家》是以故事嵌套的结构展开的,它以无关紧要的人物蝈蝈的倒叙引入,这恰构成小说一幕聊胜于无的"楔子"。这种叙事方式颇有

---

① 孟繁华:《乡村文明的变异与"50 后"的境遇——当下中国文学状况的一个方面》,《文艺研究》2012 年第 6 期。
② 刘大先:《小说的历史观念问题》,《文艺报》2014 年 12 月 19 日。

些类似于徐克电影《智取威虎山》的开头,隐含着重新赋予被解构的历史以正剧风格的意义。小说也由此获得了一种微妙的间离感,进而透露出后革命氛围中重新讲述革命故事的复杂况味。在此,荒诞感的疏离自不待言,而历史的讲述也恰在于重温那些悲壮的往事。它并不允诺某种客观的真实性,也不希冀我们通过这些故事记住什么抽象的主义。就像小说所展示的,一边是悲壮得无以复加的抗战故事;一边是薯条、影院,以及年轻得一塌糊涂的姑娘,仿佛是"另一个世界敞开的入口",这两个世界泾渭分明。小说就这样在历史与我们之间划下了一道深深的沟壑,由此也透露出真正的历史业已远去的讯息:其实,我们才是那些与历史毫无瓜葛的无关紧要的人群。

小说以一场国共联合作战的"虎扑岭之战"的叙述开始,极为巧妙地将"国军"、新四军、地方游击队、土匪,以及日本俘虏等不同人群置于同一叙事空间,从而获得洞悉他们内心风暴的契机。确切来说,小说展现的是刚刚经历的那场溃败,业已被打散而早已无心恋战的两拨队伍,基于伦理和道义临危受命,勇于承担了一项不可能的任务——押送日军俘虏香河正男去江苏南通的新四军驻地。为此,死人堆里发横财的麻三,连同那群老鼠山的土匪们,也被民族道义所感召,参与到这种舍生忘死的行动中来。所有故事的趣味,以及隐含的悲壮意义便由此铺陈开来。小说的绝妙之处在于,"几乎所有的参战者的内心,都有一个隐秘而强烈的愿望,就是渴望迅速终结眼前的一切,立即踏上回家的行程",而就像评论者所分析的,"这是战争叙事中一个与众不同的叙事伦理、心理动力和修辞方向",因而从一定角度来说,"这是一种真实的意绪"[①]。

小说也尝试着独辟蹊径的叙事视角,比如它以蛤蟆的目光来切入小说世界,就此也与固有战争小说的叙事方式形成鲜明差异。这里并

---

① 张学昕:《回家的路,万水千山——读海飞长篇小说〈回家〉》,《作家》2014年第21期。

非一种坚毅笃定的"我军立场",更别说论及革命史诗的正剧风格了。小说以貌似公允的他者目光,回避绝对的政治立场带给故事的压力,当然,小说也与20世纪90年代以来流行的"新历史主义小说"区别开来。它绝口不提意识形态意义上的我军口号,也没有将国民党的抗战神圣化,从而成功回避国军抗日还是共产党抗日的争议。与此同时,小说极为策略性地叙述了两军联合作战的理想方式,这是一种显见的平衡,而其间更为广泛的动员力量带给人们的感动在于,甚至连土匪、妓女也参与到神圣的战斗之中,从而实现了最大范围的民族抗战的大联合。这种同仇敌忾的实现,超越了以往任何单方面力量抗日所具有的偏执情绪。

因而《回家》虽以"回家"为名,讲述的其实是一幕"不回家"的故事。参与战争之人都有着强烈的回家意愿,但基于一种绝境情势,他们又纷纷做出不回家的决定,这也显示出悲壮崇高的意味来。在此,人性的真实在于回家的强烈意愿,但人性的崇高则在于克服这种一己之私欲,融入更大的民族道义之中,这才是战争文学挖掘的最可宝贵的人性财富。因而《回家》并不是在反战的意义上宣扬一种"好莱坞式"的逃兵英雄,而是基于世俗的中产阶级理念,刻画一种世俗性中蕴藏的崇高感和自我牺牲精神。作者正是冀望在这世俗的缝隙中,打捞出历史的悲壮,从而引向关于历史与人性,战争背景下人的价值选择的思索。

从整个《回家》的叙事节奏来看,海飞选取"虎扑岭伏击战"与"四明镇战事"之间短暂的安稳作为主要的叙事时间,而所有的故事与过往也都在此期间充分展现。与此同时,那些性格各异的众多角色,他们错综复杂的人物关系,由此而来的日常生活的丰富空间,以及无情的战火加诸他们内心深处的精神创伤,也都得到了充分的渲染和呈现。然而让人意外的是,或许是不善于描写战斗场面的缘故,作者对整个小说中几次大的战斗反而寥寥几笔便匆匆带过,详略的选择极为自觉,因而那些杀戮和死亡的血腥场面,也就显得谨慎而节制。在此,他弃绝了战争文学惯常带给人们的感官刺激,而是深入人物内心,捕捉战争条件下人性闪光的瞬间。

这不由得让人想到吴强的小说《红日》,这部经典的史诗性作品同样以两次战斗之间的间隙,作为小说故事展开的主要时间。小说以沈振新部队涟水战役的失败开头,讲述他们失败之后的休整、总结,以及新的力量的积蓄过程,而在此之后,以孟良崮战役胜利的情节爆发作为结尾便显得真实而合理。小说中,两次战斗之间及其周边广阔的叙事空间,为战斗中个人与集体的不断成长,以及整个革命事业"从失败走向最后胜利"的历史隐喻提供了线索和依据。当然,对于红色经典的革命历史小说来说,其历史的隐喻当然在于承担将"革命历史"经典化的功能,以此证明当代现实的合理性。在这个意义上,《回家》虽然延续了《红日》的基本叙事结构,但并没有沿袭它如此显豁的意识形态教诲方式,而是依据小说人物自身来说话。概言之,小说在硝烟弥漫的战争场景之外,更多呈现的是日常生活的烟火气息,以及人物丰富而独特的生动性格。

在战争的硝烟之外,突出其间美好的人情与人性,这是我们熟悉的叙事结构。孙犁的小说之所以被文学史高度评价,正是在于他记录的是战争年代的日常风景,而非如火如荼的正面厮杀,这或许恰恰说明了他对战争的态度,用研究者的话说,"他对日常生活有多热爱,便有对战争的多么厌恶"。在此,对于战争本身的厌恶自然是一个方面,但对于这种战争中日常生活面的强调,其实也与当今时代"去革命化""去历史化"的中产阶级情感构成不容忽视的对应关系。

读起海飞的《回家》,也会让人想到冯小刚的电影《集结号》。现在看来,电影《集结号》的批判性在于,基于一种个人主义的立场,纠结于"不可靠的组织"对于个人的驱使与欺骗,他们浴血奋战却不得不遭受早已被组织遗忘的命运,大历史中个人的微茫与战争环境下的

"炮灰"本质也由此显现。同样是上级下达的惨烈的阻击战,《集结号》对于历史的指责在于,究竟有没有吹响过事关撤退信号的集结号。在此,电影以"每一个牺牲都是永垂不朽的"相号召,运用个人主义的绝对性,所指控的恰是历史的荒谬本身。

与《集结号》相似,《回家》里的朱大驾是在摆弄步话机时得到"偶然的命令"的,这意味着这群已然准备回家的溃兵,突然获得了新的使命。他们也注定要为这偶然的使命浴血奋战,甚至牺牲生命。然而事实上,当惨烈的战斗结束之后他们才赫然发现,在成功拖住敌军八个小时之后,其实并没有援军及时赶来。不仅国军如此,连日本的军队也是孤军奋战,就这样,两支看上去被组织抛弃的队伍在四明镇打了一场没有援军的殊死战斗。这似乎又像是一次组织的欺骗,一场血战之后才可能发现的荒谬闹剧,就像小说所言,"陈岭北和他的杂牌军再一次被遗忘了,仿佛一群找不到爹娘的孩子",即便是陈岭北到了南通新四军根据地以后,都不知道国军执行的拖住日军先头部队八小时的任务究竟是怎么回事。我们太熟悉这样的戏码,然而问题的关键在于,如何超越这种战争中的绝对个人主义的臆测?好在海飞的《回家》给了我们一个隐约的解决方案。"一直到大半年后他才从一张旧报纸上知道,日军大部本就无意从四明镇通过,那不过是一个障眼法。但是国军针对日军的是障眼法对付障眼法,在四明镇上命令原35团的残部和船头正治中队打一场战斗,而大部队却在一百多里外的东浦镇和日军真正的'冬之响箭'先头部队有了一场激战"。

表面上看,下达堵截命令的国军援兵一直都没有出现,执行"冬之响箭"任务的日军后续部队也没有来。但其实双方各自的主力正在他处血战,因而这群溃兵们残酷的孤军奋战其实只是出于战略的需要,在此,战争的悲壮并不是纯然无谓的牺牲,而恰是虚晃一枪的结果。事实上,他们的使命与牺牲,成为整个战争战略中的重要环节。这或许也正好回答了《集结号》的主人公谷子地的疑惑。由此亦可看出,战争本身的残酷,并不是个人身处其间的荒谬就可以解释的。

毫无疑问,《回家》在一定程度上突出了张扬人性、反对战争的意义。在这部小说中,作者不断渲染日常生活的吸引力,而非战争的严酷性,在此,所有的人都在怀念日常生活,所有人的过往也都在日常生活的框架内得到了详尽的展示,这种日常生活在场的突出标志,便是几乎所有出场人物贯穿小说始终的回家的渴望。如人所言,"家"是一种象征,"它代表了和平,代表了对杀戮和动荡不安的生活的极度憎恶。它不仅是对爱好和平的中国人民的真实人性的书写,也是全世界所有爱好和平包括日本人民的真实人性的书写"①。

小说在传统意义上的我军立场之外,不断扩散其人性的辐射面。为了显示这种人性的深度,作者还不断渲染我们的敌人——日军将士,在传统的"野兽"和"鬼子"之外流露出的厌恶战争的平凡欲念。在海飞笔下,日军部队从作战指挥官到普通士兵,比如千田薰、船头正治、高月保、香河正男等人,都是以尽快回家为主要愿望,这与之前文艺作品由来已久的反面形象大异其趣。确实,在真正的战争中,包括参战的日本人也是渴望回家的,这也是标题"回家"所包含的更为普范的人性意义。毕竟在主流意识形态的叙事框架里,除日本右翼军国主义之外的大多数日本人都是爱好和平的。更何况从阶级分析的角度来看,我们在小说之中看到的几位日本军队士官,也都是来自寻常人家的普通人,他们有的是被拉壮丁的菜农,有的是作为学生的新闻记者,有的是渔民的儿子,战争对于他们来说,在某种程度上也是被强加的产物。作者在此显示了一种艺术创新的努力,以强调一种人性的普遍意义,这样的人性深度自然值得肯定,但是其间的塑造也不能说毫无问题。比如故事中那位戏份极重的日军战俘香河正男的意识转变,便显得缺

---

① 傅逸尘、海飞:《历史烟尘与现实生活的相互观照——关于海飞小说与剧本创作的对话》,《文学报》2014年12月18日。

乏足够的心理动机而多少有些让人难以理解。

  为了给香河正男的意识转变做出自然的铺垫，小说极为用力地叙述了诸多关键环节。比如小说叙述了稚气未脱的游击队长为其舍身相救的壮举，这无疑让兵败被俘的他感动万分；而另一方面，不知名的植子的慰问信也起了相当关键的作用。这位从未出场的姑娘，连同她那"不一样的慰问信"，在香河那里激起了阵阵涟漪。他或许是"深深喜欢上了这个叫植子的姑娘"。在此，这与其说是一次非同寻常的单恋，不如说是一位在战场受挫的孤独个体，面对人生窘境的思索和忏悔。在他那里，与那不存在的恋情相裹挟的，是对整个战争的刻骨反思。面对植子的"被斩杀的那些支那人，他们有死罪吗？"的诘问，香河正男无言以对，这也让他不得不思索战争的意义。也正是在这种思索的过程中，一种绝对的人道主义，一种超越民族界限的更高意义上的人性原则逐渐凸显。小说也正是从香河正男的不知所措与大彻大悟开始，轻易导向了他此后的忏悔与思想转变。

  然而，香河正男基于忏悔的原则，在尽快结束战争，回家迎娶植子的心魔鼓动下，毫不犹豫地调转枪口，便显得让人难以理解。这样的手法与电影《南京！南京！》中日本兵角川的忏悔乃至自杀如出一辙，都或多或少失去了故事严密的逻辑性。现在看来，导演陆川的动机极为明显，即"试图塑造一个'人性'的角川形象来使影片获得一种道德制高点，以使电影达到某种'艺术'的高度"[1]，然而正如人们所指出的，"角川这个人物在本质上是虚假的，他仅仅存在于陆川的臆想当中，而不具备历史的真实性"[2]。同样的批评其实也可以指向海飞的这部《回家》。毕竟，从民族性格来看，在尚未战败的前提下，一厢情愿地想象

---

[1] 徐刚：《一场未遂的历史对话——从电影〈南京！南京！〉的争议谈起》，《粤海风》2009 年第 5 期。

[2] 郭松民：《〈南京！南京！〉：角川为什么是虚假的？》，《记者观察》2009 年第 6 期。

他们基于人性的忏悔而背叛自己的民族，无疑显得过于轻率而不太符合历史常识。这毋宁说是作者刻意建构的一种人性深度，他有意将人性的讨论引入历史深处，虽徒具艺术的感染力，却终究缺乏必要的可信度，这不能不说是小说的遗憾所在。

三 《炸裂志》：寓言中国的"实"与"虚"

小说《炸裂志》是阎连科继《四书》之后最新的长篇作品。这个不折不扣的寓言小说，以县志的形式书写了一个叫做炸裂的山村，从村变成镇，由镇变成市，最后成为超级大城市的故事，进而通过这个村庄三十多年的历史变迁，叙述了改革开放以来中国的发展之路。正如阎连科所说的，炸裂的原型就是深圳，但小说并不因此而拘泥于一时一地的历史表述，而是立足于整个改革开放的历史，因而这是一个地地道道的讲述中国故事的小说。在这一点上，我们似乎应该钦佩作者关注当下的勇气，毕竟这种以整体的寓言方式隐喻现实中国的作品并不多见。事实也证明，在他泥沙俱下的狂欢叙述之中也确实饱含着批判与反思的深意，而不无偏激的隐喻也自有其愤懑与焦灼，这也容易让人看出作家对现实的关切与忧思。然而仔细读来，这部看似意义重大的作品，却并无太多令人惊叹的高明之处。尤其是小说中寓言的表述方式，以及"神实主义"的创作方法，都存在太多值得讨论的问题。

就小说而言，《炸裂志》其实是从"改革元年"开始叙述的。这里有人民公社化的解体，还有新自由主义的卷土重来，这当然是三十年来中国社会变迁的重要图景。然而，小说的最大意义不在于细节的真实性，而在于一种荒诞不经的寓言性，它用一种概括式和缩减式的寓言叙事来囊括当代中国的整体形象，这无疑显示了作者的文学野心。当然，阎连科从来都是小说世界里的野心家。从《日光流年》《受活》，到《丁庄梦》《风雅颂》，再到《四书》《炸裂志》，无论是现实的还是历史的叙事,阎连科都不拘泥于细节意义上的中国形象,而是极富概括性地表现时代整体,用评论者的话说,小说意义上想象和塑造"中国"的方式是其惯常的手法①。这里的炸裂村当然是一个货真价实的中国形象的隐喻。在此,阎连科运用了当代作家通行的做法,即从一个村庄的变迁,来讲述当代中国的变化,这是从《创业史》到《古炉》《带灯》的文学传统,而《炸裂志》也意在表明中国三十年的发展,借此对甚嚣尘上的时代主题,比如中国速度、中国模式等问题表达自己批判性的反思和忧虑。

在《炸裂志》的开头,深受合作社之"创伤"的孔东德,是新的时代历史之仇恨的原点,因而当他从监狱回到村子之时,便意味着这个历史的复仇运动拉开了帷幕。在那朝代更替、改天换地的时刻,他命令四个儿子寻找自己这辈子的命道。其中,老二孔明亮无疑是小说的主角。在他这里,最初的"万元户"的故事,彰显出勤劳背后的肮脏与龌龊,也意味着财富一举奠定了新时代最大的拜物教,或者更确切地说,财富以及财富崇拜迅速占据了革命退场之后所形成的意识形态真空。

小说中,孔明亮因财富之名,挽回了其父辈所受的"屈辱",同时对旧时代进行了清算。他以极其戏剧化的方式取代了老村长朱庆方,当上了炸裂村的新村长,并在金钱的驱使下,对朱庆方连同其所代表的旧时代极尽唾弃和羞辱。其中,老村长被群众浓痰呛死的细节,便隐喻着旧时代在话语层面所遭受的攻击,进而宣告瓦解的历史过程。在此,改革时代所滋生的发展主义意识形态,取代了旧有的无产阶级革命的乌托邦话语。当然作者也没有顺势给这些革命的乱臣贼子好脸色看,相反,他赋予了这个新时代十足的荒谬性。比如孔明亮这个改革时代的"盖世英雄",不过是偷盗扒窃的"急先锋"而已,是"团结

---

① 参见王尧《作为世界观与方法论的"神实主义"——〈发现小说〉与阎连科的小说创作》,《当代作家评论》2013 年第 5 期。

一致向钱看"的时势造就的"混世魔王"。随着小说情节的发展,一个戏剧性的转折在于,社会主义市场经济的产业升级宣告了炸裂村由"男盗"向"女娼"时代的转换,由此也体现出作者对发展主义实质的批判性理解。就此,整个国家改革开放的"发迹史"被阎连科描述为炸裂村"男盗女娼"的历史。这种多少有些情绪化的表达,终究体现了作者对当代中国三十年发展史的一种评价。

纵观整个小说,当然也有我们所熟悉的家族斗争模式,但《炸裂志》里孔明亮和朱颖的爱恨情仇却包含着别样的意义。这对权力争夺的对手,既是不共戴天的仇家,又是命里注定的伴侣,而故事最后,这对最不可能结合的男女,居然奇迹般地走到一起,成为貌合神离的夫妻,进而也成就了炸裂的发展大业(当然,发展之中也注定蕴含着毁灭)。这也象征着改革时代的中国,最不可能走到一起的权力和资本的"媾和",并暗示它可能通向的结局。这其实就是20世纪90年代以来一类人群对中国模式、中国崛起的流行看法,阎连科看似高明的比附其实不过是以寓言的方式将这个俗套的观念铺陈了出来。

因而,《炸裂志》实际上表达了阎连科对三十年来中国改革开放历史的不无偏激的判断。从某种程度上看,这样的表述也符合当下人们对现实的感受,比如道德沦丧、精神滑坡,以及政治黑幕、权力与性的结合等等。这种表述当然可以显示小说所具有的批判色彩,而一个批判的文本无疑更能让人"读出"作者的诚意、责任和担当,这是批判的拜物教赋予我们的知识。其中尤其是作者的现实关怀,因批判之名而呈现的对当代中国的焦虑,都足以使人感动。这些固然也不能排除作者发自内心的诚实,而毫无虚假做作的嫌疑。但这样一种简单的寓言化叙事,与流行的政治偏见的附会,以及一切都借此展开的感情用事的情绪表达,却又同样使人疑窦丛生。这是一个意义重大的作品,但从寓言的角度来看,又似乎显得过于简单而直白,缺乏蕴藉和更为深远的内涵,而作者一味地批判也几乎成为掩饰作品艺术性不足的"护身符"。其中尤其值得注意的是，从其所表述的历史来看，他实际上对三十年发展的经验做了一种简化的处理。换言之，他用小说的方式做的是一种历史的减法的工作，而不是去发现历史经验的鲜活与复杂。这一点正如评论者所指出的，"他在癫狂中将真实世界粗暴地化约缩减成他有能力理解和抨击的影子世界，在那个影子世界里，不仅忽略了任何的善，更可怕的是，也简化了一切的恶"①。这样的评论虽然过激，却也指出了小说的某些实质。

阎连科习惯在文本的内外之间，彰显其小说的责任与宿命。比如《炸裂志》一开头，小说煞有介事地写出了文本内外的写作缘由，其中值得关注的是，"主编导言"与正文之间构成的一种"元小说"式的微妙张力。这里可以解读的信息在于，阎连科似乎并不避讳承认自己在名利的诱惑下投入写作的现实，因而也深刻理解作家"被真金白银俘虏"的真正含义。但可贵的是，他总是努力在这种写作境况中背叛自己的初衷，去发现写作的真正责任与担当，这也像他在小说《四书》所设置的那个叙事人"作家"，小说中的"作家"原本被赋予的写作任务是书写一部《罪人录》，这本应是一部无耻的"告密之书"，但整个小说《四书》又奇妙地超越了《罪人录》，成为一部"淌血"的控诉之书，一部寄予着寓言与历史的荒诞之书。这便在冥冥之中迎合了作者一再所声称的，自己就是"写作的叛徒"②。

同样，在这部《炸裂志》中，本指望著名作家"阎连科"撰写一部歌功颂德的史志之书，"使《炸裂志》成为一部旷世奇书，为炸裂由村到镇、由镇为城，再由城发展为市和超级都市的演变树碑立传，为那儿的英雄、人杰、人民歌功颂德"。却不料这位坦诚的作家，基于自己的理想与责任，写出了一部"引起一片哗然、声讨和咒骂连连不断，使之

---

① 张定浩：《如何书写真实：兼论阎连科〈炸裂志〉》，《上海文化》2014 年第 1 期。
② 阎连科：《写作的叛徒——〈四书〉后记》，《当代作家评论》2013 年第 5 期。

成为炸裂私传私阅的一本市志奇书"。这样的"背叛"当然是惊世骇俗的,而等待这种"背叛"的命运也可想而知。"而炸裂市领导、干部、机关、百姓、上上下下,知识分子与普通民众,几乎全部拒绝认同这部荒谬、怪诞之市志,从而掀起前所未有的地方抗史之大潮,也因此勒令阎连科永无故乡,再也不得回归他的生养之地炸裂市"。

由此可见,他似乎深知自己的写作逃离不开"一把火烧掉"和被放逐的命运。这样的"预言"也可看出作者的忧虑与愤慨。这当然是一种调笑式的戏谑,也是一种无奈的自嘲。无论如何,对于一位以稿费为生的职业作家而言,因政治原因被"封杀"当然不是一件好事。但倘若一切都无法幸免,预先做出回应也未尝不是一件好事。这似乎就是阎连科在当代中国的写作宿命,由此也可看出他的抱负所在,即对金钱和荣耀的拒绝,而忠诚于自己的写作伦理以及内心的追求,不惜让自己陷入被封杀、孤立,乃至精神流放的境地,也在所不惜。然而情感归情感,就这种批判姿态的实质而言,如此高调却也面目可疑。从某种程度上说,廉价的批判恰恰足以保证他延续与当局不合作的紧张态势,进而持续吸引海外中国当代文学研究者的不断关注,这对于这位如今已然稍显政治敏感的写作者而言更是极为重要。

同样是因为寓言化,《炸裂志》其他的问题也显得极为突出。正如杨庆祥在对阎连科《四书》的批评所指出的,"'去成人化'的历史主体暗示了 50 年代作家根深蒂固的恐惧症,他们既不愿意将记忆掩埋起来,又不敢正视历史的具体性。如果历史要求他们做出一个认领,他们最后还是以'踢球'的方式将这个'责任'踢给别人"[①]。因而如果说,"从重建历史程序、还原历史细部的角度来说",《四书》"依然失之于简单"的话,那么具有同样毛病的《炸裂志》则并不比《四书》复杂多少。

---

① 杨庆祥:《历史重建及历史叙事的困境——基于〈天香〉〈古炉〉〈四书〉的观察》,《文艺研究》2013 年第 8 期。

如果说在《四书》之中，"大跃进"的历史在阎连科这里变成了"一个普遍的可以被类型化的'故事'"，那么《炸裂志》中改革开放三十年的历史则被简化为一个具有固定结论的且不无情绪化的流行观念。

在这个意义上，我们看待寓言，便可将其视为一种重建的艺术。它从历史的具体性中滑脱，以"内在真实"在另一套故事体系中以轻逸的姿态显性。就像程光炜教授所说的，"作家的任务并非照实摹写那里发生过的所有生活细节，而应该用另一种新的内在的逻辑对其加以颠覆，在颠覆之后予以重建"①。这便是寓言写作的意义。它致力于在一种表层的叙事之中，重建一个隐喻的世界，而后者正是一个不能直言的所在。因而对于《炸裂志》来说，它所标榜的神乎其神的叙事方式，仍然没有逃离魔幻现实主义的技巧和模式。它只是在现实的基础上升华了自己的想象力，用夸张和荒诞的形式烘托现实的非现实性，而所谓的震撼正是源于处于现实处境中的读者，会与作者形成一种"你懂的"默契，那种荒诞感并没有脱离现实而存在，而是现实的一面镜子。因而从某种程度上说，寓言又是一种逃避的艺术，既逃避可能的政治侵害，降低商业风险；同时又逃避对真正的现实具体性的诚挚书写，这些都是寓言写作的弊端所在。正是在这个意义上，批评家对寓言化的写作表现了十足的焦虑，"试想如果有一天，我们像读《伊索寓言》一样去阅读和理解中国当代史，那该是一种多么可怕的遗忘和放弃"②。

对于小说的情感与叙事伦理，有相当多的评论者都指出了作者几乎相似的弊病，比如太过峻急，一时怒发冲冠，便迫不及待地赤膊上

---

① 程光炜：《焚书之后——读阎连科〈四书〉》，《当代作家评论》2012年第5期。
② 杨庆祥：《历史重建及历史叙事的困境——基于〈天香〉〈古炉〉〈四书〉的观察》，《文艺研究》2013年第8期。

阵①，这似乎正好落入到鲁迅所说的，"感情正烈的时候，反而不宜写诗"。抑或回到了那个文艺理论中经常讨论的问题，"席勒式"还是"莎士比亚式"？无论是《四书》还是《炸裂志》，整体性的寓言写作固然可喜，但不可否认的是，小说中的人物都是一个个僵硬的符号，根本没有自己的血肉和丰富的内心世界。为了服务于寓言的结构，阎连科似乎在急于讲出一个个耸人听闻的故事，而将这些人物生硬地安置在小说的关系链条之中。

阎连科自己也承认，从《桃园春醒》（抑或是《受活》）开始，他的小说有一个从沉重到轻逸的转折。极为风格化的寓言和更为文学性的魔幻，戏谑式的胡扯八道，都在《四书》和《炸裂志》中达到了极致。正像他在表述"神实主义"时所说的，"大约应该有个简单的说法，即在创作中摒弃固有真实生活的表面逻辑关系，去探求一种'不存在'的真实，看不见的真实，被真实掩盖的真实。神实主义疏远于通行的现实主义。它与现实的联系不是生活的直接因果，而更多的是仰仗于人的灵魂、精神（现实的精神和事物内部关系与人的联系）和创作者在现实基础上的特殊臆思。有一说一，不是它抵达真实和现实的桥梁。在日常生活与社会现实土壤上的想象、寓言、神话、传说、梦境、幻想、魔变、移植等等，都是神实主义通向真实和现实的手法与渠道"②。他一次次以抵抗"控构"的名义，高举"神实主义"的大旗，但无论是所谓"零因果"，还是"灵魂深度真实"之类的表述，就其本质而言，并不脱魔幻现实主义的窠臼，或更确切地说，不过是大肆搜刮马尔克斯、卡夫卡、胡安·鲁尔福等"神性之作"养分的结果。不得不承认，这是一种颇为讨巧的文学方式。借此，阎连科的小说时常以风格化的方式，在

---

① 参见王春林《复杂暧昧的社会现实与小说的批判艺术——2013年长篇小说一个侧面的考察》，《小说评论》2014年第1期。
② 阎连科：《发现小说》，《当代小说评论》2011年第2期。

文学性的表述中巧妙地滑脱。

事实上,无论是《四书》还是《炸裂志》,阎连科总是刻意展示作品的"文学性"元素,简单地说,就是不断张扬小说的"魔幻"因子。仿佛对他来说,唯有魔幻才能彰显文学。《炸裂志》里曾写到了明辉的"草纸黄历书",这个神奇的历书,昭示了每个人的命运,这其实是对《百年孤独》里"梅尔加德斯的羊皮卷"的拙劣模仿。阎连科总喜欢加入这些"魔幻"的情节,比如《四书》里面,用人血灌溉麦地,结出玉米一样大的麦穗,用一种夸张和极致的想象,表达一种偏执的观念。由此其实不难看出,这些中国资深作家仿佛永远走不出《百年孤独》的阴影。当然,作家都有胡说八道的权力,他们的自信在于,认为自己的胡说八道是在说出时代的真相,正所谓,小说家用谎言展示真实。但事实上,并不是所有的谎言都能自动地产生真实,还需要有写作的诚意,需要细致和耐心。无论如何,以寓言这种方式来表述中国,多多少少都显得有些轻逸。对于现实,我们其实还是所知太少,以至于我们常常有这样一种感觉,即现实往往比小说更精彩,更深入,更有想象力,也更荒诞。

总而言之,在这部《炸裂志》中,阎连科精心建构了一个寓言,一个似是而非的发展主义的寓言。他试图以此彰显作家在文学的"胡言乱语"之中"独特"的"政治发现"。其中不乏令人惊奇迷乱的文学性手法,其"政治性"或许也并非有意对所谓中国模式的诋毁,但他颇为自得的批判主义论调,却也极为巧妙地汇成当下无数"看衰中国"的声音之一种。这样的手法对于阎连科来说并不偶然,其实早在《四书》中我们便对他的"肆意妄为"有所领略。那部政治气味多少有些敏感的小说同样充满了非常惊悚的"想象性描述",但同样遗憾的是其总体态度依然显得过于简单,他所热衷的"神实主义"叙事之中充满的也只是技巧而非诚意。因而,无论是《四书》还是《炸裂志》,那种"胡扯八道,信口雌黄"中所期盼的"真正地、彻底地获得词语和叙述的自由与解放",其实并没有达到他叙述的目的。无论如何,虚构还是非虚构,寓言还是写实,古典抑或现代,作者的全情投入和饱含诚意的书写,才是文学自我更新的机遇所在。

最后或许还可谈谈《炸裂志》的形式,这也是阎连科始终怀有刻骨焦虑的对象。就像人们常说的,写什么并不重要,关键是怎么写。《四书》让我们领略了像圣经一般简洁而古奥的语言,而其中《天的孩子》《罪人录》《古道》等多文本的交相辉映,也极大地释放了作品所蕴含的内在力量。同样,在这部《炸裂志》中,形式再次成为一个令人瞩目的问题。然而问题是,这个以县志为名的小说,其实并不太像一部真正的县志,尽管其间,舆地沿革,传统习俗等煞有介事的表述都异常明晰,但其内在却仍然不脱虚构文学的痕迹,这便正如作者自己一次次在主笔导言中所承认的,"有时会忘了这是一部地方志","以后的志书可能会更加超越志载书写的传统例式和规范,如同渠道中的水流会漫出河岸样,而这也正是我作为这部《炸裂志》的主笔想要去做的,想要漫溢超越的。也许那也正是我说的'志书新记载'"。

这个以县志为名的小说,本可以本土化写作的形式,激活汉语写作的魅力,但遗憾的是,作者终究还是未能入戏,只是落实成"志书新记载"的形式。也许对他而言,明知这是虚构的艺术,也仍然无法忘怀自己正在写作小说的事实。其实,他本可像塞尔维亚作家米洛拉德·帕维奇的《哈扎尔辞典》那样,将小说写成一部真正的词典,但他最终还是遗憾地擦肩而过了。除了目录、标题、前后附篇、主笔导言等徒有其表的形式之外,小说并没有太多和县志相关的内容。段落之间过于连续,没有跳跃的张力,形式的贯彻并不坚决而沦为徒有其表的外观。话说回来,完全的县志形式当然是不可能的文学任务,但《炸裂志》如此虚有其表的外观,却也不得不说是小说的另一处缺憾。

四 《牛鬼蛇神》：先锋记忆的缅怀与溃散

在当下略显寂寞的文坛里，马原的回归无疑是一个激动人心的事件。这位昔日的先锋派旗手，曾经叫嚣"小说已死"的文学狂徒，在封笔20年后，终于推出了长篇新作《牛鬼蛇神》。然而，这种强势的复出，究竟是"先锋派"别开生面的"王者归来"，还是"纯文学"聊胜于无的"回光返照"呢？其中的成败得失或许值得深思。

"我就是那个叫马原的汉人，我写小说，我喜欢天马行空，我的故事多多少少有那么一点耸人听闻。"时至今日，对当代文学的历史略知一二的人，也能毫不费劲地回想起那个自命不凡的文学天才，那个不可一世的先锋狂徒，在80年代文坛所掀起的惊涛骇浪。那个曾经发明了独特"叙事圈套"的"写作的汉人"，几乎凭一己之力创造了彼时"纯文学"的叙述神话。然而，当他在最辉煌的时刻从文学界抽身而去，在众人的唏嘘声中拍纪录片、拍电影、写剧本、做房地产，辗转于西藏、海南多地，经历"灵感危机"，于多年之后终于重拾文学之时，人们当然要为这位神话般人物的回归而倍感振奋。

熟悉马原以往作品的读者大概可以一眼发现，《牛鬼蛇神》的开头（即"卷0北京"部分）几乎重复了旧作《零公里处》的内容。类似的情况在"卷2拉萨"部分中更为严重，这部分的文字大段照搬了马原诸多以西藏为背景的经典小说。尽管笔者并不认同此中所谓"无缝衔接"的完美呈现，但客观而言，这些简单的自我重复也算不上什么致命的硬伤，据此就认定其失去了叙事的信心也多少有些言过其实。换而言之，我们毋宁将这种重复看作某种形式的"重述"，从中可以看出马原的个人偏好和写作情绪。

马原曾在不同场合多次谈到，《零公里处》这部有着"流浪汉小说"痕迹的中篇小说是他自己"最为看重"和"最得意的作品"，因为这篇小说里面集中了他"全部人世经验"①。由此看来，他对这个小说的偏爱，更多是源自对这种自我呈现方式的热爱。于是，在这部有着明显自叙传意味的《牛鬼蛇神》中"重述"《零公里处》的故事，便显得意味深长了。或许，马原真的想在这部长篇小说中凝缩自己的一生。

在马原一系列以大元为主人公的小说里，我们可以轻易地结合马原的生活经历发现其中的自叙传性质，这部《牛鬼蛇神》亦不例外。尽管开篇便是"文革大串联"，但以一位13岁男孩大元的视角展开的故事，却与政治批判和意识形态臧否全然无关。包括那个耸人听闻的标题，也与"横扫一切牛鬼蛇神"的荒谬年代划清界限。就此而言，马原显然并不希望以时下流行的方式书写特殊年代的政治禁忌，从而以人性和自由俘获"历史的怪兽"。写政治从来都不是马原的强项，对于这位以小说叙述为中心的方法论主义者而言，政治、历史、人性等"宏大主题"从来都不是他关心的。

尽管从余华的《兄弟》，到苏童的《河岸》，再到如今马原的《牛鬼蛇神》，当年的先锋派小说家在蛰伏多年之后，都不约而同地选择以"文革"的故事开启长篇，但马原无疑更加淡化了历史的意义和叙事功能，完全沉浸在青春与成长的故事之中。在此，"文革"只是一个虚置的背景，历史也徒有其外表，并无实质内容。对于《牛鬼蛇神》中"文革大串联"来说，其绝对的意义在于标定一位青春少年走向自我生命的起点。大串联中狂欢式的人口流动，使得大元和李德胜这对来自天南地北的朋友萍水相逢，他们相约见证那个伟大的历史时刻，并一起在天安门广场寻找想象中的"零公里碑"，而两人之间的友情和隐秘的历史也由此而开启。

以"文革"为背景讲述大元仪式般的青春故事的伟大起点，这个

---

① 参见马原《关于新时期文学的记忆》，《当代作家评论》2000年第4期和《作家与书或我的书目》，《外国文学评论》1991年第1期。

磅礴的背景足以引人注目。小说之中，13岁的大元正处于儿童和成人之间的尴尬年纪。他顽童般离家出走，去追逐成人的世界，他需要一种伟大的仪式来证明自己的成长。于是，他与"文革大串联"劈面相迎了。小说中，大元见证了那个崇高的政治仪式，也开启了与另一位兄长般的男人的伟大友谊，除此，他还遇到了林琪，这位神秘的姐姐给了他朦胧的初恋感觉。于是，一个轰轰烈烈的红卫兵故事，居然蜕变成诗意盎然的京城郊游。对于马原来说，小说在此重述《零公里处》的故事，或许正在于缅怀失去的青春，追忆逝去的年华，重新体味一个人独自面对世界的最初经验。毕竟，那个大动荡的时代，他亲身经历并参与其中，这种历史的在场感足以让他津津乐道。对于一位垂垂老矣的昔日先锋而言，还有什么比崇高的理想、青春与激情，以及朦胧的爱恋更加刻骨铭心的呢？

相对于"蛇神"大元清晰可辨的自叙形象，《牛鬼蛇神》的另一位主角"牛鬼"李德胜始终是一个影影绰绰的人物。小说以我（大元）与李德胜的友谊开启全篇，然后以这对朋友的互访来渐次呈现海南、西藏这些边缘之地的"鬼""神"故事，从而使得原本毫不相关的空间与人群紧密相连，亦使整个小说看上去圆融有机。

在"卷1海南岛"部分中，正是李德胜将大元领到了海南岛这个光怪陆离的鬼世界里。这里阴郁而神秘，有着大元难以理解的玄妙。而此时的大元则惊异地发现，当年在北京相遇的红卫兵，与伟人同名的"李德胜"，回到崩石村便变成了李老西，一个带着几分"鬼气"的山民。从黎母山丧葬到"车鼋托梦"，"他的世界里，除了鬼还是鬼，他就没见过没听过人类以外的世界里还有别的"。如果说李德胜（或者李老西）皈依"鬼的世界"，所表征的是大元（亦是马原自己）自我存在的"镜像"，那么到了西藏这个真正的神灵所在之处，即"牛鬼""蛇神"的遭逢之所时，小说便在此扎扎实实地讲述了关乎信仰的故事。不出所料，在海岛上的鬼魅故事之后，小说迅速转向了作者更为熟悉的西藏故事，马原迫不及待地将读者引到阳光泛滥的圣城，去领略充满神灵而令人惊异的精神高地。而后者，正是他1980年代赖以成名的写作基础。

对于马原来说，沐浴在拉萨的阳光下，如同君临神的世界。尽管就《牛鬼蛇神》而言，这样的神灵世界多少有些似曾相识，其间穿插的旧作依稀可辨。从如巫师一般洞悉玄机的康巴汉子和他那神秘莫测的银头饰，到天花板上的奇怪声音、熊掌印和羊肋条，再到枪杀黑猫，这是旧作《拉萨生活的三种时间》里的经典段落；刑警队的小格桑，老太太的九眼猫眼儿石，以及幽灵般的养狗老太婆的故事，来自《叠纸鹞的三种方法》；而诺布讲述的四十多年前阿爸和珞巴猎人的恩怨情仇的故事，则是《喜马拉雅古歌》的主要情节；甚至零星提及的李克和林杏花，也颇为戏谑地书写了《死亡的诗意》的后续部分。在此，马原几乎重述了自己所有以西藏为背景的经典作品。在此无须指责马原的"重复"，也许对他来说，是旧故事还是新故事，甚至没有故事，根本都不再重要，只需西藏的在场便足以令人安心。马原自己曾坦言，"西藏对我最大的意义在于它就像是一个充满传奇色彩的舞台，进入西藏，就等于登上了这个舞台，登上这个舞台，自然而然会发现自己的生活具有了传奇的色彩，我的生活和写作变得更加富有弹性"。"这是一种美，一种诗意。西藏对我最大的意义还在于我个人'有神'的意识的确立"。正是这样一种亚洲想象的方式所缔造的精神笃定，塑造了马原西藏书写的神性维度。对他来说，从一个"无神论"的中国滑脱，瞬间进入到一个信仰的世界，充实感立刻显现。

毫无疑问，《牛鬼蛇神》这部通过"边疆"所建构的"牛鬼"和"蛇神"的叙事，在某种程度上可以视为马原的总结之书。其间，无论是"人""神""鬼"的纠葛，还是他一直关心的人和宇宙、人和鬼神、人的灵魂等抽象问题，都是中国作家所未曾执着关注过的。这似乎让人想起毛姆的名著《刀锋》，马原也确实承认"大元喜欢一本叫《刀锋》

的书，一生当中读了五六遍之多"。在那部颇具流浪汉意味的经典小说中，主人公拉里从第一次世界大战的战场归来后，忽然对身边的一切生出深刻的怀疑。他放弃朋友格雷给他介绍的金融工作，也解除了与伊莎贝尔的婚约，整天"晃膀子"，过着游手好闲的日子。他决定什么都不做，只是读书和到处走走看看。他流连在印度教、吠陀经和《奥义书》之间，沉湎于古老的东方哲学和诡异的神秘主义，以期在此寻找人生的意义。和《刀锋》中的拉里一样，《牛鬼蛇神》讲述的也是大元在创伤后的回返与倾诉，其流浪汉式的游荡，只为寻找人生的意义，而这亦是作家马原精神轨迹的生动写照。在离开了拉萨这个"神的世界"之后，大元（马原）的日子开始"昏天黑地"，1991年离婚，1993年登陆海南岛，1995年从岛上撤离，2000年去上海的大学里任教。十年一梦，正可谓"往事不堪回首"。

如果说大元在离开西藏这个"神的世界"之后，其生活的一塌糊涂令他万分沮丧，那么作为一位写作者，更为内在的创伤则在于面临的写作困境，并由此而导致的从声名煊赫到籍籍无名的处境。其实早在马原35岁的时候，他便极为颓然地承认自己的创作"开始走下坡路"。用他自己的话说，就是"从明星地位落下来，变得无足轻重，他那数量有限的小说经常插在一些刊物目录最不起眼的角落"，当然"这也没有使他的自尊心受一点刺激"，甚至对于自己能够回到常人的生活中去，感到"由衷的高兴"，只是希望能有一小块栖身的处所可以"读一点书写一点书"。这种从先锋热潮的俗世喧嚣中成功规避的怡然心态，还是清晰可见的，但不可否认的是，"最富创造力的人生阶段已经或正在与他道别"。读罢《百窘》，一种英雄迟暮的感觉油然而生。此后，他在多个场合表达了自己创作乏力的痛苦之情。"二十年，我做了很多次尝试，最后我已经认命了，觉得自己真正有灵感的人生阶段已经过去，可能我一辈子再也写不了小说了"。"对于江郎才尽，二十年里，马原不止一次害怕。他很绝望"①。

如果说英雄迟暮而沦为一介庸人令他感到万分痛苦,那么疾病缠身则让他对生命和人生的意义本身产生了别样的思考。在谈及写作《牛鬼蛇神》的原因时,马原提到了自己的疾病。四年前,他患上了肺部肿瘤(有消息声称,马原得了糖尿病并引发带状疱疹,然后被查出肺部有阴影),这突如其来的变故,改变了他的人生轨迹。然而,也正是疾病促使他继续写作。"三年前,我和格非在北京见面,他对我说,你要是再写小说,你的小说世界会有很大的变化,因为生病了会让你看到比原来大得多的世界"。对于马原来说,格非的话一直深藏在心,而这次写作也"算是对那次聊天的回应"。"肺的病,有四年多了,期间我有很多关于人本身的形而上的哲学的思考"。这些思考最终都以"归零"的方式"拼贴"到了小说之中。"我比较迷信,信骨血,信宿命,信神信鬼信上帝,泛神",马原承认,"面临生死,很多事情就看通透了"。确实,每一个写作者的梦想都是要最终完成一部可以压在自己坟头的书,而对于病中的马原来说尤其如此。"面对死神",马原谋划着一次"视死如归的泅渡"。疾病使得死亡成为一道随时敞开的门,现实境遇的改变,使他像《刀锋》中的拉里一样寻找人生的意义。由此而叙述自己(大元)的一生,讲述人神鬼的故事。这是一次墓碑式的写作,或许也是透着死亡气息的临终遗言。

这部小说"与以往不同之处,在于一场生死"。这便诚如小说中受疾病折磨的大元,"在小花走进他的生活之前,他一生最低谷的那段日子,他曾经相当厌世,想什么事也不提劲,做什么事也懒得做。生命中那些曾经的诱惑都离他而去,看书,旅游,探险,写作,恋爱,性事,吃喝,谈天说地,所有这些都不再对他有任何吸引力"。然而极富戏剧性的是,正当他开始放弃而中断治疗时,疾病却奇迹般取得好转。海

---

① 刘炎迅:《马原"死灰复燃"》,《中国新闻周刊》2012年第10期。

口的休养，温泉和骑车，使得带状疱疹的蔓延被抑制。这或许使得他（小说中的大元）对神鬼世界的神秘更添了一份敬畏。

在《牛鬼蛇神》中，马原几乎将他一生中所有有关神、神迹、神奇的经验集中到这一部小说里。从北京到海南，再到西藏，最后回到海南，神鬼奇谈交错呈现，其囊括一切的野心，分明透露出小说情节拼贴、主题涣散的弊病。其实就《牛鬼蛇神》的写作而言，这既是一次自我生命的忠实记录，也是思想通脱之后的肺腑之言，是指向自我的心灵慰藉之书。在此情形之中，一切具体的外在主题都显得多余。马原过去的小说一向拒绝意义，此倾向在《牛鬼蛇神》中有着惯性的延续。只是叙述，流水账式的日常琐事，不关乎社会批判和历史反思，这是这位叙述本体论者的强项。小说中的大元无须任何意义的诱惑，而彻底放弃俗世的喧嚣，皈依鬼神的世界。在此，叙述几乎成为写作的唯一方式，亦是其存在的证明。

《牛鬼蛇神》中流水账式的个人经历的铺陈，无意义的细节的连缀，从中无法提炼出明显的意义和价值核心。即便是在那些跳出故事之外的卷0部分中，即一切"归零"之后的玄谈，也是些了无生气的老调。与《刀锋》中维特根斯坦的神秘哲学相比，马原式的人生"三问"显得过于浅白，无论是上帝造人的惊叹，还是常识与逻辑的辩难，都无法将此玄谈引向深邃。

另外值得指出的是，相对于他先锋时代的作品，马原标志性的形式探索，跳出情节之外而对情节品头论足的"元小说"模式，在这部《牛鬼蛇神》中不见了踪迹。这或可说明他由狂傲而转向虔诚，像一位饱含信仰的教徒一样讲述着朴素的故事，平淡无奇却饶有意味。但对于小说，马原永远有一种形式的焦虑，这位方法论主义者唯恐自己泯然众人的小说技艺，按捺不住炫耀技巧的冲动。小说标题中从卷3到卷0的时序颠倒，虽显示出马原不同寻常的形式诉求，然而遗憾的是，除了故弄玄虚之外，看不出任何非同一般的深意。如果说"无意义的细节"构成了马原先锋时代"叙事圈套"的典型特征,那么这种简单的时序颠倒并不能从中读出时间回溯中的追怀与返诉,相反,这种徒有其表的形式,需要借助马原的现身说法,才能让读者明了其中的"深意"。对此,这位"方法论的信奉者和身体力行者"这样说道,"我写的故事很平实,只不过在排列上花了些心思,让有一部分内容都归到了0章节","0章节是我先前小说里没有过的哲学思考","可是现实,我主动把思考放进小说,用了一个自认为还算巧妙的方法,就是把他们归零"。这恰恰是与老子所说的"天下万物生于有,有生于无""道生一,一生二,二生三,三生万物"巧妙暗合。但此种形式的探索,或许也体现了马原将小说意义引向深邃的努力,事实也证明,此举确实给小说蒙上了一层神秘的面纱,至少使其看上去玄奥无比。

尽管《牛鬼蛇神》存在着诸如形式探索的无效,无意义的细节的铺陈,以及重复旧作等诸多弊病,但小说与现实生活之间的高度同构,却证明了马原本人的全情投入。这是一次难得的诚意之作,再没有被认为是马原自己影子的陆高、姚亮出来打扰,更没有马原标志性的"元小说"模式跳出来对小说情节的发展指手画脚。不可一世的先锋,并没有在形式上做出太多花哨的动作。整个叙述松散而素朴,从容不迫,充满温情。

然而正是这种情感的外露,使得小说彰显出虚构与自叙传的情感对立。就小说而言,我们可以看出,叙述者情感的外溢迫使其不得不摘下虚构的面具。换言之,情感已然漫溢了小说的边界,使得这个原本应当虚构的故事,写成了饱含情感的回忆录或个人自传。当然,作为个人自叙传而言,《牛鬼蛇神》无疑是成功的,他让我们深刻体认了当年叱咤风云的先锋派小说家的心灵历程,以及他在现实境遇中的神性追求,我们也得以品味他的情感与歌哭,那些激昂的往事,朴素的温情,神秘的信仰和诡异的传说。但作为一部小说,《牛鬼蛇神》也许并不成功。那些真情与感动,甚至需要通过对比马原本人的生活与小说人物大元的经历，才能在互文式的阅读中得到理解。难怪有人说，这部小说只是因为署名马原，才获得了极高的赞誉。而程永新、叶开等人对小说的高度评价，也是充分建立在小说本身与马原本人现实境况的高度对应基础上的。除去这种理解，单就小说文本而言，这些成功也许并不明显。

当然无论如何，这是马原一部总结自己一生的小说，它勾起了我们有关先锋小说的记忆，尽管先锋的名号注定会因其内涵的蜕变而烟消云散。这是一部野心勃勃的大书，任何单纯的意义都显得不够分量。然而，它又是"小"说，一部虚构的文字编织物。这种矛盾使得《牛鬼蛇神》注定是杂陈的，是拼贴的，因其企图囊括一个人一生的丰富多彩而显得杂乱无章。在此，小说因其写作的"过分自由"而使得整体结构呈现坍塌之势，唯有"片段的诗意"和"剩余的细节"，给人带来短暂的温暖。比如小说结尾之处，个人日记的错杂呈现，其间的情感跳跃，以及韩东的诗歌都给人带来了莫名的感动。

无疑，《牛鬼蛇神》是一部情绪复杂的小说。这是一幕夹杂着激情与落寞的感伤回忆，还是对未来的最低限度的执着？是超然物外的对宇宙神性的笃信，还是对自我境遇的徒劳无功的缅怀？或许都不是，这只是一本写给自己的书。只是一次苍凉的仪式，记录了一份末世英雄的临终遗言。最后让我们再回到《百窘》中马原对自己江郎才尽的绝望感慨，面对自己所焦虑的那位"不大讲情面的时间老人"，马原顽强地表达了对未来的执信："当然他还在努力，还相信他能做些事，相信还有契机在前面等候他。比较可贵的是他还不想放弃努力，他深信他会努力下去直到最后，深信他的努力不会落空。"[①] 其实马原早就幻想着写出那部传世之作，为此他也早已期盼着卷土重来的一天。"我先前写了20年，中间休息了20年，现在还想再写20年"。他幻想着从先

---

① 马原：《马原文集（4）：百窘》，作家出版社，1997年，第444页。

锋文学的余烬中"死灰复燃",去写作一部旷古未有的大书。然而,这终究只是一次"借尸还魂"的表演,召唤出的或许只有先锋的虚假魂魄。在这"小说已死"的时代,即便神奇如马原也无力回天,去期待"纯文学"的"转世重生"。

就像这个时代众多平庸的写作者一样,《牛鬼蛇神》之后,病情得以控制的马原还会接着写下去,甚至还能写得精彩,但当年那个叱咤风云的马原早已随那个年代的激情一去不回了。

五 《一句顶一万句》:追忆"讲故事的人"

在一篇评论尼古拉·列斯克夫的文章中,沃尔特·本雅明曾经感叹:在这个交流经验被剥夺的社会里,讲故事的艺术行将消亡,"我们要遇见一个能够地地道道地讲好一个故事的人,机会越来越少"。在这位时常感叹"超验精神无家可归"的西马理论家看来,讲故事的艺术之所以日渐稀罕,其罪魁祸首就是机器复制时代广泛传播的消息。弥散的信息不断蚕食着经验的空间,世界的精神图景也随之遁入困局,"孑立于白云之下,身陷天摧地塌暴力场中的,是那渺小、孱弱的人的躯体"。然而历史的斗转星移发展至今,面对信息爆炸的网络时代,我们依然难以逃脱本雅明当年的诘问。当今之时,还有没有一个"得天之禀,能从金绿宝石中洞察出历史世界中地老天荒、生态绝迹的启示"的"讲故事的人"?有没有"一个让其生命之灯芯由他的故事的柔和烛光徐徐燃尽的人"?甚或是,那个"拥有教诲,但这不像俗谚那样只适用几个场合,而是像智者的智慧普遍皆准"的"讲故事者"[①]?也许,我们的时代较之本雅明更加惨烈,但依然不乏它的质询者,他们执迷

[①] [美]汉娜·阿伦特编:《启迪——本雅明文选》,张旭东、王斑译,三联书店,2008年,第95—118页。

不悟地寻找，寻找一种"讲故事"的途径，寻找一种铭心刻骨的经验和泪流满面的感动。刘震云就是他们中的一员，因为他的长篇新作《一句顶一万句》让人看到了这种寻找的希望和启示。

毫无疑问，刘震云就是那个执着的"讲故事的人"。早在风云际会的1980年代，这位"新写实"的干将便显示了自己卓越的故事才华，他将小林们"一地鸡毛"的世俗生活和"单位"琐事写得如此惊心动魄而又意味深长，其间闪烁的思想智慧令人惊叹。而今的《一句顶一万句》则更为鲜明地体现了"故事"本身所铺陈的灵韵和生命，以及环绕于"讲故事者"的无可比拟的底蕴和气息。这是一部荡气回肠的"大书"，也是一部令人惊艳的"奇书"，除了那个略显"惊悚"的标题所裹挟的历史记忆带给人们一丝不快之外，我们很难搜索到它的瑕疵。

在《一句顶一万句》中，刘震云就像一位端坐在高台上的说书艺人，面对台下黑压压的听故事的人，他从容不迫，娓娓道来。他又仿佛一位穿行在乡间小镇的《故事会》的作者，依稀勾连起我们儿时的阅读记忆。唯有这种最保守，而又最激进的写作方式，才会编织出诸如卖豆腐的老杨、赶大车的老马、剃头的老裴，以及杀猪的老曾等市井人物构成的故事框架。李敬泽说，"读《一句顶一万句》，常想到《水浒》"，他所指的当然不仅仅只是这种人像展览式的叙述结构，更是中国小说中"久不作"的"国风"特征，即"从最熟悉的土地中挖掘民间经验，用拟口头说话的形式讲述决定命运走向的日常人事"。其洗练、简洁的风貌，甚至让人直接联想到赵树理、孙犁等前辈作家的遗风。

在刘震云这里，小说不再是现实生活的忠实记录，亦非故作姿态的无病呻吟。小说退回到了"故事"的层面，成了一位长者与晚辈的交心和倾诉。正如刘震云在回答写这本书的原因时所说的，"说知心话几千年来都困难。生活中没有对象说知心话，我就跟书里的朋友们说"。唯其如此，《一句顶一万句》成了一部过于纯粹的小说。从杨百顺的"出延津记"到牛爱国的"回延津记"，尽管百年以来现代中国的历史背景依稀可辨，但并没有任何具体事件的指涉。在这个意义上，相对于其他作家纠结于现代中国的百年变局和历史灾难，或是痴迷于映现当代生活的破碎镜像，刘震云的故事显得过于抽象。也就是说，在《一句顶一万句》中，个人的"力比多"的叙事并不投射一种历史的焦虑和政治无意识。因此，这是一部只剩下"抽象故事"的"纯粹"的小说，抑或是一部蕴含了大道理和人生智慧的"民间故事集"，它直接指向了抽象的伦理、道德和人生境遇。

在《一句顶一万句》中，刘震云所讲的故事千头万绪、盘根错节，一如我们一团乱麻的生活本身。譬如小说开头从杨百顺他爹，即卖豆腐的老杨开始讲起，讲他和赶大车的老马的朋友关系，而后又穿插打铁的老李给他娘做寿的故事，以及酒席上老马与老杨的排位，中间还套着一个老李与另一个铁匠老段较劲的故事，最后再转向多年以后打铁的老段向老杨未能交友的报复。然而此时，故事的主人公杨百顺还未真正出场。而后者的出场同样包含着曲里拐弯的故事，"杨百顺十六岁之前，觉得最好的朋友是剃头的老裴"。于是，故事又从老裴开始，讲他去内蒙古贩驴搞相好事发，被老婆老蔡抓着把柄，从此在家里落入下风。改为剃头而行走于乡野之间，某日与老蔡口角，大打出手之后，引来老蔡的哥哥开药铺的蔡宝林的论理。而这个故事还未讲完，就转而讲述杨百顺与朋友李占奇看罗长礼"喊丧"，因看"喊丧"而把家里的羊丢了，不敢回家而在外过夜，路遇准备杀人的老裴……中间拐了一个大弯，才猛然发现"原来故事是这般绕过去又绕过来的"。坦率而言，对于刘震云来说，这种出其不意而又旁逸斜出的"绕"，并不是单纯追求故事本身的曲折离奇，而是要呈现出一种朴素的现实和观念，即现实本身就是一片混沌的，"一件事能扯出十件事"，每个故事都要牵扯到另一个故事，而每一个故事都无法独立存在，一个靠着一个，一个顶着一个，一句话顶着一万句话。人世的道理恰恰在于"每个事中皆有原委，每个原委之中，又拐着好几道弯"。并不是刘震云故意选择"绕",而是因为,"原来世上的事情都绕"。

如果说这只是一连串"弯弯绕"的故事,那我们大可对小说本身嗤之以鼻。然而,故事的闪光恰恰在于它无情揭示了人世的悲惨真相,"事情从根上起就坏了"。也就是说,世上的事情不仅都"绕",而且"件件藏着委屈"。用小说中那个阅人无数的瞎老贾的话说就是,"所有的人都生错了年头;所有人每天干的,都不是命里该有的,奔也是白奔;所有人的命,都和他这个人别着劲和岔着道"。这句谶语般的预言无疑是小说主人公杨百顺(吴摩西)一生的写照。杨百顺一生的最大愿望就是能像他的偶像罗长礼那样"喊丧",然而命运的安排却使他"一开始就走岔了道"。一次作弊的抓阄改变了他的命运,在现实的无奈中,他不得不求教于杀猪的老曾、染坊的老蒋、牧师老詹、竹业社的老鲁,以及到县政府种菜,而后入赘到"卖馒头"的寡妇吴香香。其间他经历了父亲的压迫,兄弟的算计,妻子的出轨,朋友的背叛,养女的失踪等,最后在孤独地走出延津之后,终于梦寐以求地成为罗长礼,那个神话中熠熠生辉的能指符号。

毫无疑问,这是一个有关孤独的故事,"讲故事的人"用并不复杂的材料,并不高深的人群的故事,阐明了人生的一些大道理。从杨百顺到杨摩西,再到吴摩西,再到罗长礼,杨百顺几易其名,依然摆脱不了一生的孤独:既找不到自己的人生理想,也寻不到"一个说得着的人",这种人生的疏离和孤独贯穿了整个故事之中。正如刘震云本人在谈及《一句顶一万句》所说的:"痛苦不是生活的艰难,也不是生和死,而是孤单。"这是一种存在主义式的人生境遇,也正是在这个意义上,小说被冠以"中国人的千年孤独"的夸张标题。孤独是因为没有朋友,没有那个"说得着的人",故事里的人物东奔西走,寻找的也是那个"说得着的人"。这就像小说借小温之口所说的,"世上的人遍地都是,说得着的人千里难寻"。即便是一时"说得着",也不代表永远"说得着"。牛爱国和冯文修为了十斤猪肉闹掰,牛书道和冯世伦为了一个馒头分手,老丁和老韩两家则为了争抢一个捡来的布袋而闹翻……诸如此类,友情的脆弱令人震惊。关于友情,世界上最可怕的事,恰在于你把别人当成了朋友,别人却未必如此。这就像故事开头的老杨和老马那样。因为一句话被老马"说住了",从此老杨将老马视为过心的朋友,而老马却并不和老杨过心,以至于到了老杨临死,卖葱的老段已看出他"经心活了一辈子",却并没有一个朋友,这是何等凄凉的晚景。同样,故事还提出了一个有关友情的疑问:在你走投无路时,你想投奔的人,和你能投奔的人,到底有几个?杨百顺和牛爱国就遇到了这个问题。这也是我们这些"听故事的人"同样会遇到的问题。当然,故事最残酷也最具讽刺意味的地方在于,它告诉我们,真正"说得着的人"不是朋友和夫妻,而是诸如吴香香和老高,庞丽娜和小蒋,以及牛爱国和章楚红等偷情之人。唯有伦理之外的情欲和新鲜感,以及由此而来的激情才能让两个人真正"说得着":

> 又说:
> "干完三回事,还不睡,还说呢。"
> 又说:
> "睡了睡了,一个人说'咱再说些别的',另一个说'说些别的就说些别的'。"
> 又说:
> "他们一夜说的话,比跟我一年说的话都多。"

偷情的人才是真正"说得着"的人,这是一种令人绝望的人生困境。同时,它也给生活本身提出了一个难题:为什么人离不开"说"?在这个意义上,刘震云探讨的其实不是社会问题,而是语言的问题。正如评论者所指出的,从他写《一腔废话》起,他便感到人们所说的话缺乏实质性的意义,说话只是一种形式,因此说的都是废话。而《手机》和《我叫刘跃进》，也在某种程度上表达了语言和交流的焦虑。到了《一句顶一万句》，刘震云惊奇地发现人们说的废话并非没有意义，"这些废话其实是在制造一个屏障，掩饰住我们真实的内心"。在他探询说话的真实意义时，他也就对人际关系的真实性表示了公开的不信任。他用小说的方式，或者是讲故事的方式，表达了这种不信任。因此，回到小说中，无论是杨百利的"喷空"，罗长礼的"喊丧"，或是县官老史的"手谈"，都是在虚张声势的语言背后显现出了交流的困境和空虚。于是，人生只剩下为了寻找"最后一句话"的漫无边际的游荡。吴摩西临终前要对巧玲说的话，章楚红没有说出的话，还有牛爱国没听懂的，曹青娥在世上的最后一句话，都是什么呢？这个"能顶一万句"的"最后一句话"到底是什么？也许它只是一个永远不会显现的"空无"，一个拉康意义上的"小对形"，永远诱惑着人们前行、寻找，它是"意识形态的崇高客体"，它是"欲望的客体成因"。由此，故事的讲述成了一种"抚慰和自我倾诉"，用来掩饰这种残酷的"不可能性"。尽管小说最后那句"日子是过以后，不是过从前"的道德训诫一定程度上消解了此前揭示的生存困境，并以此试图排遣整部小说的痛苦和沉重，但依然无法穿透故事本身早已弥漫开来的雾霭和迷障。

在本雅明那里，小说是一种失败的艺术形式，是人与自然和谐时代终结的标志。可是，故事又何尝不是呢？在这来势凶猛的后工业时代，顽强地讲述故事，其本身就是一个巨大的反讽事件，更何况是寄望于传达一种残酷的人生经验，个体面对这个陌生世界的烦忧和焦虑。然而，刘震云的质询终究令人感动，毕竟，"在讲故事人的形象中，正直的人遇见他自己"。这大概就是《一句顶一万句》给我们的启示吧！

第四章　时代的精神状况

一　《篡改的命》：绝望感，或虚妄的激情

相较于十年前颇具影响的《后悔录》，东西的长篇新作《篡改的命》显而易见地呈现了他预谋已久的审美突变。至少从修辞美学的层面，后者已然荡涤了前者有关"性与政治"的反讽腔调，而这恰恰构成了那部名噪一时的作品的突出特征。这部小说也一改过往《耳光响亮》《没有语言的生活》等作品寓言化的叙事风格，脱离开通过荒诞不经的故事情节挖掘文本隐喻意义的惯常模式，尽管其油滑戏谑的笔墨依然存在，但整体上写实主义的风格令人印象深刻。小说呈现了进城的乡下人这一被主流社会遮蔽的边缘群体的真实生存状态，剖析他们暗淡无助的人生命运，通过展示主人公汪长尺极尽悲苦又啼笑皆非的一生，以笑中带泪的方式紧紧扣住当下严峻的社会现实：社会底层的不可遏止的屌丝化，城市边缘人尊严的毁弃，惊人的贫富悬殊所造成的压迫与歧视，以及由此而来的无情的社会排斥机制。

坦率地说，相较于《没有语言的生活》的荒诞叙事所刻意塑造的隐喻性与形而上意义，《篡改的命》显得缺乏必要的蕴藉。小说并没有保留东西过去作品的先锋痕迹，而体现出向世俗日常生活的切近。它更多依赖的是故事本身流畅的现实感所形成的吸引力，让我们随主人公命运的起伏感受现实的残酷与震撼，去咀嚼小人物无尽的悲苦。这

位当年的"东扯西拉"的先锋①,以极尽夸张的方式"在荒诞中寻找出路"的叛逆者②,终于在多年以后显示了一种"历经之后的平和"③,以从容的姿态叙述平常故事,但其一贯的底层立场依然没有改变。值得一提的是,小说的标题"死磕""弱爆""抓狂""拼爹"等,几乎都是流行的网络词汇。似乎可以看出,这是一位唯恐"落伍"的作者竭力显示自己"时代见证"的最佳方式。他费尽心机地捕捉那些新鲜的语词,以证明自己与时俱进的变革本色。尽管这一切多少显得有些做作和轻佻,但好在叙事之中显示的诚意终究令人感念。

在谈到自己的小说时,东西常说,"我是有感而发,是对生活有痛感之后才去写的",如其所言的,"在人性极度扭曲的地方,往往有文学的富矿,我愿意在这个地方继续勘探"④。《耳光响亮》关注的是1976年文化精神和家庭生活意义上的"父亲"弃世或出走之后,那些"时代孤儿"的成长过程和生存境遇。《后悔录》关注的重心是主人公从禁欲到纵欲时代的"性"的磨难,从中可以看到"后传统的人神主义禁欲文化和后革命的虚无主义纵欲文化对人性的异化和扭曲"⑤。而《篡改的命》则以愤恨的姿态讲述一种绝望的极致。尽管小说并没有将人物描写得足够精细,故事的逻辑、人物的行动也都不能令人十分信服,而叙事的展开也颇有些粗枝大叶的地方,但小说试图讨论的问题所连带的社会视阈却足以让人振聋发聩。小说刻意追求一种反讽式的荒诞体验,油滑幽默的轻喜剧风格,以及笑中带泪的悲剧感的升华。小说的深意在于一种隐而不彰的悲剧感,而最为震撼的地方也正在那深入骨髓的

---

① 参见马相武《东西:"东扯西拉"的先锋》,《作家》1997年第6期。
② 参见舒晋瑜《东西:我在荒诞中寻找出路》,《中华读书报》2005年11月2日。
③ 田耳:《东西:历练之后的平和》,《广西民族大学学报》2014年第2期。
④ 韩春燕:《写作是有经验的思想——作家东西访谈录》,《渤海大学学报》2010年第5期。
⑤ 耿传明:《"父"之缺位与"时代孤儿"的道德困境——东西的〈耳光响亮〉〈后悔录〉与后传统时代的寓言化写作》,《天津师范大学学报》2011年第2期。

绝望,以及绝望中近乎荒诞,却令人无比揪心的反抗方式。

"写内心秘密、写人物和对生活的预测",这是东西写小说的"三个兴奋点",在他看来,"真要写出点好东西,就得不断地向下钻探,直到把底层的秘密翻出来为止",为了勘探这些秘密,所需要的"好像不是才华,而是勇气"①。而关于小说中的人物,东西谈到,"文学作品中缺的不是人物,而是缺那些解剖我们生活和心灵的标本,缺我们还没有意识到的那一部分"。他接着指出,"跟我们的心灵没半点重合,这是塑造人物的天敌"②。事实上,他正是通过不断"向下钻探",去发现"底层的秘密",进而塑造一系列能够解剖现实生活的"心灵标本"的人物。也是在这个意义上,我们不难理解东西所说的,"写小人物是我的天生,或许那些人物就是我自己的某部分"③。事实证明,他的小说确实"是从内心深处写出了弱势群体的呐喊"④,而《篡改的命》便是通过"写人物",确切来说,通过表现弱者的命运挣扎,来体现其"对生活的预测"。

《篡改的命》将"屌丝"的命运问题放到小说的台面上予以详查,通过人物的命运流转,来讨论这个甚嚣尘上的社会议题。但他又不是基于现实的浮泛式的描写,即他所说的"对人物进行素描",而是不断围绕小说的主人公,在城与乡,贫与富,当下复杂的社会生活中,对其完整命运的呈现和审视,使其成为"解剖我们生活的标本",因而小说所呈现的恰恰是我们这个时代的幽暗。而小说本身在消弭了先锋小说的形式技巧与隐喻策略之后,呈现出更为朴实,甚至略显笨拙的样态,这不啻是对于现实"强攻"的作品,所显示的并非才华,而是诚意和担当。

---

① 东西:《寻找小说的兴奋点》,《当代作家评论》2006年第2期。
② 东西:《要人物,亲爱的》,《南方文坛》2005年第2期。
③ 胡群慧、东西:《从不背叛自己的内心》,《小说评论》2008年第3期。
④ 黄伟林:《"拨开他们像荒草一样的文字"——论东西的小说》,《文艺争鸣》2008年第8期。

东西正是通过小人物汪长尺的命运悲剧,来"强攻"这个时代的。故事中弱者的形象,带给人无尽的震撼与痛心。正如陈晓明所说的,"文学是弱者的伟业",因为"从最直接的感情经验入手,弱者形象构成了最为感人的艺术形象","通过文学表达对弱者的悲悯,显示出了他们精神、人格的一种伟大",而"文学作品就是通过对这些弱者困境的表达,让我们理解自身的困境,生命就是对这种困境的一种理解、克服和接受"。关于文学中的弱者形象,作家方方曾这样说,"走过见过之后你会觉得,宏观大势,全球化之类的,并不是我想要关心的。我要做的是关注每一个个体,关注他们的爱恨情愁,关注他们的生离死别,关注他们在这个社会上的生存方式,以及他们感受这个世界的方式,他们拉着你的手跟你絮絮叨叨时,让我觉得我理解的文学,或者我热爱的文学是能够照进人心的,它是一种有情怀的东西"[1]。然而,方方其实忘了指出她所言及的"宏观"与"微观"之间的隐秘联系,就像她笔下的涂自强所昭示的,虽然这里的个人命运只是涂自强"个人的悲伤",但呈现出来的却是整个社会和时代的疼痛所在,这才是故事具体而微背后的宏大关切。在这个意义上,以小说的方式关注每一个卑微的个体,又何尝不是关乎全球化的"宏观大势"呢?

确实如此,东西的小说总是希望通过塑造具体的边缘人物,通过特定的故事情节来反衬我们的生存境遇。这也是评论者所谈到的,"读东西的小说,给人的感觉就是他在给读者编制着一个个的虚构故事,并根据先在的理念或对生活的发现而设置一个个必需的人物。"[2] 也正是这种预先的理念设置规约了人物的行动,使情节的发展虽显芜杂枝蔓,但故事始终集中在某种明确的社会问题视阈之内。小说中的汪长尺让人想到太多的人物,比如《人生》里的高加林,再比如《涂自强的

---

[1] 参见陈晓明《文学是弱者的伟业》,"腾讯文化"2015年7月19日。
[2] 杨庆东:《在现实与虚幻中浮游——东西小说论》,《当代文坛》2004年第1期。

个人悲伤》中的涂自强。它们都是通过"乡下人进城"的故事,来索解当代中国城乡关系的精神图景,呈现严峻社会现实中底层的悲苦、疼痛乃至绝望。《涂自强的个人悲伤》所探讨的问题在于,对于这个时代的底层而言,个人奋斗是否依然可能?这当然也是对于现实的一种严峻追问。某种意义上看,《篡改的命》中的汪长尺其实延续了涂自强的问题。在东西这里,小说探讨的是"屌丝"的命运究竟能否"逆袭"的问题。

小说中汪槐的理想在于让儿子考上大学,通过自身努力,获得享受高等教育的权利,进而跻身为城里人,改变农村青年"面朝黄土背朝天"的命运。在他看来,"只有考上大学,当了干部,你才可能脱胎换骨,要不然永远就是个打工仔"。在此,乡村青年的梦想固然在于考取大学,但由于社会资源的分布不均,出身农村的青年考取大学的难度变得越来越大,这一点通过重点大学农村学生录取率的相关比例研究中便可以看出来。再加之随着高校的扩招,毕业生寻找工作也变得日益困难,即便是考上大学,辽远的理想也会随着毕业的到来化为泡影。这个时代的残酷在于,面对阶层流通的渠道日益狭窄,"官二代""富二代"早已肆意横行,"拼资源""拼爹"变成极为普遍的社会现实,大学对于出身底层的青年来说,也未见得能够彻底改变自己卑微的处境。

《篡改的命》中有趣的地方在于,汪长尺的录取资格其实是被人肆无忌惮地冒名顶替了,这是小说结尾意料之外的情节翻转,却只是为了证明他一辈子辛苦的徒劳无益,隐含的意味在于,他原本有着美好的未来,但其命运却早已被人篡改,才落到如此的地步。然而,即便是汪长尺的录取资格没有被人顶替,他最后顺利地读上大学,他又能在多大程度上把握自己的命运,实现人生理想呢?这样的问题,方方通过涂自强的命运其实已经做了回答,涂自强不就是名牌大学的毕业生吗?然而无权无势、毫无背景的他,依然在这个时代举步维艰,承受着"凤凰男"无处可逃的悲惨结局。这便正如好事的网民所开的那个无情玩笑，李嘉诚那句著名的"知识改变命运"的励志格言，早已被编成了恰恰相反的网络段子，这种戏谑式的调侃和反讽所昭示的恰是这个时代知识贬值，脑体倒挂，以及由此而来的阶层固化的残酷现实。对于朴素地期待不断奋斗的年轻人来说，知识甚至改变了他们原本美好的命运，这无疑是这个时代最为辛辣的价值嘲讽。

小说中无法通过知识改变自己命运的汪长尺，几乎没有过多犹豫，便毅然选择老老实实地去做一名打工者。毕竟对他来说，继续读书无异于沉重的家庭负担，打工成了一种逃离的方式。然而，通过打工实现人生理想的虚妄，在无数有关底层的文学叙事中都得到了验证。而事实上，汪长尺的故事也并没有给千千万万打工者的卑微与悲苦增添更多的新意。为了更好地塑造汪长尺这个从乡间来到城市的布满失败主义遭际的"屌丝"形象，作者不惜将所有可以想象得到的苦难都加之于他。在他那里，事情总是如人所料地变得越来越糟，那些流行的、不流行的命运遭际，都集中到了文本之中。汪长尺不断遭逢人们可以想见的经历：辛苦工作却遭遇包工头卷款逃走；无奈之中为了钱给"官二代"顶罪；遇到不公只能任凭警察的推诿偏袒；承受富人的阴谋与算计，乃至残暴无情……乡下人进城的常见表述，在这部表现底层命运的小说中得到了集中呈现。

小说就这样以简单的阶级对立来结构全篇，却无力想象更为复杂的现实，纵观整个故事，除了砌墙和捡破烂，做一名性工作者，似乎就无法想象底层的悲惨；除了生殖器的伤害导致的阳痿，似乎就无法以戏谑的方式想象资本对于底层的身体（心灵）伤害。当然，小说独特的地方在于，面对这一切，汪长尺绝望之中惊世骇俗的命运反抗。他决定将"篡改的命""篡改"回来。小说最后，他为了让自己的孩子顺利留在城市，过上他所认为的理想生活，竟然将孩子送给了富人（也是自己的仇人）收养，这是一次别开生面的"定点投放"，也是寄望于后代的"重新投胎"。甚至为此，他不惜妻离子散，最后还以二十万元的价格换取富人要求自己的永远消失。是的,他为了二十万元,为了自己的孩子能够安稳地留在城市,过上幸福的生活,他主动结束了自己的生命。他这一辈子无望的命运,只能将未竟的理想寄托在自己的下一代身上,这也是中国人极为常见的情感方式。但这终究是一种理想主义的极致,匪夷所思的绝望抗争,于荒诞之中包含着无尽的悲苦与无奈。

当然,小说也没有赶尽杀绝地对这个时代冷嘲热讽,只是如实地写出小人物的悲苦与微茫,社会发展过程中的荒诞和无奈。小说之中,原本腼腆羞赧的汪长尺也落到了以死相逼的境地,这无疑与故事开头父亲汪槐的举动遥相呼应,而另一个重复之处则在于他被篡改的命运,他高考录取被人顶替,而他的父亲汪槐也是二十多年前参加水泥厂招工时,被副乡长的侄子顶替。这也表征了底层或城市边缘人悲苦命运的重复,一番徒劳的奋斗和挣扎之后,他们终究无力改变自己命定的结局。当然,小说的情感也正在于一种不动声色的悲剧感之中。小说最后,汪槐的处境不禁令人动容,"这个一生都想改变汪家命运的人,身体已被岁月耗干,再也没有多余的液体来表达感情,就连从信封里抽汪长尺写给他的绝笔信,都没有多余的力气来发抖"。没想到他的儿子汪长尺更为不幸。小说最后饶有意味地讲述了汪长尺的儿子汪大志(或林方生)对自己身世的调查,他与自己的爷爷汪槐有了一次偶然的相遇,小说至此本可以导向一种可以证明汪长尺"虚妄的胜利"的温情脉脉的结局,然而冷峻的作者断然拒绝了这种廉价温柔的可能性。已然发现真相的大志并没有相认,他最终的不辞而别,让汪槐夫妇"再也看不到孙子了,想念的时候,只能靠回忆"。这无疑加深了这个戏谑而荒诞的故事中试图表达的那种刻骨的绝望。

小说中值得深思的地方在于,故事中无路可退的人们,在所有的希望都消失殆尽的时候,依然不愿退守乡村,而毅然决然地为自己不切实际的价值取向殉道。小说的问题也在这里,说到底,汪槐父子的悲剧,恰恰是价值观的悲剧。怀抱着出人头地的理想,幻想着通过高考离开乡村,寻求别样的生活,这本无可厚非。可那些事关成功的理想,却一定要在城市实现,便实在令人费解。有钱,有知识,上大学,住大房子,只有这样才是底层的梦想吗?而乡间的平凡生活就不是成功的标志吗?城市与乡村之间的价值级差竟然已经发展到霄壤之别的地步,这就像故事中人所说的,"不要说生孩子,就是一个屁,我也要憋到城里去放"。甚至为此,主人公不惜妻离子散也要执意将孩子"定点投放",这种异化的价值结构实在令人震惊。在此,乡村进城者的价值观,早已被城市所腐蚀。这种资本时代的价值弥漫,改变了每个人的生活态度和情感方式。在一个各种梦想肆意横行的时代,做一名平凡人的羞耻,成为这个时代最大的价值症候。

《篡改的命》里的人们如此渴望城市,逃离乡村,然而城市又绝非完美之地,城乡对峙的紧张总是在小说的紧要关口悄然呈现。刘易斯·芒福德在他的《城市发展史》中谈到,"城市总是不断地从农村地区吸收新鲜的、纯粹的生命,这些生命充满了旺盛的肌肉力量、性活力、生育热望和忠实的肉体。这些农村人以他们的血肉之躯,更以他们的希望使城市重新复活"[①]。城市在给农村人以金钱利益和幸福许诺的同时,也使他们的个人自主性丧失殆尽,甚至剥夺他们的生命。其中的缘由恐怕正是在于雷蒙·威廉斯那本影响卓著的《乡村与城市》所昭示的,"城市无法拯救乡村,乡村也拯救不了城市。城市与乡村的这种矛盾与张力反映了资本主义发展模式遇到的一场全面而严重的危机,要化解这场不断加深的危机,人类必须抵抗资本主义"[②]。

东西的这部小说,对于社会制度的抗议,只是将其归咎为腐败与

[①] [美]刘易斯·芒福德:《城市发展史》,倪文彦、宋峻岭译,中国建筑工业出版社,1989年,第42页。

[②] 雷蒙·威廉斯:《乡村与城市》,韩子满、刘戈、徐珊珊译,商务印书馆,2013年,封底。

社会不公,而对资本的逻辑却小心翼翼地规避。这不由得让人想起东西的旧作《没有语言的生活》所竭力建构的隐喻内涵。在那部作者获得诸多好评的中篇小说里,瞎子、哑巴和聋子临时组建的家庭,依据相互之间的紧密合作,获得了局部而有限的斗争成效。在此,被社会排斥的边缘人,他们有着与正常人不同的各种"残疾",这是生理的,更是社会的残疾,但正是这些被视为"低等级的生物"的人,在他们的团结之中,其实蕴藏着无穷的"打破现实坚冰"的能量,这也是一种通向未来解放的潜能。因而东西通过小说的方式,对于生活的预测在于,想象一种弱者需要的团结[1],并以此与强权和不义进行对抗。在此,想象一种阶级反抗的未来图景,关键的问题在于如何打破这种资本的牢笼,重新讲述阶级压迫、反抗,乃至未来解放的故事。

尽管《篡改的命》也时时流露出,"你要是不抗议,他们就敢这么欺负你",然而东西却又深深明白,这个弱势群体对"摇曳多姿、不可触摸、神秘兮兮"的命运的反抗与斗争无一例外都是无效的。整个城市的排斥机制,社会的严整和板结,对于金钱的看重,无尽的欺瞒与残酷,让底层的命运变得更加悲观,就像东西一次次追问的,"是什么支配着我们的命运"?[2]对于无法逃脱宿命的小人物来说,"变幻莫测的命运似乎总有一股巨大的神秘力量把人逼得无力回天,于是,死亡、沉沦和妥协就成了人物共同的归宿"[3]。然而东西似乎也只是推崇"那种欲说不能欲哭无泪的悲"[4],他总是陷入深深的绝望感之中,进而将一切的缘由都归咎于社会。小说主人公那惊世骇俗的反抗所携带的"虚妄的激情",也只是作者刻意突显的苦难叙事的独特看点,就此来说,他

---

[1] 参见张柱林《想象团结:东西小说的孤独主题》,《当代作家评论》2010年第4期。
[2] 东西:《时代的孤儿》,昆仑出版社,2013年,第11页。
[3] 方奕:《东西:嬉笑的悲剧论者》,《山东社会科学》2009年第7期。
[4] 东西:《滑翔与飞翔》(创作谈),《广西文学》1996年第1期。

其实无力也无意探讨现实的复杂,更别说寄予解决的方案。当然,文学也从来不会奢求某种社会问题的解决方案。在这个意义上,《篡改的命》中将"篡改的命""篡改"回来,其实只是一种玩笑式的情绪宣泄,对于社会现实的绝望式的吐槽。小说虽基于某种想象的现实,在后革命时代的总体性业已消失,全球资本主义已然笼罩的当下,将现实问题之中的阶层(或阶级)叙事推到了极致,但就对绝望中温暖的剖呈、对于未来可能性的想象而言,我们似乎更加怀念那篇流传已久的《没有语言的生活》。

二 《飘窗》:知识者角色与时代精神状况

作为一位昔日名满天下的当代作家,刘心武的文学名号近年来已日渐没落,鲜有小说问世的他似乎正在被当代文学日新月异的局势所淡忘。在这个媒介为王的时代,年代过于久远的丰功伟绩早已难觅踪迹。人们对于这位创作过《班主任》《钟鼓楼》等新时期文学奠基性文本的重要角色,更多的印象已被刷新为前两年红楼揭秘的巨大争议所带来的轰动效应。现在看来,那些消耗着作者别样执着的探秘工作虽琐碎而无聊,却也挑起了观众隐蔽的无穷欲望,因而虽不乏争议,但终究获得了广泛影响,以及更为实在的名与利。然而,就在人们似乎更加确凿地忘却了这位以现实主义笔墨见长的当代作家的文学创作之时,一度乐不思蜀的刘心武又颇为郑重地重拾旧业了。阔别已久的他终于携新作《飘窗》强势回归,为读者奉上了这部据说是二十年来的"首部现实主义长篇小说"。

一直以来,刘心武的小说都有一种呈现众生的野心,他似乎很早就敏感意识到,单一叙事的典型化结构早已不能概括当下的生活,因而竭力寻求将零散的市井图像归拢一处,用一种丰富的局部与碎片化的群像,来映照现实斑驳的整体。这种破碎的整体感,构成了如今这部并不厚重的长篇新作《飘窗》的基本结构。

其实早在 2011 年,刘心武便有一篇题为《飘窗台上》的文章,预言了如今这部小说的现实意义。在那篇散文中,他坦言,"书房飘窗台是我接地气的处所。从我的飘窗台望出去,是一幅当代的'清明上河图'。当然,我有时会走出书房,下楼到飘窗外的空间,使自己也成为'图'中一分子"[1]。事实上,小说《飘窗》正是以这种"接地气"的方式,呈现了飘窗台下复杂的社会全貌。为了表现这幅当代的"清明上河图",作者有意选取了各种阶层的不同人物,一时间,三教九流各色人等纷纷出场,除了贯穿性的人物高级工程师薛去疾和保镖庞奇之外,作者还生动刻画了歌厅妈咪、势力超群的神秘人物麻爷、"文革"造反司令、大都会城管、台湾老板、进城卖水果谋生的农村夫妇等众多人物,作者利用意想不到的巧合,让他们的生活彼此纠葛,形成错综复杂的关系脉络。在此情形之下,小说虽免不了有些情节"狗血"的毛病,但也终究能够显现出社会有机整体的面目。

对于刘心武来说,这样的叙事方式并非《飘窗》首创。早在 1980 年代初他的首部长篇小说《钟鼓楼》里,我们就曾领略过这种破碎的"清明上河图"式写作的妙处。用作者的话说,那是一部"企图向读者展示一幅当代北京市民生活的斑斓画卷。或者说,是企图显示当代北京的社会生态景观"的小说。小说引人注目的地方在于,时间被集中在 1982 年 12 月 12 日这天的 12 个小时里,而空间则在北京北城钟鼓楼一带,其人物极为芜杂,囊括了社会的各个阶层,上自副部长,下自小流氓,当然,其主体还是最普通的人物,比如售货员、卡车司机、园林工人、厨师、修鞋师傅、搬运工;以及一般的工程师、编辑、教师、大学生、青年翻译;也写到京剧演员、"浪漫女性"、拾破烂的老头、来自农村的姑娘,甚至江青,也作为一个有言有行的人物,被巧妙地安置

---

[1] 刘心武:《飘窗台上》,《小说界》2011 年第 4 期。

在话语的缝隙之间。小说也正是要通过这些不同的人物,来呈现社会丰富的侧面。就像评论者所言的,生活中的每一天,都凝聚着过去,萌生着未来,有眼力、有笔力的作家,能从一天的生活中发现厚重的内容,能使小说中一天的生活映现一个时代。也正是在这个意义上,刘心武在这部小说的题词里写道:"谨将此作呈现,在流逝的时间中,已经和即将产生历史感的人们。"他要通过小院里的一天,写出北京的文化史,同时写出北京一部分市民的心理史。

《钟鼓楼》发表之后,刘心武曾对自己所采取的结构方式有着自觉的理性分析。在他看来,自己正是"力图通过文献式的叙述与心理剖析,使读者能对貌似平淡无奇的生活和人物有所发现,促进读者对各种人物的理解和对生活的深入思考"。为了完全呈现一种生活的"自然流动感",他在小说叙述结构的追求上可谓煞费苦心,"从总体构想上说,我采取的是类似中国古典绘画中的那种'散点透视法',整个长篇的结构不是'穿珠式''阶梯式',而是'花瓣式',即从一个'花心'出发,生出五个花瓣,再在五个外面生出十个花瓣……或者又可比喻为'剥橘式',即将一只橘子(生活)剥开,解剖为一瓣又一瓣的橘肉(个体及个体的生活史),貌似各自离分,却又能吻合为一个整体"①。因而《钟鼓楼》全书并没有呈现一条明显的、单一的情节线索,而是如同生活本身那样,让许多流动的、偶然的、片断的事件,或相互交织或自行发展。其无尽的意蕴也包含在作品的历史感和哲理性之中:在众多人物的命运和情节演进之中,时间默默地流逝,社会历史与个人命运在这流逝中不断交织,而岿然屹立的钟鼓楼则成了时间永存的见证。

《钟鼓楼》另一个独具的特色在于,书中包含着大量有关文献掌故式的叙事元素。比如,它写到了前清流传下来的带有浓厚传奇色彩的

---

① 刘心武:《〈钟鼓楼〉的结构与叙述语言的选择》,《北京师院学报》1986年第2期。

传奇故事;写到了北京当年"丐帮"的行乞方式;写到了北京市民结婚仪式的历史演变;写到了建国初期北京平板运输业的发展状况;甚至还谈到日本人在北京火车站地下道尽头设立的精工表灯光告示箱;除此,读者还可以从中得到有关"某些集邮和武术方面的知识"。如此便在京味小说的意义上,展现了一种丰富的文化认知功能。到了此后的小说《风过耳》,刘心武开始有意去除当年《钟鼓楼》文献掌故式的叙述所包含的文化认知意义。不同于1980年代文化意义上的北京叙述,那个1990年代的文本,更多呈现出特定年代所普遍具有的文化挽歌意味,甚至其小说本身便是某种文化危机的尖锐表征。有评论者就曾直言不讳地指出,《风过耳》"这部看上去平实无华的作品,其实凝聚着某种历史的象征意味",它既是"新时期"的"历史主体衰亡的表征",同时又"始终流荡着'新时期'的理想化情调"[①]。这种去京味的叙述延续到了如今这部《飘窗》之中。《飘窗》无疑也具有社会认识的功能,它忠实地记录着这个时代,讲述这个平淡无奇的时代令人惊悚的文化现实,然而它更多还是像那部《风过耳》一般,在一种文化颓败的意义之中展开别样的叙事怀抱,它顽强地讲述这个不断变动的现实世界,呈现那些匪夷所思的人与事,而这些人与事足以让人思索这个时代的精神处境。

像《钟鼓楼》《风过耳》一样,《飘窗》也选择了大量似乎并不值得重视的细小的、片断的故事,这些故事漫无边际地连缀在一起,以此呈现这个时代斑驳的面貌。小说之中,人物之间匪夷所思的扭结,那些松散的关联,并不突出的核心人物,以及诸多巧合的连缀,也只是为了将故事全盘串起,营造一种似是而非的整体形象。在此,小说唯一可以肯定的中心在于两个贯穿性的人物,薛去疾和庞奇,以及那个暧昧不明的标题——飘窗。

[①] 陈晓明:《挽歌悠唱——〈风过耳〉与"新时期"的终结》,《当代作家评论》1992年第6期。

作为小说的题眼,飘窗的意义无疑意味深长。这是一个简单但却意旨含混的文学意象,"薛工住的那栋楼,卧房飘窗外,正是那条街最繁华的地段。说繁华,是指商铺林林总总,铺面也都浓妆艳抹,但真要准确形容,却只能谥以三个字:脏、乱、差"。其实事实上,整个世界的脏、乱、差与飘窗的主人毫无关系,惬意的薛去疾大多数时候保持着他的旁观者姿态。这位优雅的男士,"没事就坐到飘窗台上依着大靠枕欣赏他所谓的'清明上河图',也常常下楼,爽性进入到那世俗画卷里,成为其中的一个芥豆"。就像小说所说的,"他很喜欢这个高度,既有一定的安全感,又可以很方便地观察外面街道的动态。脏、乱、差固然也令他愤愤然,但也给他和楼盘里的一般中产阶级人士带来许多方便"。对于这位旁观者而言,那些来往其间的形形色色的人们所构成的风景,恰恰成了生活中不可或缺的元素,"正是因为这许多的'社会填充物',我们的生活才如此丰富多彩、粘合难拆"①。

在此,飘窗正是宅居一隅的知识分子窥视世界(现实)的通道,它清楚地表明了知识主体与现实之间的紧密联系,当然也同时展现出这种联系的局限性。它极富意味的地方在于,一方面呈现了"现实的风景",另一方面又对这种呈现风景的方式展开了反思和批判。因而小说固然是为了展现这个时代有趣的"现实",但更多还是要表达知识分子与这个"现实"之间的复杂关系。就后一话题,《飘窗》其实不乏细致的刻画。作为知识者,除了主人公薛去疾之外,另一个多次出现的人物,那个靠报告文学起家,无比庸俗的夏家骏,也值得人们重视。这个形象不断让人想起《风过耳》中的匡二秋、宫自悦、鲍管谊之流,在那部带着强烈的 1990 年代气息的小说中,那些堕落的闹剧不断上演。当然,我们也不可能要求市侩小人变成德行高洁的人,但问题在于,匡二秋们卑污的灵魂偏偏颇有市场。因而作家的隐忧其实在于,通过刻画

---

① 刘心武:《飘窗》,漓江出版社,2014 年,第 4、7 页。

匡二秋等人的市侩嘴脸,写出一种绝非少见的文化现象:在现代化的进程中,有一批白蚁式的蛀虫正在蛀蚀着社会的栋梁。因此,如果说《风过耳》是一部1990年代知识分子的哀痛史,那么《飘窗》则意在通过这个时代知识者惬意的"观看"和无可奈何的"参与",来切入并试图诊断这个时代最为内在的精神肌理。

确实,小说《飘窗》惊人地呈现了现实生活诸多有趣的侧面,让人领略了"清明上河图"式的世俗面向,但究其根本旨归,却是对社会赖以存在的价值与精神背景的深入勘探。因而小说浮世绘式的巨大社会含量中,其实蕴含着不凡的批判性。当然,作者的批判也并非止于社会表象的分析,而是切入问题的根本,呈现出当下社会的真相,即社会阶层的固化所形成的密不透风的格局,以及特权网络的盘根错节所造成的整个社会积重难返的状态。小说中,人群熙来攘往,那些孤独的个人无不利用错综的关系,来获得利益的最大化,就此而言则颇有些"二十年目睹之怪现状"的意味。比如卖水果的顺顺夫妇在"铁人"的庇护下,从流动摊贩变成了占道经营的无照水果摊;倒卖火车票的老黄牛二碌子,发财开起了打卤面馆;送啤酒的赵聪发为了抢占地盘特意到监狱"拔份儿";准备移民国外的"官二代"钟力力,请报告文学作家当硕士论文的枪手;而作家夏家骏则因一心希望拥有副部级待遇而奔波于酒桌上下。即便是小说中神秘莫测的麻爷这个黑白通吃、一手遮天的人物,也如小说所谈到的,"不过是一个极普通的草根人物,因为某一机缘,有人不好自己出面,就让他当法人,他其实只是更厉害的主儿的'白手套'罢了",尽管在其背后,隐而不彰的"大老虎"才是最令人震惊的腐败之源,但事实上,浮出水面的麻爷就足以令人惊心了。用小说的话说,麻爷就是这个时代的"社会填充物",这个社会的许多暗箱操作都有他的参与,实际上已经成为社会恶性肿瘤,是"社会之癌"。

作为小说现实批判力的重要表征,作者在运用自己敏锐洞察力,展现出令人难以释怀的时代真相的同时,也没有刻意回避那些人们已然熟知的阶级差异,比如小说以诚挚的笔墨描述"洗车野战军"的卑微生活,一次次不经意地让人领略了底层社会的现实场景,以此让人体会"为什么人世间到如今,还是如此地贫富悬殊"?尽管小说也感叹:"贪官奸商占有那么多社会空间,底层民众却在如此的蚁穴里蜷着,腐败不除,何来公正!"但让薛去疾真正感到困惑和难过的是,畅快地表达对社会不公、贫富差距、贪污腐败的不满和叹息固然容易,但每个人却又在极为分裂地制造种种特权和不公,甚至包括他自己。因而真正的讽刺在于,当棘手的问题货真价实地摆在我们面前的时候,所有的正义和尊严都会极为脆弱地沦为不名一钱的"高调",而知识者角色所内在包含的悲剧感也由此可见一斑。

因而,社会最大的问题固然在于各种"关系"和"潜规则"的肆意横行,官商勾结所形成的强大稳固的既得利益集团,以及在这严密的腐败结构中,个体无处可逃,更无力对抗的现实;但事实上,更为严峻的危机恰恰在于,每个人都在争先恐后地融入其中,无奈而颇为自得地分一杯羹,这种颓败感所折射的精神背景,深切表征了当下社会的畸形面貌:人人痛恨特权,憎恶腐败,然而一旦涉及自身利益,却往往条件反射地竭力寻求特权的庇护。这样的发现当然显示出作家的敏锐、道义和良知,但细究之余,也能从中感受到更为复杂的况味。

小说《飘窗》另一个引人注目的地方,在于成功地塑造了庞奇这个决绝的复仇者形象。小说一开头就预先摆下了他的那句誓言,"我不回来则罢,如果有一天我回来,那一定是来杀人的"。这是一个绝妙的文本悬疑,所制造的紧张感贯穿故事的始终,然而在更深层的意义上,这又是一次有关底层反抗的寓言。这个抛弃一切的决绝的反叛者,这个来自底层的"旷世英雄",逃脱了一切传统文学对他的设定。他原本可以在他人的制度里安然体面地讨生活,但为了高贵的尊严,他终于孤注一掷地走上了那条不归之路。小说的魅力也在于他最后的惊人转变,他成功逃离了社会所派定的位置,并以对于上访者的解救,来维护了一种文本的"诗性正义",然而这种"虚张的正义"终究令人心悸,因为这种"文本的可能"似乎恰恰印证的是现实的虚妄。事实上,他终究是一个无比脆弱的决绝者,尽管他是按照启蒙的理想原则构造的一个完美的底层形象,但却也是以反讽的姿态被灌注了活力和希望的所在。

作为庞奇的精神导师,薛去疾曾不遗余力地对这位粗鄙的底层莽夫讲述有关狄更斯的《孤星血泪》、普希金的《上尉的女儿》、大仲马的《基督山伯爵》等文学知识,这是"十九世纪的幽灵"中最可宝贵的人性财富。随着一次次交谈的深入,他们之间这种浪漫主义的文学灌输,终于上升到平等、公正、尊严等启蒙理念的价值呈现,并顺理成章地将这些价值理念融入他与努努的爱情故事之中,这便使得庞奇原本冷酷而空虚的保镖生活产生了翻天覆地的变化。其中尤为重要的意义在于,让他恍然明白了尊严的价值所在。小说最后,可怜的庞奇已然认识到"人活一世,尊严为上"的道理,而这一切恰是薛去疾所给予的教育,如其所言的,"是薛伯给了我启蒙,让我懂得什么是尊严,什么是高尚,什么是博爱",事实上,也是薛去疾让他明白了自己和麻爷所代表的势力之间所构成的结构性矛盾。因为正是后者的所作所为,很快就波及庞奇原本宁静的生活世界,而这恰是社会结构所决定的不同阶层之间利益冲突的现实图景。

然而故事最具讽刺性的地方在于,薛去疾这位伟大的启蒙者,并没有言行合一地恪守自己的价值立场。在现实的压迫之下,他痛苦却颇为无奈地做出了妥协,进而沦为这个时代的笑柄。因此,当庞奇这个心有不甘的挑战者,带着他的满腔义愤,向这个社会反戈一击之时,才赫然发现自己赖以行动的价值其实如此脆弱,这也让历经挣扎而痛苦做出决断,为此放弃自己原有生活的他陷入刻骨绝望的境地。在这个意义上,薛去疾这位傲然的知识者,或许只是一个蛊惑者,他扰乱了庞奇原有的生活，将他推入万劫不复的境地。因而小说在此提出的问题也在于，究竟需不需要衣食无忧但毫无尊严的生活？或者，为了尊严，向社会隐匿的权威勇敢宣战，重新寻找一种价值和社会正义？

在这个意义上，小说其实隐藏着希区柯克《后窗》式的欲望图景，在那部为人称道的经典电影中，伤腿的杰弗瑞颇为无聊而又无比惬意地从自家的后窗观察邻居们的生活，直到真正的凶险"如约而至"。而在《飘窗》中，薛去疾这个无能的知识者，也只是通过飘窗来与丰富复杂的生活发生联系，他如无聊的"窥淫者"一般，渴望获悉现实的一切，渴望参与其中但却无能为力。于是索性将飘窗台下的一切视作独一无二的风景，心安理得地欣赏这一切，这也似乎隐喻了知识者在现实中的位置：他们总是习惯将自己摆在旁观者的位置上，观察周遭的世界，他们只是惬意地欣赏，哪怕环境是如此脏、乱、差，也是自得其乐，心安理得，仿佛一切都与己无关。他们基于这种公允与客观，为社会开出药方，给他人提供指导。然而，当真正的凶险从风景中逸出，席卷自己的生活时，他们便迅速地缴械投降了。因而，飘窗其实恰如一道意识形态的伤口，知识者从中看到自我的欲望，而他也终将被这道伤口所俘获，被这道"实在界"的血盆大口毫不留情地吞没。

故事的最后，薛去疾这个颇有几分傲然之气、好为人师的启蒙者，终究被现实所吞没。为了维护自己那栋带有飘窗的单元房，他牺牲了自己最宝贵的生命尊严。知识者的背叛无疑令人震惊而绝望，因而当庞奇这个决绝的反叛者，在他的精神所在"一切都轰毁了，一切都勾销了"的时候，将首要的复仇目标锁定为自己曾经的精神导师便不足为奇了。就像他那句江湖传言所呈现的，"我不回来则罢，如果有一天我回来，那一定是来杀人的"，最后复仇指向的偏偏就是那个最不可能的目标，这种决绝的反叛与其说是指向整个社会的，不如说是指向知识分子自身的。

知识者的妥协，以及由此而来的启蒙者的变节，这种选择的最终结果当然意味着极为不义地将底层反叛者推到绝望的境地，然而《飘窗》的超越性在于，小说并没有顺势将批判的火力停留在知识者的角色之上，而是在必要的讽喻之后，迅速将思索的问题引向了整个时代，即它并非一味埋怨这个时代的思想者立场的不坚定，而是由此提出有关时代精神状况的宏大命题。

细心的读者大概没有忘记小说最后的那个细节，叙事者曾借薛去疾之眼，极为细致而繁复地描写了麻爷大宴宾客的奢华场景，其璀璨的气度，唯有《了不起的盖茨比》中盖茨比的豪宅可以媲美。而在此，其物质的丰裕与精神的空虚也恰成鲜明的对比。这也是这个物质主义时代权力与欲望的刻骨病症的生动体现。也正是在此处，一种纵情狂欢的空虚感极为微妙地传达了出来，"麻爷最了不起的一点，就是他会醉，但永远不会烂醉，看到酒客们烂醉如泥，甚至呕吐得一塌糊涂，胡言乱语，疯疯癫癫，以至打斗，他就会以多储留的那几分清醒意识，享受审美般的满足"。这是一个盖茨比式的"当代英雄"，也是我们这是时代自我欲望的镜像，因为就像小说所说的，每个人都渴望"跟麻爷一起在地狱里，陪他在最本真的欲望里狂欢"。这恰恰是这个时代的秘密所在。

正是在这个本真欲望的狂欢地狱里，薛去疾这位作者自况式的人物，这位多少有些傲气的知识者有了他的惊世一跪。确实，在这样的时代，谁又能够幸免呢？知识者最后的背叛固然带给人们长久的震惊，但轻易地指责又终究显得简单。对于知识者来说，当自己的生活也被席卷，而倚卧飘窗台，欣赏风景的潇洒状难以为继的时候，他们的丑态或许也将成为别人眼中的风景，这是刘心武颇为清醒地意识到的问题，因而小说并不因此一味指责知识者的堕落，而是敏锐意识到问题的症结所在，即权力腐败的社会格局，由此上升到整个时代的精神状况。尽管这一切也只是极为聪明地点到即止，没能做出更为深入的揭示。而对于知识者的价值坚守，小说也没有做出太多悲壮的承诺。一切都顺其自然，肯定人性的弱点和生命中必要的妥协是其第一要义。毕竟在这特权的阴影无所不在的时代，知识者的自傲早已成为问题，而谈论他们的堕落与变节，也愈发变得艰难。一切罪魁都可顺理成章地推到整个社会，因而对于故事的主人公薛去疾，反而显示出几分辩护的意味来。

总之，面对堕落的知识者与更加堕落的社会，批判也好，辩护也罢，似乎都不太重要，这或许正是犬儒时代的价值法则赐予我们的知识。而在一种无奈的反讽之中，艰难而心安理得地活着，似乎成了这个时代最大的生存原则。也就是这样，小说《飘窗》让我们领略了现实社会批判的强度和广度，也让我们感受到这种批判的限度与难度，并由此对于我们所身处的时代有着更多的思索和追问。

三 《隐身衣》："形""质"分裂的时代

"悬念丛生的无头案，裸奔时代的隐身衣"，这是格非新作《隐身衣》腰封上不无夸张，且多少有些耸人听闻的宣传语。这个令纯文学的爱好者们大倒胃口的措辞，连同小说虽古朴但略显轻浮的封面设计，一度让人误以为这是一部白领女青年热爱的地铁读物。然而细细读来，方才发觉以貌取物的轻率。携"江南三部曲"的余威，大师格非的功力已然炉火纯青。坦率而言，笔者虽难以认同欧阳江河先生所言及的有关"近几年读到的当代中文小说中最好的一部"的说法，但敬仰之情依旧泛滥成灾：这注定是一部在此后相当长一段时间被人们铭记在心并反复谈论的作品。因此至少，它的阅读范围理应超出地铁的边界，转而在精英云集的学院，乃至学者盘踞的书斋中激起更多的回响。《隐身衣》所提出的问题，或许值得那些对这个时代的精神状况依然忧心忡忡的人们思索一番。

这是一篇以古典音乐发烧友为原型，严肃探讨时代精神状况的小说。作者格非本人就是一位古典音乐发烧友,他曾感慨自己 80 年代上大学时,听古典乐的人还很多,而现在这种氛围已经几乎看不到了。"但我身边的这几个朋友还执着于对古典音乐的热爱,这是难能可贵的,我的这本《隐身衣》就是想反映他们与当代社会的距离感。"单就题材而论,格非的这部小说便占据了某种精神的高地。首先,小说令人景仰和惊叹的地方,在于这个题材所蕴含的知识维度。书中那些古典音乐知识的集结和名词的堆砌,在当今的中国作家中没有第二个人能如此娴熟地"卖弄"。与此同时,这又是一个非常巧妙的文学题材,格非运用它独一无二的知识,以及绵密的叙事针脚,在对现实生活的细致描摹中,顺理成章地激发出题材本身所蕴含的隐喻意义。这便正如评论者所言,"这是一部从捣鼓音响器材为生的手艺人身上借来叙述角度、修辞策略的作品。小说的叙述主旨之一是:这个时代的听力坏了"[1]。在此,古典音乐的隐喻意义在于,凭借着对事业纯粹热爱的手艺人,用自己的知识和技艺,来维持这个社会的美感、品位和精神追求。"专门制作胆机的人",这是一次不折不扣的隐喻,围绕着这样一个人物,来组织、编排一个悬念丛生的故事,既是一个独特的文学发现,也是一次意义非凡的美学实验。

就文学秉性而言,格非是一位精英意识极为浓郁的小说家,早年的先锋经历即是明证。《青黄》《迷舟》,直到《褐色鸟群》等小说中极具后现代倾向的观念主义写作,曾让叙事空缺、重复与迷宫等先锋技法深入人心。然而,如果说对博尔赫斯的"重复的重复"(陈晓明语),更多只是源于一种智性写作爱好者的文学游戏,那么在格非随后的长篇小说《欲望的旗帜》,以及进入新世纪之后的《人面桃花》《山河如梦》和《春尽江南》(称为"江南三部曲")等作品,则超越了早期先锋小说及《敌人》《边缘》等饱含神秘气息作品的实验风格,转而将

---

[1] 欧阳江河:《格非〈隐身衣〉里的对位法则》,《新京报》2012 年 5 月 26 日。

意义追问的触角指向历史与现实。

在《人面桃花》《山河如梦》等作品中，格非对20世纪中国历史的深沉思考，对革命复杂意义的勘探，对乌托邦理想破解的揭示，早已使得这位曾经的先锋派显现出更为博大的写作格局，并广受赞誉。而在《欲望的旗帜》和《春尽江南》中，他对当代现实的处理，对时代贫困与知识人精神分裂的探究，都具有振聋发聩的文学品性。如果说前者中爱情理想的破灭，哲学精神的坍塌，艺术的末世经历，以及情感的颓废，欲望的乘虚而入，促使人思索在这样的时代里知识人安身立命，去抵抗漫漫长夜的虚无与冷漠的根基，那么《春尽江南》则以蕴含深沉悲剧感的典雅笔力，书写这个时代秩序松弛、人心溃散、精神流离失所的景象。而从《欲望的旗帜》中的哲学，《春尽江南》中的诗歌，直到如今《隐身衣》中的古典音乐，一切纯粹的东西都被渐次消弭，成为这个混乱时代的文化祭品。同样的抵抗与思索，相似的情怀与抱负，甚至这次的写作更为虔诚和精到，少了些许矫揉造作的"文人伤悼"，但失败主义的情绪饱满汹涌，悲剧性的品格依然如旧。因此就此破碎现实的哲学性勘探而言，我愿意将这部《隐身衣》视为其内在精神一脉相承的作品。在此，古典音乐与现实生活的距离感所产生的巨大张力，势必在这个饱含着精英主义气息的文本中生成明显的文化批判意义。这也许就是作为社会象征行为的音乐叙事所包含的文学意义。

毫无疑问，文化的粗鄙化是《隐身衣》中的基本现实。小说一开头，褐石小区的花园洋房里那位夸夸其谈的教授，连同他那似是而非的言论，便定格为这个时代知识分子堕落的注脚。而以古典音乐为契机，穿插着巴赫、瓦格纳、泰勒斯、马勒或者维奥蒂，与梅艳芳、张学友、刘德华、李宇春的对比，则分明显现出时代精神状况的病态特征。主人公小夏，一位以"制作胆机为业的人"，作为古典音乐的精通者和爱好者，早已无法独守自己的一隅，自得其乐地做一名"隐身人"。他不得不参与这个社会，去见证它的颓败与堕落，与它的肮脏病态虚与委蛇，苦苦周旋。或许真如评论者所言，"这个社会的堕落，正是从蓄意践踏手艺人开始的"。然而，小说的悲剧性并不仅仅在于那些脑满肠肥的商人、自以为是的教授和附庸风雅的暴发户，其实都是十足的"音盲"，且古典音乐这件"隐身衣"不过是掩盖他们内心空虚的"遮羞布"，而是对于个人而言，音乐的慰藉早已成了聊胜于无的点缀，更妄论启蒙庸众。而更深的悲剧意义其实也不在于小说主人公所遭遇到的爱情的脆弱、亲情的淡漠和友情溃败的现实，类似的失败主义情绪在格非以往的作品中早已清晰呈现过。对于这部《隐身衣》而言，真正触目惊心的恰恰是作者就此时代的精神状况所提出的问题和解决之道，即当我们早已洞悉这个世界的真相，目睹那混乱破碎的世界图景之后，我们该当如何？知识人何以安身立命？

从"隐身人"到"隐身衣"，这可以说是小说的主旨所在。小说中曾多次回望意义非凡的 90 年代，追忆古典音乐的黄金时期，以此阐明"隐身人"的时代意义。在此，90 年代的古典音乐氛围，无疑与那个时代人文精神的高扬是一脉相承的。而那些"制作胆机的人"像极了依然怀揣人文精神梦想的古典知识分子，甚至那个年代所独有的自以为是的精神优越感也在他们独自陶醉的美梦中清晰呈现，"每当那个时候，你就会产生某种幻觉，误以为自己就处于这个世界最隐秘的核心"。可悲的是，在这个粗鄙化的年代，他们的知识和技艺并不总是被用来维持这个社会的更高的品位，而是成为商人、教授、暴发户们装点门面的利器，成为庸俗时代的可悲的服务者，社会的道德和品位并不因他们的存在而提高多少，因此，"他们虽有足够的理由来蔑视这个社会"，但也不得不"躲在阴暗的角落里，过着一种自得其乐的隐身人生活"。然而，在这混乱的时代，他们真的可以隐身吗？

尽管作者在小说中一次次地强调发烧友的圈子是一个纯净之地，这源于他们高出一般人的道德修养，这是一个共同体和乌托邦。他们的道德高度，他们与这个粗鄙化的社会的距离感，以及通过通州"莲

12"卖主出人意料的良好素质的展示,都是为了表现作者本人对这个群体的敬意。然而小说中真正的"隐身人"终于遁隐不见了,而只出现了一次"隐身衣",那便是传说中的牟其善穿了一件"隐身衣",这意味着什么呢?或许只是理想主义坍塌的征兆。音乐爱好者们多年的启蒙,培养出来一位如此这般的"古典音乐发烧界赫赫有名的教父级人物"。这位名闻遐迩的商人在每年的正月十五,都会照例在权金城包下一层楼面,摆出一套高档发烧器材,邀请北京的发烧友们一起吃火锅,并互相切磋技艺。这位迷恋巴托夫和普罗科菲耶夫的音乐精英,对权金城的火锅同样热情万丈。这不啻是一次意义非凡的讽刺。确实,于他而言,古典音乐或许只是一件徒有其表的外衣,用以掩饰内心的空虚和庸俗本质。而那些曾经的纯粹爱好者们,他们亦是启蒙庸众的知识精英,他们苟活至今,在这理想溃散的时代,却悲剧般地沦为"制作胆机"、满足有钱人虚荣梦想的"服务者"。

小说的真相在于,"隐身人"其实并不存在,可以隐身的其实只是一件可悲的衣服。而从更深的意义来看,小说通过"隐身衣"探讨这个精神溃散的社会"形"与"实"分裂的本质。

"隐身衣"不过是用来掩盖这个世界的真相而已。小说从古典音乐出发,将"隐身衣"的内涵与隐喻意义扩展到整个社会。当小说中"许大马棒"不怕死的神话被揭开时,作者曾借人物之口说出这样一段话:"我由此明白了一个道理,不论是人还是事情,最好的东西往往只有表面薄薄的一层,这是我们的安身立命之所。任何东西都有它的底子,但你最好不要去碰它。只要你捅破了这层脆弱的窗户纸,里面的内容,一多半根本经不起推敲。"生活的真相其实经不起推敲,而唯一的对策就是维持其表面的虚伪。类似的箴言警语在小说中比比皆是。"这个世界上的一切,原本就是不明不白的啊。乱就让它乱吧!你要是爱钻牛角尖,想把一切都弄得清清楚楚、明明白白,你恐怕连一天都活不下去。事若求全何所乐?"甚而至于,世间的亲情也是薄薄的一层皮:"亲人之间的感情,其实是一块漂在水面上的薄冰,如果你不用棍子捅它,不用石头砸它,它还算是一块冰。可你要是硬要用脚去踩一踩,看看它是否足够坚固,那它是一定会碎的。"

这是一个让人不忍探究的世界,生活中的一切,都是一笔糊涂账,它们经不起任何推敲。对于生活的神秘,唯一的对策是拒绝判断,拒绝一切意识形态的臧否,这无疑省却了徒劳无获的探究的烦恼,却也遁入虚无的泥淖。正如作者在小说结尾的激愤之词:"如果你不是特别爱吹毛求疵,凡事都要去刨根问底的话,如果你能学会睁一眼闭一眼,改掉怨天尤人的老毛病,你会突然发现,其实生活还是他妈的挺美好的。不是吗?"睁一只眼闭一只眼过日子,这种无奈,是这个粗鄙化的社会的生存之道,这也是小说所揭示的生活哲学。

由此可见,《隐身衣》中显示了格非小说社会批判中所包含的绝望感,这无疑也是这个后现代时代的馈赠。《欲望的旗帜》中的爱情神话,《人面桃花》中的革命神话,以及《山河入梦》中的乌托邦神话,一切的神话都在格非的小说中无情裂解。无论它是意识形态的,还是乌托邦的,乃至一切自我意识的幻象,都被格非戳穿。神话破灭的背后是格非对人性的根本怀疑。这种不乏颓废主义的意绪在《山河入梦》中曾得到清晰体现。花家舍的总设计师郭从年对谭功达说的一段话,其中举到了《天方夜谭》中阿拉伯人的一句谚语,尽管十二道门里的东西已然穷尽了这个世界的一切,但第十三道门依然会被无情地打开,这只是源于人性中的好奇,更是对人性的深刻绝望。

这不由得使人想起齐泽克在《意识形态的崇高客体》中对实在界的探讨,"他们知道真相,但仍然坦然为之",这只是源于没有人能够忍受实在界的真相,因此唯一的对策就是依然活在意识形态之中,而不是戳穿它。今天的意识形态已经不再是无知无意识,而是自知中的故意;不是受缚于"看不见的手"的盲目,而是在明白中无奈地"自指着面具而前行"。

在这个意义上,《隐身衣》其实与齐泽克的思想在根本上是一致的。问题的重要性并不在于戳穿神话,而是在洞悉了"隐身衣"背后的虚伪本质之后我们该如何生活。在此,刨根问底和钻牛角尖的人,早已成为"前现代的古人"。为今之时,谁还会去追问这个世界的真相,去叩问虚伪面具背后狰狞的面孔。知道你是错的,但我也无可奈何,只能将错就错,糊里糊涂地过下去。这种"知"与"行"的分裂,不就是赤裸裸的犬儒主义吗?

　　然而问题的悲剧性在于,我们可以轻易地指责,廉价地批判,却终究无力提出更为有效的解决途径。当然,小说的目的从来都不是锁定根本的解决之途,而是提出相应的问题,引起人们思索的必要。在这个意义上,《隐身衣》无疑是成功的。它让每个正直的人都掩卷而思,思索这个时代知识的高贵与纯洁,世界秩序的混乱与人心溃散的命运。在洞悉这个时代精神分裂的本质之后,尝试着寻找某种根本的解决之道。尽管小说在无奈中引出的思考,有着虚无与犬儒的嫌疑,但这种呈现的姿态和提问的方式,无疑具有弥足珍贵的意义。

　　最后让我们回到小说的结尾之处,对于小说的主人公来说,生活的真正转机出现在他与别墅中神秘女子的交往之中,而更加出人意料的是他们最终走到了一起。他们脱下面具之后的坦诚交往,以及他们之间不合时宜的浪漫与温情,都带给人莫名的感动。对于小夏来说,"破相"的神秘女子才是他命定的合适之人,而她与"卖相好"的妻子玉芬形成鲜明对比,作者在此强调了前者的高雅、善良,及后者的淫荡、庸俗,并不是为了应和有关外表美和心灵美的流行说法,而是重申这个世界"形"与"实"分裂的本质。小说最后,格非又按捺不住他惯有的笔法,在行将结束之际"卖个破绽",透露出让人毛骨悚然的神秘之处:欠款意外地从天而降。这一点说明,那个如"倩女幽魂"般神秘的男子丁采臣似乎又活了过来,或者他压根儿就没有死去,再或者是另有隐情,作者在此没有明言。这是一个无解的迷局,当然这也只是无关紧要的细节。这便正应了小说的态度,只有不去探究其中的来龙去脉才能心安理得地生活。当然,我愿意将这个多少有些"恐怖"的结尾,理解成生活中的意外之喜。对于小说中的小夏来说,当生活开始步入正轨之后,一切并没因此变得更糟,生活至此,多多少少有了一点希望。仁慈的格非终究在此给了我们一点对生活,对世界乐观以对的勇气。

四 《风雅颂》:知识者的"逃离"与"回家"

曾经一度,阎连科作为一位坚定的乡土写作者,以其勤恳与朴实,见证着黄土地上无尽的苦难。在他笔下,《年月日》《黄金洞》皆是留给人们深刻印象的作品。这些"耙耧天歌"的故事,显示出敏锐的触觉与惊人的胆识,对瑶沟村人的生存环境、生命意识,以及生存状态都有着令人震惊的真实描绘。与此同时,他的《和平寓言》《自由落体祭》等"和平"系列小说,因对军营生活权力关系及人性异化图景的深切审视,也同样取得了不凡的成就。然而,似乎就是在1998年广受好评的《日光流年》之后,阎连科开始逐渐告别写实主义的文学传统,转而拥抱一种荒诞和寓言式的极限形态,极尽夸张的《坚硬如水》《受活》其实就完美演绎了"他的现实"和"他的主义"。此后,阎连科在经历了《为人民服务》《丁庄梦》等作品所造就的诸多风波之后,大有将其无比焦灼的批判主义论调和夺人眼球的嘉年华式的写作继续推进的趋势,这些都足以证明他逐渐沦为了极限写作的信徒。发表于2008年的《风雅颂》便是这样一种写作的产物。联想到此后没能在内地出版的《四书》,以及最近同样争议不断的长篇新作《炸裂志》,或许托多罗夫对爱伦·坡的那句评价真的可以极为恰切地用在阎连科身上,他是"极端、过分和最高级事物的制造者;他把任何事物都推至极限……他所感兴趣的是最大或最小——某种性质所达到的最高程度"。①

　　就小说《风雅颂》而言,知识者在这个时代的堕落,并不是罕见的叙事主题。欲望化的时代,知识分子的所见所感昭示的时代精神颓败的印记,通过叙事惊人地展示了出来,其间性的泛滥、道德化的臧否,以及精神性的寓言推论,构成了此类叙事的基本模式与脉络。从格非的《欲望的旗帜》到阎真的《沧浪之水》,从张者的《桃李》再到邱华栋的《教授》,皆为此类代表。值得庆幸的是,《风雅颂》并没有一味张扬所谓的启蒙主义传统,这种知识分子自鸣得意的叙事主题,被一种更为深沉的时代精神的忧虑所取代。尽管就小说而言,这样的忧虑行诸笔端还显得问题重重,但它终究打开了一层重要的面向:在这粗鄙的年代里,在新的社会观念浸染下,知识分子在传统人伦道德与现代利益获取之间不断撕扯,而最终何去何从,人们不得而知。

　　在这个意义上,《风雅颂》似乎试图延续20世纪90年代人文精神大讨论的思想主题,勘探这个时代精神流离失所的境遇。面对物质主义时代的来临,一种颓败与痛惜接踵而至,这些都是我们熟悉的主旨与情绪,但阎连科的故事自有其离奇的地方。小说中,主人公杨科所遭遇的侮辱显然达到了日常逻辑所能忍受的极限,比如他一出场便遭遇妻子出轨,随后又以民主投票的方式被送进精神病院。其中最有意思的地方在于,他呕心沥血五年的皇皇巨著《风雅之颂》因经费匮乏而难以出版,而不学无术的妻子赵茹萍却敏锐地把握了时代变化的风潮,颇识时务地获取了巨大的利益。小说在此漫画化了赵茹萍的经历:她因早恋而辍学,凭借父亲的地位留在大学图书馆,又依赖对明星私生活的兴趣而考上影视函授本科,进而混得研究生文凭。她因专讲明星私生活、八卦消息成了受欢迎的影视专业的教师,通过与副校长私

---

① [法]托多罗夫:《巴赫金、对话理论及其他》,蒋子华、张萍译,百花文艺出版社,2001年,第99页。

通而当上教授，并且还获得了国家级的学术大奖。正是这样一个淫荡、虚荣、肤浅而又野心勃勃的人，却能够在大学里无往不胜，她荒唐的成功史正是对当代高校制度的绝妙讽刺。

这样的时代，面对不合时宜的丈夫，妻子赵茹萍的背叛似乎顺理成章，于是便有了小说开头先声夺人的床戏描写。这样的设置无疑是对荒诞年代的辛辣嘲讽，所展现的时代意义也极为明显：精神性的存在物被世俗与粗鄙所驱逐，这当然是一种祛除世俗，拔高精神的基本叙事模式。然而，小说以极限的方式对当下高校生态的夸张和想象性的描写，只是为了成全小说寓言性意义的建构，这种观念的演绎自然会失去细节的真实，遭到人们的质疑也就不足为奇了。小说进而也暴露了阎连科作品的一个重要毛病：他总是将现实想象成无比黑暗的样子，以满足自己由来已久的批判需要。因而他这位"诚实"的作者之所以总是如此焦灼，主要原因在于他总是在和自己想象的影子做着殊死的搏斗。

值得指出的是，《风雅颂》的可贵之处在于它的自我批判，即作者并没有将知识分子自我神圣化。面对主人公杨科那怯懦而又矫揉造作，甚至多少有些自鸣得意的性格，小说并没有赦免对他的批判。比如小说曾试图表现一种知识的优越感，即出于对他京城教授身份的迷信，村民们让自己的儿孙排起长队接受他的摸顶，这宗教般的圣人仪式与顶礼膜拜，似乎是对其启蒙知识分子的最大肯定。然而，小说很快便无情地戳破了这样的宗教幻觉，暴露出所谓的"知识"在这个年代的尴尬处境。

另外，作为一位《诗经》研究者，小说其实也并没有显示出杨科别样的情怀与抱负。就像研究者所说的，他除了关心自己的《诗经》研究，争取早日评上教授、博导之外，并不关心公共事务，对社会文化也没有什么批判精神。因而他对《诗经》的研究，只是一种专业的表征而已，换言之，《诗经》的文化内涵，并不能保证杨科本人的精神内涵。

一个最为明显的例证在于,一部《风雅之颂——关于〈诗经〉精神的本源探究》虽然显示出主人公关于人类精神家园的体认与追求,但并没有立体化地呈现在主人公杨科关于生存境遇的反思中。虽然小说讲述了他在精神病院大肆吟诵《诗经》的情景,但故事的细节除了增添几分狂欢色彩,使情节变得荒诞不经之外,并没有取得深层的批判效果。

显然,《风雅颂》并不满足于写一部当代的儒林外史,这便正如阎连科在小说后记的"飘浮与回家"一节中所说的,"看了《风雅颂》初稿的人说:'阎连科,你朝中国当代知识分子光亮的脸上吐了一口恶痰,朝他们丑陋的裤裆狠命地踹了一脚。'我说:'不是。我没有那么大的能耐,也没有那么强的力量。我只是写我。我只是描写了我自己飘浮的内心;只是对自己做人的无能与无力,常常会感到一种来自心底的恶心。'"也就是说,小说并不满足于刻画知识分子龌龊的面孔,而是将之推开去,讲述他所迷恋的乡村乌托邦溃败的现实境遇。小说中令人痛心的地方在于,作为知识分子精神家园的乡村,已经成为一派弥漫着龌龊的性欲之地,淳朴的村民早已被城市的欲望所席卷,当年的姑娘也都沦为"性工作者",对城市的渴望便意味着对欲望的要求,淳朴的乡民也仿佛在一夜之间醒悟过来,随这个国家一道开启"欲望号街车"。其中最为夸张的表达莫过于,"谁能让我去皇城扫街冲厕所,我愿意把我的老婆给他用"。在此,耙耧山脉的神性终于让位于对城市生活的神往,乡村伦理的贞洁感也被实用理性所无情摧毁。小说中颇具喜剧感的地方在于,杨科曾试图凭借一己之力挽救"失足妇女",力劝她们重回耙耧山脉,去做正经营生,但他的启蒙大业哪里敌得过这无情的世道,短暂的犹疑之后,妓女们的肉体大联欢很快又卷土重来了。

面对诸多问题,人文精神的拯救意义究竟何在,这也是小说的深层关怀所在,即寻找所谓的救赎之道。《风雅颂》讲述知识分子"逃离"与"回家"的故事,尽管小说并没有对故事的主人公展开无原则的礼赞,但故事里的"回家"却也包含着无穷的深意。就此,阎连科同样在

"漂浮与回家"中有过交代:"最近的一些年月,我脑子里不断地产生要离开北京,回到老家打发余生的念头。……这部小说的土壤,就是多少年来'回家的意愿'。甚至,小说原有的名字就叫《回家》,只是看了初稿的朋友都说不妥,便由朋友挖空心思又水到渠成地替我改成了《风雅颂》这个美妙却又表面有些哗众的书名。"出于对城市生活的厌弃,退无可退的男性主人公选择回家,在此,知识分子的回家,对城市生活的厌弃,虽是一个流行的文学母题,但在其呈现之中依然给人诸多启示。小说主人公懦弱地索求,卑躬屈膝地威胁,以及像精神病患者一样焦灼地游荡,荒谬而屈辱地苟活,乃至最后的退守,甚至退无可退的绝望,都在小说中一一呈现,而现实的严峻则在于,美妙的乡村如今被一片欲望的景观所覆盖,最后的净土也宣告沉沦,精神的溃散和价值的流离失所,这些无不让人黯然神伤。

最后,值得一提的还有《风雅颂》的形式。阎连科的小说总有一种关于形式的焦虑,这也难怪,几乎所有的写作者都有一种"语不惊人死不休"的冲动,更何况,这还是当年现代主义写作的崇拜者根深蒂固的习惯。只是,阎连科小说的形式追求显得尤其强烈。相信看过《四书》的读者都会对小说中仿《圣经》的语言记忆犹新,而近作《炸裂志》对传统县志形式的模仿也让人惊愕不已。但正像人们所批评的,《炸裂志》小说的味道还是太过明显,看上去和真正的县志相去甚远,因而小说并没有在一种阅读的阻隔中获得必要的美学张力:一切都是徒具其表的样子,形式反而显得累赘。《风雅颂》也同样如此,尽管有研究者大张旗鼓地讨论过《诗经》与《风雅颂》之间的互文性联系,但仔细读来,终究觉得这样的联系微弱而牵强。这里每章的诗经标题,只是为了建构一种和谐的样貌,而与故事情节缺乏深层联系。甚至从某种程度上看,《诗经》只是阎连科为了寻求新鲜的文体结构,借用来装载回家这一主题,这个极具传统文化内涵的"崇高客体",显然为原本平庸的小说增添了不少亮色。但需要注意的是,尽管其目录中每卷均分别以《诗经》的体例风、雅、颂依次命名,各卷中的每节也分别选一首诗经的题目如《关雎》《汉广》等为其小标题,但也仅仅具有结构上的意义,与全书的精神内核并无明显关联,或者也可以看成,只是徒有虚名地成为现实社会生活的辛辣反讽。

总的来看,整部《风雅颂》围绕知识分子的"逃离"与"回家"两个维度展开故事,虽然有一种意识形态的反叛,却并没有向人性深处突围,尤其是小说所设置的那个虚无主义的结尾:杨科从高校被发配至精神病院,由精神病院逃回故乡,又逃离故乡回到城市,最后再辗转回乡找到的诗经古城,竟也不是归宿,他还要找寻另一座诗经古城,另一座根本不知在何方的古城。我们当然可以轻松地将此解读为"回家"旅程的最终破灭,这不仅是阎连科个人梦想的破灭,也是这一代知识分子的精神历程的破灭。或许也有人认为,《风雅颂》留给人们思考的是,知识分子如何才能保持一颗社会的良心,重新找回失落的精神家园,但这种程式化的解读多少有些流于表面而显得无比轻佻。因为真正的精神书写,需要的恰是绵密的针脚与诚恳的细节,而非大而无当的包装,或是简单地比画几下手势。这或许就是《风雅颂》以及阎连科小说最大的问题所在。

五 《正午的供词》:"艺术之死"的时代隐喻

出版于新世纪之交的长篇小说《正午的供词》,被认为是作家邱华栋影响最大的作品。这里的影响最大并不是说这部小说的艺术水准最高,也不是指它的文学史地位最为重要,而是意外地指向作品之外的接受层面,即作为纯文学的文本在普通受众中所掀起的消费热潮。小说以诗人之死为启示,在隐喻的意义上虚构一位导演的生活,并借用死亡的惊悚形式,在与时代的倾情对话中彰显出人性告白的仪式。这本是纯文学作家追求艺术深度与现实关怀的重要体现,但遗憾的是,这部年过而立的作者自认为颇为厚重的作品,却被捕风捉影的传媒解读为对流行人物的拙劣影射,进而意外地成全了小说作为流俗化的娱乐绯闻的热卖。当然,或许作者也只是在更巧妙的意义上,迎合了这个时代商业写作的消费狂潮,蓄意制造了这部作品"意料之中的意外"。但无论如何,小说在一片芜杂之中,以"艺术之死"的时代隐喻来延续人文精神大讨论所留下的思想命题,这种深切的形式不啻是深刻揭示时代真相的独特方式,甚至连同它那流俗化的误读命运本身,也奇迹般地构成了作品意义生成的重要途径,这或多或少都算得上是一次阅读的奇观。

在一篇自述中,邱华栋清楚地写到诗人顾城的自杀对自己的重要刺激,"一个诗人,把他的妻子用斧头砍死,然后自己上吊,这个事情本身是这个时代的象征。艺术家都是特别敏感的人,在这个时代只能以死亡这样的形式,跟这个时代发生关系,死亡最终变成了一个行为艺术"。确实,对于中国诗坛乃至整个当代文化来说,顾城的死都是一次令人震惊的事件,以至于到了时过境迁的世纪之交时,年轻的邱华栋依然难以忘怀。在人们看来,诗人的自杀总是被赋予某种形而上的意义,这早已是西方思想史中一个恒常的主题。从特拉克尔到杰克·伦敦,从叶赛宁到马雅可夫斯基,每个诗人个体生命的毁灭都给人带来巨大而长久的震动。因为在人们的想象中,诗永远是一种精神,而诗人的死亡,则象征着某种绝对精神和终极价值的死亡,这也就是诗人之死格外引人关切的原因所在。

而在此,顾城之死更有其特殊的隐喻意义。就像当年评论者所解读的,这是"一个时代的终结",是"在毛主义的残骸与碎片中寻找新乌托邦的时代的终结",标志着最后一个"'国族寓言'的死亡"。确实,从"文革"之后到1980年代的文化热,从1980年代末的政治风波,再到1990年代席卷而来的商品经济,以及作为抵抗姿态出现的人文精神大讨论,顾城之死汇聚在这一个个历史事件所串联的文化脉络之中,让人思考诗歌在如今世界里的位置。正如人们所预言的，一个粗鄙化的时代业已来临，而诗的失落则无疑具有时代的象征意味。当然，更令人惊惧的还是顾城的故事带给人们的戏剧化感受，不仅仅是震惊与悲悼，还有一种"默而不宣的嘉年华气氛"。于是此后，当诗人的生活故事迅速流传，广为社会各阶层消费的时候，一种新的文学悼念便应运而生了，这不是悲剧式的伤感，而是喜剧式的狂欢，这也似乎意外地引导我们一睹中国的后现代状况。更为怪异的是，对身后引发的狂热，顾城并非没有先见之明，但他或许注定就是要用这种奇观化的悲喜剧方式，来与这个粗鄙的世界决绝地告别。

在《正午的供词》中，邱华栋正是按照顾城这个忧郁而又自恋的浪漫主义诗人形象，塑造了小说的主人公导演潘岳。这个自孩提时代便酷爱用玻璃瓶底看世界的天才，像极了逝去的诗人顾城，他们都以天真和诚挚行事，用情极深却毫无心机，追求理想乃至甘愿献身，他们也注定都是这个时代最后的天才。小说之中，潘岳以艺术为业，获奖无数，也是唯一受到奥斯卡青睐的中国导演。然而在现实的压力下，在合拍片和商业片的轮番攻击下，艺术的沦落早已成为不可逆转的现实。道德沦丧，金钱为王，面对这样一个粗鄙的时代，他唯美的理想无处安放，只能眼睁睁地看着纯美的爱情和艺术化的生活化为泡影。最后，他绝望地将自己亲手塑造的女影星妻子杀死然后自杀，重演了顾城的悲剧。

小说之中，邱华栋总是不断暴露自己关于故事构思的启示。如其所言，探索一个杀人犯的内心世界，一个艺术至上主义者的复杂灵魂，确实有些类似于美国电影《公民凯恩》。这部电影用名人之死来开启全篇，以玫瑰花蕾的遗言留下一个惊世悬疑，进而在"调查体"的叙事结构中一路沿波溯源，追索当事人不为人知的内心世界。当然电影最后，玫瑰花蕾的悬疑并未解开，因而叙事者的探求其实归于失败，但电影却意外地揭示了时代的秘密：通过对死者人生经历和事业兴衰的开掘，见证了一桩资本主义神话下的复杂真相。

《正午的供词》极为巧妙地运用了电影《公民凯恩》基本叙事结构，从调查死者的杀人动机入手，一路煞有介事地铺展开来。然而问题在于，如何能够深入一个人的内心世界，以合乎逻辑的方式说出原因与真相？就像诗人顾城和他那惊世骇俗的举动，在世人的眼中永远留下的谜团一样，对于追求乌托邦世界的艺术至上主义者来说，能够说出的创伤哪里算得上创伤。永恒的隐痛恰是人物的症结所在，顾城如此，潘岳亦如此，这是故事未曾说出却已然说出的事实。因而小说虽以调查为名，却只是只言片语地交代了潘岳的行为与事迹，并没有随故事的推进详尽展开他的内心世界，小说似乎有意在人物内心留下一片巨大的空白，等待着读者去想象，去填充，去自己领悟背后隐而不彰的真相。它以这样的方式暗示了作者自己所言的，"在一个人们惯于忘却的时代里谈论死者，的确是一件困难和不恭的事"。逝者已逝，留下的只是传说。好在作者通过外围的调查、述说和谈论，便惊人地暴露了这个粗鄙化的时代艺术之死的惊人真相。

小说虽以正午的供词为题，所表现的毋宁说是正午的阳光下，真相并未大白，但作者本身想突显的恰恰不是真相本身，而是对真相的追问和由此而来的人性复杂图景。那一波三折的悬念犹如迷宫一般，表面上说出了许多细节，却只是用那所谓的细节隐藏了更多的秘密。毕竟，死亡早已终结了当事人的任何说法，而各执一词的言论让人分不清楚何为谎言，何为真相。也许，这正是作者的高明之处和良苦用心所在。小说之中，为了搭顺风车赚稿费的父亲、写回忆录挣钱的前妻、被欲望所拨弄的妻子夏百灵，以及开性用品商店的哥哥，皆在死去的潘岳周边展开故事，用他们的崇高与滑稽共同构成了对这个时代的绝妙讽刺。而他们的表演所折射的死者的生活碎片，也在更深的层面揭示出人性的复杂和神秘，暗示了主人公内心的幽暗和孤独，而生存的假面和分裂，欲望的追逐和失落，也都在此中闪现。正如小说的标题所昭示的：当人性在正午的太阳光下暴露之时，就不得不袒露出自身的供词了。

面对这个纷乱的欲望世界，小说主人公潘岳无时无刻不交织在艺术与现实、忠诚与背叛、东方与西方、爱情和理想、情欲与道德这样一些人性复杂性的基本冲突与命题之中。这里便涉及对小说中平面化叙述的关键节点的捕捉。就小说叙述人的调查而言，他所有企图深入的努力最后都沦为外围的兜兜转转，一切都止于表面，无比芜杂，甚至浮皮潦草，泥沙俱下而没有太多有用的信息。然而，正是在这些诸如尸检报告、电影剧本、人物采访之类"冗余"的叙述中，偶尔会有灵光一闪的时刻，让人欣喜地发现人物内心的蛛丝马迹。比如在电影剧本中，有一部名为《中午的黎明》的电影，讲述"一个混乱和大变动时代的刺客的迷茫"的故事。其中主人公是一位伪政府的特工，他在政权已经失败，无法与总部联系的情况下，依然执着地去执行刺杀的任务。他为了一个没有被取消的命令，独自上路，而他的目的已为人所知，他过去的恋人也早已成为敌人，只是他对这一切还不自知。这是一次没有终点的旅行，他的所谓伟大行动也注定是这个"悲剧时代里的一个悲剧人物的悲剧行动"。因而这个"电影中的电影"，就成了导演自身命运的隐喻。他作为一位艺术片的执着追求者，取得了举世瞩目的成就，却也不得不在一个艺术已死的商业化年代里苟且偷生，他在坚守与妥协之间不断退守，所有的努力都变成了虚与委蛇的周旋。商业片、合拍片，甚至无数烂片都向他袭来，不断玷污着艺术的尊严，而那些莫须有的批评指控，以及人言可畏的聒噪喧嚣，更是让他不胜其烦，进而陷入孤独无助的境地。

小说值得一提的当然还有它的形式，这也是邱华栋颇为津津乐道的。似乎是有意对各路实验手法的总结，小说穷尽了多样的文体，这章是对话，下一章是验尸报告，再下一章则是导演六部电影的梗概，以及他生前写的话剧剧本，各种形式交相辉映，呈现出狂欢的态势。这种繁复的美学究竟是先锋文学的极端表演,还是它反讽式的终极?已然无法考证。或许就像《堂吉诃德》与骑士文学的关系一样,《正午的供词》之后,先锋文学的文本逻辑已然瓦解,它的流风余韵也只是回光返照的征兆,然而它与时代整体的紧张关系,却被这部惊人的小说奇迹般地颠覆,因为它出人意料地在一堆错乱与嘈杂之中,映现出时代真相的魅影,在隐喻的意义上指向着时代的总体。这似乎也让人感慨,时代的线索如此错综复杂,并不是单一的总体就能概括的,这或许便是形式的意识形态所隐含的最大意义。碎片化的时代,唯有碎片的形式,才能表征时代的轮廓,才能凭此去追索它暗淡的魅影和蛛丝马迹。好在邱华栋的这篇小说并没有让人失望,在层层芜杂的枝蔓之中,敏感的读者终究能够带着沉重的表情去阅读时代的真相,在此之外,一片热闹非凡、眼花缭乱的布景,便可以弃之不顾了。

　　当然问题在于,眼花缭乱的布景却极易招致读者的误解,于是《正午的供词》其实又提出了另外的问题,即以轻佻的形式去诚挚地揭示出时代真相,能够得到怎样的读者反映?这本身便是一个颇为严峻的文本伦理问题。小说在"诗人之死"的意义上书写导演和女演员的寓言故事,得到的却是流俗化的娱乐见闻,当然,这也许是作者的精心安排,在这娱乐化的时代,他理应对作品可能的后果有所准备。捕风捉影的媒体娱记洞若观火的发现,这难道不是作者意料之中的"意外"吗?不过这些其实都没有关系,毕竟谁又会拒绝这种商业化的错爱呢?只是小说所寄予的"诗人之死"的时代隐喻,以如此滑稽的方式被消费,在让人目瞪口呆之余,也不得不再次思索文本的问题所在。恰如顾城用他惊世骇俗的死留下了一个时代嘉年华式的末世狂欢,《正午的供词》也试图借用消费的形式,让悲剧人物的悲剧性在历史的荒诞剧中无情消解。因为任何商业化时代的通俗化解读,都势必在文本的层面消弭作品所暗藏的批判力量。这种出人意表的自我消解,似乎颇有些于时代的纷乱之中揭示出真相,又顺手在一片绯闻和嘈杂之中将它掩盖的意思。邱华栋就这样在一片嬉笑怒骂之中，说出了时代的真相，旋即便又在装疯卖傻之中绝尘而去，留下诧异的读者去细细思量其间的况味。在这个意义上，所谓通俗化的影射，实际上构成了文本意义生成的重要路径。难怪邱华栋坚持认为，"这本书有着一个通俗小说的外壳，但它的内核是严肃的"。它恰是用看似拙劣的虚构，构成了对这个时代更为内在的批判。

第五章 世相与现实

一 《问苍茫》：现实的追问与历史可能的祈愿

因多年前的小说《那儿》而掀起底层文学浪潮的曹征路，在 2008 年《新劳动法》实施之际隆重推出了长篇小说《问苍茫》。这部厚重的作品讲述了当下"新工人"的社会适应和劳动状况，倾情刻画了他们的情感与伦理，苦痛和追求。小说在一种深切的现实关怀中，极为鲜明地显现出新左翼立场与文学追求，因而小说被一再认为是当代的《子夜》，而作者曹征路也被称为中国的小林多喜二。在他笔下，那些"被侮辱与被损害者"的命运令人扼腕，他们的遭遇也成了这个时代的病症。

大约百年前，无产阶级先辈就打出了"从前是牛马，现在要做人"的口号，由此谱写出中国革命传统中最激动人心的篇章，而此后，革命的实践更是确立了一个劳工的世界、一个真正的无产阶级的国度。然而在这个资本全球化的年代，尽管人民创造历史、工人阶级、社会公平、人民利益、劳动法、工会等概念还在使用，但它们早已成为幽灵化的语词，而走上前台的则是资本那坚硬的逻辑。曾经无比光荣的劳动者，也不得不面对彻底沦为劳动力的命运。在此，比自我意识的消融更加令人痛心的是尊严的彻底泯灭。就像《问苍茫》里那群单纯的乡村女孩，虽都只是孩子，却承受着生命中难言的苦痛。她们从原初的世界蹒跚走来，被这个火热的年代无情席卷，最后又沦为真正意义上的被侮辱被损害者。

　　这就是小说那条令人心悸的情节主线。由此它思考了农民进城务工的问题,也有效衔接了当下极受关注的进城女工和新工人的话题。小说留给人们的一个重要问题在于,在全世界劳动者的生活状况逐渐改善的今天,中国的工人阶级却在资本与体制的结合下,在这个中国模式无往不胜的今天,堕入到无边的暗夜之中。比如,资本家的工厂为了尽可能牟利,打劳动法的擦边球,利用试用期的漏洞,轮番招募新人,从而降低劳动成本。因而就像小说所说的,"宝岛电子元器件公司老板赚的根本不是产品利润,而是临时工的临死工资"。当然,工人的绝对贫困与艰辛的劳动早已不是新闻,只不过当它发生在工人老大哥作为领导阶级的当代中国时,则多少会使人有一些气闷。

　　当然,小说中令人愤怒的现实还远不在此,故事开篇便足以令人震惊:在这个荒谬而令人难以捉摸的世界,想要出卖劳动力的女孩,居然得先出卖自己处女的贞洁。当然这一切都显得无可奈何,对于一无所有的人来说,身体成了敲开这个世界沉重大门的唯一砝码。因而在此,"破处"不仅是一种荒谬而令人心痛的情节,更是一种苍凉而饱含血腥的仪式。而鲜血与苦痛,屈辱和肮脏,则正是她们与这个火热而繁荣的世界打交道的代价。

　　小说终究呈现了一个阶层的生存状态,而宝岛电子公司的迷你流水线,便是这个时代劳动状况的缩影。就像小说里所交代的,与传统的农业生产和手工业生产相比,这是一种全然不同的生产方式。如果说传统的生产方式依然保持着劳动的完整性,即生产的每个环节仍然被劳动者完美掌控,那么如今这个迷你流水线的情形则恰恰相反:"人一上了流水线就如同被接通了电源插进了回路,你就迷迷瞪瞪。你就再也不是你自己,你的手、脚、眼睛、耳朵甚至脑壳都从身上逃出去,不归你自己管了。这些东西只是几十人的一部分,传送带的一部分,公司的一部分,全球市场的一部分。你只能跟大家一起行动,踩同一个节奏,做同样的动作,不晓得什么时候才醒过来。"这种异化劳动状况的描述我们并不陌生,只是当我们如此真切地目击这种时代真相时,所获得的心灵冲击是如此令人震撼。

在当代中国,落后的焦虑所激发的现代化追求,使得发展主义的快车道,以及一味看重GDP指标都变得合理合法,而所有的制度也都在毫无顾忌地为生产的绝对主义服务。因而在某种程度上,体制正在改革开放、制度搞活的名义下,成为资本压榨劳工的帮凶。这里既没有社会主义共同体的维系,也没有当今资本主义后福特社会的福利待遇,我们就这样以中国特色的名义,成了自外于两个世界的一块飞地,并惊人地获得了两个世界的内在缺陷。另外,也是由于体制的支持,工会这个维护工人基本权益的部门一直都付诸阙如,因而工人们生存状况的恶化就不难理解了。也正是在这个意义上,小说中早已与这套逻辑决裂的唐源会坚持认为,"深圳点石成金的门道在于,把多数人的劳动合理合法装进少数人的荷包。这一套从前叫剥削,如今叫改革"。

在这种时代真相的笼罩下,小说《问苍茫》中几位活跃的人物尤其值得关注,比如常来临就是一个极富意味的人物典型。他是社会主义工厂的下岗书记,一个过去世界里服务于劳动生产率的意识形态工作者。当他以再就业的形式来到资本家的血汗工厂,试图以组织代言人的方式,去诚挚地关心每一个劳动者的生活时,发现一切都难以适从。因为他始终无法弄清自己究竟代表劳方还是资方,当发生罢工的时候,他能利用旧有的思想工作经验予以有效化解,但他终究无法彻底解决劳资之间的根本矛盾。对于公司老板来说,他是一个忠实的打工者,而对于他想亲近的工人们来说,这位经理只是老板的替身,他负责监视工人的一举一动,以此保证生产的稳定进行。因而,尽管他携带了过多的旧时代的习性,但并不是一个见容于时代的思想工作者,他的理念总是与资方相左,又始终无法得到工人们的支持。他也曾试图改变,但终究不能奏效。当他试图延续计划经济时代工厂即家的主人翁意识,在一种命运共同体的积极建构中推进新时代劳资关系走向缓和的时候,可悲地发现自己自始至终还是一名打工者,他所有的努力都难以弥合资本家与产业工人之间根深蒂固的阶级矛盾。

小说中另一位引人注目的人物是赵学尧。作为一位熟谙理论的大学教授,他的出场颇为滑稽:一部错看的电影《性爱与性病》,一口花岗岩上的浓痰,寥寥几笔便将这位有些傲气与不甘,准备伺机而动的龌龊教授的形象勾勒了出来。确实,深圳不相信眼泪,更不相信清高,因而作为高级知识分子——庞大的食利者阶层的一员,早已失去了激情年代一呼百应的伟力,就像小说所言,这个年代,"一肚子高远理想跟钱一摩擦,立马化为脓水"。正是时代的犬儒哲学,让知识分子残存的信念也消失无踪。他们开始放弃知识分子的道德和操守,转而游走于官商之间,准备攫取巨大的利益。他们或是担任企业策划,扮演出谋划策的传统师爷形象;或是像小说中赵学尧所做的那样,鼓捣所谓的社会主义精神文明建设发展纲要,并负责替老总处理见不得人的勾当的高级公关人才。总之,知识分子已然堕落成资本家的帮凶,他们过去围着权力转,现在围着金钱转,小说就这样以异常沉重的笔触,刻画了他们失去自我的状态,记录了这个时代知识分子精神世界的困窘与无奈。在这个意义上,小说也惊人地构成了对知识分子良心和灵魂的拷问。

小说最重要的人物当属进城女工柳叶叶,她的幻想与决裂,对于当下新工人的社会适应而言,无疑是意味深长的。作为一位出身乡村且不谙世事的小女孩,她最初的生活,很大程度上是基于幻想的逻辑展开的对个人愿景的展望,比如她准备考夜大学习文化,相信努力奋斗的美好回报,她学文艺,写些有感而发的小诗,她热心公益,组织"算算寄给亲人多少钱"等朴素的工会活动,所有的一切都在表明,她冀望着在饱满的热情和诚实的劳动中获得出人头地的机会。这也难怪,所谓青春无悔,勇往直前,"人人都可以成为太阳",这些服务于社会关系再生产的新时代的意识形态，连同当下如火如荼的中国梦的结构，无疑左右着人们的头脑。每一个匍匐在它脚下的人，都不得不按照社会给定的方式获得自我奋斗的机会。在此值得一提的是柳叶叶的诗歌写作，作为一位打工诗歌的创作者，柳叶叶在写作中获得了一种卑微的存在感和尊严感，然而随着她自我认知的深化，逐渐认清了诗歌情感宣泄和资本运作润滑剂的主要功能，便很快就在一种文艺腔的扬弃中获得难得的战斗性。确切地说，正是毛妹最后的死，才得以让她幡然悔悟，依稀领略到现实的本来面目：资本的残酷与梦想的虚妄。随后在唐源的鼓励下，柳叶叶在更艰苦的工作环境中获得了宝贵的现实经验，从而得以直面生活的创痛。小说最后，他们无比坚定地走向了工人维权这条虽万分艰难却充满希望的未来之路，这种新的可能正是作者给晦暗的现实留下的一抹亮色。

　　仔细分析小说中柳叶叶的生活轨迹，我们可以清晰地看到个人成长或女性成长的脉络，这也不由得让人想到《青春之歌》中的林道静。这两部遥相呼应的小说，讲述的都是一个女人在与三个男人的交往中获得坚定主体性的故事。小说开头，"开处"中常来临的君子之风，无疑令柳叶叶万分感激，进而迅速赢得了她的好感，而且曾经一度，柳叶叶对于常来临所开展的工作也寄予了恳切的希望，但是很快，她便觉悟到其中的问题，由此对在命运共同体消失之后依然以打工者的身份贩卖所谓企业文化的常来临，经历了由感激、信任，到崇拜、迷恋，再到觉醒、厌弃的过程。而对于第二个男人，在柳叶叶沾染文艺腔而迷恋诗歌之际短暂幻想的记者夏悦，也在一番毫无作为的实际考验中，迅速地窥破了他的虚伪。最后几乎是不可遏制的成长的命运，将柳叶叶推到了她原本并不喜欢的唐源面前，在对生活痛楚的刻骨体验中，她重新发现了唐源，而他们携手坚定的前行，也终将见证这对"新人"的诞生。

　　作为一位真正意义上的"新人"，在此有必要重点谈一谈唐源这个人物。这位严肃而较真的人,从一出场就获得了一种无师自通的坚定,他过去的遭际与成长轨迹被完全省略,他只是幽灵般地四处游走,扮演着符号化的反抗角色。这位资本盛宴上的不速之客,无疑过早地参透了改革的秘密,也由此誓死与新自由主义对抗到底。唐源的抗争目标是争取成立工人自己的工会,建立工人群体组织上的联系纽带,失败以后,他也曾带动工人罢工,直到后来走向公民代理之路,成立春天劳动争议服务社,在法律许可的框架内以诉讼的手段为工人维权。就像小说所言,"这几年间,劳工NGO和公民代理作为珠三角地区的民间力量,已经有了深厚的群众基础和生存空间"。这一方面说明资本霸权之下劳资关系的高度紧张,另一方面也说明工人群体逐渐觉醒。这些可喜的变化,正是随着《新劳动法》开始实施,一切都将发生变化的重要征兆。

尽管不少论者都指出了小说致命的缺陷,比如艺术上缺乏一条主要线索,以及人物的分散没有形成有机整体;人物的塑造也缺乏内面的关注,另外如左翼的情感也在消弭小说叙事的复杂。但厚重的生活基础和强大的问题意识足以遮掩这些不足,因而我们还是可以将《问苍茫》视作一个集中体现了时代、文学、思想症候的作品。尤其是在制度许可的框架内,以抗争的方式获得一种新的历史可能,由此小说为现实提供了一种难得的启示意义,其影响足以载入史册。正如评论所说的,"不断更新的生活现实却能够反过来印证文学的判断"。结合当下的社会语境,《问苍茫》也似乎有意将人们引入当年《子夜》所试图回答的中国社会性质问题的认知和疑惑。在此,当一个时代无法回答或不愿面对"问苍茫大地,谁主沉浮"这一问题时,作者执着的追问,以及在苍茫中的诚挚探寻,都足以使人深深敬畏。

二 《蜗居》：中产阶级的"贫困"及其他

作为一部出版于 2007 年的长篇小说，《蜗居》早在被改编成那部大红大紫却也极富争议的电视剧之前，便因敏感地把握了时代的脉搏而引起了人们的广泛关注。在这部以"80 后"人群为主要对象的文学作品中，作家六六围绕"房奴"这个令人心酸的称谓，极为惊人地展开了对这个时代中产阶级生存状况和精神图景的探索。在她笔下，那些传说中英姿飒爽的中产阶级，以及他们在困顿中挣扎的广大后备军们，正无可奈何地走向"贫困"。而在这周边，一代人生存压力下的梦想、追索和迷失，他们身处社会的复杂和残酷，以及社会价值的蜕变和道德的迷惘，都在这部并不精彩但却足够深刻的小说中一一呈现。

确实，小说《蜗居》最引人注目的地方，并非单纯指示房价的敏感，而是借此接地气的事件顽强地书写世道人心，从而彰显时代的精神状况。整部小说的核心情节异常简单，讲述了蜗居上海的年轻夫妇郭海萍和苏淳艰难买房的故事。因而一开头便竭力渲染他们逼仄的居所，显现夫妻二人在住房问题上的困厄，随后小说也顺理成章地展示了房价离奇的涨势对他们生活的近乎荒诞的影响。在此情形下，买房成了推动整个故事前进的绝对动力。因而当凭借诚实劳动、合法经营绝难实现此目的，而甘愿堕落和价值迷失便能轻松获利的时候，卷入事件的妹妹海藻的出场便使故事开始有了一些尖锐的现实意义。

当然，无论是海萍还是海藻，她们的遭际都并非个案，而是当今社会的一个有趣的缩影。就像六六在小说中强调的，海萍的命运其实是一代人的命运：考大学的时候是 1 比 10 的比例入学，毕业的时候不包分配，进入单位废除了终身制，结婚不分房……就这样，生活的沉重压力，连同那可望而不可即的住房梦，都不幸地被这一代人赶上了。这样的情形下，蜗居与同时流行的蚁族一道，构成了这个时代最令人心悸的情感现实，也预示着"80 后"青年由接受高等教育到找到稳定和报酬优厚的工作,再到晋升社会中产阶层的梦想的破碎。

因而,《蜗居》可看作一部事关中产阶级梦想破碎的小说。就此不得不提到小说中一段极富意味的细节,非常戏剧化,但又极为隐讳地道出了其间包含的情感认同和现实指向。小说中,为积攒首付款而省吃俭用的海萍,在新购的自行车不幸被盗的情况下,不得不再次和她所鄙夷的小市民一道挤公交。逼仄的公交车上,她极为剽悍地为身旁一位孕妇争得了一个座位,这时小说宕开一笔,出人意料地写到了这样一幕:

> 旁边一个中年市井女人笑眯眯地赞赏着说:"真看不出啊!看上去也是个白领,竟然这么有魄力!"
>
> 海萍心里正窝得难受,想到自己这一向吃糠咽菜,房子买不起,车子又丢,突然就被中年妇女给刺激了,怎么听着白领二字那么刺耳别扭,好像是人家故意在扇她这个从出生就开始奋斗,到今天依旧一无所有的人的耳光,她瞪着眼冲那个中年女人:"谁是白领?!你才是白领呢!你们一家都是白领!"

这种颇有些喜剧意味的过激反应,其实是想突出其中的关键词汇——白领。曾经一度,白领是一个令人艳羡的称谓。而伴随着中国的市场经济改革,这个从西方传来的生活形态定义也被赋予了日渐重要的内涵,它的光鲜自不待言。作为与传统无产阶级相区隔的非体力劳动工作者群体,白领(与蓝领相对)与西方意义上的中产阶级隐约地画上了等号。联想到海萍的教育背景,作为名牌大学高材生的她,其实理应获得更为优越、稳定的职业,但就是这样的精英人物,却如此悲苦地过着与上海最底层人群无异的生活,其间的辛酸又该如何讲述?因而,海萍的无名之火在于,堂堂白领却沦落到小市民和无产者的境地,这样的窝囊实在令人恼火。因此如果说前几年流行的底层小说,揭示了传统无产阶级（工人和农民）绝对贫困的愁苦现状，那么《蜗居》其实是通过高房价的现实，惊人地呈现了中产积极贫困化的社会现实。

然而，作为一位殚精竭虑而又无比辛劳的都市人，海萍悲剧性的社会意义究竟何在？从阶级的角度予以详查，她的梦想其实并不卑微，她要的是通过不断打拼，去赚大钱，做人上人。因而，她可以尽情鄙夷那些不名一文的市井邻居，也大可以在新房竣工之际耻于与当年的房东家人为伍，甚至她也可以竭力维护自己所谓的中产阶级优越感。在这个意义上，不由得让人想起海萍向海藻借钱时，小贝的一番话："海藻！我们不能为你姐姐的虚荣买单！"此处明白无误地提到中产阶级的虚荣概念。但这个词汇仅仅在六六的脑中一闪即过，随后，有关姐姐贪慕虚荣的说法很快被海藻驳得体无完肤：

> 小贝说，海萍是因为贪慕虚荣才要买一套房子的。可我知道她不是。一个女人，连婚姻的仪式都不在意，结婚甚至没有戒指，不买一件首饰，这样的女人是无论如何不能算虚荣的。那个房子，对她而言，不是生活的装饰品，却是必需品，如果没有房子，她就不能接儿子一起住，她就不能和儿子在一起。

因而在事关中产阶级意识形态这一棘手的问题上，作者一直在批判和认同之间艰难地摇摆。小说也由此不经意为读者提出了一个问题：为什么大家纷纷做起房奴，仅仅是因为虚荣吗？在这个时代里，买房、买车，过着中产阶级的生活早已成为大众的理想。然而问题在于，这个时代大家都按中产阶级的方式生活，但他们其实正在不断地陷入贫困。因此，究竟是谁在贩卖这样的生活？谁在塑造如此奢侈、昂贵，当然也多少有点虚荣的中国梦？小说曾一次次地描述海萍、苏淳夫妇俩的悔意，当年没有回到小县城，而偏偏死乞白赖地留在上海，贪图这个大城市的虚假繁荣。就此来看，逃离北上广，对于年轻的"80后"来说，需要的可能不仅仅是魄力。

尽管作为小说的《蜗居》存在着各种争议，但就其对中产阶级意识形态的描绘而言，其实极尖锐地触及了时代的某种真相。小说中有一处细节，其实预示了全篇故事的戏剧性回环：迫于海萍的压力，无力向父母伸手要钱的苏淳，托同事的关系借来六万元的高利贷救急，为了尽快偿还这笔钱，海萍向妹妹海藻求助，无奈的海藻只能牺牲自己找宋思明借钱，宋思明当然慷慨解囊。于是，当苏淳拿着这笔钱去还债时，小说中一个有趣的片段出现了：那个做了记号的信封，连同那笔钱最后其实又回到了宋思明的妻子手中。通过这个有趣的回环，我们大抵可以看清资本和权力在整个社会结构中的运行轨迹，而贪官的情人则出人意料地成了这个结构的黏合剂。

仔细分析，我们可以惊人地发现，这种意味深长的回环其实体现在小说的整个结构之中。这也构成了整部小说诡异的反讽特征：海萍之所以无力购买房子，正是因为宋思明与各路房地产商巧妙策划并使房价上涨；而海藻正是为了帮海萍买房，自投罗网落入了由资本陷阱构筑的温柔怀抱；而上涨的房价其实也包含了普通中产的困顿和艰辛，以及底层百姓的鲜血乃至生命。一切都不是无来由的，看似闲笔，却是必不可少的原因交代。因而小说既呈现了这个社会已然至此的真相，也巧妙地回答了这个社会何以至此的原因。无节制的欲望和索求、毫无羞耻之心的堕落和价值迷失，为这以房产为标志的资本市场的畸形繁荣，以及由此带来的女子的堕落和官员的贪腐打下注脚。

在这个意义上，小说作为一个大众文化的文本，其实在某种程度上惊人地展现了这个时代的社会结构和阶级图景，因而也颇有些茅盾《子夜》的社会剖析的意涵。它将这个社会看似复杂的阶级、资本、权力的运作方式，以极为通俗而清晰的形式呈现了出来，社会的病症也让人一目了然。只是作者并没有如伟大的社会写实派、左翼小说家茅盾那样，为这个社会开出明确的诊断方案，而只是暧昧地游离在批判与认同之间，寻找几许自私、可怜的细节和噱头。

因而有人指责小说缺少批判性，而流于对社会欲望的彰显与描摹，这样的评价虽一针见血，但也并非全然客观。因为就作者六六而言，无论是出于善恶有报的传统文学考量，还是基于既有文学意识形态惯性的运用，形式上的批判姿态其实也在竭力维持，或者至少，批判的言辞在小说中不断地闪现：

> 宋思明说："资本市场原本就不是小老百姓玩的，但老百姓又逃不出陪练的角色。只能慢慢努力吧！海藻，也许你可以换一种活法，不走你姐姐的路。本来，这个世界就是一个多元化的世界，各种人都能找到自己的位置。"
>
> "我是什么位置？"
>
> 宋思明意味深长地浅浅一笑："你自己会找到的。"

年轻的郭海藻果然颇为开窍地找到了属于自己的位置。由此亦可看出，在这阶级固化、"富二代""官二代"横行的今天，个人奋斗已然成了中国梦的一个遥远的绝响。当今时代的青年似乎又回到了当年人们的哀叹："人生的路怎么越走越窄？"而堕落恰是梦醒时分的当然选择。或许小说就是以这样极端的方式，表达了对这个时代不合理的社会现实的反抗。

除此之外，小说的结局似乎也在竭力彰显作者的批判姿态。小说里风光无限的贪官宋思明终于以凄惨的死亡做了了结，算得上作者六六精心设置的一次文本的报复。无独有偶，海藻的遭际虽不及宋思明这般惨烈，但也饱尝了旁观者的羞辱和漫骂：

那边，医生在手术台上说："孕妇啊！怎么会成这样！孩子没了，子宫没了，家里连个人都没有。"

"活该，听说是二奶，被大奶打的。"

"不会吧！太狠了！都怀孕六个月了，多一个月孩子就活了！怎么狠心下得了这种手？都是女人！"

"切！二奶哪能算女人？硕鼠！社会的硕鼠！她自己不给别人活路。早干吗去了？"

这或可视作作者六六对小说中人与事的情感态度。作者似乎有意通过结局告诫世人：小三做不得，贪官没有好下场。这样的方式固然有利于伦理道德与家庭秩序的维护，符合正确的舆论导向，但是，这种结尾之处才陡然生出的迟到的批判，却多多少少显示出廉价的味道。问题恰恰在于，它并没有掩盖住小说本身对物质主义的迷恋，比如海藻，这一角色在人们心目中奠定的矛盾形象，她的无私的奉献，事出有因的堕落，由此招致的悲剧性命运，甚至会博得人们广泛的同情。而其貌不扬的宋思明更是如此，当他讲起那一套套的官场生意经时，犹如一位立于不败之地的哲人一般。他是一个能够解决问题的男人，能够自如地运用自己的能力惠及身边的一切人。因而他是一个"值得依靠的男人"，符合这个时代对权势者的所有想象。

总体而言，《蜗居》这部仅只瞩目于中产阶级精神状况的作品，虽广泛地触及了社会的残酷真相，但其格局却多少显得有些狭小，且其价值观的面目也终究有些可疑。但通过这个偏执而深刻的作品，我们却得以认清当下社会中产阶级意识形态的分裂状况：一方面，服膺于既有的意识形态法则，追求整个社会的"超我理想"，秉持着积极良善的道德愿望，拒斥贪官、厌恶小三，对赤裸裸的物质主义追求嗤之以鼻，并严词拒绝；但另一方面，骨子里头却并不相信这一套略显高调的大词和虚词，资本的力量无孔不入地侵入社会的肌体，乃至每一个细胞之中，新的意识形态的笼罩之下，欲望之海其实深藏在每一个人的内心。在这个意义上，小说《蜗居》其实并不是凭空构想出来的脱离于时代的作品，而正是时代的产物，它深刻了表征了这个时代的政治无意识。

三 《石榴树上结樱桃》：如何讲述乡村的故事

2008 年 10 月，德国总理默克尔访华时，曾将一本中国当代作家的小说德文译本当作礼物送给了温家宝总理，这部小说就是李洱的《石榴树上结樱桃》（以下简称《石榴树》）。尽管迄今为止，李洱仍不明白为何异国他乡的德国读者偏偏对这部作品情有独钟，但就像媒体所说的，《石榴树》在德国的热卖，并被默克尔选作礼物，表明李洱及其笔下的当代乡村世界，已然成为德国甚至欧洲人了解中国的一扇窗口。这种由外而内的影响，足以使我们重新审视这部一度被人漠视的当代小说，去发现它所揭示的当下乡村的权力密码与生活世界。

概括而言，《石榴树》的情节还是异常清晰明了的。该书撷取当代乡土生活的一个片段，却意外地呈现了它离奇的全貌：热闹的官庄村即将迎来村委会主任竞选，为此村内各色人物粉墨登场，明暗交织地展开了一场大争斗。小说开篇便以危机四伏的方式呈现了最有实力的候选人孔繁花的连任障碍，故事的明线也是讲述作为主人公的她为排除障碍而殚精竭虑的行动，进而展示她排除万难的勇气与智慧。为了拉选票，她一路安抚人心，各种力量都被动员起来。然而就在她满以为胜券在握、新的权力格局的大厦就此即将建立的时候，一场阴谋却在她的身边紧锣密鼓地布置，现实的情形也急转直下，而最后的结局更是令人大跌眼镜。原来这一切都是"螳螂捕蝉，黄雀在后"的好戏，而那位一向善解人意、俯首听命的团支部书记孟小红才是笑到最后的幕后枭雄。小说以颇为反讽的方式展现了这个意外的结局，而之前所有的铺垫都是一些只言片语的伏笔,却从未点破。小说明线强劲,但暗潮涌动,似乎所有的人都已商量妥当,只有可怜的繁花还蒙在鼓里,一路忙碌却终无所获。而小说的魅力恰恰深藏在这错综复杂却不无荒诞的暗流之中,由此也照见人性在权力与欲望面前的种种变故,进而让人思索权力的诱惑对人的自尊、良知构成的考验,徒自感慨乡村这片净土惨遭侵蚀的命运。

和当下流行的苦难、沉重的乡土小说不同,李洱的这部乡村题材的作品在某种意义上正是一部荒诞的悲喜剧。它展现的就是我们当下的乡村,甚至是整个中国的权力结构里每天都在上演的现实。因而小说的魅力正在于它对现实独特性的惊人揭示,具有一种独一无二的现实性与当下感。在这个意义上,《石榴树》的首要意义其实在于它是对如今泛滥的乡村题材小说的一次反驳。正像李洱自己所说的,"中国作家写乡土小说是个强项,乡土中国一直是中国的定义,但以前的中国作家在处理乡土生活的时候,要么把乡土、农村写成桃花源、乌托邦式的,比如沈从文《边城》;要么是阶级斗争式的、革命式的,如《红旗谱》《金光大道》《暴风骤雨》《白鹿原》。它们在很长时间里构成了乡土文学的主要潮流。我们写了近一百年的乡土中国,用传奇的方法写苦难,其实是把乡土中国符号化了。相对来说,写'苦难'是容易的、讨好的,而具体写乡村生活的'困难'则是困难的。当下这个正在急剧变化,正在痛苦翻身的乡土中国却没有人写,说得绝对点,我们还看不见一个真正的乡土中国"。

毫无疑问,写作当下的乡村故事并不是每一位当代作家都能从容应对的。在过去三十年里,乡村生活发生了巨大变化,但很多的城市读者对乡村生活的印象仍然停留在"陈奂生进城"的年代,而居住在城市的作家们也依据习惯性的想象方式继续编织意识形态争斗下的乡村历史故事,包括阎连科和莫言等人最新的作品,比如《受活》《四书》,以及《炸裂志》《蛙》等作品,皆停留在想象的观念层面,而对于当下乡村发生的一切缺乏敏锐的观照。另外如一些大张旗鼓的底层写作,也只是一味渲染乡村的苦难,而对于它的变化则所涉不深。这也难怪,当今之时,还有谁会像当年《创业史》的作者柳青那样,为了心爱的文学,离开京城,举家迁徙到皇甫村的一座破庙里,在田野上生活十四年呢?

按照后殖民主义的观点来看,但凡文学作品能被西方人热捧,无非是因为它所呈现的是一个"你所不知道的中国"的形象,而这个中国的形象往往又是积贫积弱的,从而有利于西方人(强势国家)继续建立自己的文化自信。这便正如马悦然对曹乃谦的偏爱,这个曾经一度被视为诺贝尔文学奖获奖热门的山西作家,在中国文坛只是默默无名之辈,而他所写的小说更是一些隐秘的乡村欲望故事。同样的误读发生在了李洱身上吗?或许并不尽然。早在当年他出手不凡地写出名作《花腔》之时,这位河南作家便已声名鹊起。因而,倘若说跨语境之间那种意想不到的吸引力是在文化译介的过程中不经意间产生的,那么《石榴树》这个小说的被偏爱则包含着更普遍的文化通约性。毕竟从中文读者的角度来看,李洱的这部《石榴树》依然算得上是不可多得的佳作。正如小说德文版译者夏黛丽女士所说的,李洱的小说既有现代小说的技巧,又有着强烈的现实精神。难能可贵的便是这种现实精神。

对于德国人来说,小说的魅力或者说吸引力,可能来自于《石榴树》的核心情节,即那次明争暗斗的村级选举。村级选举本就是"国家为了保障农村村民实行自治,由村民群众依法办理自己的事情"而发展起来的基层民主制度。这是一次有益的实践,而由这种基层选举制所奠定的乡村民主,已经构成了当下中国的基本现实,这也是令德国人最感兴趣的。民主制度自西向东的传播,其观念的深入人心,甚至被封闭保守的中国乡村广泛接受,这绝对刷新了欧洲人对中国的想象。小说意外地构成了中国乡村民主选举制度的一次别开生面的展示,为拉选票而忙碌，候选人戏剧性的落选，黑马的意外胜出，故事中包含着中国元素中惯有的计谋与韬略，以及中国农民无限丰富的内心世界，这既是当下现实的记叙，也是令人颇感兴趣的"奇观"。

或许在此之前，不仅是德国人，西方国家很多人对中国的了解，都是通过早年的传教士得到的，他们所了解的中国早已与当下的现实中国相去甚远。而且现实中国给人的直观了解，又往往局限在北京、上海，以及广州这样的现代化都市，以此惊叹于中国高速发展的成就。但是在这些大都市之外，他们对二三线城市、城市之外广袤的乡村，以及乡村普通人的生活世界却一无所知。这是一个发展状况如此不平衡的大国，充满了诸多杂糅而荒诞的现象，早已超过了他们的习惯想象，也迥异于媒体所呈现的景观样貌。因而用李洱的话说，西方人很难做到比较全面地了解中国，比如说对整个中国乡村已经深深地卷入一个所谓的全球化进程，这一点他们是难以了解的。也正是在这个意义上，《石榴树》一书其实增加了他们对当下历史变动中的中国的认识。

对于李洱来说，中国乡村深深地卷入全球化的进程之中，这是一个鲜有人关注的新的文化现实。在此，乡村与城市的区隔正在逐渐消弭，传统意义上的乡村早已唱起一曲挽歌。这是一个令人心悸的全球化过程，也是一个不可逆转的世俗化进程。在某种意义上说，《石榴树》中官庄村的民主奇观既是中国贫穷、落后的一部分，也是它新富、崛起的题中之义。正如作品中的繁花，她为选举成功而进行方方面面的铺垫，慰问同盟、阴谋策划、请客拉票、做各种亲民表演等，俨然翻版的总统竞选。与此同时，现代文明的各个元素都对官庄村发生作用，手机、汽车等现代的生活方式，民主选举、绿色环保等政治议题，引进外资、发展企业等经济生活，一个现代的生活世界在官庄村的土地上汇合，改变着村庄原有的生活结构与存在方式。一方面是"现代，太现代了"，但另一方面在乡村的内部和人性深处，各种阴谋与龌龊却在不断上演，原有乡村的淳朴与诗意早已消失殆尽。即便是被作者倾注情感的主人公繁花,也只是严格遵循政治斗争的游戏规则,依据权力与计谋进行较量,而鲜有情感的成分。以至于当她最终惊恐地发现,所有的阴谋与陷阱都在指向自己时,也没有丝毫的畏惧与颓丧,只有愿赌服输的坦然。

　　李洱试图描写全球化语境下的乡土生活,他将传统乡土叙事中的原乡情感还原成现代文明侵入之后的荒诞景观。在这个意义上,小说中出现的可持续发展战略、美国总统大选、GDP以及殿军在深圳打工时所遭受的刺激等,都不同程度地折射出传统乡土话语的变迁。而小说的深刻之处在于作家不仅以繁花出人意料的落选暗喻了乡土政治的残酷性与荒诞性,更重要的是发现了在乡土文明与现代世界的扭结中所产生的恐怖的错位。这也就是小说中反复出现的颠倒话的隐喻意义:"颠倒话,话颠倒,石榴树上结樱桃,兔子枕着狗大腿,老鼠叼个花狸猫。"

　　从这个角度来看,《石榴树》对中国农民形象的展示其实极富意味。这里不仅指的是颠覆了传统贤妻良母形象的孔繁花,还包括小说中各色各样的其他农民。李洱曾有一句调侃式的玩笑话这样说道:"很多中国农民对西方的了解,可能要大于西方知识分子对中国的了解。"在他的小说中,农民可以一边搓着脚趾头一边讨论台湾海峡问题,嘴里还时时蹦出如全球化、女权主义等最时髦的名词。在此,长久以来都是基于实利原则的中国农民,竟然开始极具胸怀地琢磨一些与自己命运毫无关联的天下大事,这实在是令人颇感意外。然而实际的情形却是,这些只是表象,当村民们遇到选举这样实在的利益之时,又毫不含糊地恢复了本来面目。因而现实的荒诞其实只具有光怪陆离的外表,看上去颇有些后现代拼贴式的美学风格。

　　尽管作者李洱一再声称,《石榴树》写的是我们父老乡亲的现在进行时,是眼皮底下的生活,像刚出笼的馒头,喧腾,还散发着粮食的香味。但令人稍感遗憾的是,作者只是围绕"石榴树上结樱桃"的引子,颇为机巧地书写了一个离奇的乡村阴谋故事。小说的意义其实在于呈现叙事推进与结尾真相之间的巨大错位,由此而彰显现实荒诞的批判意义。因而李洱表面上是在书写乡村,但实际包含着隐喻整个当下中国的巨大野心。就此而言或可判断,他的情感所寄其实不唯是在乡村,而更具知识分子的思索气质。就像批评家梁鸿所指出的,作者其实没有进入真正的乡村内部,或者说,作者的灵魂并没有进入乡村的灵魂内部。这也难怪,对于一位生活的城市,只是凭借所见所感展示不一样的农村的当代作家,乡村的灵魂哪里是轻易就能进得去的呢。

四 《天堂蒜薹之歌》:现实的激愤与批判的证词

"十九年前,现实生活中发生的一件极具爆炸性的事件——数千农民因为切身利益受到了严重的侵害,自发地聚集起来,包围了县政府,砸了办公设备,酿成了震惊全国的'蒜薹事件'。"按照莫言的说法,这便是长篇小说《天堂蒜薹之歌》(以下简称《蒜薹》)的由来。在这位新科诺贝尔文学奖获得者的众多小说中,这部发表于1988年的作品算得上是一个略显突兀的异质性文本。这种异质性不仅突出地表现在小说的现实主义风格与80年代文学一派寻根与现代的整体氛围大异其趣,而且至关重要的地方在于,相对于莫言知名度更高的《红高粱》《丰乳肥臀》《檀香刑》《生死疲劳》《蛙》等作品多书写更为厚重的历史和人性,并以此营造某种深邃的生命意识,《蒜薹》的现实性和政治性多少显得有些仓促和直白,过于朴素的不平则鸣之中毫无蕴藉地裹挟着作者难以释怀的激愤,这种意气用事的例外状态在莫言整体创作中可谓绝无仅有。正如莫言在《蒜薹》的新版序言中所说的:

> 当时(20世纪80年代)的年轻作家,大都不屑于近距离地反映现实生活,而是把笔触伸向遥远的过去,尽量地淡化作品的时代背景。大家基本上都感到纤细的脖颈难以承受"人类

灵魂工程师"的桂冠，瘦弱的肩膀难以担当"人民群众代言人"的重担。……如果谁还妄图用作家的身份干预政治、幻想着用文学作品疗治社会弊病，大概会成为被嘲笑的对象。但就在这样的情况下，我还是写了这部为农民鸣不平的急就章。

尽管莫言的急就章"所依据的素材就是一张粗略地报道了蒜薹事件过程的地方报纸"，但正是这个颇为敏感的现实事件，像"一根导火索"一般引爆了他内心深处"郁积日久的激情"。这种现实事件带给人的心灵创伤，以及由来已久的政治昏聩长期积压的刻骨怨恨，使莫言毫不犹豫地放下手头更具文学性的创作，用短短三十五天的时间，一气呵成地写出这部"最不像小说的小说"。这便也正好印证了莫言在《蒜薹》卷首巧妙杜撰的那句列宁的名言："小说家总是想远离政治，小说却自己逼近了政治。小说家总是想关心人的命运，却忘了自己的命运。这就是他们的悲剧所在。"在80年代文学刚刚远离了政治束缚的时代，作家却又在无意间和现实碰撞。莫言就是这样通过书写农民愤而反抗的"蒜薹事件"，彰显了一种切近的现实性与敏感的政治性。

"在艺术的道路上，我甘愿受各种诱惑，到许多暗藏杀机的斜路上探险。"莫言如是说。显然，他将自己颇具现实关怀与政治批判的小说创作视为一条"暗藏杀机的斜路"。客观来说，《蒜薹》的任务似乎就是要回答小说是如何逼近了政治，进而关心起小说家"自己的命运"的。因而，暗藏杀机的意思正在于，一方面莫言在切近现实性的小说题材中承担着失却文学性的艺术风险；另一方面，他又在以某种程度上暴露太甚的"缺德"小说，承受着可能的政治风险。而在这种双重风险的自觉承担背后，亦可看出莫言本人饱含的热忱和理想情怀。

翻开《蒜薹》，扑面而来的正是弥漫四溢的腐烂蒜薹的臭气。在莫言这里，蒜薹便是天堂县农民生活的全部，他们吃的是蒜薹，卖的是蒜薹，整日关心的也是蒜薹。那些臭气熏天的蒜薹，那些摇曳多姿的蒜薹,是他们辛勤劳作的全部意义。因此当丰收成灾的后果连同政治昏聩的现实结伴而来的,那些"愤怒的蒜薹"就像愤怒的人民一样不可阻挡了。

其实关于丰收成灾的故事,在既往的文学中我们并不鲜见。比如叶圣陶的《多收了三五斗》、茅盾的《春蚕》等,都是在百姓丰收的希望后,呈现出接踵而至的幻灭与绝望。然而如果说在我们所熟悉的现代文学故事中,外来的经济侵入和社会的动荡不安,是农村经济瓦解并由此造成灾难的根本原因;那么到了当代改革开放的年代,同样的后果所带来的经济凋敝,则毫无疑义地要归咎到现存的政治秩序之上。因而,在莫言的这部《蒜薹》之中,人们会很自然地从文本的字里行间领略到一种历史错乱的恍惚感。其中的重要论据在于,那些革命历史题材小说中被指认为负面社会或人物的某些特征,似乎在新社会的国家机器中得到了惊人地再现,因而也使得那些习惯了新旧社会鲜明对比的人们,可以在这改革开放的年代借此重温那种令人颇感无奈的历史荒谬感。也是在这个意义上,作为一部向《愤怒的葡萄》致敬的作品,我们亦能从中读出与斯坦贝克的名作相同的结构和情绪:二者都试图在农民(或农场工人)奋起反抗的故事中投注对现存秩序的不满,并以"被压迫者的代言人"的方式寄予惊人的批判情怀。

毫无疑问,莫言这部《蒜薹》的矛头所向正是现实政治中的官僚主义问题。其实此问题自革命成功之后便一直内在于革命的逻辑之中,而社会主义文学对反官僚主义的揭示,也在一系列当代作品中多有呈现。比如王蒙的《组织部新来的青年人》所激起的热烈讨论,赵树理小说对基层领导干部不良形象的揭示等等,都给人无限思索的空间。而在这部《蒜薹》之中,莫言再次尖锐地提出了官僚主义的问题,其间自然也包含了些许意味深长的含义。假如我们看一下当时党的"十三大"报告,便可发现其实已经指出过国家社会生活中客观存在的此类问题:"我国是人民民主专政的社会主义国家,我们的基本政治制度是好的,但在具体的领导制度、组织形式和工作方式上,存在着一些重大缺陷,主要表现为权力过分集中、官僚主义严重、封建主义影响远未肃清。"现在看来,莫言的小说在某种程度上便是对这种政治风向的有力配合。

在《蒜薹》中,县长仲为民、乡党委书记王安修、杨助理员等人无疑都是一群社会主义肌体上的寄生虫,可谓不折不扣的官僚主义者。小说一次次在无情揭露和批判的同时,以极为脸谱化的方式将他们的丑恶嘴脸与危害展现在读者面前。比如县委领导一味号召农民扩大蒜薹种植面积,但对其产量和销售进度却心中无数,以致蒜薹刚开始上市就抬价收购,不准外地客户介入,从而使得冷库积压,大量滞销,农民们不得不"守着些烂蒜薹长吁短叹";比如供销社副主任王泰,这个曾经的小流氓居然在政府部门身兼要职,正是他以权谋私,将外地经销商赶打出去;再比如县委用公车贩卖蒜薹,与民争利,酒后行车,撞死群众,最后赔钱了事,不了了之,视民如草芥的情势令人一目了然;而老实巴交的农民为了卖蒜,不得不饱受盘剥,依次交纳市场管理税、计量器检查税、交通管理税、环境保护税,以及其他诸多巧立名目的各类罚款。对于这些被无情揭示出来的现实,作者愤慨之余只能以吁求的方式表明自己的态度。在此,莫言的情感体认或许就在小说最后那位退役军官的慷慨陈词中得到了体现:"一个政党,一个政府,如果不为人民群众谋利益,人民就有权推翻它;一个党的负责干部,一个政府的官员,如果由人民的公仆变成了人民的主人,变成了骑在人民头上的官老爷,人民就有权力打倒他!"

在反官僚主义的背后,相当多的研究者都指出莫言小说中包含的民间立场,这也就是莫言自己所说"为老百姓写作"的情感态度。在《蒜薹》中,莫言所设置的张扣这个民间艺人形象,虽说只是一个别致的叙事装饰,但他的底层身份和纯粹民间歌者的话语元素,使他清晰地成为莫言所追求的民间写作伦理的化身。

> 说话间到了民国十年,
> 天堂县出了热血儿男,
> 凭空里打起红旗一杆,
> 领着咱穷爷们抗粮抗捐。
> 县太爷领兵丁围了高疃,
> 抓住了高大义要把头斩,
> 高大义挺胸膛双眼如电,
> 共产党像韭菜割杀不完。

这便是张扣口中"蒜薹事件"的一个并不遥远的前奏。这样的话语方式不禁让人想起《红旗谱》等小说中农民有组织暴动带给人的革命记忆,而且这种"复活的记忆"也更加遥远地指向了官逼民反的传统叙事伦理。"舍出一身剐,把什么书记县长拉下马,聚众闹事犯国法,他们闭门不出,不理政事,纵容手下人,盘剥农民犯法不犯法。"这些也都让人清晰地想起"民心似铁,官法如炉"这种朴素的民本主义观念。

在中国这个官本位的国度,无权无势的布衣百姓往往自称贱民,而那些官员则被人呼作父母官,以此奠定了官尊民卑的等级秩序,这与《蒜薹》中犯人与政府之间的对立如出一辙。世代以耕种劳作为生的农民,因为心中惧怕政府,而有着一种天生良顺的品德。只要当官的不把他们逼到绝路,他们是绝不会"上梁山"的。甚至即使确实是因政府干部之错而使他们稍有顶撞或抗旨不尊的嫌疑,也会在大逆不道的负罪感中惶惶不可终日。这就像《蒜薹》中的高羊,虽饱受剥夺,但只要听说是政府的决定,他都不得不坚决支持。或许在中国,是绝难有人成心想和政府作对的,而在此情形下的揭竿而起的暴动,则能够使人想到其间包含的屈辱和不公了。

作为一部以"蒜薹事件"为故事主线的现实主义小说,莫言的高明之处在于使小说交杂着多种叙事声音,而这种形式化的追求所营造的艺术感,无疑使得小说在过于直白而敏感的现实性与政治性之外,获得了些许婉转而深邃的意蕴,从而使得小说的艺术成就未因题材的粗浅而大打折扣。当然,或许是基于"戏不够,爱来凑"的叙事俗套,抑或是莫言试图用一个反封建的问题,来冲淡反官僚主义命题所带来的敏感度和紧张感。《蒜薹》用大量的篇幅书写了高马和金菊的爱情故事,这似乎是在延续莫言此前小说《白狗秋千架》中所彰显的"文明与愚昧的冲突"主题。尽管这个故事中因"三换亲"而起的"恋爱不自主、婚姻不自主"的悲剧以及由此造成的现实问题,早已在"五四"启蒙时代认真讨论过,但历史的沉滞依然令人胆战心惊。现在看来,高马和金菊的爱情无疑是真正意义上的当代农村的悲剧。小说最后,他们两人的双双死亡,甚至连同那个即将临盆的孩子的悲惨遭遇,都让人感到无比痛心。因而,小说其实是以"蒜薹事件"为轴心,关注的是更大范围内的当代农村生存命运的问题。在这个意义上,重读莫言的《蒜薹》,或许有助于认真理解"农民真穷,农村真苦,农业真危险"这句话的真实内涵。

当然,可能是由于莫言的情绪太多激愤,其下笔之"狠"也多少流于一种意气用事的味道。举凡全篇小说,对政府人物脸谱化、概念化的书写极为普遍。在他们的形象中,人们丝毫看不到任何正面的意义,这无疑是极为偏颇的。比如,主人公高羊因为自己母亲去世,无钱承担火葬费,无力置办骨灰盒那段,最后的结果居然是高羊母亲的骸骨被人从坟中挖出。另外,作者对警察和监狱的描写,以及如"要是我提成干部就变坏了""当干部就要卖良心,不卖良心就当不了干部"等借人物之口说出的惊世骇俗的言论,也多少都流露出一些偏激的情绪。这些都使得小说呈现于某种单向度的倾向,而失却了对话的韵致。

总而言之,就像评论者所说的,《蒜薹》"是一篇控诉官僚主义者、讨伐封建意识的战斗檄文,是一首真实而凝重的生活之歌"。因其真实而令人敬佩,又因其凝重而惹人深思。尽管时过境迁之后,如今的莫言早已习惯在诸如《生死疲劳》《蛙》之类的作品中过于聪明而轻佻地处理当代历史中的敏感题材,以便在文学性与艺术之路上越走越风光,但每次回首《蒜薹》这部他创作于多年之前的旧作,去体会它的质朴与激愤,都会让人顿生感慨与敬意。

五 《沉重的翅膀》:作为一种历史态度的改革文学

作为中国首部反映当代经济体制改革的长篇小说,张洁的《沉重的翅膀》令人称奇的重要方面恰在于小说时间和现实时间的高度同步性。这种同步性不仅指的是全书以"(田守诚)低头看看手腕上带日历的夜光表,时间是一九八一年一月一日凌晨三点四十一分"结尾,而完稿署名为"一九八一年四月十六日"这样简单的时间标记,更在于小说精心描摹的都是现实情境中清晰可见的人物。在这乍暖还寒的1970、1980年代之交,阴晴不定的政治氛围之中,田守诚们与郑子云之间的争斗,不就是触手可及的生活本身吗?尽管我们在1930年代茅盾的《子夜》,以及十七年期间草明等人的"大跃进"炼钢题材小说中,早已领略过作家们对现实生活的近距离和全方位描摹,但作为新时期文学的伟大开端,在那"改革难,写改革也难"的特定年代,张洁的鲜明立场和全情投入,其顽强展示的生活的丰富与复杂,以及所囊括的现实中依然敏感的区域,还是赢得了人们的广泛尊敬。正如评论家所说的,张洁"简直把长篇小说也变成了'感应的神经,攻守的手足'"。

当然,在张洁众多高度风格化的作品中,《沉重的翅膀》终究是一个特例。这部高举改革大旗的急就章作品,其宏阔的现实主义格局与作者此前咀嚼女性思绪的作品大异其趣。然而,对于习惯展示女性主人公情感命运的张洁来说,如何在小说中呈现广阔的社会现实终究是一个问题,好在她成功地找到了窥见现实的重要契机。小说开头,率先出场的那位丑陋的女记者叶知秋,便是足以载入当代文学史册的人物:

说不出叶知秋脸上的哪个部件究竟有什么明显的缺陷，可是这些部件凑在一起，毫不夸张地说，几乎使她成了一千个女人里也难以遇到的一个顶丑的女人。

将一个"顶丑的女人"设置为贯穿故事始终的线索式人物，是在某种程度上屏蔽一切欲望化的叙事可能，而故事情感的内敛则明显突出叶知秋的另一个身份——记者。在新时期文学中，记者的形象并不像如今这般不堪，当年的他们可是一个被寄予厚望的群体。在揭批"四人帮"，吁求社会变革，以及与不良现象的顽强争斗中，记者都俨然代表着时代的真相和良心。而在《沉重的翅膀》中，张洁正是以一个丑陋的女记者作为小说功能性的人物，用以作为沟通故事中不同阶层人物的纽带，实现其所预设的全面展示改革开放从政治高层到社会生产，再到家庭空间的社会现实。东奔西走的女记者，她的采访与见闻终究是呈现现实世界不同层次的重要契机，她的立场和态度也必将尖锐地展示现实社会的关键矛盾。

小说之中，紧接着叶知秋出场是采购员贺家彬。和前者相似的是，后者的叙事功能同样在于通过具体而微的遭遇引出小说意欲表明的重要问题。在这个意义上，采购员贺家彬正是时代经济真相的发现者。通过他的感同身受，小说展现了不同部门面临的材料供求的矛盾，生产的混乱和人际关系的复杂，以及领导意志和僵化体制的荒谬所引起的令人哭笑不得的弊病，从而顺理成章地以计划经济的恶为，论及经济体制改革的必要性和紧迫性。

作为一部全方位阐释时代改革的小说，《沉重的翅膀》在叙事层面大致囊括了三个不同的面向：第一，政治高层，围绕郑子云和田守诚所展开的部长级别国家领导人之间的较量，极为严峻地展示了改革派与保守派的复杂斗争纠葛；第二，具体经济部门，通过临危受命的拖拉机厂厂长陈咏明的锐意改革，表现政治高层的改革意念在具体经济部门的实施和推进；第三，日常生活层面，在这些紧张政治斗争和经济改革之外，生动的家庭生活和美妙的爱情故事发挥着抚慰的功能，从而彰显出小说的艺术魅力。这三个不同的层面以交替的方式在小说中夹杂呈现，突显出丰富立体的艺术效果。

和所有改革题材文学作品一样，《沉重的翅膀》以改革与反改革这种道魔斗法的方式来结构全篇。围绕田守诚和郑子云，以及他们周边的支持者们所展示的斗争，清晰地界定了改革和保守的界限。当然，正像不少研究者所指出的，这些斗争的核心仅只纠结于要不要改革，而非如何改革之上，因此，改革和不改革都沦为一种态度和价值立场。小说之中，他们二人之间的矛盾主要集中在要不要将"工业学大庆"的旗帜举高，要不要加强政治学习之上。这不由得让人想起十七年工业题材文学所展示的核心矛盾。在草明的《乘风破浪》和艾芜的《百炼成钢》等小说中，两组性格迥异而又相互冲突的人群往往相对呈现。其中一方往往依赖秉持群众路线的党委书记和满腔热情的工人积极分子走"又红又专"的技术革新之路，而与他们相对的则是迷信科学，仰仗技术理性，而又"自私冷漠"的厂长、技术知识分子和工程师等等。他们之间的争斗往往随着主张政治学习，加强群众路线的党委书记的最终胜利而结束，然而这一切随着时代的转折而发生了惊人的转轨。从《乔厂长上任记》开始，十七年文学中那些秉持技术中心主义而漠视群众建设热情，厌恶政治学习，反感意识形态挂帅的厂长形象，在新时期的文学中彻底翻了身，而与他们相反，那些满怀革命热情，坚持群众路线的政工干部们则随着时代的转折，顺理成章地被打上了负面的烙印。

《沉重的翅膀》中最大的反派田守诚被小说界定为一位"风派人物"，其负面的意义在于没有自己的立场，一切都是凭利益行事。正像小说中所说的，"一个丧失了党性原则而又身居要职的人，往往会变成一个混迹于官场的投机家"。在此，作者的好恶情感一览无余。与田守诚相对，正面形象郑子云则是一位具有超凡魅力的人物，借用叶知秋对郑子云的评价："像他这样的人，不仅仅属于他自己和他的家庭，他应该属于整个社会。"然而有意思的是，仔细考察郑子云的改革故事，除了看到他利用职务之便保护陈咏明和贺家彬，以及争取"十二大"代表资格之外，我们并没有发现他更为切实可行的改革行动。尽管小说一再强调郑子云会成为改革派中的"亡命徒"，但如何"亡命"却语焉不详。而小说也并没有过多表现郑子云关于改革的不凡见识和卓越手段，他对于改革的看法更多停留在观念的层面。而这种观念其实也只是时代的馈赠，与流行的思潮并无不同。他的超凡魅力更多指向的是一个"会说话的改革英雄"。他曾许诺陈咏明"能下放的权力，部里一点儿不留"，他"十二大代表非当不可，这不是为了个人的什么，而是为了战斗"，他作报告时"肩胛因为双肘撑在桌面上而高高地耸起，像一头耸起翅膀，准备腾然飞起的苍鹰"，在他和汪方亮、叶知秋、画家等人的交谈中，在他的思想政治工作座谈会的长篇报告中，他反复强调的就是"科学"和"人"，这种新时代的话语体系为他谋得了大量的同情和支持。一个最简单的例证在于，小说曾通过郑子云与画家的对话，接受画家赠送的一副裸体画，来证明他的开放观念，以及对"人"本身的关心，由此他与那些看不惯小青年穿喇叭裤戴蛤蟆镜的因循守旧分子划清了界限。正是这些内容，更为直接地充实了郑子云的改革者形象。在那个新旧交替的年代里，这些"开拓者家族"的人物群像曾被人们寄予了深情和厚望，然而问题在于，单纯依靠改革的热情，对于现实的政治能有多大的功效？其间的裂隙或许值得人们深思。

当然，我们并不能一味依靠文学的描写来了解改革开放的细枝末节，也不能指望通过文学的阅读来学习改革之路的方式方法。无论多么精彩和生动，文学只是文学，只是现实的转述，一次别开生面的纸上谈兵。对于张洁来说，尤其如此。她写作《沉重的翅膀》最初只是因为对国家和人民前途的殚精竭虑，她"热切地巴望着我们这个民族振兴起来",多年以后,她又重新将自己的写作动因解释为对丈夫的爱,不过是一次"爱屋及乌"的"奋力而为","并非我对体制改革、经济腾飞、国家大事、一个理想完善的政治构架有多少研究"。这种热情和偏爱的迹象,无疑为前述有关改革具体细节路径的缺失提供了解释的依据。

我们似乎可以说,作为一部改革文学中的代表作品,《沉重的翅膀》并没有着力探讨改革的具体路径(这也是作者无力完成的),相反,小说只是依据具体历史情境实现了对新观念的想象,即对于"科学"的推崇和"人"的核心地位的强调。在此,涉及小说中另一个有意思的点,那就是传统群众动员与现代企业管理制度之间的矛盾。在陈咏明的拖拉机厂里,杨小东所在小组鼓捣了一个事关现代心理学的管理制度,尝试运用不同于传统党委群众动员的方式来提高车间劳动生产率。小说中重要的论据正是,"日本丰田汽车厂吧,我以为他们很会做人的工作。谁家死了人,会送上一笔丧葬费;谁过生日,会收到礼物……"。尽管现在看来,这无疑就是后福特时代的新的劳动法则,一种全球资本主义的馈赠,但在当时,确实是以科学管理的名义对人的尊严的强调。虽然早在此前,这种方式的对立面也曾创造了无数的生产辉煌:纵观十七年时期的生产题材小说,社会主义时代运用的政治激情,党政干部的生产法宝正在于密切联系群众,即在厂长们的技术理性之外,还有党委书记的政治动员,而正是后者所激发的惊人力量,冲破了技术落后的限制,创造了一个又一个生产的高峰,践行一个又一个生产大跃进。然而这一切随着政治激情的消逝而失去了动员整合的能力,这也是田守诚、吴国栋们到了《沉重的翅膀》的时代如此令人厌恶的原因。

在张洁这部小说的结尾,作者并没有如十七年文学那样以革命乐观主义的热情给出一个改革者的理想结局,这毋宁说正是并不明朗的时代所折射的现实境遇,抑或作者以忧愤之思所投注的时代的问题意识,正如鲁迅所说的,揭出病苦,引起疗救的注意。最后,因心肌梗死而被送进监护病房的郑子云显然是到了生命垂危的境地,"十二大"代表当然也做不成了。在他与田守诚的这场刺刀见红的战斗中,他终究以失败告终。但这终究只是表面,仁慈的作者好歹给小说安排了一个光明的尾巴:"郑子云的票数反而从八百八十七增加到一千零六。"改革以沉重的悲壮方式惨胜,郑子云们赢得了人心。这也就像小说最后那句意味深长的话所透露的:

  美丽的蝴蝶,正是那丑陋的毛虫变的,经过痛苦的蜕化。但即使经过痛苦的蜕化,也不一定每一条毛毛虫都会变成蝴蝶,也许在变蛹、做茧的时候,没有走完自己的路,便死掉了。真正走完这历程的,有几分之几呢?他也是一个正在变蛹、做茧的毛虫。

这也许便是改革虽然沉重,但却不会令人沮丧的意义所在。由此亦可看出,尽管只是以文学的方式表明了一种历史的态度,但不可否认,这种方式顽强地表明它的悲苦和昂扬,一种乐观其成的信念,终究包含着一种激动人心的力量,而这才是改革文学对于现实的最大意义。

第六章 新潮的力量

一 薛忆沩:内心的风景

　　一直以来,薛忆沩都被郑重地视为"中国文坛最迷人的异类",这当然得益于这位难以归类的作者,以其独特的哲学方式在小说世界里建构的"深度模式"。在多数人看来,薛忆沩的不落俗套意外地接续了先锋文学的余脉,而以小说的方式与存在主义哲学暗通款曲,由此在文本实验的征途上愈战愈勇,则是其对当代文学的主要贡献。然而,他那"迷人"的"异类"气质又不仅在于某种单纯的阐释乐趣,其独特魅力恰在"深度"本身所蕴含的个人丰富复杂的内心世界,以及这种"内心的风景"所彰显的现实宽广度。

　　当然,这也是一位精英意识浓郁的写作者。他睥睨一切尘世的粗浅和鄙薄,虽知音者稀,却也透露出柔弱而坚定的锐意。纵观其早期作品,他其实意欲别开生面地"重建写作的个人性",但其重建之途因过于急切而不免将这种难得一见的"个人"推到了极致,从而旁逸斜出地呈现诸多令人费解的文本指向。他的那些简短而晦涩的作品,总是试图咀嚼某种含蓄隽永的哲理性,或者更确切地说,一篇小说就是某句哲学格言的敷衍和铺陈。为着这种追求,他甚至有意牺牲了故事情节的连贯与意蕴的晓畅。但事实上,他所执意建构的那些耐人寻味的哲思,有时因过于玄奥而多少显得有些虚张声势。不过,好在这位自诩并不以情节取胜的作者,显然对自己小说所蕴藏的微妙意涵有着充分的自信。

"城市里面的城市"

薛忆沩总是试图描摹一个具有普遍意义的现代都市世界,这也是一个去历史化的抽象世界。薛忆沩笔下的深圳,看上去犹如乔伊斯笔下的都柏林一般,都是容易使人迷失的所在。那些平淡无奇的市民生活,那些衰败颓朽、急速碎片化的都市经验,那些局促不安、随时可能崩塌的信念和希望,都散佚在随处开始,却看不到结局的繁复叙事之中。对于这位受惠于"存在主义哲学的现代派文学"以及"现代派文学的存在主义哲学"的作家而言,"内心的奇观"恰是"看不见的城市"里的"地标",因为很显然,只有哲学家们才更着迷于"内心的奇观"或他人的处境。正因为个人生命中内心风景的全方位冲撞,生活中的许多诡秘细节才会跃然纸上,而薛忆沩的任务就是以强烈的自我意识来竭力捕捉这种稍纵即逝的情绪或无足轻重的臆想。《母亲》里的母亲为了一个性幻想而决定不送父亲去边境上班;而《父亲》里的父亲则在婚礼后的第五天,便悲剧性地遭逢了婚姻带给他的巨大羞耻;《女秘书》中的女秘书只是将与老板在一起的私生活简单地视为她工作的一部分;而到了《同居者》里,故事里的他与她因"迷惘是生命的本质"而同居,又因永远无法对彼此敞开内心的"黑洞"而最终离婚。

薛忆沩故事的现代主义色彩十分鲜明,他往往只抓取人物生活的片段,通过回忆和内心活动来扩展小说的叙事空间。因而他的小说并非在社会见闻的意义上书写城市,而是以类似本雅明城市寓言的方式建构小说的独特意义。那些敏感而孤独的"闲逛者",在《女秘书》《剧作家》《物理老师》和《同居者》等小说中渐次呈现,他们在城市里恋爱、追逐,最终黯然离去,由此不断诠释着"年轻的城市"里漂泊无依的边缘体验。这种孤独感的极致,体现在其名作《出租车司机》

中。这篇小说的故事性依旧淡漠,只写了出租车司机上完最后一天班,坐在意大利薄饼店里回想因车祸去世的妻女的场景。面对突然的噩耗,他因过度悲伤而无法继续工作,只得提前辞职。他决定回到家乡去,寻找"需要的宁静"。而与此同时,他又变成了一个细心的人,在这阴郁而孤独的最后岁月里,他漫无目的地观察着周遭的一切,想象城市里每个陌生人可能的悲苦过往。小说以节制的语言表现巨大的伤痛,并借此以小人物的精神状态隐喻"看不见"的城市的普遍命运,从而呈现出这种诗性启示的现实意义。

在此值得一提的还有《小贩》,这是薛忆沩为数不多的叙事流畅且容易把握其内涵的小说。这部小说在某种程度上也是其战争小说的延续,但更多还是在借人物的命运思考城市的本质。故事里的小贩,实则是一位令人心酸的老兵,他来自乡村,参与过历史,却发现自己在都市化的浪潮中被城市无情抛弃。这种被遗弃感,当然是薛忆沩小说一以贯之的主题,但小说在此却试图以不死的"小贩"作为城市创伤的见证,借此透露出城市繁荣表象背后内在的粗鄙和残酷。

从《遗弃》到《空巢》

确切地说,薛忆沩是以《遗弃》作为自己写作人生的一个"惊心动魄的入口",从此开始"没有终点的旅行"的。1988年夏天,他在长沙"火炉的酷热"里,以不可思议的速度完成这部带有那个时代特有写作痕迹的长篇小说。而后,他不断修改,直到2012年,《遗弃》升级版顺利出版,作为"等待共鸣的奇观"而被中国知识精英们"重新发现"。小说以日记体的方式展开,呈现了主人公铁林(或图林)一年中的挣扎与困顿,体现其思想的激烈交锋与行动的延宕。小说借这位业余哲学家的所思所想,呈现了一个孤独存在主义者的自我选择,也展现了"一个深受西方思想影响的年轻人在剧烈变革前夕的中国(80年代中期)留下的个人生活与思想的记录"。在此,铁林的日记其实既是一部真知灼见的哲学史,又是一个时代的副本。这里没有从容流畅的故事,没有轰轰烈烈的情思,只是执着地穿越日常生活的纷繁表象,去苦寻生活之意义。小说处处显示出主人公与周遭世界的龃龉、摩擦与格格不入,在此,他敏感而独特的内心世界向我们敞开。那些漠然和无趣,困惑与迷茫,彰显的是个体刻骨的孤独,以及不可遏止地向虚无的滑落。

在薛忆沩的全部作品中,特别值得注意的当然是他的长篇新作《空巢》。相对于他以往的作品,这部小说的独特之处在于,它从极为表象化的现实事件入手,切入到时代及其个人的精神肌理之中,触及的恰恰是当代中国人日常生活中潜藏的不安定因素。小说讲述空巢老人这个流行的话题,它从电信诈骗这个司空见惯的新闻故事入手,却并不停留在故事表面,而是引出人物背后发人深省的东西。作者正是从这种常见表象和现实片段出发,来表达现实背后人们难以察觉的内心世界。小说通过一天之内的叙事时间,不断穿插主人公的记忆和个人独白,打开无穷的叙事维度,引出受骗者过往的回忆、一路走来的经历、生活的失败感、内心的屈辱创伤,以及满目疮痍的感觉。仔细读来我们可以发现,小说其实写的不是具体的事件,而是活生生的人,一个群体的症候,一代人的内心状态,以及一种刻骨的孤独与隔膜。在此,现实的表象只是一种呈现人物丰富内心世界的契机,而非小说所着力表现的对象本身。小说在此极为巧妙地将一种无法排遣、无处寄托的孤独体验,恰到好处地落实到一个极为流行的社会议题之上,从而极为从容自然地传达出寻常事件不同寻常的悲剧意义。

在这个意义上,《空巢》尽管是一部贴近现实的作品,但它关心的不是浅表的外部现实,而是个体生命的更为内在的真相,其叙事的野心由此可见一斑。通过对《空巢》的细读,我们也可发现,这与其说是一部虚构的"他者"的故事,不如说是作者对自我的重新书写。换言之,小说名义上是献给"所有像我母亲那样遭受过电信诈骗的空巢老人",但它又何尝不是薛忆沩写给自己的人生箴言?就像他的作品所一再呈现的,那些无地自容的羞辱、尊严丧尽而又心有不甘的挣扎,以及最终宿命般自我毁弃的绝望,不正是每个孤独无助的个体面对这个巨大而空旷的世界时的真实写照吗?在这个意义上,薛忆沩的小说恰是自我的重建,是个体内心风景的见证。就像他借用佩索阿的话所自我言说的,"我在很大程度上就是我写的作品。我将自己在句子和段落中展开,我给自己加上标点"。

二 邱华栋:城市的"精神现象学"

记得在一本小说集的后记中,邱华栋将自己的创作概括为历史和当下现实的"两条腿走路"。尽管就历史写作而言,《单筒望远镜》《骑飞鱼的人》等"中国屏风"系列俱为佳作,但他作为一位小说家的形象被人铭记,还得归咎于他的城市题材创作。"社区人"系列和《正午的供词》等长篇,无疑是更为知名的作品。确实,就当代中国的城市小说而言,邱华栋一直被公认为是真正具有城市感觉的作家,他最初的创作其实就预示着一个"以城市为背景的文学"时代的真正降临。他的作品将目光投向日新月异的都市生活,热情而敏捷地捕捉城市变化的踪迹,因而也深刻呈现了现代中国人,尤其是城市中产阶级的精神处境。

城市"病症"的诊断与疗救

邱华栋的早期小说主要讲述城市的疏离感、人与人之间的隔膜、城市人的冷漠,以及边缘人不被城市接纳的窘境。他习惯书写那些奋斗的个人与残酷城市的惨烈碰撞,因而他的小说往往弥漫着汹涌的欲望和对城市难言的仇恨,"我伸出了中指和拇指弹向夜空,听见那一座座高楼依次倒下去的巨大声响,感到了复仇般的安宁和快乐"。这便是他对城市决绝的宣言。关于城市,邱华栋给人印象最深的无疑是那篇《哭泣游戏》。这是一个中国版的《了不起的盖茨比》的故事,甚至连结局都和盖茨比如出一辙。黄红梅这位非法劳务市场上的打工妹,在"我"的帮助下实现了自己的梦想,她从保姆、按摩女,逐渐成长为餐馆小老板,同时她明白了这座城市的真谛:只要敢于交换,就能得到想要的一切,因而内心的欲望也被激活,"像野兽一样闯了出来"。在此,出身卑微的寻梦者被城市所塑造,以卑劣的手段成长为不可一世的暴发户,却依然无法消除内心的孤独与怯懦,最终又被这个城市所吞噬。她虽然由"我"一手塑造,却注定与"我"无缘,最终也不出所料地用自己的行动和死亡来诠释城市与人生的秘密。这是一次别开生面的"哭泣游戏",也是意义非凡却不无讽刺的"行为艺术"。

邱华栋的小说总是清晰地标定城市的地理坐标,从亮马桥到燕莎购物中心,从昆仑饭店到中粮广场,城市行走的经验令人感同身受。在这个如肿瘤般不断膨胀的北京城,遍布着幽灵一样的人群,他们的脸上都写满了欲望,在梦想的裹挟下,向这座绞肉机般的城市进发。那些虚伪无聊的知识分子、财大气粗的"富二代"、无所事事的贵妇人,以及形迹可疑的装置艺术家们,都在城市这条"混浊而肮脏的河流"里,乐此不疲地追逐着情欲的把戏。而城市这个庞然大物不可逆转地改变着每个人的生活轨迹,它让人爱恨交织,既感甜蜜又觉恐惧。在邱华栋笔下,城市就是一个流动的宴会,人们来来去去,面孔常新,永无休止。《一公里长的餐厅》里的王元朗,他带着八百万元来到这座城市,挥霍着自己的梦想。在他那里,一公里长的餐厅当然是一个过于荒唐的规划,但小说最后,当这位风光一时的暴发户真的一无所有地离去时,还是让人唏嘘不已。城市就这样像一座巨大的磨盘,将人的灵魂慢慢碾碎。《手上的星光》里的乔可与杨哭,就像《高老头》里雄心万丈的拉斯蒂涅一样,带着一丝滑稽与悲壮,向城市进发。而林薇这位起初落魄的外省女子,很快便展现出物质主义女孩的本色,她穿梭于各种酒会,成了名副其实的"小脏孩"。这也是邱华栋小说里最常出现的人物,她们深谙这个城市的交换法则,取得了意想不到的成功,最终也被这座城市所抛弃。

邱华栋总是瞩目于居住在城市的现代人,他们就像失去家园的流浪者一样,永远行走在寻找自我的漫漫旅途上,这是一种病症,他的小说在很大程度上便是致力于这种城市病症的疗救。正像《狗儿子》所揭示的,城市的病症不在于把狗像儿子一样看待的城市中产阶级,而是他们那永远愁云满布的面孔。这些吃饱了饭没事干的有钱人,总是无法找到生活的快乐,哪怕是唐装派对和一夜情俱乐部,也只能增添短暂的欢愉,片刻之后,无边的抑郁便弥漫开来,将人吞没。《寻爱的一天》讲述一个颓废无助的男人,在一个百无聊赖的夜晚寻找自己过去年代的性伙伴,只为求得一次酣畅淋漓的性爱的故事。最后,他那无望的寻找终究归于失败,而不得不落入"痛楚和虚无相纠缠的时刻"。《毁容》里孤傲的岑璐,不能忍受无所事事的贵妇人的生活,而唯有一次突如其来的事故,让她在"毁容"之后才坦然而谦卑地面对她原本厌恶的社区生活。值得注意的还有《内河航行》,这个稍许温暖的小说同样讲述的是一次疗伤之旅。面对十五岁女儿的意外怀孕,作为剧作家的妈妈无言以对。这无非是这个欲望化的城市里常演常新的节目,企望年轻的女儿去理解人性的复杂多少有些奢侈,但好在内河的风景居然奇迹般地平复了母女二人内心的创伤。成长自有代价,一切都可重来,无奈却不必伤感。

"社区人"与中产阶级的精神世界

邱华栋大量的城市题材小说,都旨在触摸新的社会现象,进而形成一种观念的表达,这无疑体现了一位敏感的新闻记者对社会变化的理解与把握。在邱华栋这里,新的现象总是层出不穷,比如《网上的食人鱼和吐火女怪》便表现了那个年代刚刚流行的网络聊天,以及小白领不切实际的网络幻想;《我的种子,她的孩子》讲述借种怀孕的故事,而《代孕人》则呈现了城市里新的商品交换形式——代孕,并以奇观化的方式展现代孕的具体流程与经过。《离同居》讲述的故事同样离奇：同居的夫妻早已厌倦了鸡毛蒜皮的婚姻生活，甚至对彼此的身体早已提不起兴趣，于是离婚变得不可避免。然而，当他们拉开一段距离重新审视对方时，却又惊奇地发现彼此身上的诸多优点，发现了此前无法察觉的美丽。最后，离婚的人重新生活到了一起，构成了一种"离同居"的奇怪状态。除此之外，新的城市生活的体验也不断涌现。《社区人的故事》为我们呈现了一幅幅别开生面的城市片断：蛙人与飞行员的爱情故事，心理学教授与"飞行的处女"的故事，以及父子俩对同一个陌生女子的"偷窥"，无不呈现了城市人之间刻骨的隔膜。谁都渴望揭开生活幕布下的尘土所覆盖的秘密，但却没有人成功，每个人都是彼此眼中的陌生人。

　　邱华栋总不忘将这些奇奇怪怪的故事上升到哲学的高度，从而滋生出些许现代主义以来的文学命题。如《公关人》《电话人》等小说，深切反映了城市变动中"新新人类"的生活方式，彰显的也是现代生活的异化本质。生活的便利最后成为一种新的控制方式，这当然像噩梦一样让人不寒而栗。这些故事的观念虽然简单，却足以使人震惊和警醒。另外如《时装人》表达了对于城市符号化生活的忧虑之情；《直销人》以夸张的笔法讲述物的世界对人的挤压；《持证人》则以各种证件对人的包裹来阐明存在的荒谬；《化学人》直指城市生活中化学物品对生命的残酷侵蚀；以及最近的《塑料男》依然在讲述同样的问题：城市的环境污染，这一现代性的后果无疑是中产阶级生活中所蕴含的巨大风险。当然就小说而言，《塑料男》的问题也恰恰在于过于浅白而急切，塑料化这一奇崛的身体变形，明快地表达出异化与整个社会存在的荒谬本质，因而显得缺少了蕴藉。

　　从邱华栋近期的作品可以看出，他开始从容而笃定地讲述中产阶级的疼痛与歌哭，他们的焦虑与激愤，这与他早期略带艳羡与反讽的语调对中产阶级生活所做的单纯观察大异其趣。一个首要的证据便是，他的小说不再热衷表现外来者惨烈的奋斗历程和都市沉重的生活压力，而是直陈中产阶级家庭生活的本质，夫妻之间的貌合神离，各自支离破碎的生活，以及屈辱而庸庸碌碌的生存状态。《高速公路上的电话亭》里的主人公梁峥和陈晓雯是一对文科教授与律师的组合，这个表面温馨光鲜的三口之家，过着标准的中产阶级的生活，却掩饰不住他们那千疮百孔的婚姻本质。《里面全是玻璃的河》意外展现了平静的日常生活暗藏的凶险，夫妻情感的脆弱，稍不留神，赖以为系的伦理联系便宣告破裂。《红木偶快餐店》也是如此，夫妻间偶然争吵所牵扯的往事，直接摧毁了现实的生活，在这个危机四伏的现代社会里，你永远无法预料，生活在什么地方会突然改变航道和速率。就像他在《沙盘城市》中所表述的，"在这座沙盘城市中，什么都是一场流沙，一座沙堡，什么都是脆弱和不真实的"。而他在《气球》中更是借人物之口指出了婚姻的本质："不过是两个人一起在沙滩上垒了一个沙堡，显然经不起海水的冲刷，倘若毁灭了，聪明的人不会想再去垒了；或者如一个使人感到压抑的黑色气球，如果用一根巨针扎下去，便会立即爆开。"

当然，邱华栋的故事里也不乏给人温暖的篇什，比如《我女儿的故事》中女儿对父亲女友从排斥到接纳，《一台巨大的冰箱》里同性恋的父亲终于争得了儿子的抚养权，而《蛙人与飞行员》则讲述了爱的过程：从渴望神奇的相遇，走过了现实的折磨，到最后理解了承担生活的意义和真谛。另外，他也曾试图让城市里那些"看不见的风景"显形，亦取得了不错的效果。《马路的这边和那边》以别样的方式呈现了极为严重的贫富分化问题，这也是都市的病症所在。家住别墅区的张角在深夜寻找刺鼻的气味儿的来源，终于寻访到了马路"那边"的"上访村"，在这个鬼魅的夜晚，他发现了与自己生活的世界完全不同的世界，一个底层的世界。然而具有讽刺意味的是，当他决定为这些人做点什么并积极投入的时候，他已经与自己既有的世界划开了一道界限，乃至于最后他虽然得到了内心的安宁和道德上的满足，却失去了家庭的温馨。

"两条腿走路"与"积累中壮大"

以上邱华栋的种种小说，皆在表现城市中产阶级的生活世界，或曰中国新的中等收入者家庭的内部隐秘，看起来是如此琐碎、平庸，乃至世俗，却是对时代本质的生动显现。相较于邱华栋近期的作品，笔者总是对他的旧作《花儿花》偏爱有加。想必年轻的作者一定和某位庸俗的武汉女孩有过一次铭心刻骨的失败恋情，才会以这样虔诚的姿态和倾情投入的方式，将琐碎的日常生活写得如此惊心动魄。而且在此之中，时代情绪的渲染与"花"的意象的建构，都恰到好处地展开。尤其是那种超越技巧、不事雕琢的清新文风使它较之知名度更高的《正午的供词》更胜一筹。当然，怀念的同时也让人抱憾，倘若换作今天，事业有成、心有旁骛的作者，恐怕难以写出如此笃定的作品了。比如最近他那部以"教授即叫兽"为商业噱头的长篇小说《教授》便令人略感失望。这部小说虽竭力展示当下政、学、商三界紧密勾结，达成利益共同体的腐败面貌，但人物的情感终究稀薄，现实的想象力也着实有限，缺乏早期作品所饱含的诚意，颇有些意欲用力强攻，却终究无计可施的感觉。

最近几年，邱华栋开始不断落实他自己所说的历史和当下现实两条腿走路的写作方式，将历史故事也写得有声有色。"中国屏风"长篇小说系列便尝试用外国人的眼光，来打量中国近代史的变化。正如历史是现实的借鉴，也是现实的补偿，现在看来，"中国屏风"其实更像是邱华栋都市生活写作和观察之余的一次别开生面的调剂。历史的宏阔与雄奇令人感慨，这本是人之常情，但对于一位小说家而言，其间的曲折与微妙更是让人着迷。而邱华栋正是用他奇崛的想象，将原本干瘪的历史或回忆录，写得充沛淋漓、气象万千。那些不为人知的人物生动再现，耳熟能详的事件则细节充盈，历史便有了一丝活泛的气韵。然而概括来看，邱华栋笔下的历史故事虽大多确有其人，但也皆是从他广博的阅读中撷取的片段和人物,他用传奇的笔墨,将非凡的个体镶嵌在业已写就的历史之中,以飞扬的叙事彰显小说的不凡魅力。这当然对文学和历史皆有裨益,但坦率地说,"中国屏风"除了以他者的眼光重新发现一个古老国家在特殊历史时代的"趣味"之外,其实难以让人体察其间的惊人新意,或者至少从目前来看,没能显现出尤瑟纳尔意义上今与古的对话意味。当然,这也不能完全否定他历史写作的成就,亦不能一概抹杀其间包含的可喜变化和可贵尝试。这便正如评论者所说的,"从前那个天才无畏的青年,结束了自己一段内心飘摇的历史,更加深沉、淡定,自然而又超然地走向了人生以及创作的新阶段"。这当然对这位大龄文学青年此后的创作大有裨益。

在一次访谈中,邱华栋曾这样说道,"我认为真正好的作家应该是生长型的,他不是轰动一时然后失语,他应该不停地生长,不停地对所处的不同的时代、不同的生命状态发言,通过文学予以不同的表现,这样在积累中壮大,到一定程度而成大家"[①]。他大概真的属于那种不断生长的作家。有时候就是这样,你并不能要求一位高产的写作者每一次出场都足够惊艳,但好在他永远前行在"积累中壮大"的路途上,并且时时给人惊喜。我以为,这就是他所说的"生长"的意思。

三 蒋一谈:城市内心的"深描"

在这浮躁的年代里,长篇小说的泛滥不可阻挡。平淡无奇的生活被不断拉长,密密匝匝地铺陈开来,让人难以招架。然而繁复的叙事虽难见到过目不忘的曲折与静默,却大有无往不胜的"伟业"。因此用约翰·厄普代克那句颇为俏皮的话说,这是一个"短篇小说家像是打牌时将要成为输家的缄默年代"。确实,在这个让短篇写作者颇为尴尬

[①] 林舟:《穿越都市——邱华栋访谈录》,《花城》1997年第5期。

的年代里,谁又愿意为这并不讨喜的行当,贡献自己不可一世的激情和灵光乍现的才气?在这个意义上,我们审视蒋一谈的创作,或可发现他那残存的执着与信念终究值得珍视。这些年来,从《伊斯特伍德的雕像》到《鲁迅的胡子》《赫本啊赫本》,从《栖》到《中国故事》,再到如今的《透明》,蒋一谈以其惊人的写作速度,不断建构属于自己的叙事法则,由此而引起了人们的广泛关注。

作为一位专事短篇的作家,蒋一谈掩饰不住对此体裁的偏爱。如其所言的,他喜欢有单个"+"号的短篇小说。他认为,对现代短篇小说写作而言,故事创意的力量优于故事叙事本身,而这才是写作者的文学DNA。因而确切地说,他的小说所欲实现的美学追求,正是"故事创意+语感+叙事节奏+阅读后的想象空间"。因而他喜欢爱丽丝·门罗对小说的妙解,"小说是一间带窗户的房间,吸引读者走进去,还能透过窗户往外看,看见窗外自己(读者)的生活"。因此,让人感到惊奇的,"不是发生了什么,而是发生的方式"[①]。蒋一谈的小说就是这样,并没有非常明显的故事,也没有鲜明的人物性格和戏剧化的人物冲突,一切都是朴素而默然的外观,甚至语句都是如此简单,但人物的内心却暗潮涌动,彰显出不羁的力量。他以这样的方式,多角度展示了当下中国人脆弱、敏感、茫然无助的精神状态,以及在困境迷惑中对人与人之间朴素情感的追寻。

细读蒋一谈的小说,我们可以发现,他从不描绘人物的面孔,似乎一切都是模糊不清的,却又如此深入地展现人物的内心世界,呈现他们庸常生活之外的情感与歌哭,以及那些难以名状的苦楚和创伤。小说《说服》并不复杂,却呈现出城市人的漂泊感和内心的孤独,那些单纯的渴望,以及心底的秘密和苦痛;而《七个你》展示了都市人的精神分裂状态,不同时间,不同世界,也意味着不同的角色扮演,这就是

[①] 参见蒋一谈《点点滴滴》,《赫本啊赫本·后记》,新星出版社,2011年,第209页。

城市的生活,"七个你"犹如七层梦境,展现出都市驳杂的面孔。《马克·吕布或吴冠中先生》讲述的故事并不离奇,却别有意味。都市里彼此相遇的男女没有过往,所遭逢的都是平面化的此刻,如何读解这丰富而又匮乏的"此刻"的表情,便成了爱情开始抑或终结的几乎唯一的依据。这便犹如电视相亲节目"非诚勿扰"中的男女,因一个眼神,一句对白而牵手;又同样因为一个眼神,一句对白而"灭灯",这就是都市爱情的本质。一切都毫无缘由,却又理直气壮,就像小说中的艾树与何西递,两位通过偶遇而彼此吸引的男女,却因马克·吕布和吴冠中之间的不同喜好而心存芥蒂。这本是一次单纯的艺术选择,却因掺杂了名人间的交往与误会,而迅速瓦解了彼此建立的情感认同,出人意料且毫不留情。这究竟是爱屋及乌的情感游戏,还是敏感多疑的爱情测试?或者都不是,而小说留给人的启示在于,如何在一刹那的眼神交错中克服都市人的敏感和心理暗示,从而在一个平面化的都市空间里建立自我和他人的情感联系。

用评论者的话说,蒋一谈的小说总是把对存在世界的虚构和隐喻,巧妙地处理成"一次记忆、一个梦境、一座情感的迷宫、一种潜意识的扩张",抑或"一股道德与非道德博弈的冲动"[①]。与此同时,他的小说写城市情绪,写移民问题,写两代人之间的情感纠葛,这些都是极为重要的现实问题,但他的情绪表达却胜过故事本身,且其表述也有着不拘一格的方式。小说《刀客》的情节极为简单,却寄予了不凡的思索,小说将刀的失传与传统的失落联系在一起,进而生发出"无刀客的时代无侠义,无侠义的时代无意义""男人因刀成英雄,没有男人,刀也没有了灵魂"的感慨,于是"刀宴"便成了遥远的绝响,更是幻境与传说。《金鱼的旅行》讲述移民的故事,面对故土,离开时有无奈也有不

---

① 潘启雯:《蒋一谈的〈栖〉:栖于静,呈现生命的真实状态》,《文汇报》(香港)2012 年 6 月 18 日。

舍,这本是人之常情,而为了告别的重回则终究令人心酸。同样令人心悸的还有小说里金鱼的命运,它暗示着生活可能面对的凶险。

蒋一谈的小说总是给人不拘一格的感受,像《七个你》这样的实验性写法,既时尚,又先锋,确实形成了一种独特文体。还有一些篇幅极短的小品文,比如《骑者,且赶路》《一只会说话的狗》等篇什,如散文诗一般,韵味无穷。而《鲁迅的胡子》包含有很多话剧的元素,这些形式的实验无疑都值得人们认真思索。

许多人都认为,蒋一谈"几乎每一篇小说都来自某种特定的情绪,充满了怪异的形式感和凝滞的气息"①。这样的说法其实并不夸张,我们可以通过阅读来予以印证。比如小说《中国鲤》写移民问题,却是用一个包含着套层结构的故事框架来表现;再比如《芭比娃娃》这篇小说,单从故事层面来看,是绝好的有关底层文学的素材,毕竟,苦难与性是这个时代最炙手可热的文学话题。然而小说却并不瞩目于故事情节的戏剧性和人物苦难的煽动性,而是处处表现出平实和内敛,避实就虚,抓住故事本身的抒情性。小说结尾,两个顽强的小女孩寻找心灵的慰藉和彼此温暖的契机,"小小的身影在北京郊外昏黄的小街上越拖越长",给人留下深刻印象。

小说《赫本啊赫本》借著名影星赫本讲述普通人的故事,而事实上它更像是一个反思越战的美国故事,在经过巧妙的嫁接之后,漂洋过海来到中国,成为地地道道的中国故事。其中的细节和场景当然进行了改头换面,而即便如此,也带给人们长久的感动。小说以身患绝症的父亲决定去瑞士自杀"带给我茫然无措和强烈的失败感"开启,通过赫本这个符号和载体,在女儿对父亲心灵世界的探寻中,剖开了一段极为惊悚残酷的战争记忆。然而,在战争的残酷之中却饱含着脉脉温情,永存心底的是一段"清澈朴素的情感"。在此,父亲和女儿对

---

① 小贝:《从鲁迅到赫本——陌生的短篇小说家蒋一谈》,《杭州日报》2011年7月14日。

赫本这一符号的不同情感投注已然不再重要，但故事背后所连接的历史却足够朴素，足够感人。

"人生充满苦痛，我们有幸来过"，这是小说集《赫本啊赫本》扉页上的一行文字，他的小说本身也确实在"朴素的故事中蕴藏着切肤之痛"。《China Story》写城里的儿子在《China Story》杂志社上班，而镇上的父亲则孤独地挂念着在众人看来小有出息的儿子，尽管儿子只是在北京艰难地谋生，但对于父亲来说，却具有一种心酸的虚荣，因而在这父子之间极为鲜明地彰显出北京与小镇，城与乡，中与西的区隔面貌。应该说，这篇小说体现了乡村（或小镇）与都市之间的互动关系，从当下中国"快车道"的发展之路来看，确实是不折不扣的中国故事。《China Story》极富意味的地方在于，它用大量的篇幅来表现老那学习英语的场景，由此亦可看出一丝全球化时代的端倪，在此，个人与世界，国家与地方，中心与边缘之间的互动与关联引人注目，而不经意的行动却奇迹般地照见了历史，映现出时代的变迁与疼痛。小说结尾，几乎一页的篇幅，写满鹦哥惊恐的鸣叫，"China story"，而全篇始终在对话和白描，写得深沉和内敛，写出了人物内心的孤寂。整个故事那种深入骨髓的痛被不动声色地写了出来。同样，作为底层文学的《芭比娃娃》也与当下的底层文学大异其趣。当然，蒋一谈更多写的是城市，写国家的基本单元——家庭的故事，这也是更为内在的故事。

与《China Story》相似，《公羊》《金鱼的故事》等都写到了小镇或乡村的父母老人们，这是人们的生存之根，也隐喻着中国并不久远的过去。而小说的叙述也在于如何弥合和抚慰过去与现在的裂痕。也就是说，它们是有关情感的创伤和寻找心灵慰藉的故事。这里面没有那种大开大合的时代变迁的印记，而是通过细腻的情感描绘体现人物内心的变化，这也让我想到了我们的底层文学。这么多年来，底层写作实际上是过于外在化的，文学叙事已然成为历史变迁、阶级变动的注脚。然而，如何深入到底层的内心世界，却是一个重要的问题。

蒋一谈的小说总是如此丰富多姿，他竭力在人们的期待之外，挖掘题材本身并不具有的内涵，以显示出小说的复杂韵味。在他的小说世界里，故事的表层外壳之中，永远隐藏着深不可测却又汹涌澎湃的人物内心世界。因而无论是鲁迅的胡子也好，赫本的照片也罢，甚至是那些大张旗鼓摆放的中国鲤，这些被列在小说显眼之处的故事道具，其实不过是用来增加小说复杂程度的佐料，其内在的精神契合当然也有，但更多还是虚晃一枪的托词，遮掩叙事要害的帷帐。

《中国鲤》里原本普通的鲤鱼因被冠以中国的标识而让人加倍警惕，进而也顺理成章地期待它可能具有的意味深长的含义，然而这个因鲤鱼的泛滥成灾而导致的杀戮竞赛，却并不关乎人们所习惯预计的全球化与民族身份的政治想象议题，毋宁说在此，鲤鱼只是一个借喻的载体，而故事真正所讲述的，只是一个受伤的男人与自己无法释怀的过往的殊死搏斗，就这样，中国鲤的故事具有了它原本并不具有的内涵。尽管在小说结尾，故事的叙述人在套层结构的间隙，抒发出有关移民与海外中国人命运的感慨，但这也似乎并不能撼动中国鲤这个情感故事的真正内涵。

在此值得重点展开的是《林荫大道》，这是一篇颇为尖锐地切入当下时代精神的小说，也是为数不多的极具现实主义情怀的作品。小说以古代历史学博士毕业，却找不到像样的工作，而不得不去往中学的夏慧为主人公展开叙事，并以她利用母亲在富人家的别墅里当保姆的机会，得以领略一辈子难得一见的奢华生活为契机，进而洞见其内心世界在巨大的物质主义面前轰然坍塌的过程。学历史能够让人读懂无情的含义，却终究无力招架整个历史和现实的变化，这便是夏慧的遭际给人带来的反讽意味。是的，那是她此生见过的最壮阔的林荫大道，犹如时光隧道一般，将她与单纯的过去隔开。这当然也是一个容易引人堕落的所在，尤其是对于她这样一个为生计奔波的年轻女子而言。生活的差距实在太大了，这不是"朱门酒肉臭，路有冻死骨"的义愤填膺式的道德主义批判，而是一种深入骨髓的挫败感，关于虚荣，关于奢望，关于物质主义理想。并不年轻的夏慧，和她的男友苏明，一想到自己一辈子也不可能有这么舒适的生活，一种尊严被冒犯的挫败感便油然而生。这样的一个时代，一个据说是大时代的时代，那条被杀死的名叫孔子的狗，想必已是无人悼念，蒋一谈偶然留下的这处闲笔，值得人们认真思索。

对于蒋一谈来说，故事永远是短篇小说的内核，而深沉的思绪则是叙述的灵魂。《茶馆夜谈》围绕女儿与母亲前男友的会面，探讨交谈之中痛彻心扉的秘密；《夏天》里的母亲，为使缺失父爱的儿子更加坚强，与一个单身爸爸度过了一段互相取暖的美好时光；《疗伤课》讲述了一个心理医生与精神病人之间暧昧的同性情谊的故事，这是一个精神病者的世界，每个人都有不为人知的内心创伤，以疗伤的名义，一段被强奸者令人心碎的过往被展示出来，这是一次精神病的治疗过程，更是一次极富暧昧的内心创伤的平复之旅。而关于爱情，蒋一谈也有一套自己的说辞，即爱情如何不是别人扔下的，如何不是别人的剩饭？为此，《随河漂流》表达了一些微妙的小情绪，关于恋爱和别样的生活，关于告别与重新开始的寓言；而《温暖的南极》则是一篇走向极致的小说，主人公在读了小说《南极》之后，幻想着一夜情，幻想探索陌生男人的身体，而这种无法自拔的性幻想将她带向死亡的境地；《夜空为什么这么黑》同样关注的是女性的情感问题，却拥有不一样的质地。在此，无名的中年女人（小说中以长发和短发来命名）面对有名无实的婚姻，终因孩子的牵绊而不忍改变，不愿委屈孩子却总在委屈自己，是中国女人一贯的品性。因而她也只有像祥林嫂一样不断叙说，这种叙说不是为了改变什么，只是为了排遣自我安慰的悲苦和郁闷。

小说《鲁迅的胡子》用奇特的构思讲述了一个生动的故事，进而将鲁迅这个道具运用得恰如其分。小说之中，为了生活，一个穷困潦倒的男人需要扮成一个他非常尊敬的男人，这或许便是冥冥之中的命运安排。他遇到了另外一个小人物,进而让人得以洞见普通人在现实生活中的困境与挣扎。在接下来的一系列小说中,蒋一谈"盗取"了更多鲁迅的元素,比如《故乡》《在酒楼上》颇具野心地重写了鲁迅先生的经典篇目。《在酒楼上》也是一篇向鲁迅致敬的作品,小说刻骨地描摹了新一代知识者的精神苦闷与彷徨,在此,一位失败的男人,面对生活的馈赠却茫然无措。作为一位城市的失败者,想获取这份馈赠,但却对于即将承担的责任又或多或少表现出厌烦和畏惧,这便是生活的困境所在。然而,每个人又终究会与生活签订一份这样的协议,如想接受生活的馈赠,就要承担自己应尽的义务,不能有丝毫的畏惧。

　　蒋一谈的《在酒楼上》有意与鲁迅笔下的民国知识分子作类比,那些彷徨无定的人们在酒楼上对饮,酒杯里漂浮着他们的虚弱和叹息,漂浮着他们在命运面前的憔悴和无奈。同样的主题与情绪在蒋一谈最新的小说集《透明》中蔓延。《透明》里的几个重点篇目都在致力于做某种习惯性的内心世界的开掘工作,比如小说《透明》刻画了一个男人内心的怯懦和自私,这个缺乏安全感的男人,对婚姻,对家庭,对整个现实生活,表现出深深的恐惧和虚弱感,他梦想待在家里,却又没有经济能力去选择。正像小说所说的,"我不是什么居家好男人,只是不想和社会多接触,我喜欢待在家里,待在一个感觉安全的空间里面"。这在某种程度上代表了这个城市的典型情绪。面对密不透风的人群,个人无处逃遁,他们做着自己不喜欢的工作,为了薪水工作,看上司的眼色工作,为了家庭生活工作,唯独不是依自己的意愿和兴趣行事。沉重的现实生活让人惊心,而个人的欲望又是如此蓬勃,以至于越来越多的人感觉到生活的沉重和个人的茫然无措。

　　小说《透明》中最为巧妙的一笔,当属"黑暗餐厅"一节的故事设置,在此,黑暗餐厅当然是一种新奇的城市体验的一部分,但却意外地让人洞见了城市人内心隐秘的世界。"身在城市,彻底的黑已经很难遇见,黑黢黢也变成了一个遥远的词语,到处都是灯光,到处都是灯光留下的遗产,换句话说,在城市的夜晚,我们可以随处看见自己的影子,虚弱的影子。有了光亮,我们才不会害怕,可是光亮多了,我们变得更坚强了吗?"就像随形而动的影子一般,每个人都无力摆脱自己内心的怯懦。小说最后才发现,这个不愿承担责任的怯懦男人,不过是个朝三暮四、自私自利的家伙。这也就是透明的深意所在,每个人都幻想透明,以轻逸的姿态存在于这个世界上,如此便不用承受生活的重负,进而逃避现实的责任。这恰恰是现代人、现代城市人心态的表征。

蒋一谈最近的小说更多从对时代本身的思考出发,思考如何在这个时代树立一种正面的道德感和崇高感的重要问题。有时候,他也试图把握一些大问题,事关这个时代和整个世界,而不再仅仅属于个体的创伤和内心苦闷的小叙事。比如《故乡》便与鲁迅的经典小说无关,而指涉有关全球化与移民、历史记忆和文化冲突之间的故事。在此,故乡与他乡、家国和民族的意义耐人寻味。而小说最后给人温暖的地方在于,代际之间的鸿沟、民族之间的隔阂、一切误解和冲突都在漫天飞雪的冥想中消失殆尽。《发生》讲述个人如何通过自己执着的努力去改变周遭世界的故事,以此证明艺术化的生活从理念到现实的实践过程。这也是卑微的个人如何通过自己可笑的行动去改变生活世界,改变世道人心的美妙愿景。《跑步》讲述自卑的男人的隐秘的创伤,《地道战》则是个极有意味的文本,其标题本身便隐藏着反讽与解构,或者确切地说,这不啻是对经典同名电影的戏谑式的"重写",进而以讽喻的姿态面对历史的滑稽和欺瞒。在此,值得注意的还有《二泉不映月》,这并非一部太过戏谑的文本,尽管其标题多少有些大逆不道,但小说终归在简单的文本对照中,呈现出历史的悲剧沦为"笑剧"的尴尬处境,这也便是如今我们的文化状态。在这个娱乐至死的年代里,我们还能不能以敬畏的姿态面对经典,面对人世的悲剧,面对一切本应严肃以待的事物?这便是作者在这戏谑与调笑、抱憾与痛惜的故事中提出的问题。

蒋一谈的小说就是这样，他执着地讲述城市的故事，讲述社会的不同层面，去展现大多数人的生活，但又不是做表面化的描绘工作，而是深入人物的内心，去刻画他们的卑微感和怯懦感。他的小说语言简洁平实，但情感却汹涌澎湃，质地非凡而又饱含温度。它们总会在某一个点上击中你。

四　阿乙：屈辱而荒谬的灰暗人生

"就我的阅读范围所及，阿乙是近年来最优秀的汉语小说家之一。他对写作有着对生命同样的忠诚和热情，就这一点而言，大多数成名作家应该感到脸红。"

当大名鼎鼎的北岛冷不丁说出这段话时，我们并不知道他热情赞颂的正是那位名叫艾国柱的江西小警察。毕竟，对于习惯在文学期刊中披沙沥金的人来说，阿乙的名字还有些陌生。这位半路出家的写作者，据说以 26 岁的高龄开始狂热的阅读之旅，"从加缪出发，途经卡夫卡、昆德拉、卡尔维诺和巴里科，远达加西亚·马尔克斯和博尔赫斯"。他常年混迹论坛博客，像真正的写手一样不断劳作，肆无忌惮地排列字句和想法，终究为人所识，直至大放异彩。阿乙就是这样一夜之间出现在我们面前的。从《灰故事》到《鸟，看见我了》，再到《下面，我该干些什么》，我们有幸见证了这位敏感倔强、难逃内心创伤的忧郁青年，用自己虔诚而酷烈的写作直抵存在的本真。他的小说带着极端的情绪，却以罕见的力量击中我们的要害。

翻开阿乙的作品，扑面而来的都是酷似通俗故事、法制文学之类长短不一的作品。它们多以侦探小说的形式呈现，其间不乏阴冷血腥的凶杀场景，但作者并不侧重展示依悬疑而设的离奇案件，而是透过事件挖掘人物的精神世界，进而揭示某种深沉宏大、撼人心魄的主题。因此，阿乙的小说看似在警察故事之下书写万千纷纭的"公安局档案"，但其实质却是向自我的敞开。他所有的小说都在书写隐秘的内心世界。在那犹如"世界的一段盲肠"的逼仄乡镇，他郁积了太多不堪回首的创伤过往和破碎屈辱的个人记忆，那些看不到天明的孤独暗夜，小警所里无止境轮转的牌桌，连同他那漫长悲催的刻骨暗恋，以及为了梦想而孤注一掷地出逃之旅，都让他悲剧性地洞悉了世界存在的荒谬本质。这些创伤化作无法消弭的叙事碎片，散落在他的小说之中，涌动出一股难以名状的抑郁之情和不可遏制的自我损毁的渴望。

在阿乙的小说中，《极端年月》是极为重要的一篇。它的主体情节在另一篇小说《情人节爆炸案》中被重写了一遍，这种意味深长的"重复"，足可见它在阿乙心目中的重要地位。现在看来，《极端年月》之所以重要，正在于它囊括了阿乙小说的基本主题。这篇小说兼具警察和罪犯（或自杀者）的双重视野，一方面，小说讲述了屈辱不堪直至被生活击溃的卑微之人，怀着必死之心走向自戕和杀戮之路，他们选择在情人节制造一次爆炸，从而将自杀变成一次声势浩大的极端事件。正如小说所言的，"弱者的不安心态，很容易转化为对工具的迷恋"，而炸药是他们反抗的最后砝码。此外，同样的叙事重心还体现在小说的另一方面，即小警察的视角之上，这个人物在逼仄的小县城承受的长久压抑，以及失败的恋爱造成的心灵创伤，都可视作阿乙个人经历的写照。这些创伤性的事件，使得原本就无聊至极的生活更显得屈辱荒谬，没有勇气自杀，只能卑微地活着，默默承受这巨大的空虚，这也使得"出逃"变得更加迫切。

阿乙总是将刻骨的目光锁定在令人窒息的沉滞小镇上，流连于穷乡僻壤开出的孤独之花。《意外杀人事件》中的红乌镇、《鸟，看见我了》里的清盆乡、《小人》中的雎鸠镇、《拉小提琴的大人》里的莫家街，都是阿乙小说惯常的地理空间。或许唯有小地方的寂寥，方能显现出人物内心的屈辱和荒芜。阿乙曾多次谈到，他是如何在乡村小警所的麻将牌局中惊人地洞见自己极度无聊的永生的，"有一天，艾国柱、副所长、所长、调研员四个人按东南西北四向端坐,鏖战一夜后,所长提出换位子,重掷骰子。四人便按顺时针方向各自往下轮了一位"。就在那一刻,他绝望地看到了自己一眼便能望到尽头的人生。这个场景后来多次出现在他的小说之中。在《在流放地》里,牌局中"我"由于不断获胜而被领导老王勒令不许下桌,他非要打赢"我"不可,因此漫长的牌局被不断延长,直到"我"最终忍不住起身上厕所,老王在身后恼羞成怒,差点一枪毙了"我";到了《意外杀人事件》中,主人公艾国柱这位不甘在小镇度过庸琐人生的于连式的青年,也遭逢了这个富有寓言意味的牌局,并加速了他对故乡的逃离。

如果说牌局是阿乙破解人生荒谬真相的密码,那么暗恋及其失败则加速了这一真相敞开的过程。在阿乙那里,暗恋也是一个致命的"创伤性事件"。"我赋予暗恋者以伟大,是因为自己曾承受这样的耻辱。"阿乙曾这样说道。确实,八年的青春年少,作为暗恋者所遭受的挫败、屈辱和心灵创伤,被阿乙深藏在心。散文集《寡人》中的《偏执》一文曾袒露了这段屈辱的过往,而小说《男女关系》则将其戏剧性地再现出来。在这个短篇小说中,两个已届中年的男女同学在另一个同学的葬礼上重逢,昔日的爱恨早已泯灭,剩下的只有彼此沧桑的恋栈和词不达意的调情。一番颇费周折的攻守之后,这对熟稔游戏规则的男女按部就班地上了床。然而,这个旧梦重温的场景在小说的最后终于显露出狰狞的面目:"在青春的马车冲过去后,衰老和死亡像两兄弟般慢慢走来。……我看着李梅躺在床上像一具尸体,有着黑葡萄似的乳头、冒着黄油的腹部和丑陋险恶的下身,恶心极了。而她就像人类的真相,松弛着皮肤和肌肉,走进卫生间。我看见死神跟了进去。"为了那惊心动魄的一眼,故事的男主人公葬送了自己沧桑的一生,然而,传说中刻骨铭心的暗恋注定只是不名一文的神话,而最后,这个神话终将破灭。

阿乙的小说,往往会以鸟的视角俯瞰大地的方式开启全篇,大鸟酷似悲悯的上帝之眼,却极无情地静观芸芸众生的荒谬表演。对这个世界，阿乙有着极度的敏感、卑微的出身、无聊的经历和屈辱的创伤体验，都让他绝望地认识到人生的荒谬本质。他重新打量这个世界，发现每个人的背后都有一段无尽空虚的庸常岁月，他们或者在无聊的生活中等待着一次创伤性的事件，在被击溃之后陷入疯狂的境地；或者为了某种卑微的梦想而执着地追求，极度顽强却异常荒谬。《自杀之旅》中的张家民，因生活的懈怠和难捱而陷入无聊至极的空虚，为求解脱，他义无反顾地走向了自杀之旅，却终究没有勇气。最后，悲壮的自杀之旅转变为一次倒人胃口的嫖娼，而屈辱的人生还得延续下去。《1983年》中的江火生，这位红乌镇的浪荡青年，绝望于自己被规划的人生，却无力抵抗，他在无所事事之中偶遇抢劫，稀里糊涂地卷入其中，进而被判刑劳改，出狱后终于成为一名真正的混混，却无力保护自己的老婆和孩子，最后，潦倒落魄的他历史轮回般地遭逢了那张带来灾祸的"角票"。《小人》从何老二之死，引出被冤枉的冯伯韬，最后将屈辱的重担落实到凶手陈明羲身上。这个卑微的小人物，因父亲的尿毒症无钱医治而走上了杀人之路。《都是因为下了雨》中的农霞，这位貌似内心强大的农村女孩，因为一场不合时宜的雨水，而不得不穿上"和内裤一样""几乎是不能展示出来的"蓝色球裤来上学，这使她遭受了因物质匮乏而导致的尊严丧尽的瞬间。而《隐士》同样关注农村出身者的羞耻烙印，因为贫穷，范吉祥的求爱被刘梅梅拒绝，于是他复仇似的发奋终于让刘梅梅看到了摆脱农村的希望，然而他们之间的爱情悲剧却早已注定。

  通过卑微者的歌哭来反思当代乡村的命运，亦是阿乙小说的重要面向。在《阿迪达斯》中，表面上乡村青年李小勇于连式的自我奋斗，来自于对以阿迪达斯为代名词的物质主义的迷恋，但其内在的惶恐则是"害怕在那个夜晚只听得见狗叫的乡村自行枯萎了，像我默默无闻的先祖一样，葬在山上"，阿乙写出了乡村理想的凄婉与无助。而《粮食问题》中的李志，被"你是什么粮"的问题深深触痛，也正因这种屈辱，他不得不以极端的方式来抵抗他者的目光，走上自我损毁的不归之途。在此值得一提的是《杨村的一则咒语》，小说设置的故事情境极为巧妙，它从一个简单的切口打开了照见人心痼疾与悲苦的窗口。因为一次争吵中的"毒誓"，钟永连这个可怜的女人固执地相信儿子的命运将与此相关，她的焦灼和恐惧，悲切的呼告和绝望的挣扎，也在这种愧疚不安中铺展开来。直到儿子真的离奇死去，苦苦折磨她的那则咒语才因最终的显灵而宣告结束。确实，还有什么比这种齐泽克意义上的"实在界的应答"更让人惊惧的呢？然而，小说毕竟无意探讨过于玄虚的因果报应之事，而是在对叙述本身的强调中刻画人物的内心世界。当然小说的亮点还在于，从这种抽象的寓言故事中不动声色地揭示了些许具体的元素。且看小说之中，国峰之死所呈现的惊人景象："她捉的不是人手，而是死狗、死鱼、死猫、死耗子、死泥鳅，她的指头沾满滑烂、臭烘烘的脂肪。她的大拇指正死抠着儿子破烂的手腕，直抵白森森的骨头。他的手臂全然紫掉，像茄子那样紫，一划就烂。她推上他的羊毛衫，身上也这样，紫色的血管像是紫色运河，在胸口纵横交错。等到她匆忙爬上去从后边抱起他，他的头颅已像被斩，猛然垂落，在那被迫张开的嘴里，呕出一股化肥才有的气。"这是一幅被艰苦劳作和恶劣环境所毁灭的肉身，而这一切所照见的则是当下农民工的生存现实。这或许正是这个笼罩着神秘主义色彩的宿命故事背后，隐藏的情节所包含的现实意义。

正如阿乙所言，"太阳只有在寒冬尽头才会散发出巨大暖意"，而生命的终极是虚无，毁灭才是终止存在之荒诞的唯一途径，这便是阿乙死亡美学的核心所在。《意外杀人事件》讲述了六个被生活击溃的本地人在一个不同寻常的夜晚，与另一个万念俱灰的外地人狭路相逢的故事。一次突如其来的遭逢，终于演变为疯狂的杀戮。偷情被抓的超市老板、遭羞辱的妓女、过气流氓头子、卑微的小警察、因单恋而发疯的侏儒，以及意气用事的傻子，各色人等都"被放逐在黑夜的荒镇"，等待着那个因遗失了治病钱而报案无门，最后陷入狂怒绝望的外地人，当然，还有他手中挥舞的刀。在那个时刻，这六个本地人和一个外地人都不得不以决绝的勇气来反击尊严丧失的命运，走向自我损毁的绝望之途。小说以血腥的方式，告诉我们个体的精神暗疾是如何被催生出来的，也让我们领悟了世界的荒谬本质。

"我输出的是永恒的荒谬。我鼓励读者接受荒谬，而不是逃避。"这位阿尔贝·加缪的迷恋者，总是试着将自己的故事写得像那位存在主义大师一样冰冷、阴郁。然而，如何抵御这荒谬的世界？却成为一个极为严肃的问题，阿乙曾在小说《先知》中尝试回答这一问题。这篇小说以农民朱求是写给社科院袁笑非博士的一封信为主要内容展开。这位自命不凡的疯子，怀揣着诸多有关怀才不遇的狂想，更有着关于人类社会的惊世骇俗的蓝图，他思索着如何在时间的滚滚洪流中寻求生命意义的大问题，他给出的答案是，杀死那无穷无尽的时间，以此来抵抗空虚。小说似乎是想借助疯狂者之口讲述世间存在的真相，却以反讽的语调讲述了一个思辨的故事，关于时间、生命和存在的意义。阿乙对"时间残忍的鞭痕"心存畏惧，为了逃脱这人类本真的痛苦，必须义无反顾地走向与时间"对砍"的道路。然而如何"杀时间"，以使自己充实，出逃是一种方式，杀人也是一种方式，唯此才能使主体避免疯狂。基于这样的想法，阿乙有了自己的第一部长篇小说《下面，我该做些什么》。小说中的"我"是一个饱受时间折磨的空虚之人，除了用杀人来寻找一丝充实感之外，他不知道该干些什么。这是一部向加缪《局外人》致敬的作品，因而极为明显地体现出对荒谬存在的哲学演绎。故事讲述了一个高中生毫无理由地杀了他的女同学，逃亡，随后被捕、受审的全过程。小说以"零度情感"的方式展示了精心设计的谋杀、忐忑惊险的逃亡、他突然的自首和追问动机时的沉默，以及他在法庭上的表演和令人窒息的最后陈述。从叙事手法来看，这桩事先张扬的谋杀案，尽管因其平铺直叙的写法而失去了应有的生气，但作者冷峻阴郁的笔墨却令人印象深刻。小说最后,"我"的法庭陈述虽振聋发聩,但相对于阿乙之前小说所自然流露的惊人力道,这个小说太刻意地依照加缪之笔设置存在主义议题,表达的只是作者强劲的观念,而非刻骨的人生体验,这多少包含着浓郁的构造之感,其激动人心的力量也相对有限。

阿乙曾坦言自己"身上有鬼气",而"心理阴暗的人只能写出阴暗不安的东西",许多评论者也已指出了阿乙小说的这种灰暗色调。确实,他如此迷恋暴力和凶杀,几乎每一篇小说中都会有人无端死去,这样的阅读体验不禁让人想起先锋作家余华的早期作品。或许他真的认为温暖是苍白无力的,而真正能够了解无聊人生并且终结与生俱来的不平等之法的唯有毁灭,阿乙就是这样以一种暴力美学的方式来表达荒诞存在的悲哀。不能指望他写出温暖人心的作品,因为他一再声称"容易在光明和温暖里看到更大的虚空",而痛苦和绝望反而更具实感。尽管阿乙笔下的灰暗,只是让人"对人世中荒谬的东西多一点尊重",但读来仍然令人心有余悸。正像他所说的,"我仍旧走在黑夜里。我仍珍惜这黑暗,即使黎明迟迟不来"。不断的肯定和褒奖,似乎让阿乙觉得"继续生产灰暗和绝望的题材"是一件"保险"的事。然而,眼界的拓展却是每一位写作者都需认真思索的问题。在与个人经历休戚相关的故事模式和略显重复的情感基调之外,人们更希望看到一个复杂多面的阿乙。我们有理由对这位激动人心的作家提出更高的要求。最近,声名不再寂寞的阿乙终于发誓要写一部"温暖到让人战栗"的小说了,这或许会是一次改变的契机,不禁令人热切期待!

五 徐皓峰:"新武侠"的风格和意义

对于多数人来说,认识徐皓峰,想必只是从王家卫的《一代宗师》开始。作为这部电影的编剧,他顺理成章地分享了"墨镜王"的诸多荣光，直至实至名归地捧得香港电影金像奖。不过其实除了编剧，徐皓峰还有更多与武侠相关的身份，比如作为电影导演，他的《倭寇的踪迹》与《箭士柳白猿》便以影像叙事的方式对传统武侠做出了的全新阐释；作为文化资料整理者，他的《逝去的武林》《高术莫用》《武人琴音》等"武林纪实"三部曲，以亲历者的口吻讲述了武人百年命运；而作为电影教学工作者，他在评论集《刀与星辰》中的研究成果，也都是以武侠电影为主要对象。当然，对于这位武侠文化的忠诚迷恋者来说，最能体现其艺术追求的，还是当属他的小说作品，这些以虚构的方式呈现的价值形态，完美诠释了"新武侠"的风格和意义。

其实关于小说，徐皓峰早年曾在《文学界》等刊物上发表过《1987年的武侠》《博尔赫斯的眼睛》《处男葛不垒》《流氓家史》等作品，但这些都属纯文学创作，与武侠小说并无密切关联。直到2007年长篇小说《道士下山》的发表，才一举奠定了他"硬派武侠小说第一人"的称号，而《道士下山》也被认为是"硬派武侠的接脉之作"。现在看来，之所以被称为"硬派"，根本原因在于，这里的武林轶事往往所出有据，涉及的武打细节真实专业，毫无玄想的元素，鉴于此，某些章节甚至被当作专业的武术资料来看待，因而作品在获得人们广泛认同的同时，也与传统武侠的荒诞不经拉开了距离。

从故事情节来看，小说《道士下山》通过下山道士何安下遭遇的一系列诡异奇幻的人事，展现复杂离奇的民国时代，一时间，颇具时代风貌的中统、纳粹博士、日本人和武林江湖之间的复杂纠葛纷至沓来，将故事的主人公何安下团团围住，因而小说情节虽多少有些万般奇遇于一身的"狗血"，但也终究表现了某种坦率的人生启示：人生不过是一次修行的旅程，领悟武术的至理，便是领悟了人生的至理。

在徐皓峰看来，武侠文化虽自古就有，但真正的气候还是在民国。彼时国家饱受内忧外患，强身健体的武术便被赋予重要使命，一时间也被尊为国术，而似乎是醉心于由此而来的巨大利益，习武者纷纷出山,全民习武,造成了颇具声势的国术馆之风。徐皓峰的小说在很大程度上,便是力图恢复习武者的独特性,呈现个体生命的复杂与丰富,而就武侠小说本身而言,他则力图将之从所谓的官场、学场、商场的游戏法则中拯救出来,就此"大道"的展现,以及对前人生活的诠释,为这个迷失的时代提供价值选择的勇气。

小说《武士会》围绕中国武士会的兴衰境遇,讲述乱世中的民间武人李尊吾的传奇一生,呈现他的修行与求索、抵抗与创痛,这些隐秘而离奇的历史叙事,别开生面地切入了清末民初的复杂世相。和《道士下山》相似,小说《国术馆》也可看到"武道小说"的影子。它虽以武侠相号召,却不免掺杂奇幻的元素,甚至连冥王星都派上了用场,这便多少有些插科打诨的意思,但小说正是以这种幽默感演绎出传统文化的挽歌情调。徐皓峰的小说就是这样将民国史、武林秘事、修道奇谈熔为一炉,既有具体的武林规矩、细节的历史真实性,又有不拘一格的想象和虚构,这些都是和传统武侠大为不同的。

相较于我们所熟悉的金庸,徐皓峰的武侠小说不再刻意强调家族门派恩怨与个人命运、民族大义的撕扯,淡化所谓"侠之大者,为国为民"的升华,而增添了许多过去武侠小说忽略的具体武林规矩、练功细节和武术修炼过程,但这些也都并非知识性的贩卖,而是有机地融合到叙事之中,进而捕捉那些消逝的时代气韵,打捞真正的武者永难再现的风范和侠光。因而徐皓峰的小说并不着意刻画一个时代的危局和困境,而更多只是基于武术本身的缅怀与敬重,流诸笔端的也满是回忆和惜别之情。在他这里,没有"以武犯禁"的豪爽与乖张,没有快意恩仇的痛彻和欢欣,却多少有点卑微与悲悯的小情绪,让人无限感慨。比如他总是乐此不疲地揭露师徒之间的竞争与恩仇,以此呈现这些残酷的武林法则,如《师父》中对徒弟踢馆的解释,便极大地颠覆了我们既有的武林想象。当然,徐皓峰的作品更多还是包含着一种文化挽歌的情调,《一代宗师》里夹杂的便是对"逝去的武林"的缅怀。在他这里，无论是中华武术黄金时代的最后见证者李仲轩先生的口述回忆录，还是中医大师胡海牙的记忆叙述，都意在以纪实的方式，凸显一个时代的文化命运，这便正如《武人琴音》所感慨的，老一代人遗憾在文学，我们一代遗憾在文化，这也就是消逝的形意拳的意义所在。

同样是口述纪实文学，《大成若缺》将时间线索延续到改革开放之后的20世纪80年代，这似乎与徐皓峰的民国范儿大异其趣，但就其挽歌情调而言，却也是高度吻合的。火热的80年代，民族国家的建构情绪炽烈，神州大地顺势掀起一股猛烈的习武风潮，血气方刚、精力过剩的年轻人广受影响，故事的讲述者王建中即是历史中人。他从一位迷恋武术的工人，蜕变为不务正业的问题青年，而后又在商业大潮的冲击下大起大落，最后他重回武术，以此作为人生的信仰与归宿。从整体精神上看，《大成若缺》承续了《逝去的武林》的风格，其前所未见的时代风貌与生活细节令人无比着迷。

在此，值得一提的还有小说《大日坛城》。这个故事虽以围棋而非武术为中心，但选取的时间依然是作者颇为看重的民国。主人公围棋天才俞上泉是另一种形式的武林高手，这位不可一世的围棋第一人在一次次挑战中的不败，与当时中国抗战形势的节节败退也形成鲜明对照。因而围绕这个离奇的人物，各方力量的争夺便显得顺理成章，一时间，身怀绝技的中国武术高手、日本武士名流、中统特务、日本特务、抗日战士，甚至汉奸都纷纷亮相，展现出那个时代所特有的凶险与残暴，最后的结局当然不免残酷，毕竟谁能抗拒历史车轮的滚滚向前呢？但在此之中，向死而生的命运却展现出它迷人的力量。天下之大，竟容不下围棋，这固然是小说的历史感慨所在，由此也寄予着对一位身处恶浊乱世的天才的同情。但作者的立意不只在写一个伟大棋手的命运，小说更重要的使命在于，阐释一种普遍的生活道理，这便是求"道"。具体到围棋，它其实和武术一样，是一种功夫，而非外行人想象的尽是算计。因此无论何种技艺，在其终极意义的"道"上都是相通的。因而小说的意蕴最终被上升到禅密佛学的高度,展现出别样的意义。这也就像邹静之所说的,"那感觉像身后有一个辽阔的光年让你想投入进去再不出来"。

这种全情投入的巨大吸引,不禁让人想起徐皓峰在《1987年的武侠》结尾之处引述的一段话,"当现实残酷得无法更改,大众往往用自己的愿望编造野史。在这自我欺骗的过程中,武侠至关重要,他们凭借神奇的武功,在野史中连接所有难以解释的环节。从这个意义上讲,武侠就是意愿"。是的,武侠就是意愿,用以打开现实与神话的纽结。这便是这个时代武侠的意义所在,也是徐皓峰"新武侠"的魅力所在。

第七章 同时代文学片论

一 "80后"写作：一个话题的诞生与消亡

如果要追溯"80后"写作的缘起，就不得不提到1999年上海《萌芽》杂志社与国内七所高校联合发起举办的首届新概念作文大赛。这次大赛在整个社会引起了巨大的轰动和极为深远的影响。现在看来，它不仅是对中学语文教学改革的挑战与探索，也为一批极具写作潜力的年轻人提供了展示自身才华的最佳场所。在此，这批生于1980年后的作者的作品所显示出的超出作文形式的文学创作意味，都被作为僵化的教育体制之外的天赋而受到鼓励，因而也成就了这群年轻人走上写作舞台的契机。事实证明，正是新概念作文大赛的连续举办，迅速捧红了众多日后鼎鼎大名的人物，比如韩寒、郭敬明，再比如此后的周嘉宁、张悦然、蒋峰、小饭等，他们都被视为"80后"写作的代表。

应该说，从韩寒《三重门》的热销，到郭敬明《幻城》的风行，"80后"写作从一开始就迅速地抓住了市场，形成了一种极富创意的文化产业模式，这无疑对传统的文学生产形成了冲击。然而如果说新概念作文大赛是"80后"写手们集体亮相的契机，那么几乎与此同时在中国迅猛发展的新兴媒介——互联网，则是培育他们的温床。网络在中国的跨越式发展催生了一批网络文学的写作者，他们中有相当数量的"80后"年轻人。可以说，没有新媒体就没有"80后"，如今赫赫有名的"80后"作家，无不是早年就驰骋网络的少年写手。他们拥有大批粉丝，其作品也是在网上出名之后，才交由纸媒出版，以获取更大声誉。比如以另类、出格的姿态引起广泛争议的春树，早在2000年17岁的时候便开始在网上写作《北京娃娃》；又比如李傻傻，他的文学历程崛起于网络，其作品专辑被众多网站同时推出；另外孙睿的长篇处女作《草样年华》也曾在新浪网上连续8周点击率排名第一。网络成了这批少年作家宣泄、倾诉、表达欲望的最佳场所和自由成长的空间，网络的自由性、匿名性，以及相对于出版门槛的草根性，为这些天才写手们的自由发挥提供了广阔的平台，这也构成了整个"80后"文学成长的重要土壤。

除此之外，一系列媒体事件的推波助澜都将"80后"写作的舆论意义发挥到极致。比如美国《时代》周刊对作家春树的报道，便对"80后"的命名起到了至关重要的作用。在人们看来，作为第一个登陆此杂志封面的中国作家，春树的出现标志着中国年轻一代叛逆者的数目正在迅速扩张。这就像美国当年"垮掉的一代"一样，他们终于有了自己的另类标识，尽管这里的另类更多被解释为一种特别的生活方式。这期杂志把春树与韩寒称作中国"80后"的代表，这一明确的命名与定位，注定引起人们对整个1980年代出生的文学写手及其写作行为的广泛关注。此后，从网络到圈子，从文学界到读书界，"80后"写作迅速成为媒体的焦点。正如论者所言的，"'80后'文学命名获得的第一个意义是促成了中国大陆文学界的一次青年行动，一次在极短的时间里打出共同旗帜的集体行动"。

纵观整个"80后"文学创作，我们大致可以发现，在其发生初期有着一个整齐划一的市场化时期，这一时期正好应和了当时中国出版业向成熟的畅销书模式转型的需求。在此，无论是叛逆的韩寒和春树，还是郭敬明、张悦然等人所谓的"生酷怪冷"与"玉女忧伤"，都在青少年读者中积攒了不少人气。此后"80后"文学全面开花，呈现出不同的创作风格，一时间纯文学与市场化交相辉映，奇幻武侠、恐怖悬疑等新文体也流转风行。这便产生了所谓"80后"的实力派与偶像派之争。这与其说是"80后"文学在分化中的成长，还不如说他们从一开始便存在着不同风格和写作倾向的定位。毕竟作为1980年代生人，他们成长于中国社会剧烈转型之时，不同的作家势必有着不同的价值选择。随着时间的推移，这样的分化也将日渐明晰。当年还流传着"80后"进入市场而没有进入文坛的说法，而现在情况则有所变化。如今尽管市场化和畅销书模式给广大"80后"作家带来了巨大声誉，而传统的主流文学则在迅速萎缩，退守小众化的趋势，但依然有相当数量的"80后"甘愿被收编到纯文学领域，为其薪火相传贡献力量。尤其是近几年，随着整个社会对"80后"的理解和宽容，"80后"写作与主流文学的互动开始日渐明显。比如张悦然、郭敬明、李傻傻、蒋峰等一批80后作家便纷纷加入了中国作协，这样的姿态也势必换来主流文学的热情接纳。他们不仅被明确地写进了文学史（比如张志忠主编的《中国当代文学60年》就专门为他们开辟了章节），而各种版本的文学年选也都为"80后"作家留下了一席之地。其中值得一提的还有第600期的《人民文学》，这个国家级纯文学核心刊物在这期隆重推出"新锐作家专号"，使郭敬明、春树、马小淘、蒋方舟等"80后"作家得以闪亮登场。

由此似乎可以看出，在韩寒的"韩白冲突"和郭敬明的"抄袭风波"之后，这些原本被冠以叛逆的年轻人，大有为"80后"写作正名的意思。而这些曾经的"乱臣贼子"们终将在文学的伟大的传统中镌刻自己的名字。这样的变化固然可喜，但终究宣告了"80后"写作这一概念最初的话题意义的消失。现在看来，"80后"写作早已失去了当年青少年写作所具有的反叛与另类意味，而蜕变为一个相对中性的单纯时间概念。无论如何，将几乎所有出生于1980至1989年的年轻写手们都冠以"80后"写作的名号，都会让人怀疑这个概念本身所具备的阐释能力，这也是如今"80后"的命名方式不断引人质疑的重要原因。

越来越多的迹象表明，整体的"80后"文学的意义早已消失殆尽，而文学的分化已然呈现出不可逆转的趋势。纵观最早暴得大名的"80后"作家，韩寒以叛逆的姿态出位，随后便在向公共知识分子的滑落中渐行渐远，甚至连其真实的身份都饱受质疑；而郭敬明则凭借高超的营销手段，将文学的生意越做越大，最近也开始高调染指影视，他像所有无孔不入的商人一样，在写作的帝国里贪婪地做着资本的美梦，《小时代》风光无比，却惨遭骂名；唯有张悦然，虽也以青春小说起家，但却逐步走向"正途"，她虚心向前辈学习，接受文坛名家指点，加入作协，进入高校，以纯文学安身立命。而当年作为"80后"文学温床的网络文学，其情况则稍显复杂。在经过深度的产业调整，尤其是盛大文学一统江湖之后，年轻一代写作者呈现出极为明显的两极化趋势，一方面有"唐家三少"这样的网络作家首富，以及"天蚕土豆""我爱西红柿"等层出不穷的人气写手；但另一方面还有大量的年轻人在此艰辛地讨着生活，他们不愿放弃文学梦想，殊不知自己早已沦为资本操控的写作机器。与此同时，在分化的文学图景中，一批新的文学力量各自打拼着，寻找属于自己的位置，他们的声音值得重视。比如飞氘、陈楸帆、郝景芳、夏笳等极具潜力的科幻作家，便是活跃在类型文学第一线的"80后"写作的代表人物。

无论如何，当最初的"80后"年轻人早已度过自己的而立之年，而更为年轻的"90后"也按捺不住地要走上前台之时，整体的"80后"写作就不再是一个通过青春写作的亚文化风格来突显文学的叛逆与革新的话题，而演变为一次事关文学的简单的代际划分方式。毕竟如今的"80后"早已不再另类，而是广义上的年轻人。也就是说，在走出其徒劳的反抗之后，"80后"文学开始呈现出更为复杂丰富的样貌。比如笛安、落落等郭敬明旗下的签约作家，整体上呈现出商业写作、青春文学与纯文学质地的奇妙混合状态；而七堇年、颜歌、张怡微等人也在传统的青春文学脉络之中显示出别样的风格。其中尤其值得注意的是，活跃在纯文学期刊、杂志的一批年轻作者，他们并没有太多的市场知名度，全凭圈子内的人气和口碑写作，却显示出不俗的功力。比如孙频、郑小驴、甫跃辉、吕魁、文珍、马金莲等人的创作，皆给人留下了深刻的印象。他们摒除了商业写作者的功利，而更多向传统文学大师学习，又有着各自不同的鲜明风格，因而显得更加从容纯粹，这也终究体现出纯文学自然延续的成就。对于这样一批年轻人，批评界也给予了持续的关注。近年来，《文艺报》"聚焦文学新力量"、《创作与评论》"新锐"，以及《西湖》"80后观察"等栏目纷纷出击，形成评论界与"80后"小说家的互动态势，有力地缓解了纯文学圈"80后"写作默默无闻的状态。

总而言之，那些曾经的"80后"们，怀揣文学梦想的叛逆者，早已不是英姿勃发的少年，而那些不可一世的文学天才们也已为人父母。因而"80后"写作必然包含着一个从幼稚中期待成熟的自然过程，对于这些作家而言，这也是他们在锐气中走向从容的文学阶段。或许最初的"80后"写作，只是一个意外的媒体事件，但终究成为文学自然生长与繁衍的一个环节。时至今日，作为话题意义上的"80后"写作已然失去了其命名的意义，尽管作为思维的惯性，它还在不断地被人提及，但其内涵早已被掏空。附着在这个年代语词上的低龄化、未成年人天才写作者的意义，也早已烟消云散，这是它的不幸，更是它的万幸。

十多年过去了，作为历史中间物的"80后"写作将注定走入历史，而我们也有幸见证了这个话题诞生与消亡的历史过程。

二 郑小驴：虚构的诱惑

在一篇文章中，郑小驴曾深情回忆自己开始小说创作时的情景，那是2006年暑假的一个万念俱灰的夜晚，他彷徨无定地游荡在大学自习室里,写下了自己的第一篇小说。此后数年,从当初历史题材小说的虚构快感和叙述狂欢,到家族故事的鬼魅般的激情,以及计划生育题材对历史的单纯切入,再到如今对乡村及世道人心变化的敏锐思索,郑小驴的小说经历了年代并不久远,但显得历史无比漫长的写作流变之路,即由虚构的诱惑开始编织离奇的故事,而后又在非历史化的焦虑中转入对历史与现实的关切。而今他笔下的乡村、历史,以及变动的现实秩序,这些都早已超越了纯粹自我的小格局,而不断显现出更为广阔的写作天地,这也是一位诚挚而有担当的作者理应抵达的境界。

相对于那些文学市场里风光无限的同龄写作者而言,同属"80后"的郑小驴当然算不上名声响亮,但其小说却在青春、校园和时尚题材之外,开辟出一条不同的写作路径。纵观其作品,早期的小说如《一九二一年的童谣》《一九四五年的长河》《一九六六年的一盏马灯》等较为迷恋家族叙事,展现出非凡的虚构才情,从中亦可看出浓厚的文学史传统。在此,这些影影绰绰、亦真亦幻的故事,永远不缺富有传奇色彩的英雄人物,他们的故事总是那么激动人心,令人难以忘怀。

《一九二一年的童谣》深情追忆家族久远的历史,那些故事都与20世纪风云变幻的历史紧密勾连。而那些被称为历史的耳熟能详的事件,将家族、个体的命运深深卷入,无人幸免。在此,革命的荣光与暴力、历史的进步与血腥,与家族的昌盛和衰败、个体的死亡与繁衍相伴而生。历史的结论当然是令人唏嘘的,而最后通过对革命的淡淡嘲讽而落实到超然物外的民间立场,也是略显简单的情感态度,但小说却终究具有家族史、地域史和风俗史的意义。在郑小驴笔下,每一次对往昔人物的追忆,都是对历史的重新叙述。《一九四五年的长河》依然讲述的是家族故事,呈现了历史事件所带来的伤楚,大历史的褶皱中难以名状的屈辱与不幸。小说的结尾也像《一九二一年的童谣》一般,落实到超然物外的民间立场,即一切的历史是非都将被长河自然带走,因为"人的生命相对于长河来说只不过是个短暂的瞬间,每个人最终都躲不过岁月这条长河的洗礼"。

郑小驴家族小说的兴趣点在于对历史之谜的勘探,在他这里,历史终究是一堆疑窦丛生的乱账。为了将历史之谜的故事讲得绘声绘色,因枪支走火而造成误杀的细节被郑小驴反复提及。这样的结构自有其好处,它可以囊括不可预测的偶然和无法探求的真相,进而使历史的面貌变得神秘莫测起来。而探案结构所构成的阅读快感,以及鬼魅叙事所包含的复杂魅力也恰恰就在这里。《枪声》里的迷局在于,郑时通到底是谁杀死的。这无疑是一团乱麻,而错综复杂的人际关系更是让人摸不着头脑。尽管作者不断暗示事情并不像表面那样简单,但究竟真相如何却又不肯轻易说出。同样,《秋天的杀戮》里黑影游击队队员郑岸因枪支走火,打死了另外一名叫博的队员。而博的复杂性在于,他既被人认为是汉奸,又是郑岸的情敌,这便使得这个意外死亡事件陡然变得扑朔迷离起来。究竟是误杀还是谋杀?究竟是杀死了汉奸告密者还是情敌?杀人的动机是出于民族大义还是个人欲望?作者在此似乎意欲表明自己的历史态度:唯一可以肯定的只是历史确实发生了,但其内在动因和逻辑却永远无法知晓。

因而作者无意间重拾了当年新历史主义小说的流行议题,而历史的虚无感和绝望感之中,也确乎带着一丝颓败的痕迹。这种颓败之中也弥漫着一种浓郁的神秘主义氛围,让人想起格非的《迷舟》《青黄》一脉,以及叶兆言的"夜泊秦淮"系列,再或是尤凤伟的"石门"和沈从文的"湘西"。当然,在新历史主义小说的流风余韵之外,郑小驴终究属于书写传奇故事的高手。《梅子黄时雨》通过十四岁的少年秋生之眼看这个迷雾般的历史,小说讲述江南的大户人家的故事,写大历史中旧家族的颓败。那些不为人知的秘密:性虐、兄弟之间的同性恋情、偷情与乱伦。故事曲折且引人入胜,而文本之间一股汹涌而潮湿的情欲弥漫开来,令人难以招架。当然,小说的弱点也是明显的,即历史平面化的讲述,没有起伏,没有波澜,没有隐喻,更没有意料之外的掘进。

只是在欲望化的结构里陶醉于历史的传奇,缺乏现实感和历史的隐喻性。当然,郑小驴笔下的历史迷局,也并非全然炫技式的故弄玄虚,比如《石门》《和九月说再见》等篇章在神秘主义氛围之外,也彰显了难得的社会意义。

《石门》中那位为了逃避残酷的战争而故意踩雷的越战老兵,其绝望的故事终究彰显出撼人心魄的力量。而《和九月说再见》虽以罕见的第二人称叙事,讲述了一个没有谜底的无理由失踪事件,但其探索的目标更多指向这个社会。在此,失踪是一次比死亡更加严重的事件,长久的悬疑、不断掘进的思索,展现了人物复杂的内心世界,小说无意揭示钟楚究竟是一个什么样的人,也注定不会澄清他到底去了哪里,而只为恰如其分地展示他的失踪,进而呈现他的困惑与遭际所蕴藏的社会意义。因而,究竟是什么造成了钟楚的失踪?是面对死亡无力营救的愧疚所造成的心理创伤,还是名存实亡的爱情的轰然坍塌带来的生存幻灭感,再抑或是沉重生活压力下无处逃遁的卑微和失败主义情绪,小说并未明示,但在诸如"爱情不能当饭吃""社会就像坐过山车"这类意义非凡的吐槽背后,是对这个社会荒谬存在,以及重压下的个体无力招架的命运的展示。一切都不动声色,虽粗粝却足够惊心。

郑小驴的小说充满"鬼气",虽全然不是阴森可怖的悬疑风格,但也依然具有令人毛骨悚然的功效。《西洲曲》里墓地的黑影、坟茔上的洞口,以及墓穴前的半个脚印,都给人留下了深刻的惊悚印象。《鬼节》以"鬼节"为背景展开,而更显阴森和诡异,小说最后,地窖里被踩死的蜈蚣和蚂蚱、血泊中的产妇,以及早产的死婴,无不令人心惊。郑小驴的小说总喜欢穿插叙述一些湖南乡村当地的风俗和传说,显得极具地域色彩,如《望天宫》里对制作棺材时的"预兆"的风俗性的展现:"经验丰富的木匠制作棺材时凭一些预兆便可以断出棺椁主人的寿数,如棺椁第一斧观兆头,看它砍下的木片'溅'得多远,'溅'得远则寿命长,否则寿将临终。"这些闲笔虽只是地方性知识的简单辑录,却为作品增添了不少可观之处。《白虎之年》这篇小说也布满了阴郁的鬼气,因而颇有些卡夫卡式的寓言风格,纵观全篇,小说概念化的痕迹虽无比浓烈,但"白虎"意象的象征意味及其所蕴含的文明的危机想象,终究将小说的深层含义推向极致,总体上虽朴拙却无比诚挚。

郑小驴常以回忆的口吻描述自己家族的故事,如《弥天》《归去来兮》《蛮荒》《流年》等,都写到了不同层面的"爷爷的故事"。通过爷爷的事迹,不经意间串起过往的历史。就拿《流年》来说,小说虽只撷取了过往岁月的一些片段,但情绪饱满且落笔散淡。就像作者在小说"题记"中所说的,"同所有生命一样,我们也在昔日的河山之间徘徊,寻觅一个人命运的轨迹"。而《流年》便是这次别开生面的记忆回溯,所找寻的亦是个人生命中难以磨灭的印记。

除了爷爷,其他家族成员也常被他写入小说之中,如《舅舅消失的黄昏1968》写的是舅舅马老三的传奇故事;其中值得一提的还有叔叔的故事,《没伞的孩子跑得快》以一位儿童的眼光呈现那场政治动乱,小说充满了阴郁之气,却依稀弥漫着一种难言的政治压抑感。小说之中,暴死的小叔叔因不能入葬祖坟而让人徒生感慨,"他不是为自己死的,是为了更好",这里便颇有些鲁迅笔下启蒙者遭遇的荒谬困境。大人的世界孩子永远不懂,作者不着一字,却奇迹般地与匿名的读者达成了默契,这种微言大义注定换来读者心照不宣的接受,会心的启悟中自然流露出对历史残酷的思索。

在那些有关乡村的叙事之中,郑小驴总爱呈现那些无所事事的少年,并试图探索他们隐秘的内心世界。比如《我不想穿开裆裤》讲述乡村里游荡的少年,百无聊赖中与蚂蚁进行着无聊的游戏。小说彰显出一种纯粹的儿童体验,尤其是在关于尿床的遥远记忆中,弥漫的是玩笑中的天真与童趣。《八月三日》同样讲述一个少年骚动不安的青春期,他的叛逆和踯躅、潮湿的欲望与甜蜜的憧憬,直到故事最后才将少女自杀的惨剧和盘托出,而久远的记忆也就这样被打捞起来,宛若八月黄昏里渺茫的歌声一般，淡然却刻骨铭心。《少年与蛇》仿佛是在叙述一段耸人听闻的传说，关于蛇、少年和中秋夜里的寡妇。郑小驴在不长的篇幅里，传神地表达了人物微妙的情绪：少年们内心的恐惧、隐秘的欲望和青春期的骚动，以及对南方世界的幻想。当然，故事的另一面则关乎乡村的当代命运，全球化的裹挟之中，乡村的空心化不可逆转，用小说里所说的，"四周已经陷入了一片可怕的荒寂之中"，比诗意的消逝更可怕的，是人物内心的荒芜。

郑小驴的故事总是习惯用儿童的视角展开叙述，仿佛一个拒绝长大的少年迷茫而懵懂地打量着这个令人绝望的世界。《爸爸》以少年视角展开，将那些成人之间隐秘的性事也刻意地呈现出来，构成了年少的我关于乡村，关于以工棚为核心的底层生活的记忆亮点。《青灯行》刻画了一位少年充满绝望感的青春故事，小说中百无聊赖的鲁登，对前途的迷茫、不可遏止的情欲、年少的荒唐与无所事事，凡此种种皆铭刻着一代人正在消失的青春岁月。《黄昏中奔跑的孩子》展现的是五月的年少记忆，以及作为一位留守少年的情感匮乏与青春骚动。在他无所事事的空虚背后，永远有潮湿的欲望相伴，而令他无法释然的当然是那辆丢失的单车，以及铭刻那辆车上的事关情欲的秘密。小说最后，这位被汹涌的情欲和艰辛的生活双重折磨的孩子，不出所料地陷入悲苦的疯癫之中。

有时候，郑小驴会对自己的文字过分自信，而沉浸在想象性描摹的快感中无法自拔，比如《枪决的下午》中便有一大段枪决死刑犯人的场景，他不厌其烦地叙述挨了七枪的何本生笑脸相迎的死状，不禁令人惊恐而陶醉。在他笔下，这位罪该万死的犯人仿佛成了远古神话中威风八面的英雄。在这个世界，有意的作恶与无心的杀戮总是不停上演，就像"阡陌上的水生草和婆婆丁"一样，总是以疯狂的姿势不断冒出来。但作者的本意并非感慨罪孽深重与人世无常，而只是叙述成长的印迹、少年无所事事的荒谬感、青春期潮湿的欲望，以及"竹子和禾苗拔节生长的声音"。这些都与枪决记忆的背景一道,构成了少年单纯而繁复的内心世界。因而同样是面对行刑的场景,《枪决的下午》所呈现的不复是启蒙主义者鲁迅的《示众》中惊恐而麻木的人群,或则同样是惊恐而趋之若鹜,却因细节的传神、情节的耸动而令人侧目。

郑小驴的小说有一个极为鲜明的主题,那便是计划生育,作为1980年代之后生长的一代人,历史的缺席使他们产生了一种刻骨的焦虑。相对于他们的前辈,那些与历史一同走过的"50后""60后",甚至是社会经验更为丰富的"70后"作家而言,"80后"一代历史感的匮乏,成了他们共同的特性。因此于他们而言,计划生育这个算得上一件意义重大的事件,几乎构成了他们切进历史的几乎唯一的方式。青年作家陈崇正便有不少作品关切此类主题,而郑小驴笔下的计划生育题材则更为触目。

的确,郑小驴的多篇小说都与计划生育有关,他如此执着而对此念念不忘,其实并非出于矫情,而是来源于一种刻骨的人生体验。在为《鬼节》而写的创作谈中,郑小驴曾这样说:"坦率地讲,我就是我娘偷偷躲出来的,不好意思,拖了计划生育的后腿,原谅我娘觉悟不高。那些暴力标语伴随着暴力行为,和凋敝的乡村四处所见的砸墙揭瓦的种种惨状(好比鬼子进村)是我漫长的童年见证。"正是计划生育的种种经历构成了个人的创伤性体验。《不存在的婴儿》就是献给他那"不存在的哥哥"的小说,生男孩还是生女孩,对于乡村来说有着生死攸关的差别,这也是小说内在情绪的症结所在。小说惊悚地刻画了一个一生下来便被迅速活埋的女婴,这种震惊的场景恰恰是乡村生活的常态。尽管这只是一个事关计划生育的简短片段,却足以使人陷入生命政治的冥想之中。

在郑小驴最近出版的长篇小说《西洲曲》中,大量的篇幅涉及计划生育的内容。这无疑是一个敏感而又切近的主题,但客观而言也确实存在一些问题。毕竟,文学不是演绎一个"正确的"立场便可了事的。坚决而又偏激似乎可以激动人心,但是否有效却值得怀疑。就《西洲曲》而言,可以看出郑小驴对于历史和现实的理解,还存在着一些孩子般的天真。小说的叙述固然流畅精彩,但对于计划生育具体执行者的脸谱化刻画的痕迹依旧明显。他们内心的挣扎、惶恐,以及肆无忌惮之外,面对死亡也许并非全然冷漠,就像莫言的《蛙》所展现的,姑姑的复杂性在于,她既是计划生育的执行者,又是过去年代掌握新技术的接生者,生命的缔造与毁灭是集于一身的。在新的历史年代,姑姑的皈依彰显了历史和解的可能,这便有了一种历史的超然之感。在这个意义上,反观郑小驴笔下的计划生育主题,便可发现其历史的复杂面还远未呈现。尽管他在小说的后记中坦言,"作为个人,我无意在这项饱受争议的国家政策面前说三道四",但实际上小说本身已经表明了作者的态度,甚至可以这么说,围绕计划生育的所见所感,几乎是他内心最为沉痛的创伤,因而他的立场异常坚决,当然也不免简单。这种绝对的二元对立,当然可使小说呈现出难得的社会批判意义,而这正是年轻作家所竭力搜寻的。当然,为了彰显小说的社会批判意义而在计划生育的话题上大做文章,进而将这种悲情叙述作为作者缺乏经验的世界的救命稻草,这本是无可厚非的事情,不必简单地苛责。小说可贵的地方在于,尽管它将大量的篇幅落实在关于计划生育所展开的制度罪恶与人性悲歌之上,但它依然在批判与控诉之外,展现出一位少年难得的诚挚记忆。细读之余或可发现,这其实也是一部关于成长的小说,少年时代的个人内心世界的诚挚袒露,那些温暖和绝望,令人感怀的青春时代,屈辱的记忆和成长的隐痛,间或夹杂着一些青春期骚动不安的情绪。因此如果说,计划生育的种种事件弥补了个人经验的单薄无力,那么也恰是个人情感的诚挚流露,冲淡了小说对现实态度略显稚嫩的悲情与愤怒。也正是在二者之间,小说呈现出一种微妙的张力,在令人怅然若失的凄楚回忆中呈现出一种略带鬼气的神秘美感。

在最近的几篇小说中，郑小驴试图在更为宽广的社会背景中揭示现实的秘密，呈现变动中的世道人心。相对于作者过去虚幻迷离的历史故事、鬼魅丛生的家族叙事而言，这一类现实题材的小说所展现的寓言般的力量却是直逼人心。《少儿不宜》这篇小说展现了作者对现实生存处境的思索，全球化时代资本的倾入，以及由此而导致的乡村的变迁，都是小说的关切所在，因而也呈现出与他以往作品不同的风貌。当度假村、温泉别墅、按摩小姐，这类新鲜的事物出现在静谧的乡村之时，资本倾入的步伐便变得不可遏止，而游离，这个依旧无所事事的少年，好奇地探究着这一切，寻找那童真般的美好，却一无所得。因而当那个依靠读书出人头地的传统观念被无情地打破之时，我们又何曾看得到乡村少年那卑微的明天？

小说《香格里拉》同样有着不凡的气韵，在"香格里拉"这个消费主义的天堂里，浪漫主义式的自助旅游、酒吧艳遇、不切实际的网恋，以及饱含颓废主义情绪的一夜情，是每天都在上演的常规节目。而在此背景中的小弥征尔，这位"着米色休闲裤、白色耐克牌运动鞋，正在听中孝介的歌"的腼腆男子，则似乎带着某种无法克服的精神危机，扮演着毫不满足的忧郁症患者的角色。小说中消逝的"忘情崖"当然暗喻着现代爱情的失落，但据此就将"80后"的生活描述为悲观颓废、空虚厌世，渲染他们的凄惶与无助，也存在一些问题。话说回来，"屌丝"们固然眼红高富帅，但求之不得就悲观绝望，则似乎并非"80后"一代的整体情绪。《柏拉图的洞穴》讲述了一群按照波西米亚方式生活的非主流青年，因一场突如其来的车祸而产生的生活态度大转折。就像小说中阿典临终时所说的，"别这么耗着，失去志气，找点事做"。重归主流生活，这个多少来得有些突兀的主旨成了小说的价值所系。就整篇小说而言，主题表述和情绪渲染，以及场景与人物的描摹都没有问题，只是作者的表达太过明快，少年们的态度转折多少显得有些突然，缺乏必要的铺垫。另外如《飞利浦牌剃须刀》等小说也呈现了全球化时代人之存在方式发生改变的现实。就像郑小驴一次次所感慨的，"乡村文明在城市化进程中已经日渐瓦解，很多美好的东西遭遇到了粗暴的入侵，现今已荡然无存"。现实的变化令人心惊，深刻的变迁也当然值得记录，因为他"一直以为我们这个时代，比马孔多来得更魔幻现实主义些"。就此而言，无论是青年批评家丛治辰所说的"及物的写作"，还是如作家刘丽朵所说的对"狗日的资本主义"的质疑，都意在表明郑小驴近期写作的这些微妙的变化，也体现了年轻的"80后"一代作家对现实生存处境的不懈思索，这种捕捉当下所特有的现实气息的努力着实值得称道。

  在一次自述中，郑小驴这样谈到，"面对汹涌的城市化进程，我想每个人都有一个回不去的故乡。这个变化可能要比鲁迅、沈从文笔下那个回不去的'故乡'情况更加糟糕。每一次回家，我都感到了某种陌生和隔离感，我的故乡以拥有水泥马路、有线电视和公交车为荣，他们认为和城里接轨是过上现代文明生活的一种象征与荣耀。这种同质化在作家们看来，可能恰恰是最糟糕的表现，这意味着之前那与众不同的一面正在消失，变得和外面的世界一模一样。对我们这代人来说，故乡的经验在贬值，情感也在贬值。"① 乡村诗意的消逝，以及乡村经验的贬值，何尝不是新的社会现实呢？好在年轻的郑小驴敏锐地捕捉了这一点，将其生动而令人心惊地呈现了出来。《能不忆西洲》便是这种阶级变动中的乡村变局的生动体现。小说通过饱经创伤之后恐怖自残的男孩婴和卑微的寡妇青的故事，让人目击了乡村的真相。在此，谁也没去过的焉城是西洲人心中神话般的去处，乡村对城市的渴望如此触目惊心，让我想起80年代小说中文明与愚昧的冲突。就像丛治辰所说的，"小说的正义未必在于解决，但必须去面对"。在这个意义上

---

① 郑小驴、张勐：《"80后这代人总会有些主题没办法回避"——郑小驴、张勐对话》，《名作欣赏》2013年第4期。

来看,郑小驴的思索虽稍嫌稚嫩,但依旧值得尊敬。沿此思路一路开掘下去的郑小驴,必将在写作之路上有一番更大的作为。正如他所言的,"写作终究是件漫长的事情,就好比马拉松赛跑,'80后'这一代里,是曾有过一批人跑得很快,但是我想文学并不是百米冲刺,拼的是耐力和能否熬得住一万米过程中的寂寞。我想我还在路上,并将永远在路上,而文学,本就是一眼望不到尽头的事"[①]。在这条望不到尽头的路上,郑小驴已然拥有比他人走得更远的资源,他的作品总能给人意外之喜,让人相信小说的事业并非暗淡无光。在非历史化的焦虑之外,一条宽广的写作之路已经朝郑小驴展开,我们还有什么理由不对这位小说天才拭目以待呢?

三 吕魁:纯真与世俗的辩证法

彰显青春气息,书写校园故事,这是一代代青年写作者必涉的主题。年轻的吕魁也未能免俗,尤其在他的创作之初。就像评论者所说的,"吕魁的小说多是关于青春的记录,呈现给读者的是一个洋溢着青春气息的世界,青春的气息如风如潮扑面而来,让人躲闪不及无法拒绝,只能欣然面对"[②]。然而,吕魁的独特之处并不在此,与其说他是一个十足的青春写手,不如说他探讨得更多的是青春时代终结以后,如何面对庸俗的日常生活的问题。当然,其间也有那些"伟大的小人物",连同他们顽强而卑微的小城故事。在这些故事的讲述之中,吕魁总会不失时机地拼接时下年轻人所熟知的现实元素,以此竭力将"80后"的生活经验落到实处。从QQ、校内、MSN等网络标识,到三国杀、非诚勿扰、超级女声等时尚因素,他以这样的方式拉近与读者之间的距

[①] 郑小驴:《一眼望不到尽头》(创作谈),《西湖》2009年第3期。
[②] 参见鲁顺民《青春的书写与吟唱——读吕魁的中篇小说〈小染〉》,《黄河》2005年第3期。

离,将他们吸引到自己的故事中来。

还是从那篇《小染》(《黄河》2005年第3期)开始吧!21岁的吕魁写出的这篇小说处女作,几乎奠定了他此后作品的基本母题:无处告别的飞扬青春和劈面相迎的庸俗现实,而这一切都是通过一位纯真、率性的女子,连同她为了生存而牺牲一切的现实而展开,其间有暧昧有忧伤,而更多的则是成长如蜕的苦痛。我情愿将这篇小说视为一位"纯真的守护者"对自己青春时代的缅怀和祭奠。小说热情追忆了一段洋溢着青春气息的校园故事,而在这个故事的最后,小说在一派"明媚的忧伤"之中,展现出青春的华美被耗尽之后所袒露的庸俗本质。小说从来自北京的姑娘小染在两个小城少年心中激起的涟漪开始讲起,而那些被尘封的往事也随着这青春期的萌动一点点被打开。在此之中,年少的纯情与率性的念想,飞扬的青春和刻骨的暗恋,也渐次呈现出来。然而一场突如其来的变故打破了这一切的平静,也就此宣告故事中人青春时代的终结。小说最后,就像所有不该重温的旧梦一样,他们的久别重逢也终究令人唏嘘喟叹。无论如何,面对一位无忧无虑的女孩日渐步入艰辛异常的生活,并且为了生存而牺牲一切,最后又被这个庸俗的社会所吞没的现实,任何关于青春的天真梦想都会在顷刻间土崩瓦解,这或许便是成长的代价。也是在这个意义上,就像论者所言,"小染在小说中就是一个关于青春的象征,一个全新时代背景下关于青春的寓言"[①]。

与《小染》相似,写于同一时期的《少年行》(《十月》2006年第5期)也将叙事的焦点聚集在中学时代。这个作品依稀让人想起姜文的电影《阳光灿烂的日子》,只不过王朔笔下那些"文革"时期打架、"拍婆子"的北京故事,被吕魁搬到了时间上更为晚近的小城里。如果说故事的主人公"我",那个带着青春期的躁动与叛逆的小城男孩,像极

[①] 鲁顺民:《青春的书写与吟唱——读吕魁的中篇小说〈小染〉》,《黄河》2005年第3期。

了姜文电影中的男主角马小军,那么他那位兄长般的男人军伟,不就是耿乐扮演的刘忆苦吗?当然,还有米兰,她的角色则换成了同样漂亮神秘的林小丹。就此,主人公的叛逆,他对少年伙伴的追随,以及对女孩林小丹的爱慕,构成了整个故事的基本叙事单元。尽管小说最后,情感矛盾的激化势必将故事引向残酷的境地,但这种"平和的忧伤"却也体现出作者难得的真诚,而整个小说也演变为一曲喟叹青春逝去的哀歌。

吕魁的写作具有明显的成长小说的质地,他就像一位执着的孩子,不断地质询成人世界的逻辑,探讨世俗与纯真之间的刻骨矛盾。就像那篇《小染》,纯真的小染最终没能走进"我"的世界,她偏离了"我"所期待的人生轨迹,淹没在如蚁的人群之中,被世俗社会的滚滚红尘所吞噬。而另一篇小说《城市变奏曲》(《十月》2006年第5期),则在大学校园之外重述了这个纯真与世俗之间的矛盾故事。小说以诗人董三的故事开头,在虚晃一枪之后,迅速转向小说的主角,那个漂亮、热情、率真,甚至带着几分妖冶的女孩宁梓。她在音乐中忘我地摇摆,她的疯狂所散发的魅惑力令"我"难以招架,她是"我"枯燥平庸的日常生活的一抹亮色。然而,这个酷爱漂泊、率性而为的女子,终究不会将自己固定在恒久的归宿中,她在这个世俗的社会里热情追逐着自己想要的一切。作者以言情的笔调,书写着让人怅然若失的爱恋。

另外值得注意的是《请在四月叫醒我》(《黄河》2008年第1期)。这篇小说从网络聊天室的故事开始谈起,以证明这是不折不扣的"80后"的生活经验。然而,故事本身却也显示出浓厚的"边缘人"的生活痕迹。小说主人公"我"在网上聊天,和一个妓女砍价,直到展开一次倾情投入的嫖娼之旅,只为展示"我"和小小,恩客与性工作者之间复杂暧昧的情感,事关纯真与世俗的辩证。小说之中,天真无邪的妓女小小,她为生活所迫而不得不遁入世俗的境遇,虽没有同类故事中"被侮辱被损害者"那般凄惨,却也具有十足的反思力度。对此,轻易用道德来评价，必然是轻率无理的。小说的惊人之处恰在于，在有情有义的妓女面前，知识者的卑劣令人感慨。作为文化人的"我"，学金融的大学生，以及小小那位当记者的前男友，在这位性工作者面前都显得如此渺小，而她对男人的轻信则更显其率真无邪。小说就是以这样的方式，让人重新思索纯真和世俗的真正本质。

吕魁笔下的女子大多具有拥有超凡脱俗的魅力，她们热情似火、美艳动人，她们率性而为、敢爱敢恨，这些无与伦比的姑娘从天而降，突然闯进"我"的生活，给"我"平庸的生活带来一抹亮色。然而在一番暧昧朦胧的爱恋之后，她们又无一例外地离"我"而去，去追逐更为"实在"的梦想。她们为了生存牺牲一切，最终却一败涂地，被这个物欲的社会所吞没。小染、宁梓莫不如此，而那位莫塔则更为典型。青春的故事就是这样令人唏嘘喟叹！

小说《莫塔》（《人民文学》2009年第8期）可以算是不折不扣的"80后"的作品，年轻人追捧的校内网成了这个小说至关重要的媒介，而大段的网聊对话，也惊人地呈现了一代人的生活经验。尽管作者一次次地将莫塔比作那个叫做卡门的波西米亚女郎，但小说终究不是一篇让人领略异域风情的爱情传奇。就故事类型而言，毋宁说这是一个别样的"北漂"故事。学西班牙语的大一姑娘莫塔，是我在饭局上偶遇的兼职酒促女子。这位有着不幸童年的美丽女孩从千里之外的新疆来到北京，在这个艰难的城市独自谋生。她因物质的匮乏而努力追逐着金钱，甚至不惜出卖身体和灵魂。她甘当"富二代"情妇，最终也难逃被抛弃的命运。尽管生活曾一次次教育了她，让她明白这个世界根本没有童话，"与廉价的诺言相比，沉甸甸的物质更让我有安全感"，但她还是在这个物质的世界里一败涂地。"好女孩上天堂，坏女孩走四方"，这个冲着眼前的世界高喊"我爱你，北京"的执着女子，终究用自己的成长与伤痛，让人看清了世俗世界的真实面貌。

就像莫塔一样，那些渴望融入北京，但却悲哀地发现"我爱北京，北京却不爱我"这一人生真相的小人物,他们上下求索、漂泊无定的生存状态,在吕魁笔下被刻画得如此清晰。类似这种追求物质、迷恋城市的女子,在吕魁的小说中一再出现。《写篇小说登〈大家〉》(《大家》2010年第1期)是一篇具有实验性质的小说,但也不自觉地流露出作者一贯的主题痕迹。就像小说开头所说的,"一切都从那个意外的电话开始"。因为和老汤的谈话,"我"开始写小说;因为和步小步的约定,"我"决心写篇小说登《大家》;为了给小说寻找素材,又接触到舞蹈妞;因为喜欢上舞蹈妞,又放弃了与步小步的感情。当然,知道自己要什么的舞蹈妞显然也看不上"我"这个不名一文的文学青年,于是小说最后又回到我和老汤的谈话,此时的他已经是美人在怀,纯文学的梦想早已抛到脑后。这个故事叙述结构严谨,设计精巧,一环接着一环,内容丰富,语言风趣,颇有可观之处。当然这样一来,也就不太能确定作者的意思是要探讨爱情的真谛,"爱只是爱,再伟大的爱情到头来也只是爱";还是只想揭示世事的偶然,看看一个偶然导致另一个偶然,多米诺骨牌般的连锁反应是如何改变我原有生活轨迹的;抑或是想以反讽和调侃的语调书写一篇不同凡响的"元小说"。但是无论如何,这个作品还是包含了吕魁过往小说的一贯主题。令人心驰神往的舞蹈妞,依稀让人想起小染、莫塔这类为了个人奋斗而不断牺牲的"北漂"女子。

令人感到颇有意味的是,《写篇小说登〈大家〉》中的马山曾写了一篇题为《和美人告别》的小说,而与马山一样,现实中的吕魁真的有篇小说名为《和美人告别》(《山西文学》2010年第7期),尽管故事中并没有马山小说中那位念念不忘的舞蹈妞,但大体的思路却与之神似。小说吸收了校内网、超级女声、"艳照门"事件和金融危机等现实主义元素,故事却延续了吕魁一贯的模式,尤其是女性主人公的经历有些似曾相识。故事包含的是校园男女的感情倾泻和闯荡社会之后的人生体悟。其主人公"唱歌妞"夏奈,是一位永远让人猜不透的奇女子,也是让我苦苦追求未果的物质主义女孩。她不在乎奋斗的方式和途径,她的目的只有一个,那就是留下来,活下去,甚至活得更好。她沉迷在世俗的追求中,其命运如何也可想而知。次贷危机之后,"完美男"毫无征兆地失踪,连同夏奈积攒多年的财富都被席卷一空。故事最后,夏奈有没有"像明知蝴蝶飞不过沧海那般继续热爱生活,相信明天",我们并不知道,但小说结尾,她"打了一辆车,朝我的反方向开去"的画面定格带给人的淡淡忧伤却令人难以忘怀。

无论是小染、宁梓,还是莫塔、舞蹈妞,在吕魁笔下,她们并不是被否定的人物,相反,她们身上有一种与生活肉搏的力量和热情,有着令人迷醉的生命张力和青春活力。吕魁就是以这种"女性城市"的方式刻画这批"城市漂泊者"的形象的。正像作者所认同的作家汪曾祺先生所谈到的,"生活不是想象中那么好,也不是想象中那么坏",因而这些女性漂泊者也无所谓善恶的道德评价。这种"性别构型"的思路,固然体现了作者在个人奋斗的褒奖和道德主义的指责之间游移不定的状况,但在更大程度上却完美实践了"我所追求的不是深刻,而是和谐"的艺术追求。

正像吕魁一次次所说的,他的小说终是向"伟大的小人物"致敬,这些小人物不仅指的是莫塔等渴望留在城市的卑微女子,也包括那些游走在城市周边、不知何去何从的渺小的灵魂。《再见阿豪》(《百花洲》2010年第3期)是作者为数不多的没有写到女性形象的小说之一。故事里的阿豪是一个悲剧英雄,他像所有的"北漂"族一样,曾幻想着在北京这个繁华的都市打拼,但通过他那极尽艰辛却终感荒诞的故事,我们读出来的却是刻骨的悲凉。他从快递派送员开始,做到贩卖盗版碟的小贩,再到饭店服务员、房产中介,最后终于难以为继,不得不在北京奥运会开幕这举世欢腾的时刻落寞地离开。在此,拥有鸿鹄之志的小人物,虽怀抱着梦想照进现实的决心,却终究无力展望那美好却终不可及的未来。小说的结尾不禁令人五味杂陈:阿豪和成千上万的人挤在北京西客站的大屏幕前看奥运开幕式,为那震撼、壮观却终究不属于他的开幕式激动不已,在"同一个世界,同一个梦想"的虚幻想象中,为那个小女孩唱起的《歌唱祖国》而热泪盈眶。小人物承受着这个世界所强加的艰辛,却一厢情愿地妄图分享它的无上荣光,这是执着还是荒诞,是单纯抑或愚笨?小说最后,阿豪那暧昧不明的眼泪留给人们无尽的思考。

《浅生活》(《人民文学》2008年第12期)也是一篇向"伟大的小人物"致敬的作品,这篇小说以旅行游记的方式饶有兴味地描写了主人公去婺源游玩的一路见闻,并以当地摩的司机老滕和小滕充当导游为线索,记述了这两位颇富意味的底层小人物。小说的可贵之处在于一改传统底层文学的俗套,而将那些坚硬的现实都深藏在小说朴素的叙述之中。写两位小人物谋生的艰难,以及即将面临的生计风险,但也并不回避他们的小狡黠。既不拔高他们的美德,也不回避他们的缺点,这便是带着生活底色的"伟大的小人物"。作品以毫不煽情的方式,呈现那些平淡无奇的生活,其情其景全无波澜,一如生活本身。

卑微的小人物和平淡的小城生活,一直是吕魁小说的主角。小说《信仰在空中飘扬》(《山西文学》2011年第1期)多少有些寓言的意味,它以财大气粗的高中同学老邢回乡投资,从而点燃整个县城的物质欲望为线索展开。然而随着金融危机的蔓延,老邢根本没有精力和实力继续投资,他最终的消失使"我"领略了人生如过山车似的大起大落,而在此之中,似乎只有平淡才是生活应有的底色。正如小说中的黑子所说的,"我和他这辈子注定没有发财命,只能在这熟悉到不能再熟悉的小县城里日复一日地过着单调、平淡但至少安全、踏实、还算快乐的日子"。由此亦可看出,在吕魁笔下,青春和理想的飞扬固然可贵,但现世的安稳和人生的平淡或许更加值得珍视。同样事关生活的价值选择,《火车要往哪里开》(《大家》2011年第1期)提出了一个严肃而认真的问题:火车要往哪里开?小说通过"我"在乡村女友牛红红,与城市梦中情人徐菲菲之间价值选择的变化,来探讨城乡关系这一严峻的社会命题。小说不断地渲染乡下人牛红红的"土气",这无疑也是乡下人进城中的惯常笔墨,而上海姑娘徐菲菲则体现出城市人的一贯嘴脸。当然,故事的结局早已注定,城市人的精明与算计,不过是想利用"我"对付第二天的考试而已,而小县城或乡下人的淳朴才是最为稳固的社会价值。小说曾饱含深情地回忆起少年时代的"我"的乡村和县城生活:"那时候的我无忧无虑,并不知道上海在哪里,最大的乐趣是靠打零工积攒的钱去县城赶集,买几本武侠小说或是去录像厅看场枪战电影。"这样的城乡道德选择,以及所流露的原初激情式的乡村本位主义,无疑是极为传统的价值立场,但经由吕魁的朴素之笔写出却别有一番韵味。

吕魁近年来的小说呈现出较大的变化,《信仰在空中飘扬》《火车要往哪里去》《去乌兰巴托》等篇什较之以前的作品,也具有明显的区别。具体而言主要体现在,小说中女性的比重有所减少,而竭力在青春的故事之外,呈现出生活的丰富和复杂。比如他的那篇《所有的阳光都扑向雪》(《文学界》2010年第10期),作为一篇故事套故事的小说,这个作品的结构设计得比较精巧,这一点与那篇《写篇小说登〈大家〉》极其相似。那位通过网游通宵鏖战三国杀时认识的姑娘隋灵,依然像所有吕魁小说中的女主角一样,仿佛是突然之间从天而降,出现在人们的面前。小说写出了两个不同年代的人不同的生活方式,一意孤行的隋灵,依然在追求一些美好而疯狂的事情,这其中便包括"去一个陌生城市见一位陌生异性网友,和他共处一夜,并听他讲一个爱情故事"。而与隋灵不同,"我"或者也包括武青青,都已充分领略了生活的庸俗。然而,无论是现实中的我,还是隋灵,抑或是老秦与武青青,"所有的阳光都扑向雪",这也表明世间的爱情都具有殊途同归的结局:"再怎么缠绵悱恻,曲折动人,到头来无非就是你深深地爱着我,而我却渐渐地不再爱你。或者是你移情别恋爱上了他人,我仍在原地痴痴等你。……总而言之,理由有千百个,结局只有一种,在分手这件事情上,没人能免俗。"这其实也表明了吕魁小说一贯的主题,即人生飞扬与生活庸俗的辩证关系。也正是在这个意义上,有评论者将它视为一篇成长小说,它见证的是"一个从青年到中年的故事""一个从激情走向平淡的故事""一个从诗意走向庸常的故事",甚至是"一个从生到死的故事"[①]。

这些成长的轨迹,从吕魁小说一个个创伤性的事件便可看出。吕魁笔下的青春往往终结于一件创伤性的事件,这也是人生的飞扬走向世俗与庸常的起点。比如《小染》中的三个年轻人的离散源于一场濒死的殴斗;《少年行》的结尾之处,人物情感矛盾的激化而将故事所引向的残酷境地。而在《去乌兰巴托》(《文学界》2011年第11期)中,也是一场突如其来的杀戮打破了三个年轻人去往乌兰巴托的计划。而这篇小说的开头则在墨县的季节上大做文章,夏季的游泳池和冬季的火锅,三个小城青年"子承父业,代代相传",日复一日地重复着单调的生活,而聚会则成了可怖的日常生活的必要的调剂。就像吕魁小说所惯常使用的那样,一位热情、漂亮的女子从天而降,成为这个平庸生活的一抹亮色。而去乌兰巴托,也是这群眺望梦想的小城青年追求别样生活的契机,然而一场突如其来的意外,使这卑微的梦想烟消云散。这些创伤性事件的意义,无疑在于使得浪漫的理想与坚硬的现实劈面相迎。然而,青春之后的故事该如何讲述?或许那飞扬的理想和激情终将化为泡影,而成长之路上的少男少女们也会像小染、莫塔,抑或吕魁小说中更多的主人公那样,在与现实短兵相接的过程中与生活达成妥协。自此,无忧无虑的青春时代宣告结束,生活本身也在青春终结之后显露出世俗的残酷面貌。吕魁的小说就是以这样的方式书写同龄

[①] 汪政、刘忠、李云雷:《爱情的存在方式与讲述爱情的方式——〈所有的阳光扑向雪〉三人谈》,《小说选刊》2010年第11期。

人的当下境遇,正如他所秉持"小说永远不会比生活精彩"的理念,他笔下那些纯真与世俗的辩证故事写得并不颓废悲观,而是心怀怜悯和同情。一切都极为自然,虽不深刻,但却和谐。当然,年轻的吕魁目前的作品还不多,所涉及的生活面也并不广阔,好在一切才刚开始,我们有理由对他的写作抱以期待。

四 南飞雁:世俗生活与官场叙事

如果仅仅以出生年代来看,将1980年的南飞雁称为"80后"作家,想必没有太大的问题。然而,就像所有生于80年代的写作者一样,年逾而立的南飞雁并不希望人们将他与那些同龄的青春写手们混为一谈。这并不是为了标榜某种自命不凡的独特个性,而是低调地与那些流行的风尚保持距离,坚持自己独守一隅的写作方式。毕竟,在南飞雁的小说世界里,我们绝难看到那些以"80后"的名义所任意挥洒的青春、理想与激情,那些四散流溢的童年回忆,不可一世的幼稚梦想和徒劳无益的悲情感伤。作为一位少年老成的写作者,南飞雁在写作风貌上与他的同龄人形成了鲜明的分野。尽管他早年的作品也曾清晰地显现出青春文学的印记,但近期在《十月》《人民文学》等刊物发表的《红酒》(《十月》2009年第1期)、《暧昧》(《十月》2009年第5期)、《叫一声同志,弗拉基米尔·伊里奇》(《人民文学》2010年第1期)、《灯泡》(《人民文学》2010年第5期),和《空位》(《人民文学》2012年第4期)等不多的小说,却为我们营造了一个别样的官场世界,一个对于"80后"作家来说是如此陌生而难以描摹的所在,由此也折射出现实和当下的世俗生活。

就像所有的"80后"作家一样,南飞雁在写作之初,也多是带着青春年少的激情,书写流行的校园故事。出版于2001年的长篇小说处女作《冰蓝世界》(长江文艺出版社,2001年),便读来颇有当年韩寒

《三重门》的神韵。然而随着年岁的增长,在紧接着出版的两个长篇《大路朝天》(海峡文艺出版社,2002年)和《大学无烦恼》(河南文艺出版社,2002年)中,南飞雁不出所料地将叙事中心从"沙川高中"转移到了"平嘉大学"。如果说前者以钱钟书式的讽喻笔墨,呈现了当代高校校园生活的浮华与功利,那么后者则倾情书写了一代人的青春和成长。此后,带着"终结校园文学"的野心,少年成名的南飞雁开始处理象牙塔外广阔而复杂的社会现实。现在看来,《梦里不知身是客》(河南文艺出版社,2005年)和《幸福的过山车》(河南人民出版社,2005年)两部作品,虽脱不开商业写作的噱头,但终究以一代大学生对理想的追求与挫败,显现出对世道人心的观察,对时代权力结构以及挣扎其间的卑微灵魂的细致入微的探寻。这些微妙的元素在某种程度上为他此后的创作打下了坚实的基础。

当然,在此值得一提的还有他出版于2007年的长篇历史小说《大瓷商》(河南文艺出版社,2007年)。作为影视集团的编剧工作者,一个与剧本打交道的小说家,此类题材的写作或许只是出于工作的需要。但正如其所言的,这也是一部"赌气"之作,他带着诚意向历史叫板,也是对其地域文化的一份交代,当然也是对自我创作的一次超越。毕竟,豫商的故事可不是年轻的南飞雁挥洒一点才情便一蹴而就的,它所要求的知识积累和田野考察,有着让人畏惧的繁琐与艰辛。然而,南飞雁用了两年的心血终于出色地完成了这部使命般的著作。事实也证明,这是一次实实在在的历史写作,一次步履坚实的重返和再现。

尽管南飞雁此前的小说不乏精彩的篇章,但这毕竟只是商业写作的一部分,从纯文学的角度来看,我们理应瞩目于他新近发表于《十月》和《人民文学》等杂志的几篇小说。由此也可看出这种转型的重要意义:当他的同龄人还沉溺在漫无边际的青春想象和奇幻世界的时候,南飞雁已经惊人地展开了他对于时代经验和社会万象的书写,这无疑是弥足珍贵的文学行动。

首先映入人眼帘的是《红酒》和《暧昧》这对"暧昧系列"姐妹篇。二者都是中年男人官场加恋爱的情感故事，其间极为微妙地呈现出的中年心态和复杂情绪着实令人惊叹。其实中年男人这个话题本身就具备了诸多暧昧的因素，一边是仕途压力，一边是情感危机，二者的结合便是暧昧故事的范本。而在此之中，官场也好，恋爱也罢，也都是俗世生活的一部分，都是微妙人心和琐屑生活的原生状态。读这两篇小说，不由让人想起他的河南前辈作家刘震云的《单位》《官人》等系列小说，那些工于心计的官场中人和他们的凡尘琐事，总是让人唏嘘不已。而在南飞雁这里，官场小说的标签似乎并不恰切，而那个早已作古的历史名词——新写实则大有被重新诠释的意味。

《红酒》写的是一个官场中人的生活故事，作品不似一般官场小说那样将重点放在权谋机变的官场斗争上，而是突出表现年近中年、事业顺利的离婚男子简方平在情感与事业纠结中的生存状态。就像一位评论者所说的，"小说不是想写一个中年官员的风流史，而是要写他在这感情无常当中与世界、与自己、与这些女子的交锋、伤亡、撤退和休整"。在此，无论是刘晶莉、王雅竺，还是沈依娜，这些身份不同、气场各异的女子，都注定只是这位外表强大但内心脆弱的中年男子感情生活的匆匆过客。而一再出现的红酒则是一个绝妙的道具，也是整篇小说的暧昧标识。纵观全篇，小说最可贵的是写出了中年男人的勇敢与怯懦、矛盾与无奈，一种精明算计的攻守和患得患失的犹疑，而这一切都被浓烈的暧昧情绪牢牢掩盖，其间的苦楚与痛感呼之欲出。

或许是对于《红酒》中的暧昧故事并不尽兴，南飞雁随后又专门写了一篇小说，题目就叫《暧昧》。这个小说同样是以官场加恋爱的模式，将写作聚焦对准了志在升迁的中年男人。如果说《红酒》讲述的是一个男人和他精心酝酿的"精致生活"的故事，那么在《暧昧》中，这种官场与情爱的纠葛与冲突则被聂于川和徐佩蓉演绎得更加传神，而二者之间的暧昧也更加直白、坦荡。仔细读来便可发现，《暧昧》中的聂于川其实并不爱徐佩蓉,甚至在他蜗牛般向上攀爬的官场生活中根本就没有爱情的位置。也许是妻子在背叛中的死去让他万念俱灰,也许是光芒万丈的正处位置让他无心分神,总之当离异的徐佩蓉向他投怀送抱时,他依然不为所动。然而,徐佩蓉那深不可测的背景,以及轻易便给他带来的甜头,终究让他怦然心动,官场中人当然明白"上边有人"的重要意义,然而,《暧昧》中的徐佩蓉却像一口深不可测的水井,让人巴结谄媚,又让人紧张万分。吸引和畏惧同样纠缠着男主人公聂于川。一方面,他迫切希望利用徐佩蓉的关系去争取正处的位置,另一方面,又对徐的底细缺乏了解,害怕引火烧身。于是,他决定玩一个既可获取利益又能规避风险的暧昧游戏,在此,暧昧无疑是一个进可攻、退可守的理想状态。他就像契诃夫笔下那个"装在套子里的人"一样,在暧昧的游戏中蹑手蹑脚,小心翼翼。暧昧是一场盛大的成人游戏,也是一次惊心动魄的高级调情,其间穿插着欲擒故纵、欲迎还拒的把戏,一会儿是"毫无征兆的主动",紧接着是"突如其来的冷淡"。两人都在得失之间一步步精心算计着,试探着,前进着。然而,正当聂于川志得意满,以为在这场"有益无害的暧昧"游戏中胜券在握的时候,官场的变局终究让他的如意算盘落了空。当然故事最终,仁慈的作者并没有让男主人公一败涂地,行将退休的老孙给了他莫大的希望,而官场的受挫也使他放开了束缚,抓住眼前那个当初他并不爱的女人,成了生活最后的希望。就像张爱玲的小说《倾城之恋》那样,在一场旷古未有的高级调情之后,却是一座城市的沦陷促成了两个并不相爱的人的结合,乱世之中唯有抓住一个男人或者一个女人,才是最为实在的东西。官场的变局使得徐佩蓉意外地结束了没完没了的暧昧游戏,抓住了自己心仪的男人,而对于聂于川来说,挫折之后,眼前的这个女人也成了唯一实在的东西。

一位作家说得好:"深谙小说奥秘的一流小说家,都明白这样一个道理:人性是小说的最后深度。"人在官场,追求职务提升是自然而然的事。可是在追求的过程中，人的进取心、羞耻心、智慧、狡诈、贪婪、无奈、堕落等性格都会被集中表现出来，在某种程度上可以说，官场是人性表现最彻底的地方。然而当官场与爱情结合在一起时，这种世俗生活和人生境遇便更能体现出一种独有的意味，使我们得以在主人公们进退维谷的境遇中窥探一种人性的深度。

南飞雁的小说其实并不限于官场题材，比如那篇《叫一声同志，弗拉基米尔·伊里奇》，便包含着极为深广的文化忧思。这或可看作一个关于忠诚和梦想的"北漂"故事。小说一开头便交代了小蔺在北京影视圈的落魄遭遇，闯荡多年没折腾出个名堂，而在负债累累之后，不得不将自己最宝贵的短片母带《伊里奇三打冬宫》抵押给哥们儿大闯。而他相恋多年的女友也宣告分手，自己也最终从浮华的京城回到寂寞的老家小县城。然而小说的精妙之处在于，真正的重心恰是从小蔺返回小县城之后展开的，并由此牵扯出他的父亲老蔺，在颓败的文化馆的寓言意义中呈现他艰辛而屈辱的过往，并由此彰显某种关于时代的文化思考。

小说之中，老蔺是一位传统豫剧文化的传承人，他一辈子与《伊里奇三打冬宫》结下了不解之缘，如小说所言的，"荣辱起伏，全在这戏上了"。早在这个剧本创作之初，老蔺便因为参加"拼戏"得罪了老对头武艺皋而遭遇牢狱之灾。多年以后，他用这个剧本参加省里比赛，却又被武艺皋打压、盗用，一辈子未能得志。于是，他将希望寄托在儿子身上，然而小蔺混迹京城，也境况不佳。老蔺看出儿子的不如意，遂将儿子的名字署到自己的剧本上，以寄托父子之间有关望子成龙的卑微深情。可剧本依然无人问津，还遭到奚落。然而小说的高潮正在于最后笔会时，老蔺震惊全场的唱词，他一举扭转了剧本被奚落的命运。可最终情节的斗转却让人心惊，正当老蔺以为完成了一辈子最大的心愿之时，电视中却传来不幸的消息：这凝结着父子两代人心血的剧本成了他人的作品。

这是一个多少有点曲折的小说，其中戏剧性的地方不禁让人感慨万端，然而小说的深刻之处并不在于父子两代人令人扼腕叹息的命运，而在于极为尖锐地写出了时代的文化颓败感。小说之中，老蔺在文化馆的遭遇，便表征着文化人在当下社会所面临的屈辱。当今之时，文化在这个商业社会中的卑微处境令人触目惊心。传统戏曲的没落，文化馆被卖给了娱乐中心，而传统技艺的传承人，也不得不沦落到为猪饲料厂征集广告词的境地，这是何等讽刺的场景？小说不动声色地将此揭示了出来，由此亦可看出，作者忧虑的正是中国优秀的传统文化的命运。在如今这个拜金主义和快餐文化盛行的年代，文化如同暗夜里漂浮不定的小舟，令人忧心忡忡却又无可奈何。

在《叫一声同志，弗拉基米尔·伊里奇》之后，南飞雁最近的两篇小说又转向了自己熟悉的官场题材。《灯泡》同样是发生在七厅的故事，讲述的是一个"心直嘴黑"的官场"捣蛋分子"，重新融入游戏规则的过程。小说主人公穆山北"二十二岁扎根七厅，是个办事员，如今四十二岁，官至副科长。二十年里共换了五个处室，跟四位处长反目，和多个同事打架，三次被考核为'不称职'，诫勉谈话可以忽略，不是太少，而是太多"。这一切都是因为他"嘴黑"，十几年来他一直"当灯泡，说黑话，让人不自在"。在此，"嘴黑"其实并非真正的"黑"，恰指的是他一身正气，却不为官场所容，而被一致视为眼中钉。当然，小说的戏剧性也正发生在他向现实妥协、寻求改变的过程中，因此他的自我救赎的意义，也多少显示出几分悲壮的荒诞感。正如小说中所言，一贯的正直和确有其才不仅没能使穆山北获得半点提拔，反而使他在现实中处处碰壁，这不禁让他身心俱疲，"他想，世上的灯，总归明明灭灭，而自己这盏灯已经点亮许久，也该熄灭了"。然而，问题的尴尬在于，"以前灯泡闪耀肆无忌惮，还没人敢公开批评当面训斥，可现在尾巴也夹了，反骨也拔了，倒成了受窝囊气的小媳妇，任人呼来叱去，还不能声辩"。

小说通过穆山北的遭遇和其后命运的戏剧性的转圜，深刻揭示了当下官场的政治生态。而其批判的意义不仅体现在借田父之口说出了"七厅里，君子怕是早绝种了"的事实，并以此揭示官场的荒唐和龌龊，而且还以"不著一字，尽得风流"的辛辣嘲讽让官员们的丑恶嘴脸跃然纸上。小说之中，小穆夫妇风雪中艰难谋生，却并不能博得同事的同情，官场中人的冷漠可见一斑；而老干部的扑克比赛中，为了区区奖品，退休的官员反目成仇，互揭老底则更显出几分滑稽。除此之外，官场的复杂生态和裙带关系，都通过他诙谐而入木三分的笔力，不动声色但却触目惊心地呈现了出来。由此，"嘴黑"的意义也顺理成章地被阐释为"所谓黑嘴，也不过是说几句真话，发几句牢骚"，绝非穆山北真的"嘴黑"，实乃机关里处处黑，是人心之黑和官僚体制之黑。小说最后，融入规则的穆山北终于获得了提拔，使得这个颇具悲剧色彩的故事获得了一点荒诞的喜感，这便恰似鲁迅的《狂人日记》包含的悲剧、喜感和荒诞。"狂人"的点睛之笔绝非他的"狂"和所患之"迫害症"，而是小说序言交代的"然已早愈，赴某地候补"中所氤氲的反讽和荒诞，而穆山北从一个"嘴黑"者走向"缄默不语"，最后喜获提拔，不正是这个荒诞故事的翻版吗？

《空位》是南飞雁近期发表在《人民文学》上的一个中篇，也是一篇颇有深度的官场小说。在当今现实生活中，对于一般老百姓来说，谋取一个满意的职位或许是相当困难的，然而《空位》的深意恰在于呈现出那些有职无权的闲职、副职的子女们（所谓"官二代"），如此卑微地争夺"空位"的过程。小说开头便是小蒙修理堵塞的厕所一段，这不禁让人想起当年刘震云《官人》的开篇。官场的故事，却从屎尿横溢的厕所开始写起，其间的深意不言自明。当然，向前辈致敬的南飞雁，并没有亦步亦趋地书写"往厕所对面的会议室爬"的"大尾巴蛆"，但整篇小说还是颇具当年新写实的风范。小说之中，小蒙的父亲老蒙作为七处的领导班子成员，虽贵为"副院级"，但在院里没有实职，也没有具体分工，实则属于边缘人物。而他的儿子小蒙则是工勤杂务而已，并非正式编制，托父亲"空位"的福，从司机班调到了院办。于是，整个小说便围绕小蒙觊觎"空位"，寻求转正的事件而展开。其间最为精彩的莫过于小蒙与韩晓嫣官场"拼爹"的一段，二人都由身为"刀笔吏"的父亲代写材料以谋得职业发展，于是二人展开了一番明争暗斗。然而最终，拥有实权的科长还是战胜了坐着空位的"副院级"。体制内或职场中的个人为了前程而作的殊死搏斗，虽没明言却寒气逼人。《空位》中让人略感荒诞却触目惊心的是，晓嫣为了"空位"而投怀送抱，美如为了前途甘愿被公司领导"潜规则"，由此可观，权力的结构不仅仅局限于官场，而是一切社会结构的实质。小人物的官场算计和不择手段着实令人心惊，然而更为巧妙的是，南飞雁的小说每每都要在结尾之处留下"日子好过了"的信号，似乎人物的窘境开始有了转机，并没有以悲剧收场，却反而显现出反讽和凄凉的迹象。

　　雷达先生曾说："官场是政治、经济、欲望、人性的集中碰撞之地，官场的精神生态，决定着整个社会的政治文明状态。"在中国这样一个官本位思想根深蒂固的国度，官场成为凝结所有人欲望、理智、拼搏、奋斗的核心场合，这样一个巨大的空间成了创作者无法回避的题材源泉。无论是早先的《红酒》《暧昧》，还是如今的《灯泡》《空位》，南飞雁的小说惊心动魄地揭示了难得一见的官场生态，同时也撩开了这世俗生活的神秘面纱。就像作者自己所说的，"这些主人公都是身处官场的人物，同时也是世俗生活的一员，因而他们的一言一行，一举一动，都是我们司空见惯的"。由此可见，年轻的南飞雁只是在书写我们所熟悉，但却一直未能明言的现实生活。

　　确实，世俗生活是丰富多彩的，本身就蕴含着无穷的可能性。南飞雁的小说没有那种阴郁的晦暗，明快的叙事中饱含着无奈的反讽，面对官场之殇和体制之痛，字里行间虽诸多嬉笑的比喻和调侃，但嘲讽背后却是对人物情感状态的精准描摹。一切都显得极为冷静和节制，情感倾向深藏不露，价值的判断只随人物和叙事自然流淌。而他对叙事的控制与把握亦显自如，超出年龄的老练令人深深折服。而就其语言，比喻精准而巧妙，俏皮之处显现出诙谐与生动，精彩之处不禁令人叫绝。

总而言之，自称文学只是爱好而非谋生手段的南飞雁，想必对自己的写作有着更多的苛求，但业余的心态也让他更显从容，这使得他转型之后的作品虽然不多，但篇篇精彩。而更为难得的是，巨大的写作野心，使这位年轻的写作者敢于挑战不同的生活侧面，去探索世俗生活中难以呈现的角落。当然，南飞雁写作转型不久，作品还少，妄论其艺术成就之类还为时过早，一切都留待将来，但从目前的情形来看，我们有理由对他的写作给予更多的期待。

五　陈崇正：云山雾罩半步村

作为一位小说家，陈崇正并不高产，只有两部小说集《宿命飘摇的裙摆》和《此外无他》，以及零星发表的一些中短篇作品。从文学题材来看，陈崇正的写作极为芜杂，各种题材交相辉映，比如《半步村叙事》《香蕉林密室》等讲述的是玄之又玄的乡村故事，而《视若无睹》《我有青鸟，不翼而飞》则涉及沉重的城市题材，再比如《病刀》《梅花黑手镯》等居然包含着不落俗套的武侠元素。当然在此，各种不同的故事和各式各样的人物都旨在通过不同的人生境遇展现出人性的丰饶与复杂，以及作者对此的独特理解和感受。正如评论者所说的，"（陈崇正）早已像一个真正的小说家那样，从一个时代的精神现象入手，去揭示我们所面临的种种生存意义上的困境了"。确实，陈崇正不断地探索心灵的边界和小说的极限，如其所言，"活着，唯求一点真诚，此外无他"。在他的文学世界里，我们绝难看到那些以"80后"的名义所任意挥洒的青春、理想与激情，尽管其间也因叙事的芜杂和主题的涣散，而呈现出诸多不足之处,但其自觉的文学意识和敏锐的现实观察,以及隐含其中的对个体生存困境的揭示,依然给人留下了深刻的印象。纵观其小说,当然不乏笔力幼稚的习作,但多数作品显现出的艺术风貌却也着实令人惊叹,其揭示的问题也具有直逼人心的力量。

对于陈崇正来说,最能体现他创作水准也最具文学意义的,当属他以半步村为地标编织的一系列小说。就像莫言笔下声名卓著的高密东北乡一样,陈崇正的叙事也试图通过东州、碧河、十二指街等不断重复的地理空间,来建构属于自己的独特文学世界,这便是半步村的世界,一个包含着历史记忆和现实境遇的亦真亦幻的文学空间。这个别具一格的文学世界,便可照见陈崇正小说的整体风貌和艺术情怀,从中亦可看出"80 后"乡村叙事的独特意义。

关于半步村的世界在自己写作中的重要意义,陈崇正曾这样谈道:"我依然把人物放在半步村,放在碧河岸边,那是我熟悉的风景,我知道人物只有到那儿,那个我虚构的乐土,他们才会迸发开口歌唱的激情。与此相关的地方还有美人城和十二指街。它们都是我创造出来的宠儿,这样的土地是有灵气的,他们开始说话,并悄悄地滋养着我的人物。"[①] 对于陈崇正来说,半步村是"一个漂浮在记忆之中的村庄",正如《半步村叙事》的开头所昭示的,那些"骆驼般起伏的群山绵延环绕,形成足够的真空让它可以独立于历史之外,又布满历史的斑纹"。这种"时间上滞后,空间上特异"的乡村形象,不由让人想起既往文学中流行的文明与愚昧的冲突、第三世界民族寓言等宏大命题,然而陈崇正的写作终究与此无关。他在历史化的极限之外,开辟了一条不拘一格的写作之路。在他笔下,半步村的封闭、蛮荒,它那极具野性的文明史,似乎包含着一种兼具杂糅风格的邪性美学特征,但其终极思考

[①] 陈崇正:《小说应该书写"生存感觉"——〈我的恐惧是一只黑鸟〉创作谈》,参见"陈崇正的博客"2008 年 6 月 12 日。

却是严肃而认真的。

《半步村叙事》一开头便设置了一个悬疑,"那些说话漫不经心的老人,那些在大山里悄悄发生着的故事:钱书琴是如何由一个美人儿变成一个关在石屋中不穿衣服的疯婆娘?何数学在害怕什么?钱老爷子为什么有那么多钱?"总而言之,"这大山里面,到底还隐藏着怎样的秘密?"沿着这撩人心扉的秘密一路溯源,小说也在剥茧抽丝之后,将村庄的现实与过往,那些影影绰绰的马贼故事,令人惊悚的历史传闻渐次呈现出来。其中也夹杂着野史、轶事和不堪回首的个人记忆,使小说显示出复杂丰饶的面貌。小说值得称道的是,以多重第一人称叙事的方式,呈现了一个复杂立体的半步村的世界,它的历史和现实,它被遮蔽的真相和显影的事实不断地撞击缠绕,进而在这遮蔽与敞开之间形成某种张力。这不是一个层层剥笋、追根溯源的小说,而是一个立体式的交相辉映、互相照见的作品。小说之中,无论是钱小门的检讨、宁夏的叙述,还是麻阿婆的讲述,抑或钱少爷的自白,都并非解构主义式的文本嬉戏,也非罗生门式的真相困局,而毋宁说是对历史的全方位的合围,一次别开生面的再现,由此得以廓清历史的空白与褶皱。当然小说的年代跨度也是巨大的,亦可从中看到现实那一星半点的痕迹,比如乡村基层政治生态的险恶,但这些都并非小说的重点。

陈崇正的高妙之处在于呈现了文本的芜杂,然而这位以想象力见长的作家最后又将这些芜杂弃之不顾,换言之,他将各种叙事碎片汇聚一处,却并不侧重彰显其中的耀眼光芒,而是瞩目于一种难以洞见的形而上的命题,譬如恐惧,捕捉笼罩在钱小门一家三代人身上的恐惧;再比如命运,突显小说人物作为命运的囚徒的自白……或许,在奇绝的历史想象和惊悚的情节编织之外,唯有人性深处的恐惧与不安,以及对人类命运的深深敬畏,才能支撑起作为小说家的陈崇正对这个世界的严肃思考。

小说《香蕉林秘室》同样讲述的是半步村的故事，然而不同之处在于，陈崇正将社会现实融会到了这个作品之中，从而赋予了半步村这个虚构文学空间某种现实性。小说所彰显的现实生活的坚硬质地，很大程度在于直指了计划生育这个中国独有的敏感议题。当然，这个话题在同龄的"80后"作家那里并不少见，比如湖南作家郑小驴便有一系列关于此议题的小说作品。或许相对于莫言在小说《蛙》中所做的历史阐释，计划生育在陈崇正、郑小驴等更年轻的乡村亲历者那里，有着别样的刻骨记忆。正因为存在着这样的现实元素，这个多少包含一些玩世不恭、荒诞调笑，乃至闹剧风格的小说，骤然有了严肃的意味。

这注定是一篇与生殖有关的小说，开头那段阉猪匠二叔陈大同颇具声势的出场便是明证。然而叙述的延宕，却使小说的核心情节来得慢了一些。确切地说，从阉猪到捕蛇，再到经营香蕉林，直到二叔的香蕉林王国和他的密室成为收纳那些无处藏身之人的避难所，故事的基本地理单元才浮出水面。在此，陈崇正犹如一位调皮的叙事者，在枝枝蔓蔓，虚虚实实，乃至饶有意味地叙述了一些互无关联但却富有意义的细节之后，小说进展渐半之时才幡然醒悟，觉察出自己要讲述的重点所在，并坚定不移地走下去。

这样的叙事方式确实值得讨论。在此，借用评论家李德南的说法，"《香蕉林密室》这一文本，在叙事上是花了心思和气力的，有一个宏大的、复杂的、框架式的结构，又特别重视小的、绵密的、细部组织的结构，或者说肌理。如同建造一个香蕉林密室需要付出巨大的心思和精力，创造一个叙事的迷宫，也需要殚精竭虑。"[①] 确实，在半步村这个架空的文学世界，因为某些叙事细节的存在，小说具有了难得的质感。这或许正是小说在情节的延宕之外的意外收获。小说不仅要讲述一个具有意义的故事，还要在这个故事的地基上建构一个别样的世界，这

---

① 李德南：《途中之镜——陈崇正的叙事美学》，《创作与评论》2013年第9期。

个世界裹挟着生活本身的洪流。当然，这种细节的洪流或许对于一部长篇小说来说意义非凡，长篇的容量决定它需要不断地延宕、摇摆，通过叙事细节所展开的迂回缓慢推进，但对于一个中篇或短篇小说来说，需要的可能正是某种单刀直入的勇气和魄力。

《寄魂》和《你所不知道的》也同样属于半步村系列小说，这两篇小说颇有些科幻文学的影子，也都在一种不拘一格的手法中，体现出作者对当代乡村现实的深沉思考。《寄魂》从具有传奇色彩的破爷重返半步村开始讲起。作为一位赎罪者，破爷的归来不仅是要治愈笼罩半步村的树皮人病，更是带着救治人心的目的而来。小说的惊人之处在于借用了科幻的外壳，以现代（或后现代）科技的名义，在半步村的土地上摆出了一尊幻想之物——魂机——作为小说的核心道具。按照小说的说法，魂机的主要功能在于收集人们的记忆，并将之公布于众，这便使得一切肮脏的思想都无处可逃。作为一位"80后"生人，陈崇正的创作灵感可能来自于那道著名的高考作文题——假如记忆可以移植，但他的深刻之处在于，将此命题引入到信仰世界重建的高度，从而具有了超善恶的伦理意义。正像小说中人物所说的，"你不懂，对于这个由谎言支持的世界，一台具有记忆储存功能及善恶分析功能的机器，就相当于一个上帝，有了它，我们就能够建立半步村的新的信仰，古人说头顶三尺有神明，古人又说人在做天在看，所以古人心存畏惧，很多恶念也因为敬畏而消散；而眼下科学消除了迷信，神明也不信了，恶人无所畏惧，便更加横行霸道。魂机就是利用科学的原理，修复了被科学伤害的旧伦理旧系统，它收集完记忆之后，就成为无所不知的上帝"。如果说不再淳朴的半步村为树皮人疾病所困扰，只是因为这"是报应，是树木对砍树的男人的恶毒报复，是一命抵一命"，那么更为恐怖的则在于，如今的半步村沉浸在暴力、奸情，乃至谎言编织的世界中无法自拔。尽管幻想中的魂机不仅能治愈树皮人病，也是治愈人心的利器，但是如此神器却终究难以抵挡人性之恶，最终也被内心龌龊之人砸碎。

小说最后："在废弃的魂庙中被蛇鼠寄居过的魂机长了一层绿色的苔藓，没有人知道它光辉和愁苦的过去，就如没有人知道魂机中埋藏的记忆险些便转化为集体的恐惧，转化为一种改变谎言世界的动力。"于是，魂机成了一种绝妙的隐喻，照见了当下的世道人心。当今之时，乡村的淳朴已被侵蚀，呈现出溃败的迹象，诗意的消失，疾病的蔓延，信仰世界的坍塌，实利主义无孔不入，凡此种种，无不令人心痛。好在陈崇正用他深沉的理想主义和改变谎言世界的决心，在乡村诗意的溃败之后，为窘迫的现实提供了难得的人文思考，这样的信念和情怀终究难能可贵。

《你所不知道的》也从侧面呈现了当下乡村的严峻现实。故事讲述的是多年之后离婚的"我"重返半步村，这时候就连当年的矮胖子叔叔也已死去，而古老的乡村也为生存所迫，在苗姑姑的带领下干起了拐卖儿童的勾当。当然，小说的重点不在于一味突出现实的严峻，而在于显示叙事的高妙，比如对出人意料的结尾的设计，甚至超过了对作品意义的关心。小说最后，一路设下伏笔的故事出现了一个意味深长的回环，小丁的手指保住了，但苗姑姑却无力回天，人贩子集团中的基层分子受到了应有的惩罚，但高层却逍遥法外，而在此之中，那位搅局的神秘女子的真实身份已然不再重要了。同样的问题也出现在《若隐若现》中，这个欢喜岭的故事又何尝没有半步村的影子？然而，故事所有的叙事似乎只是为了成全最后情节的戏剧性斗转，小说最后，"我"的妻子居然就是代号为AK47的乞丐帮中人，她只是破爷的一颗棋子，因此所有的故事都变成了围绕"我"所设置的一个圈套。或多或少，这都有些用力过猛的嫌疑。

在陈崇正的小说世界里，半步村如此重要，以至于当他将目光转向城市之时，也一次次重返这个古老的乡村。《幸福彼此平行》中"我"的重返，便来源于"生活的网将人死死网住"，让人看不到头的"日复一日的岁月"，陷入生活而无法自拔的主人公在偶然间来到了半步村。

此时的他却开始回忆起自己的大学同学莫小帘,那个没有安全感却终究被城市所侵蚀的女孩。在此,无法独处的城市和回不去的乡村,摆在我和莫小帘的面前,面对千疮百孔的生活,幸福又在何方?就像小说最后所说的,"我认识的那个莫小帘,大概会像一盏白纸糊成的孔明灯,随着海涛声漂浮在天地之间的某个角落"。

我们一向指责"80后"作家们的写作缺乏现实感,但陈崇正的小说却通过半步村这个"漂浮在记忆中的村庄"极为顽强地表达了一种现实性。当然,可能是由于生活积淀不够,也可能是基于创作理念的原因,陈崇正无意于发挥或放大这种现实,而更多在一种略显复杂的叙事之外追求一种情绪性的表达。正如他一向所主张的,小说要写人的"生存感觉",围绕某种感觉,叙事的表达有时候是精准的,比如《我的恐惧是一只黑鸟》中,将农民对火葬的恐惧上升到无以复加的地步,最终以一种闹剧的方式完满地解决;再比如《视若无睹》以底层小说的灰暗调子,冷静而刻骨得描摹出小人物的卑微之感;而《凤凰单车的时间简谱》则以极富传奇性的笔墨勾勒出了主人公凌国庆,在有些荒诞的故事中极严肃地探讨了有关宿命的问题;然而有时候的叙事就未必那么恰切,用评论者的话说就是,"把太多所谓的精神命题在同一部作品中表达",反而显得凌乱而干扰了叙事的达成。

好在通过最近的几部作品可以看出,陈崇正已在着力解决这方面的问题。《停顿客栈》同样以半步村叙事为背景,但人物的行动却相对单纯,没有太多枝蔓的成分:记忆力减退的金满楼依然没有从老伴之死的阴影中走出;老魔术师余大乐则执着寻找着失踪多年的儿子,而他儿子其实仍在人世,隐姓埋名为"铁面法师",只想有朝一日成为表演团的首席魔术师;留守乡村的少年金大卫百般讨好离婚女人张爱微,只为获得爱欲的填补;而性虐狂张爱微却一心想着盘下停顿客栈,做她的武侠主题餐厅;每个人都兜兜转转,看似荒诞无稽的行为背后,都潜藏着不堪回首的过往与内在生命的创伤。当然,这一切都还是在鸡鸣病的阴影笼罩之下发生的。而无论是树皮病,还是鸡鸣病,陈崇正非凡的杜撰,都是将其视为现代文明的病症,尤其是这里的鸡鸣病,看起来让人不寒而栗,却有着令人难以置信的解药,小说结尾人们颇为荒诞地发现,臭不可闻的鸡屎才是这一席卷城市的瘟疫的解药。由此似乎可以清晰见出作者所言及的"社会失衡背后的现实隐喻"。

如果说半步村叙事中的奇崛意象可以见出陈崇正作品诡异的想象力,那么被他经营得有声有色的城市题材序列,则可看出他杂糅传奇小说和严肃文学的独特功力。对此而言颇为可喜的是,他并不满足于编织一个个有趣的故事,而是将这些鲜活有力的当代经验,以其独特的悲喜剧方式演绎出来,由此证明自己对当下社会结构与世道人心的深切体察。《裸奔时代》通过小偷角色的串联功能,作为"一种贫乏时代的表征"。小说之中,房地产升温、强制拆迁、慈善丑闻、学校教育等错综复杂的当代经验被并置起来,在这些问题之中出人意料地展现出社会结构的整体面貌。《消失的匕首》同样是都市里一幕常见的场景,但其呈现的方式却极为自然随性,小说里女主人公屁股中刀的荒诞,也难以化解夺包少年一家的悲剧性命运,因而平淡无奇的故事其实蕴藏着"无处话凄凉"的悲怆。《没有翅膀的树》写城市小人物的卑微处境,也自有其独特的风貌。在瞒和骗已成为当下人们生存的常规手段时,老实人段碧君的生活之艰难可想而知,小说最后,为了儿子能够顺利上学,他和自己年迈的父亲无比荒诞而又悲怆地走上了"碰瓷"之路,以此证明老实人心酸的"顿悟"才是让人无比沉重的现实。

尽管有时候,陈崇正的小说情节显得过于复杂,以至于往往在阅读的中途不得不一次次停下来,重新清理人物之间的关系,审视他们的过往和现实境遇,但他近期的作品则在努力排除一些旁逸斜出的元素,显得更为简洁,所欲表达的问题也更为清晰。这也可能与他最近在各类专栏中对现实的积极发言有关。这种现实问题的介入,当然有利于推进其小说思索的深度,但有时候先入之见的明快,也许也会伤害这种观察的广度,毕竟,小说的目的在于呈现不同的生活,而非急于找到解决问题的答案。总的来说,他不断地逃离,从既有的美学序列中滑脱出去,不落俗套,虽不惜掺杂些许玩世不恭、欢腾喧闹的狂欢因子,但他终究在饱含诚意地追求一种有力量的表达,力图触摸现实存在的质感。这是一个视写作为生命的作家,亦是对文学寄予更多追求的作家,借助小说的形式,他正在努力发出不平凡的声音。我们也注定将在以后的日子里反复聆听这种声音。

六 飞氘:"奇点时代"的"故事新编"

近年来,中国科幻新生代作家不断壮大且日渐成熟,他们共同缔造了当下中国科幻文学的繁荣。这群作家所带来的完全不一样的科幻观念足以使人侧目,用《科幻文学》主编姚海军的话说,"新生代革新了长期处于科普羽翼下的科幻小说平白呆板的叙述模式,进而将科幻小说引向了一条回归本源的希望之路"[①]。这足以有理由让人相信,中国科幻会给衰落的先锋文学注入某种活力,而科幻文学独一无二的美感也将在新生代笔下熠熠生辉

生于1980年代的飞氘便是科幻新生代中年轻的代表。这位清华大学人文学院的博士生,有着理工科的背景与浓厚的文学情结,他以飞氘为名书写科幻故事,以贾立元为名撰写文学论文,引起了不小的声势。在他笔下,那些微妙的讽喻、俏皮的杂糅、不拘一格的调笑,以及事关现实、历史和人性的寓言,都给人留下了深刻的印象。就像韩松所说的,"读飞氘的小说,或许会有一些调侃的感觉,但最后留在记忆里的却是巨大的悲怆"。在他看来,飞氘小说的美学追求在于,"开

[①] 韩松:《2002年的中国科幻》,见《2002年度中国最佳科幻小说集·序言》,四川人民出版社,2003年。

创了一种崭新的风格,一种新的叙事和思考方式",并且尤为重要的是,"从一个料想不到的视角来反观人类的生存困境"。这种评价并不夸张,而细读飞氘的作品,也确乎能看出鲁迅的些许影子。尤其是《中国科幻大片》中几篇饱含古今油滑之风的独特作品,都使得他的小说被著名科幻理论研究者吴岩先生热情洋溢地称之为"奇点时代的《故事新编》",并给予了高度评价。

概括而言,飞氘大概属于那种戏谑却无比严肃的科幻小说家,他偏好用科幻表达内心的真实,寄托思想和观念,隐喻对现实人生的思考。他的小说《去死的漫漫路途》和《一个末世的故事》被认为是此方面的代表作品,其中对生死关系的思考,及对深层次爱恋的理解,都超越了题材限制,体现出别样的情怀。当然,也像许多"80后"同龄人一样,在进入经典的科幻文学创作之前,飞氘的小说还包含着浓郁的青春文学印迹,《纯真及其所编造的》中的几篇小说大概就是这方面的叙事写照。现在看来,无论是《枯叶夏天》《沦陷二〇〇×》,还是《窗上挂着霜的那些日子》《小贾飞刀》,都属于"披着科幻的外衣写奇幻",或是"披着奇幻的外衣写青春文学",因为无论如何,这些小说与叙事意义上的科幻文学并无关联。然而即便如此,这些以纪实与虚构的方式叙写的纯真年代的故事,都不厌其烦地把目光投向自我,展现出青春的诗意与怀旧气息。比如,《枯叶夏天》中回想火热高考年代的"同桌的你",于纯情的梦幻之中寄托怀旧的意绪,尽管小说里所谓"精灵之血"的叙事点缀多少显得多余,但就青春文学而言依然格调不俗。在这些小说中,无论是精灵、魔族,抑或非人类,他们的身份其实并不重要,重要的是作者借此展开的对这个世界的思考。

与《枯叶夏天》相似,同样以精灵叙事为道具的《小贾飞刀》,也有着奇幻文学的外衣,但事实上,小说看上去更像经典武侠小说的戏仿之作。它以寻找为主线,但也不断地宕开去,穿插一些江湖体验的戏谑化描绘,进而获得一种寻找的徒劳与快慰。似乎是为了增加小说的戏谑风格,作者在每节的开头,都以戏拟批评家言辞的方式,对本节的内容作出评论,这便多少有了一些"元小说"的滑稽意味。而就小说情节而言,故事中小贾的背景语焉不详,却只是怀揣定心珠,在人心险恶的江湖漫无目的地寻找,他不敢放肆地喝一坛叫做醉生梦死的酒……在这无奈的过程中,小贾不知不觉走过了江湖,直到最后他决定不再寻找,期望一切回到从前。这便似乎在徒劳之外,呈现出些许的人生意义。

在青春书写之后,就飞氘早期的科幻文学创作而言,《皮鞋里的狙击手》属于较为经典的作品。小说蕴含着十足的哲学意味,当然也明显包含向经典小说致敬的意味,比如卡夫卡的《变形记》。这也似乎预示了他此后科幻作品基本的叙事方式,即并不热衷阐释所谓新技术、新科技的想象性描摹,而只是侧重于基于幻想之上的人生处境,进而表达一种生活之外的隐秘观念。因而科幻只是从容叙事的前提,而非绝对的情节要素。《皮鞋里的狙击手》开头便是联军战士被变成小人去执行清除生化武器的任务,然而如其所料,根本就不存在什么生化武器,命令的目的只是想实验一下把士兵缩小的新技术。为了这个可耻的目的,一群无辜的人们被当作了"毫不介意的实验品"。然而生活的转机在于,终究还有逃亡,虽荒谬却无比坚强的逃亡,为这个并不复杂的作品增添了一些思索的况味。

以离奇的叙事,表达一种幻想之上的抽象观念,这估计就是所谓软科幻的题中之义吧。在《讲故事的机器人》中,学会了虚构的机器人,陷入如何讲述一个最奇妙的故事的焦虑,然而,世上根本就不存在一个举世无双的故事,因而不需要结局的残缺反而是最有魅力的故事,这也就是每个小说家所面对的虚构悖论和写作命运。在《去死的漫漫旅程》里,只因国王无聊中的一句戏言,作为幸存者的"不死者"大军便坚定不移地踏上了"去死的漫漫旅程"。在此,每一个活着的人,都必定等待着死亡的结局,因而思量生与死,或者说人生的意义所在,便显得至关重要。同样,小说《魔鬼的头颅》通过身体的死亡,但大脑还活着的后果及其想象,试图阐明整个历史的寓言意义,即人类所有那些英雄以及恶魔,光荣和罪孽,伟大的梦想以及卑鄙的阴谋,不过是我们体内激素的产物而已。

严格说来,这些简朴的叙事,无论是外观还是内核,都近似于儿童文学,因而真正显示出飞氘小说别样风貌的,还属近年来显示出鲁迅《故事新编》风格的一批作品,《一览众山小》就是其中的代表。尽管从经典的科技认知的角度来看,这并不是一篇真正意义上科幻小说,却显示出作者作为专业的文学研究者,向经典小说世界致敬的勇气。因而以此为契机,飞氘的小说开始呈现出难得的纯文学质地,这在年轻一代的科幻文学中殊为少见。

《一览众山小》讲述惶惶如丧家之犬的"孔夫子"登泰山的故事,这个故事大家已然清楚,但叙事的别致之处恰在古今杂糅的"油滑"手法,这也毫无疑问地受到鲁迅《故事新编》的启发。这样的叙述方式,在此后的小说中被不断发扬。纵观《中国科幻大片》中飞氘近期的小说作品,处处可见文体的杂糅和狂欢。这些作品处处流露出古今油滑的小幽默,纷纷以消解与反讽的修辞手法,讲述那些被改造的远古传说、历史寓言和英雄史诗。在此,童话与寓言、神话与历史、讽刺剧与情节剧不断交织,多种语体交相辉映,这种多向度杂糅营造的狂欢效果,令人忍俊不禁又若有所思。

飞氘的作品难以在科学认知上创造更多的惊异,却不妨碍他的小说获得一种深沉的人文追求,也就是说,他并不潜心构造一个想象中的世界,也无法在小说中大段讲述技术问题,而是一头扎进远古神话之中,将神话与现实联通,坚持走软科幻的一路。因而飞氘的小说大抵如此:故事表层的古今油滑、语言狂欢,以及冷幽默的张扬,但故事的深层却是寓言结构与讽喻风格,都使得看似荒诞不经的故事获得了不凡的艺术效果。比如《苍天在上》更像是一个"形而上学的神话版本",它成功吸纳了杞人忧天、共工触怒不周山、女娲补天等中国神话故事中创世英雄的叙事,深切地表达了作者对未来的忧虑之情,故事不拘一格,但其内在却极为讲究。在此,人性的弱点让人无法直面,而循环的历史则令人不忍乐观。当然,这种神话的重新书写也包含着足够的意识形态动机,因而当索加高、石刚金、亚赛弥等古怪的词汇在故事的渐次出现时,小说所致力的历史的颠倒便奇迹般地发生了,于是,英雄成了鹰熊,而 Pangu 则早已成了 Ugnap。

毫无疑问,《大道朝天》的背景是夸父逐日的故事,然而,"最后一个真正的鹰熊"K,又不知是不是卡夫卡笔下那个永远进不了城堡的K,他永远那么跑着,就像远古神话里的夸父一样,向着太阳不倦地前进。在此,作者通过讲述金光大道环球赛跑的故事,以及同样诡异而又暴力的世界,不难看出希望小说映衬现实的雄心。《荣光年代》讲述鹰熊的烦闷与空虚,不断喟叹曾经凶险然而毕竟鲜活的世界,如今已经温驯而乏味了,而自己比健忘的世人更早地忘却了那豪迈的过去。因而一种彻骨的无聊感,显示出存在本身的荒谬。直到最后,他终于重新成为一位自我牺牲的盖世英雄,一位真正的英雄。而《城堡》则意在重写卡夫卡的名篇,但小说处处散发着鲁迅"铁笼子"故事的气息,显示出顽强的抱负与奇崛的想象。

在整部《中国科幻大片》中,最大胆的艺术尝试当属那篇《蝴蝶效应》了。确切地说,《蝴蝶效应》更像是一次文体的尝试,不求叙事的严整与流畅,而只是搭建场景,组合意象,只言片语,寥寥几个语汇……在此,作者把美国好莱坞大片跟中国古代历史与神话相互关联,进行了一系列隐喻与转喻式的语言学试验。在这些片段式的文字中,飞氘不停地割裂,重新焊接,寻找并生成新的意象与意义。这些短小精悍的故事,充满了睿智和启悟,富于知识性又面向着本土传统,在激活与打开之中,诱导读者反复阅读,进而品味文本突兀之处隐藏的语码信息。

飞氘常说,"生命短促而多磨难,但只要还有可爱的姑娘,就值得来尘世走上一遭"。他就是这样一个毫无正经,却又坦率可爱的年轻人。在他的故事里,总生活着许多悲壮的、堂吉诃德式的英雄人物,他们在时空的隧道里穿梭,彷徨无定地游荡,执着追问人类的生存困境却不得其解。因而他也更像一位忧郁的诗人,只能孤独不屈地在时光维度里寻找。在他那里,无论是一意孤行的国王将不死者的躯体湮灭在时间长河中,还是《蝴蝶效应》里中国的远古文明与现代西方电影文化的交汇重叠,其作品总让读者在时光凌乱的交错中,生出无尽的思索、顿悟与启示,也自然而然地想象着另外的可能。飞氘曾说:"在这趟没有终点的旅途里,幻想就像一艘破冰船,它冲破现实的冰层,带领我们前往一个全新之地,只有在那里,我们才能够如谢维克一样反观自己出发的地方,看清楚那个'现实'的故乡的疆界和种种欠缺。"这或许就是科幻的现实意义及其力量所在。

第八章　新女性的面向

一　张悦然：告别"青春期写作"

从2001年参加新概念作文大赛开始算起,张悦然的大名已然持续走红了十多年。尽管现在看来,这位据称是为了缓解孤独而走上创作之路的小说天才,其主要作品还是写于求学期间及其后的几部代表作,如《葵花走失在1890》《十爱》《樱桃之远》《水仙已乘鲤鱼去》,以及《红鞋》等,但也就是这么三四年间的作品所奠定的"文坛玉女"形象,借助"80后"文学的传播效应而获得了延续至今的文坛影响。

纵观与其一道暴得大名的"80后"作家,韩寒以叛逆的姿态出位,随后便在向公共知识分子的滑落中渐行渐远,甚至连其真实的身份都饱受质疑;而郭敬明则凭借高超的营销手段,将文学的生意越做越大,最近也开始高调染指影视,他像所有无孔不入的商人一样,在写作的帝国里贪婪地做着资本的美梦;唯有张悦然,虽也以青春小说起家,但却逐步走向"正途",她虚心向前辈学习,接受文坛名家指点,加入作协,进入高校,以纯文学安身立命。

从写作风格来看,张悦然并不是一个注重表达个人经验的作者。相较于"80后"颇为流行的自传式写作,她更倾向幻想,编织子虚乌有的故事,尽管她的"忧伤"利器和华美文字为人所称道,但如人所说的,她不是一个贴着地面走路的人,写着写着文字就会飞离现实本身。

这不禁让人想到《水仙已乘鲤鱼去》里那位自怨自艾的女作家璟的形象。那个经历坎坷的主人公让人误以为是作者的化身,然而事实证明,这个饱含着无边矫情和华美诗意的离奇故事,终究是一次意义非凡的杜撰。然而,我们却意外地从中领略到张悦然的写作风貌。小说中的璟"以杜撰故事为生""从旧城墙上的女鬼到鹧鸪村的乱伦少年,从殉情的葵花到转世的黑猫,她的故事却没有一个是真的"。这几乎就是张悦然本人的写照,这个同样视写作为"永远的情人"的年轻作者,也"迷恋着亦真亦幻移花接木的故事"。

在领略了《葵花走失在1890》的浪漫、《樱桃之远》的纯真、《水仙已乘鲤鱼去》的挣扎求索以及《誓鸟》的传奇警醒后,人们当然对张悦然"亦真亦幻移花接木"的才情称道有加。在《葵花走失在1890》的序言中,莫言先生曾对她华美的语言和奇思妙想激赏不已。然而事实上,张悦然并非一位耽于幻想的纯真梦呓者,她的写作往往将原本平淡的感情推到极致,以彰显出不同凡响的色调。她的小说总是围绕一个极端的内核展开情节炽热的叙事,爱恨情仇的故事之中弥漫着阴郁、孤独、晦暗,乃至哀伤的情绪。张悦然曾坦言自己是个极端的人,因而她的小说偏爱一种"过"的极致状态,竭力搜索一种"流血,撕破,折断,碾碎的声音"。《小染》的残忍与病态,《霓路》与《桃花救赎》里的嗜血倾向,都让人感受到这种突兀和极端,《十爱》里那些激越而乖戾的故事也让人叹为观止,更别提那篇饱受争议的《红鞋》了,在这个中篇小说里,残忍的杀手,以及比杀手更加残忍的女孩,共同将这个事关爱与死的故事演绎得如此惊心动魄,令人不寒而栗。

在张悦然的小说中,爱情书写占据了较大篇幅。青春期的激情与梦想,那些不可名状的极端情绪,以及由此而来的不可遏制的自我损毁的决心,往往通过爱情的方式予以呈现。《十爱》便是十种不同方式爱情的呈现,尽管在这飞扬的世界里的少男少女们,他们游戏般的爱情颇似过家家的孩子一般轻薄可笑,但张悦然依旧以其倾情投入的样子,赋予它们忧伤残酷的形式。在爱情的世界里,她无疑是一位早熟的作者,她笔下的人物还未成年,便已在刻骨的情爱中饱经沧桑。这个向往成人世界的孩子,按照成人的样子编织着属于自己的童话。于是,那些伤痕累累的爱情,总是在"不期然的相遇""无理由地相恋",以及"毅然决然地分手"之间徘徊,其间甚或点缀一些死亡与仇杀的把戏,但也无比单薄且显得重复。

  细细读来,张悦然这些或残酷或温馨的白日梦,虽吐露出令人震惊的美感,但也不过是渴望引人怜惜的非凡虚构,而与实在的经验毫无瓜葛。然而在此,《誓鸟》作为一部被人寄予高度评价的转型之作,因在张悦然一贯的想象性叙事之中引入地域的历史感与女性主义议题,而具有了别样的意义,既往叙事的空洞与贫乏,也获得了明显的好转。然而,小说虽在幽冷的天空下,借助飞翔的语言与幻想,展示那被宿命般的魔咒所掌握的命运,进而在一种绝望得令人窒息的氛围中,体验难得的现代主义美感。但总体而言,这依然是一部言情剧与虐恋剧奇妙混合的作品,其历史与人性的深度着实有限。

  为了不被出版社所左右,尽力不出所谓低劣的作品,张悦然近年来的写作一直停滞不前。《誓鸟》之后,除了偶尔为自己主编的《鲤》书系写一些或长或短的文章之外,已经有许多年没有重要小说问世了。于她而言,早年喷涌的才思大有枯竭之势。其实这也不难理解,凭借想象性写作风光一时的作家,在其赖以生存的写作资源被耗尽之后,经验的匮乏势必产生严重后果。尤其是在她进入大学,担任名校中文系写作课的专业教师之后,写小说更是一件极为审慎的事情。

  尽管《鲤》的野心在于,希望借助这种时髦的主题书的方式,在文学影响力逐渐式微的今天,重新肩负起文学"润物细无声"的"渗透"功能,这固然是一个包含着美好期待且卓有成效的重振文学的方法,但问题在于,如何才能借此辐射最广泛的大众文学及其社会生活,而非仅仅在圈子化的小资格调中琢磨一些琐碎而平庸的议题,这恐怕是《鲤》

的编者需要认真思索的。当然，这也是一个事关眼界和情怀的大问题。在一次访谈中，张悦然自己也承认，"一个合格的写作者首先必须是一个深度思考者和追问者"。确实，这个时代的几乎每一个写作者都在思考和追问，但并不是每个人都能得到豁然开朗的启悟。因而在青春期写作的终结之处，我们有理由对张悦然的未来之路抱以期待，不仅期待她继续挥洒不羁的才情，更期待她朝着更为深邃的现实情怀迈进。

二 孙频：苍凉卑微的"剩女"爱情故事

近年来，山西作家孙频的创作逐渐引起评论界的关注。作为一位"80后"的女性写作者，她以其令人惊叹的才华，将那些苍凉卑微的女性故事写得如此惊心动魄，不禁让人对年轻一代的写作刮目相看。几乎所有的评论者都注意到孙频的小说美学与张爱玲的创作之间的隐秘关联，对此，孙频自己也承认，"我是那种内心深处带着绝望色彩的人，底色就是苍冷的，很早就了悟了人生中种种琐碎的齿啮与痛苦，所以我写东西的时候也是一直在关注人性中那些最冷最暗的地方。张爱玲小说的底色与我这种心理无疑是契合的，那是一条通道"[1]。当然，就像评论者所指出的，"入乎张爱玲内"[2]的孙频，果真是一次情有独钟的"模仿"，抑或是如孙频所言的，只是为了找寻通往个人内心的通道？是情愿质疑一位作家的聪明和矫情，还是毋宁相信她的郁结与执着？尤其是对这位据说"就是为了能在文字中得到一些力量和温暖"而开始写作的年轻人，或许这些都是可以讨论的问题。当然，也许这一切也都不重要，在叙事和情感体认中展现真实而击中人心的力量才是最关键的。

---

[1] 郑小驴、孙频：《内心的旅程——对话：孙频＆郑小驴》，《大家》2010年第5期。
[2] 参见刘涛《入乎张爱玲内——一论孙频》，《创作与评论》2013年第2期。

读孙频的小说总不免让人疑惑：一个如此迷恋苍凉和幽暗的女子，该是拥有怎样沧桑而悲苦的过往？或许如其所言，正是北方荒凉的"灰暗无际的冬天"和物资匮乏的童年，让这位来自小县城的山西女子日渐形成了纤细敏感的性格，由此在成长过程中对人性中隐秘晦暗的角落感触良多，而无师自通的卓越才华又使其得以将之行诸文字。细读其文便可发现，非凡的语言功底、敏锐的细节捕捉，以及对女性心理的细腻描写，再辅以无尽的琐碎平庸和深沉的无奈，凡此种种，构成了她文字世界的基本特征，也令她在一派青春无邪的"80后"写作中呈现出独特的风貌。

倘若对孙频的小说做一番细致的清理，搜索的目光可以追溯到2004年。那时的孙频才刚读大二，用她自己的话说，"发过两个比较尖利的小说，此后一直没有再写"。现在看来，如果说《投奔》中浮世里相互取暖的男女，他们宿命式的相遇和无望的结局，以及其间零乱而凄婉的纠葛，展现了感情河流中无所依靠的漂泊感；那么《拯救》则以更加惊心的第一人称叙事，在自叙传的散点叙事中呈现了更为广阔的凄凉往事。尽管这两个小说以不凡的语言功力弥补了碎片化叙事的整体性不足，但过于刻意地展示自我的方式还是暴露出情感积淀不够的弊病。当然这些都没有太大关系，奠定基本的小说主题才是最关键的。

在《我就这样开始写作》中，孙频曾谈到自己创作的由来，"在我那地处晋中的家乡小城里，我从小在那里寻找故事。在那些废弃的雕花扶栏的破败的四合院里，在那些长满荒草的飞檐上，在那摇摇欲坠的绣楼上，我知道这里一定有过很多故事。很多年里我经常一个人在那些废弃的老宅里流连不去，直到有一天，这一切都被我写进了小说，那是些古典的平庸的却是残酷的故事。"[①] 确如其所言，孙频的诸多小说都具有浓郁的地域风貌和民间故事的基本样式，这在她一系列以却

---

① 孙频：《我就这样开始写作》，《十月》2011年第1期。

波街为写作地标的作品中体现得尤为明显。古老的晋中县城,历史悠久的却波街,和半旧不新的城乡结合部,连同那些流转其间的苍凉沉滞的小镇故事,或许借此,恰可抵达孙频童年记忆里逼仄幽深的世界。当然,地域传奇和民间轶事也都只是表象,孙频所关注的内核还是她所熟悉的女性故事,她们从小县城开始的凄惨的人生遭际和艰难的个人奋斗。比如《姐妹》中傅家老宅的傅晋凡和傅晋亭姐妹俩,都是命运多舛的人物,她们在古老的小县城里自生自灭。尤其是妹妹傅晋亭,生活的艰辛让她落落寡合,一心幻想着离开,逃脱这"宁静而悲伤的无尽岁月"。然而早年的坎坷经历,又成为她此后过分功利的原因。在"黄鹤一去不复返的美国男人"之后,她悲惨地成为代孕妈妈……最终,这位自命不凡女人,又回到了当初迫不及待要离开的小城。小说最后,姐妹俩游走在却波街上,整日照顾流浪猫和流浪狗,而一切也都归于平淡。

像傅晋亭这样不竭奋斗的县城女子,是孙频"却波街往事"里当仁不让的主角。她们为了改变自己的命运,与恐惧和匮乏做着不懈的斗争。其间昂扬的不是乐观的梦想,而是卑微的记忆,这在她笔下一系列有关高考的故事中体现得淋漓尽致。《红妆》再现了那个并不遥远年代的高考生活。那是一个没有硝烟的战场,商燕行和杨秋平,这两个县城中学文科班的女子,为了个人奋斗所做的殊死搏斗看得人惊心动魄。两个可怜的女人一经交手,便成了一辈子的对手,她们竞争考试,争夺男人。卑微的出身所带来的性格缺陷,注定了她们个人奋斗的失利,也注定了她们情感生活的溃败。作者如此悲悯地注视着她们,仿佛注视"一枚被尘封在岁月深处的凄艳绝伦的标本"。

同样是高考,《却波街往事》里的任小青在中秋之夜祭拜月神,求月神保佑自己考上大学,那声音空旷得让人心碎。为了改变个人的命运,县城的小人物们不择手段,她们拿出了一切可以拿出的资本,此中最为惊悚、凌厉的莫过于不断出现的"血镯"意象。且看小说《血镯》,

为了倔强的梦想和挣脱命运困厄的决心，刘青燕决定再参加一次高考，可困窘的家庭已无力承担学费，于是她做出了孤注一掷的最后一搏。小说中这样写道：

> 把你外婆的坟挖开，你外婆死前胳膊上戴着一只玉镯，那只玉镯是上好的翡翠玉，戴在死人身上时就会吸掉死人身上的血，这血浸在玉镯里就成了血斑，有血斑的翡翠玉镯能卖得上价钱，够你几年的学费了。你挖吧。……如果不挖，你这辈子就没有再上学的机会了。

刘青燕在这句话里醒过来了，最后，她还是鼓起勇气挖了下去：

> 当她把电筒朝那堆白骨照去时，几乎是第一眼，就看到了那只戴在臂骨上的那只血红的手镯。白骨红镯。那只玉镯在灯光里竟是完全剔透的，凄艳的红，像在里面正汪着猩红色的血液。

这是何等惊人的场景！为了最后的梦想和希望，要拿出带着浓郁死亡气息的成本，以期对命运的殊死一搏。当然，这一"最后的资本"所构成的永恒债务，也需要刘青燕用自己的余生去偿还。永远的负罪让她将所有的欠债都倾注到儿子身上，为此她失去了对生活的热情，蜕变成一副冰冷的躯壳和苍老的灵魂，直到失去自己的生命。如果说血镯象征着小人物们对命运的不屈抗争，那么同样的抗争在《半面妆》中也得到了鲜明呈现。《半面妆》中的周红兵出身寒微，只是靠"拉姘套"（卖淫）的姐姐周红梅养家供给读书，而在城市里谋得一官半职。小说中，本以姐姐为耻的周红兵不得不又来到了大山深处的火疙燎，他请求姐姐能帮他晋升，这也几乎是没有靠山的农家子弟的最后依靠。小说最后，沾染性病的姐姐不出所料地将疾病传染给弟弟的竞争对手，从而帮助周红兵升职成功。小说固然是一部悲情的女性史诗，但对于故事中的男性而言，又何尝不是对命运的殊死一搏，虽不择手段，但发人深省。

就像血镯这一意象所揭示的，小人物在其奋斗的艰难过程中难免出现"债务"危机，从而使得自己陷入愧疚的境地。《追债》里的苗春山和苗秋水，这对姐弟之间的恩怨因最终的见死不救，而成为姐姐心中一辈子的歉疚，最后姐姐不得不通过卖血来帮弟弟还债。同样的情节被移植到了《铅笔债》中。《铅笔债》中的商小燕和商小朋姐弟，她们来自没有父亲的贫困家庭，物质的窘迫与他们结伴而行。小说触目惊心地描写了姐姐商小燕童年时对于铅笔的渴望，而弟弟商小朋出于善意帮姐姐偷铅笔。然而，为了满足自己的虚荣，姐姐并没有阻止弟弟的行为，而正是这种偷窃铸就了弟弟一辈子的落魄，终于成了全家的负担。这便是铅笔债的由来。此后姐姐的见死不救，更是将这笔债务推向极致。于是，"债务"构成了姐姐心中永久的愧疚，而她最终只能用自己的身体来偿还，这是她仅有的资本。《胭脂罪》中姐妹之间的嫉妒、仇恨和恐惧，妹妹孩童时期的算计改变了姐姐的一生，这也构成了妹妹心中永恒的歉疚和负罪。于是，当那涂满胭脂的馒头，这一历史的道具再次出现时，一切便显得意味深长起来。《月煞》中外祖母张翠芬因阻挠女儿刘爱华的恋爱而酿成了不可挽回的后果，也让自己背负上了一种永恒的负罪，于是当刘水莲因无钱上学而陷入窘境时，卑微的外祖母便义无反顾地踏上了"讨债"之旅，为达目的甚至不惜拿出自我损毁的决心，这种无言的沉重令人触目惊心。

在"却波街往事"之外，孙频的小说拥有着更为广阔的空间。但其一以贯之的主题依然是小人物们艰辛的个人奋斗。正像她所说的，"生活千疮百孔的本质我很早就看得明白了，漫长崎岖的童年，后来成长中的种种错位、煎熬、渴望、虚荣、疼痛，这一切的一切烘烤和煎熬着我。亲人之间没有物资去维持的恐惧感，一个没有经济来源的老人会对儿女产生的那种谄媚,男人与女人之间的相互依附、相互戒备,以生存为需要支撑起来搭伙过日子的婚姻,这一切使我有一种很深的苍凉和绝望感"①。这一切也都让她如此热衷地描写小人物,描写生活的艰辛和崎岖。在她笔下,女主人公的敏感、怪异和神经质,她们心比天高的性格,和命比纸薄的结局,无一不是来自于生活的摧残。

同样是在那篇《我就这样开始写作》中,孙频曾用一条狗的故事来讲述小人物的卑微处境:

> 我看到一条狗在四处找食物吃,它怀孕了,肚子已经很大,可能是为了这个缘故它在路边的垃圾堆里很认真地翻找着食物,一点角落都不放过。……它是个母亲,它就要生孩子了,却还得这样艰难地为自己寻找一点食物。

多年以后,她将这"卑微的狗"的故事写到了自己的小说之中,《杀生三种》里的伍娟就"养过一条狗":

> 那年她还在上中学,有一条流浪的小狗跑到了她家门口,因为她喂了它一点剩饭,它就再不肯走了,……她发现这只狗有一只眼睛看起来不对劲,走近了些才发现它的一只眼睛瞎了,里面生满了白花花的蛆虫,低头吃东西的时候都会有虫子从眼睛里啪啪掉出来。……这条小狗仅剩的一只眼睛里的目光是她所见过的世上最卑微的目光。

在孙频那里,这卑微的处境正是一切人的处境,尤其是女人们的处境。小城女青年的个人奋斗,她们亟待改变的命运,与一条卑微的

---

① 孙频:《我就这样开始写作》,《十月》2011年第1期。

狗又有何根本的不同？找到一个男人，一个理想的归宿，是女人们改变个人命运的重要手段。为了这种寻找，她们绞尽脑汁，她们低声下气，她们不择手段，她们义无反顾。

小说《骨节》几乎重写了底层文学的主题，小说惊人地呈现了贫穷者根子上的卑微和下贱，困苦和匮乏带来的内心隐痛，以及所造成的病态人格。对于主人公夏肖丹和她的母亲孔梅来说，贫穷就像她们身上"挥之不去的油哈味"一样，"这种荤腥油腻的味道带着巨大的腐蚀性常驻在她们身上，像安家落户了一样，任是怎么洗都洗不掉"。无论母亲孔梅怎样费力地让她相信自己的贵族源头，都无法改变她内心的匮乏，"在她身体最深处，在最不见天光的一个角落里，她缺了一处骨节"。如履薄冰的生活，希望被遮蔽的羞耻，令她极度敏感，于是尹亮简单的一句"我心疼你"便切中了她的要害。或许对于她这样出身的女人来说，爱情根本就是一种奢侈。《凌波渡》里的陈芬园出身卑微，但又不甘平庸，凌波虚步的生活使她有种虚有其表的高傲，然而这终究不过是对他者目光的畏惧。在此，底层的个人奋斗者，历经艰苦已经遍体鳞伤，已然不能坦然面对他人的目光。如何抵抗他者的目光，力证尊严的不可冒犯，是作者借此想要探讨的问题。《我为什么爱上你》里的裴欣，也是如此畏惧人群的目光。出人头地的热盼令她不甘忍受平庸的小城生活，匆匆终结无爱的婚姻之后重返北京，做起了艰辛的"北漂"一族。然而，现实的坚硬很快就粉碎了她自以为是的理想主义情怀。此后，无论是有名无实的"同妻"生涯，还是自我放纵中的偶然真爱，都令她难以餍足。好在大喜大悲之后，一切都归于平淡。小说最后，房小明背着身患癌症的裴欣，步履蹒跚地行走在熙来攘往的北京街头，行走在夫妻两人回家的路上。这样的结局多少有些矫情，但却包含一种对生活释然的欣快，一种无惧目光的坦然，虽苍凉但却温暖。同样的奇情和温暖也在《一万种黎明》中流淌，这个小说以艳遇开头，以杀戮结尾，始乱终弃的故事在虚晃一枪之后，终于迎来了一个虽凄苦却终究温暖的结局,意外之余仍令人感动。无论如何,孤注一掷的爱恋,终于让人看到了些许的希望:"一个新鲜的世界正从那黑暗的最下面一点一点地挣扎出来,先是最微小的试探,像虫子的触角一般,再往后那团奶白色的透明越长越大越长越浩瀚了,它正飞快地长成一个饱满的白天。"

孙频最擅长的还是写女性,她几乎每一部小说都是以女性作为第一主人公,而尤其关注剩女们的爱情困境。就像她在小说中写到的,二十九岁的女人,多少有种穷途末路的感觉。生活那么细碎庸常,她竟然写出了步步惊心的感觉。那种内在世界的遭遇和折磨,那些看不见的复杂幽暗心理,都在她气韵独具的文字里一一呈现。如前文所言,在孙频的爱情题材小说中,可发现她对目光的描摹可谓入木三分。其敏锐的笔触在于,能在一见钟情者那里戳穿爱情的神话,以论证刹那间感情的不可靠。《玻璃唇》里林成宝和霍明树的所谓爱情,便起源于目光中所包含的轻信:

> 她猛一回头,就遇上了一双眼睛。那双眼睛隔着汹涌的人群像颗河底的石头一样安静清凉地看着她。就是在那一瞬间,她几乎落泪。……就这样,林成宝扔下交往三年的男友,带着近于私奔的快乐和这个叫霍明树的男人在一起了。

孰料,这个叫霍明树的男人只是一个不负责任的感情骗子,而他们的交往则是故事的女主人公林成宝一系列噩梦般经历的开始,此处的目光无疑是对所谓一见钟情的嘲讽。《姐妹》中的刘春洲之于傅晋凡,也是如此。"第一次在街上遇到傅晋凡的时候,他就从她目光中读出,她是能够收留他的。这么多年的漂泊教给他最多的就是,他能像秋虫感知阳光一样感知到别人目光里的内容。"然而这个男人同样是如此猥琐不堪。

闪烁不定的目光如此不可依靠，似乎说明孙频对人间爱情的绝望。然而，其小说的温情之处，恰恰在于试图在绝望之处寻找新的可能，寻找一刹那间点燃生命的真情之光。真正的爱情就在那一瞬间，就像《追债》中的朱良和李桑，"爱情就是这样，一生就一次，哪怕再短暂也会终生让你温暖。这就是爱情"。渴望情感滋润的女主人公往往在洞悉了男性的情感伎俩之后，依然执着地沉溺其中，只为奢侈地享受那来之不易的短暂真情。《美人》中的女主人公杨敏玉，在她三十八岁的"高龄"时，终于遇到了刘诺龙。这个经常来家具店蹭免费茶水的落魄男人，因为眼睛里那一瞬间的光亮，而征服了有着同样落魄经历的杨敏玉，于是爱情便暗自滋生。其实，杨敏玉的真实身份与这个落魄的男人并不相称，然而她明知在真相大白之后，所谓的爱情将不复存在，却依然执着地走下去，去捕捉那难得的真情。同样，《醉长安》中的孟青提，明知张以平这个多情的男人有着众多的情人，但她面对自己最后的爱情机会，却决心用尽全力去补偿，她要"用自己的忠诚去救赎往昔岁月中所有的凌乱"。凡此种种，只是为了在疑似爱情的表层下，从最深的根子上"长出一点血肉相连的真爱"，这是怎样的一种执着与无奈？

《祛魅》也是一篇探讨女性命运的小说。小说展现了李林燕，这个诗歌时代的爱情亡命徒，被生活无情嘲弄的命运。然而小说之中，无论是年长的"旅美作家"，还是同代的诗歌男人，抑或是小自己十五岁的中学生，女主人公与三个男人之间的"无望的恋情"，与其说关乎着谎言与真情的古老命题，不如说是在时间的跨度中完成的对时代价值观嬗变的辛辣嘲讽和批判。这是一个为时代而生的女人，她也沦为另一个时代的遗物，她苟活于世，独自伫立在人群之中。一种绝望的温情，无处逃遁的羞耻，连同那些轻薄的尊严，都在他人的目光中明灭、坍塌。如果说在诗歌的时代里，爱情之名常因自命不凡的清高而沦为笑柄，那么在这个据说"新鲜"的时代里，爱情的奢侈和虚无则令人震惊。在此的一切不过是赤裸裸的交易，而真正的爱情只存在于一瞬之间,也正因为这奢侈的一瞬,可怜的女人交付了自己短暂而屈辱的一生。"原来人的一生真的就是一滴水,在时光的洪荒中转瞬即逝,不留痕迹。她不过是曾经的一个时代留在这世上的遗物,是用来祭祀着那个时代的祭品。"确实,还有什么比"孤注一掷的爱情"更加激动人心的呢?就这样,孙频在深入骨髓的绝望感中完成了对男人们的"祛魅",也完成了对这个"新鲜"的时代的"祛魅"。

仔细阅读孙频的小说,会惊人地发现,她在每个故事的开头,都用冷峻而细腻的笔墨精心设计了统摄全篇情感基调的景物和心理描写。人物尚未出场,浓郁的情感便迫不及待地铺陈开来,随即,便让她们在"四面八方汹涌而来的暮色"中流连、感怀,抑或是在"一天里最后的日光"中踯躅、沉思。作者不厌其烦地渲染,以其获得直逼人心的力量,而奇绝的想象和譬喻,也果真具有张爱玲当年的风范。一望便知的苍凉与冷寂,令人过目难忘。当然,有时候这种情感的烘托显得过于繁复,以至于湮没了故事的结构框架,比如《月煞》便有一种情绪早已笼罩但故事迟迟不来的感觉。当然,考虑到在这篇小说中,孙频其实是在书写内心一段遥远的记忆:"我记得有一个疯女人,我很小的时候她就已经疯了,常年在大街上又哭又笑,听人说她本是个大学生,后来因为家里反对她和她远方的男友结婚,最后疯掉了。后来,在我十几岁的时候,这个疯女人突然清醒了,在清醒之后的当天晚上,她就投井自杀了。后来的很多年里,我都记得这个女人,一直想把她写下来,因为她代表着一块土地上最不肯妥协的生命状态,我为此敬重她。也因此我一直愿意写那些卑微的小人物。"①考虑到这样一层关系,整篇小说中那种过于虔诚的情感投入似乎又变得可以理解了。

坎坷与不幸,创伤与暗疾,孤独与抑郁,再到疯狂和精神分裂,这是孙频小说中女性主人公惯有的精神路线图。在最近的几个作品中,

---

① 孙频:《我就这样开始写作》,《十月》2011年第1期。

孙频颇有将此精神路线不断强化,乃至推向极端的征兆。比如《夜无眠》和《三人成宴》,或以自杀结束,或以精神分裂收尾,其郁结之情溢于言表。然而即便如此,孙频也终究尝试在苦难的叙事中融入传奇性的笔墨,力图呈现出之前作品难得一见的抒情性。比如在《天堂倒影》中,两个穿着妩媚旗袍的美丽女人,目若无人地穿行在街道上,路上的目光像落叶一样在她们身后翻飞飘零。他们不知道她们是要去参加同一个男人的婚礼,而这个男人正是她们曾经的情人。《隐形的女人》中的向琳也与"隐形的女人"郑小茉,这位传说中的情敌最终成为朋友,并且陪她走完生命中的最后一段日子。在此值得一提的是《菩提阱》,这是一个城乡结合部的辛酸故事。一个女人的轻信,如此令人震惊。小说结尾处情节的斗转却让人拍案:无数次受骗的康萍路,成为传销组织最大头目而被带上手铐,而曾经的女贼小玉则浪子回头做了妈妈。当电视内外,两个女人四目相对之时,留给读者的是无尽的感慨和深思。她们到底谁是谁的菩提树?谁是谁的明镜台?而人性的陷阱又在哪里?此处的高妙在于,底层奋斗者误入歧途的过程隐而不彰,而一切都是那么自然,反而显出更为深邃的叙事张力。由此可见,孙频孜孜以求的是对人性深度的探寻,《菩提阱》在她此前颇感重复的女性爱情题材之外,开辟了一条人性探索的新路,虽脱不开通俗传奇的痕迹,但此中的思索终究意味深长。

在近期的小说中,孙频在模式化的故事之外寻求变化的决心日渐明显。比如《异香》以某种神秘主义的"异香"笼罩全篇,试图在萍水相逢的故事中穿插生死相依的参照;比如《夜无眠》的结尾宕开一笔,在一种诡异的气息中留下浮生若梦的悬疑,这样的转变虽稍显生硬,但毕竟弥足珍贵,它使我们有理由对孙频此后的写作抱以期待,在那些与个人经历息息相关的情感体认消耗殆尽的时候,她依然拥有撼人心魄的故事可以讲述。

三 马金莲:农事诗,或苦难中的温情

在西海固文学圈的"80后"女作家之中,"西吉的马金莲"是一个响当当的名字。多年来,这位当过农民、教师和小公务员的回族女子,沿着前辈的足迹艰难前行。她以这片广袤而贫瘠的土地为文学据点,诚挚地讲述那些挥之不去的疼痛回忆,并将其内在的生命光辉呈示在世人面前。她的小说始终以细腻的笔触,持久而耐心地关照着西海固的人情地理,热情描绘那些生长于斯的女人、老者和儿童。她不断叙写着乡村,聚焦家长里短的俗世生活,同时又试图呵护一种独特的精神图景,让人在明媚的伤感、苦涩与希冀中去体味生活的磨难与坚韧,铭刻成长的记忆与隐痛。

细读马金莲的小说便可发现,她显然不是那种多愁善感、酷爱抒情的作家,她往往在质朴和坦诚之中,将那些令人动容的事件写得不动声色,但这又绝难称得上阴郁或冷峻。她的写作不似张承志式的雄奇壮烈,而更多呈现出石舒清式的隐秘绵长,这使得她的小说在俗世的尘埃中沾染了过多的烟火气,却又极力地保持着某种神圣的情怀。她的叙述富有力度,但并不酷烈,一切都自然发生,平静淡然却耐人寻味。

纵观马金莲的小说,我们可明显感觉其作品所具有的散文化的样貌,她的语言冲淡、疏朗,不事雕琢,不华丽,不煽情,更不做作。比如《暗伤》,其实更像一篇回忆父亲的散文,叙事裹挟在记忆之中,虽没有任何戏剧性的情节展开,但依然令人感动。小说之中,儿子深情回忆与父亲的点滴过往,忆及特殊年代的历史与物质匮乏的童年,以及他与父亲彼此郁结的"暗伤"。几十年来,父子两人"简直像仇人一样地过了一辈子",好在临终的时候,他们终于深情相拥,彼此的"暗伤"也宣告释然。这样的和解虽然来得迟了些,但终究令人感到温暖。

马金莲的小说里没有历史,只有单纯的伦理,或者抽象的穷和富。比如《富汉》中王牛子的爸爸是吃公家饭的"矬男人","他们家拥有

全庄最新的大砖房,最气派的大门,据说他们家里的摆设简直与镇上的干部家里不相上下",而这与玲子家是根本不同的。小说不动声色地叙说着一种贫富差距,尤其是心灵上的落差,而思考更多的则是不同境遇下的身份认同与归属问题。再比如以传奇笔法书写女性悲惨命运的《方四娘》,在此,穷人家的女孩方四娘被富汉人家看上,遂嫁到大户人家当少奶奶,然而这究竟是福是祸?令人难以预料。或许这一切就像故事开头那段关于累极的人喝凉水的事件所隐喻的,在凉水之中加入浮土,这原本是出于一片好心,却注定要被人误解。这也似乎正是女性,尤其是嫁入大户人家的穷苦女子的命运写照。

当然,作为一位长期扎根乡村的年轻作家,马金莲在一些沉重的题材之余,也会以儿童的口吻记述那些饶有意味的小情感和小记忆,于乡村的情趣,抑或无尽的艰辛中撷取一段平凡而生动的生活插曲。《远处的马戏》通过一对小姐妹对马戏的吸引,以这种小情绪的表露,彰显出孩子们所不能理解的生活拮据;而《细瓷》中的二爷为争家产,以细瓷为饵挑起事端,这样的"阴谋"亦在儿童的眼中,实在有些难以捉摸;《夏日的细节与秘密》叙述碎哥和碎女两兄妹,在那个漫长的炎夏无忧无虑地玩耍,他们在树林子里"开飞机",去牛旦家新媳妇房里看花墙,进而也"窥探"着隐秘的夏日细节和秘密。透过懵懂的少年之眼,小说让我们得以洞见那个夏天的真相,那里不仅有青春期的萌动与挫折,还有生命的苦痛和女性的困厄。

马金莲的小说给人留下印象最深的,无疑在于她所书写的过去年月的艰辛故事。她一次次地怀念和反溯那些"贫寒而又温暖的日子",为此而记述一段追忆,一则轶事,以及长辈们娓娓道来的艰辛往事,这些都是苦难纷呈而不乏温情,苍凉悲怆但却有滋有味的回忆。因而于她而言,写作恰是一次对过往岁月的回望。比如《糜子》一文,便别开生面地呈现了农村生活的点滴趣味和劳作中值得珍视的情感记忆。而小说的写作,也正是"为了怀念曾经贫寒而又温暖的日子"。《糜子》

之中，与生存有关的所有努力，因为一场突如其来的冰雹而化为泡影。尽管一切都已化为乌有，但生命却并不因为这次灭顶之灾而暗淡无光。相反，她用一种沉重中的轻逸，表达了自己对生命积极意义的执着探索。

在此类追忆艰辛岁月题材的作品中，最为经典的无疑当属《山歌儿》。这篇小说不断咀嚼和思索着母亲的过往记忆，深情怀念那"贫寒而又温暖的日子"。作为大户人家的女子，因下嫁而开启的一贫如洗的生活不禁令人感到震惊。小说一次次描摹婆家的贫穷，以显现出过往的艰辛：比如父亲结婚时所用的衣服、帽子、红绸被子以及母亲头上的黑包头都是借别人的；再比如婚后第二天，母亲打算给家里人做饭时，却发现储存粮食的地方空空如也；而为了生存，奶奶不得不去乞讨……家庭的贫困触目惊心，但奶奶温暖的目光与家里人相依为命的深沉情感，使得原本打算离婚的母亲留了下来，并且把这个家操持得井井有条，从而成功地熬过了那段艰难的日子。当然，小说所及并非忆苦思甜的廉价回忆，而毋宁将其理解为一部饱含热泪与温情的女性史诗。从母亲最初的戒备、愤懑、不甘心，到后来的参与、融入，挑起家庭大梁，小说不仅"窥见了那个已经远去的年代里山里女子的生活状态"，也带给人一种"久违了的质朴，率真，善良和贤惠"。因为在作者看来，人应该在物质诱惑面前克制自己的欲望，用勤劳的双手去创造生活，去理解人格与尊严的重要。

除《山歌儿》以外，《父亲的雪》《柳叶哨》等作品也对特定年代的艰辛，尤其是关于饥饿的情感记忆有着惊人的描绘。由于地域的原因，贫穷与饥馑仍然是困扰西部农村的社会性问题。马金莲不仅没有回避这些现象，而且把它格外真切地揭示了出来。在《父亲的雪》中，因开春时节正闹粮荒，春耕播种时人们不得不偷吃种粮，哪怕是被生产队长撒上了尿液，人们也禁不住粮食的诱惑。在这样的时节，"我"和哥哥寄居二娘家，一共七个孩子总是抢饭吃，甚至"互相看着对方，恨不得把吃饭的家当也吞咽下去"；而哥哥"总是无声地舔碗，把他自己的碗舔了一遍又一遍,舔过三遍,才放下碗出去"。

在此,不可忽略的还有《赛麦的院子》,这是马金莲献给逝去的弟弟的一篇小说,但它同样讲述的是过往岁月的苦命与悲情。小说之中,"我"的母亲一连生了五个女儿,没有一个儿子,她内心的柔软无助可以想见。然而事情的悲剧性在于,当她好不容易有了一个儿子的时候,却不幸得了重病,为了治病,不仅用光了家里的钱,还留下了一大堆债务。然而弟弟还是不幸去世了,这无疑令一家人几近崩溃。小说的可贵之处在于,在叙述这个悲剧性故事的时候,作者采取了儿童的视角,从而巧妙地将这个事件处理成儿童的眼光看来还很懵懂的对象,以此消解事件的悲剧性意味。而且结尾之处,整个故事也随着当了半辈子游狗的父亲的回心转意而平添了些许温情的意味。这也符合马金莲一贯的风格,毕竟,渲染生活的苦难并非其小说的要旨,寻找艰辛中的温暖才是她的目标所在。就像她所说的,"日子的味道,活着的味道,也是美好的幸福的味道。那些温暖了我心灵的阳光,是如此让人怀念"。

马金莲的小说大多寄寓着分明的爱憎,她笔下的女性都具有勤劳、朴实的个性,而男性则猥琐不堪,一无是处。比如《风痕》里的三爷便是好吃懒做、游手好闲的典型,这在马金莲笔下并不少见,相较而言,他的老婆哑奶则始终在困难之中乐观以对,正像小说所揭示的,"哑奶不会像好多女人那样,抱怨自家没本事不争气的男人,抱怨日子,抱怨命苦。哑奶乐呵呵地上山、下地、担水、喂牛,穷日子过得乐呵呵的"。而在此之中,她的美德也似乎正体现在长期以来的逆来顺受之上。马金莲就是这样,在过往岁月的艰辛中,突显西海固的边地人民,尤其是那些伟大女性的坚韧与隐忍。

《坚硬的月光》写"一辈子遭到了无数的轻贱"的奶奶,饱含深情地追忆长辈的过往岁月,那些陈年旧事不断地被讲述:奶奶当年如何出嫁,如何度过三年自然灾害,怎样去公社食堂打汤水饭,奶奶和爷爷几十年苦涩辛酸的婚姻往事。然而在"那些苦难而又温暖的岁月",爷爷始终为自己未能娶上一个"攒劲的女人"而感到窝囊憋屈。这个始终活在疯狂与虚幻当中的男人，用他半辈子的光阴不断伤害着奶奶，直到晚年甚至提出了离婚的荒唐要求。故事的最后令人稍感意外的是，这个"心如石头般冰冷的男人"，居然也会显露出些许的温情，在那最为决绝冷酷的时刻，给人一丝温暖。然而，这种"苦难之中的温暖"，算是对忍辱负重、不离不弃的奶奶的奖赏吗？生活给出的如此残酷的答案实在令人深思。

从某种程度上看，马金莲的小说就是一部女性屈辱的史诗，镌刻在此的满是她们的隐忍和伤悲。《碎媳妇》所呈现的女性命运不禁令人扼腕，小说完整展示了新媳妇雪花从成亲到作为小媳妇承受屈辱的全部过程，并在她嫂子的心机之中逐渐明了生活中暗藏的玄机。当然，对于雪花来说，身为女人的最大悲剧在于，生了个女孩子，而遭受无人问津的命运。这不得不让人想到女性的当下命运，也即小说结尾所谈到的，那随风飘扬的雪花便是女性生命的写照：

> 雪花飘落的情景，多么像女儿出嫁，随着媒人的牵引，她们飘落到未知的陌生的人家，慢慢将自己融化。汗水和着泪水，与泥土化为一片，融在一起，艰难地开始另一番生活。

如此的飘零和艰辛，而对这一切，坚守和隐忍似乎成为女性最大的美德。这便正如《结发》里苏长发的女人，也许她早该夫贵妻荣，随丈夫的升迁炫耀起来，但在这几十年里，她"并没有随那个小个子胖男人的升迁一路扶摇而上，进城去住高楼坐小车吃山珍美味穿金戴银"，相反，"大伙亲眼见证了一个女人的质朴与实在""她还是一身土布衣裳，自己做的布鞋，这几十年中唯一变化的是身上的衣服由当初的红色换成今天的素色，而且打扮得像个上了年岁面容苍老的老女人"。始终默默生活，勤俭度日，这才是真正的美德。因而最后，当苏长发银铛入狱的时候,他的女人准备用头发织一件毛背心送给他,由此而真正诠释"结发夫妻"的意义。同样,《掌灯猴》中那一群不断劳作的丑女人,却映照出她们"美丽的身影"。五年来,女人每天夜里都要去帮人做针线,以换几个钱来帮衬度日,为此水嫩的小媳妇儿变成了一个腰身粗壮面目粗黑手脚粗大的女人。为了这个家,她是在油灯下,在一针一线的穿梭中把自己变老变丑的。然而小说富有戏剧性的地方在于,丈夫本以为妻子是给大户人家做针线,却颓然地发现她只是给做针线的姐妹们"掌灯",是遭同伴轻视打骂的"掌灯猴"。妻子的屈辱,她的若无其事,她五年来的隐忍,给穷汉程丰年造成的心灵创作,虽未明言,却已不言自明。小说留给人的余味极为深沉厚重。

如前所云,马金莲的小说往往通过描述女性屈辱的命运和隐忍的美德,来彰显艰辛中的乐观相守,进而深情礼赞传统的伦理和价值观。确实,无论从何种意义上来看,马金莲都属于过于传统的作家,基于一种朴素的民间伦理,她对乡村、土地和劳动都充满了赞誉之情。尤其是劳动,在这片贫瘠的黄土地上,为粮食而做的一切努力被赋予了更多的美感和期望。如《掌灯猴》中女人们灯影下比赛绣鞋样、剪花、绣荷包等场景的描摹,本身就是对劳动美的一种欣赏;而在《永远的农事》和《搬迁点的女人》中,亦不乏对劳动中的男人的礼赞,皆充满了日常生活的诗意之情。

当然,作为一位过于传统的作家,马金莲小说中另一个饶有意味的命题在于,这种传统伦理遭遇现代境遇时所产生的矛盾与焦虑。基于现实生活的急速变迁,一切宗教、传统民俗和乡间伦理的价值,都面临行将瓦解的命运,因而马金莲也似乎在用自己的写作极为悲壮地唱响一曲现实世界的挽歌。正如《蝴蝶瓦片》中清真寺唤礼拜的梆子声,作为历史遗物和民间信仰体系的一部分,它如何抵挡得过现代的侵袭?"木梆子就是日子的见证岁月的见证",然而,它早已被人弃之不顾,电喇叭就要取代木梆子了。这就像那位行将"无常"的老阿訇,"他今年九十五了,早该躺进黄土里了,可他还倔强地行走在这个世上,用一把磨得油光黑亮的拐棍到处敲出深深的印痕。他似乎怕大家把他给忘了,就用他能办到的最好的法子,给大家一遍遍加深印象"。这个小说提醒人们传统伦理在现代社会的命运问题,以及由此而来,思索商业文化对现实社会的冲击。

然而,"庄稼是存在之本",这样的观念似乎早已不合时宜,因为商业主义的浪潮已经席卷而至,人性也发生着显著的变化。小说《庄风》指向"庄子的风气"这一严峻的社会问题,《庄风》里的扇子湾是当今乡村社会的缩影。在此,传统的淳朴民风早已消失殆尽,赌博泛滥和信仰迷失,将之引向一个男盗女娼的"新时代",就像作者所激愤的,"人为了挣到钱,啥出格的事都敢干,而且干得理直气壮"。而事实也是,"庄子的风气坏了,庄里的每个人都有份,每个人都有着难以逃脱的干系",因为致力于庄风的改变,需要每个人的共同努力。

当然,庄风的改变,指向的是人性的嬗变。《舍舍》中苦命的女人舍舍,刚刚遭逢男人黑娃横祸毙命的厄运,她还来不及面对这个残酷的事实,围绕黑娃赔偿金的分配所产生的诸种问题,就已经开始逐渐蚕食乃至摧毁她的生活。通过这样的契机,黑娃的父母、舍舍的娘家等各色人等粉墨登场,围绕黑娃的赔偿金展开了殊死的搏斗。最后那颇富荒诞意味的结果终究让人始料不及,由此也得以暗示:当淳朴的西海固遭逢传统价值伦理的失范之时,生活的残酷与人性的幽暗,便注定要一起向一个柔弱的女子袭来。最后,万念俱灰的舍舍只得选择离开故土,投身于都市的漩涡之中,她那波浪式的发型再明显不过地宣告了传统价值伦理的消亡。就这样,《舍舍》以黑娃的血肉之躯,击毁了现代文明的那看似坚固的外墙,从而揭示出乡土社会价值伦理被撕裂的疼痛。

同样是关乎传统与现代的问题,在马金莲那里,《少年》和《四月进城》这两篇表现"乡下人进城"的小说值得注意,它们提供了扇子湾人对城市空间陌生化的感受。哈三、哈赛兄弟和庄里的一群少年到山东的工厂打工，他们对城市文明的领悟很大程度上是从城乡空间的对比开始的。在繁华的城市，少年们见识了灯红酒绿的城市景观，在光怪陆离的新奇感之后，"远在西北边上的那个小山沟沟"飘荡着的味道却令他们牵肠挂肚。小说结尾，这群扇子湾的少年离家三年后返乡过年，却痛苦地发现那个温暖的老家竟如此荒凉破败，而现代化城市所蕴含的巨大诱惑又促使他们再度离乡。

这些大抵就是马金莲小说的基本主题，她就是这样试图通过作品的细节，刻画日常生活中最为细微的情节，进而在这些精致的描写中，揭露人性中最为微妙的方面。她以儿童的叙事视角，不断地刻画贫困中人的生活和心理，信仰与风俗，乃至他们在现代社会中经历的人性蜕变。当然需要指出的是，随着作者近年来生存环境的改变，其小说创作也发生了一些显著的变化，比如她最近几部作品开始在模式化的乡村小说之外，寻求自觉的城市书写。而且至关重要的是，她过去所顽强恪守的价值理念也发生了一定程度的松动与转折。小说《淡妆》虽依然留有过去小说的影子，比如丈夫李玉和的德行与她小说中一贯的男性形象相差无几，而女人的隐忍坚守、不离不弃也依然如故，但这个小说终究呈现出变化的方面，这不仅体现在故事背景的完全城市化，更体现在她开始集中展开对城市价值观的反思。小说似乎隐隐包含着一种人到中年的日常生活危机的情感，而城市体验的印迹则过于明显。小说之中，一个女人——王燕燕，和一个男人——田园，在冯笑心中激起的涟漪，至少使她对自己所恪守的那套传统价值产生了一丝怀疑，尽管随后她很快便恢复了平静，并顽强地抵抗着这种新的价值的诱惑，但相较于马金莲既往的小说，那种踏实感的逐渐瓦解还是极为触目的。

同样的现象也表现在另一篇小说《一个人的地老天荒》里。为了生儿子，父亲苟百梁抛弃了母亲兰叶子和女儿苟小莲，从此苟小莲不得不与母亲相依为命，然而与马金莲此前小说略有不同的是女儿苟小莲对母亲再婚的态度,以及她积极展开的具体行为。在此,一种新的生活方式似乎悄然展开,开始替代过去年代她的写作所坚持的女性姿态,由此亦可看出,女性的传统美德在马金莲笔下似乎得到了新的诠释。

总而言之,马金莲的小说虽呈现出多方面的意义,但其基本的主题还是关乎乡村和传统伦理的。她在"永远的农事"中寻求生活的温情和诗意,为此不惜牺牲小说的故事性。对于小说,她并没有别的奢求,只是希望一直写着,"用无华的语言表达着内心朴素的想法,以朴素的方式面对世界",因而她的作品吸引人的地方往往在于她有着丰富敏锐的感觉,和对生活细致入微的体察。从农民到教师,再到小公务员,经历过诸多生活变迁的马金莲,早已将戏剧化的人生经验烙刻在她的小说之中。如她所说的,"生活没有枯竭,写作的灵感就不会枯竭",而在这苦难的人世间,也唯有小说才是"可以慰藉心灵的一束火光"。因而无论如何,我们都该向这位年轻的回族女作家投去赞许和期待的目光。

四 宋小词:隐忍与告白

宋小词绝非小说天才,全凭痴爱步入写作行列。在因《开屏》而被广为人知之前,这位湖北青年作家一直兢兢业业,不断"寻找属于自己的句子"。她也曾像多数"80后"写作者一样,流连于青春校园题材,而后才转向纯文学写作。于她而言,兴致所至故能屡有所获。无论是家族和个人历史的讲述,还是隐忍者与时代的真情告白,她笔下的故事总是有声有色,令人着迷。尽管仍有诸多瑕疵和硬伤,但其小说对时代情绪的捕获,对世道人心的勘探皆显示出不凡的功力。这些无疑都让人对这位年轻的作者抱以期待。

长篇小说《所有的梦想都开花》便是那部被烙上青春文学印迹的作品,在此我们依稀可以看到作者生活的影子。对于宋小词来说,这部小说更像是一次"告别青春"的祭奠。无论是之前的《人生在世如春梦》《我们的青春我们疼》,还是而后改成的现名,这些颇感流俗的标题已然表明了小说的情趣所在,尽管其间弥漫的青春气息,以及所展现的才情依然令人侧目。小说之中,她大张旗鼓地谈论飞扬的青春与理想,成长如蜕的苦痛,当然也免不了饱含爱情的忧伤。凡此种种,皆让人将其视作宋小词版的"致我们终将逝去的青春"。四位同宿舍的大学女生从校园到社会,彼此打打闹闹,一路走过,从无忧无愁的大学时光,到毕业之际的择业、奋斗、恋爱和婚姻,各自迥异却同样令人唏嘘的命运铺展开来,连同这个时代的情绪与风潮都在纸间演绎,情到深处无不令人动容。

在此,故事中人皆有着不为人知的艰辛,承受着这个时代大多数年轻人承受的一切。故事的情节起伏跌宕,人物的命运也百转千回,其间不乏通俗言情剧交代人物命运转折的常见叙事手法,也杂糅了诸多社会见闻里流行的故事元素,甚至用到了"女主悲情""男主绝症"等情感剧里泛滥的"狗血"桥段。这些都使小说流于浅俗,让人以为作者似乎极为迷恋离奇故事的编织,而失之于人物情感的自然流露。当然,考虑到这部小说只是作者自我情绪的抒发,实乃一位未曾以文学为业的写作者闲暇时的消遣之作,一次兴趣所致的任性而为,因而也不必对这部商业气息极浓的作品太过苛刻。

同样是长篇作品,《声声慢》的风格便与《所有的梦想都开花》大异其趣。如果说后者虽掺杂了一些个人的经验,但总体上还是对他者形象的描摹,一种以言情剧的虚构展现的故事编织与经营;那么前者则是一次自我世界的敞开,面向家族以及个人记忆的探寻,情感也更为自然真挚。现在看来,从《所有的梦想都开花》到《声声慢》,可以看到宋小词从青春书写到家族叙事的转型,这也是从商业化写作向纯文学的自觉靠拢,抑或是从故事的传奇化到个人心迹坦诚抒发的变迁。正如评论所言,《声声慢》恰是"一部非凡而精彩的家族史",尽管小说只是一些"个人化""片段化的生存体验与感悟",并没有贯穿故事的中心情节,但却依然流畅可读,而自然清新的风格,也自有其温暖人心的力量。小说通过"我"的视角,展示奶奶传奇的一生,进而突显错综复杂的家族图谱,也打捞了一段鲜为人知的民间秘史。这既是一次个人记忆和家族历史的真实袒露,也是奶奶、母亲等女性形象的非凡虚构,而更为重要的是,宋小词通过家族和个人记忆的书写,得以切入历史,这里有一代人的坚守,更有对历史暴力的痛惜,这对于"80后"的写作者来说,当然是弥足珍贵的经验。

除了《声声慢》,同样将个人的灵魂袒露开来的还有那篇《天使的颜色》。从一般意义来说,这部作品讲述的是一个女儿帮助父亲抗癌以显示孝心的故事,张扬的不仅是亲情与孝道,还有"对生命的尊重",以及一种精神立场的坚守。然而,或许没有多少人知道,小说中南音及其父亲的遭遇,与现实中宋小词本人的生活经历其实是高度吻合的,因而小说写的就是她自己。这种刻骨铭心的生死体验,使得作品具有了别样的意义,而其所蕴藉的真挚情感,正是对天堂里的父亲的缅怀与纪念。带着这样的理解重新阅读这篇看似平淡的小说,无疑会有更多的领悟与感动。

宋小词的小说饱含着浓郁的市井气息,氤氲着一种被庸庸碌碌的日常生活所围困的烟火气,她笔下的人物似乎总在为金钱发愁,抠抠搜搜地过日子,永远在鸡零狗碎的生活面前不知所措。《天使的颜色》里的南音,面对生患绝症的父亲,钱成了一个莫大的问题,而《滚滚向前》《铮铮铁骨》等作品也都在不断地渲染生活的艰辛。

或许是个人的生活经历使然,宋小词一直对于新时代的军人有着别样的感情,这一点在她的作品中也有着明显的体现。《滚滚向前》与《铮铮铁骨》(《山花》2012年第3期)两篇小说都反映的是部队的故事,二者风格不同,形态各异,但却都以饱满的热忱对新时代军人的形象进行了礼赞。《滚滚向前》一开始便是夫妻两人为钱争吵的场景,极为触目地让人想到了1980年代新写实小说的风格与主题。当然，小说也适时拼接了一些新的社会元素，时代的气息极为浓郁。当今之时，房价的压力与沉重的生活负担，早已让中产阶层的生活日渐困顿。而小说惊人的地方在于，拜沉重的生活所赐，故事里的杨依依和文雅，这些受过高等教育的女大学生，虽贵为军嫂，也逃脱不了摆地摊的命运，而她们的丈夫，那些威武雄壮的军人们，则每天都在忙着做兼职，帮人照相赚外快。这不禁让人看到了一些时代的真相：生活的沉重压力，不仅令普通人难以喘息，甚至连衣食无忧的军人也无法幸免。在此，神秘的部队生活在瞬间被"祛魅"，原来这里也和市井一般：那些正在物色对象的年轻士兵，其实也是精明势利的恋爱专家，不是"女神"把"屌丝"当"备胎"，就是"富二代"脚踏两条船玩弄"女神"。原本肃穆的军队生活，其严肃面就这样被无情消解。但是即便如此，这也不是一篇暴露真相，进而实施社会批判的小说。与此相反，小说恰以别样的方式，对军嫂在困顿的生活中默默坚守，依靠自己勤劳的双手改善生存处境致以崇高的敬意。尽管故事的主人公杨依依，最后从文雅身上看到了自己的影子，"那都是被生活磨砺出的精明像，那种精明里透着庸俗的市井气"，但这又有什么关系呢？面对生活的残酷，在沉重的压力下进行无言的抗争，才是最为宝贵的精神财富。小说的价值远远谈不上高尚，但却是这个时代最为坚韧的世俗精神。

　　同样，《铮铮铁骨》表面上也是写军队的腐败，比如征兵过程中的金钱交易问题，可再深入下去，以为小说要触及更为敏感的领域时，作者却巧妙地虚晃一枪，开始不动声色地讴歌部队，写军队干部在理应腐败时刻的正义凛然，这当然算得上是一次声势浩大的礼赞了。这种写法当然有些讨巧，但好在宋小词的笔墨真诚而坦荡，她将一般意义上的讴歌体写得生趣盎然，尤其是赵德茂这个"比卵子"人物，自有其世俗的一面，但也有军人应有的节操。这样看来，人物的形象并没有一味地拔高，反而显得饱含烟火气息。回头再看看小说里的黄虎子，他当兵的理想显然与英雄主义情结的关联极为稀薄,更多是出于世俗的愿望,直接指向的是农村少年的出路和生计问题,但他为了实现理想,身体层面爆发出的力量却引人惊叹。他终究克服了常人难以想象的困难,用自己的行动打动并征服了对手,从而成就了一个令人动容的励志故事。这不是依据世俗的愿望所能解释的,因为世俗中自有一种精神的力量值得称道。

在宋小词的小说里,主人公的隐忍似乎成了一种习惯,这便正像她一篇小说的标题所昭示的,人生很多时候,只能"以呢喃的方式呐喊"。为此,抒发一些漫无边际的吐槽和聊胜于无的抗议,虽犬儒却是颇为无奈的举动。

《路遥遥的心事》与《开屏》都讲述的是隐忍的故事,尤其是前者,惊人地对婚姻中所包含的家族之间微妙的权力关系进行了审视,毫不留情地撕去了家庭、婚姻的温情脉脉的面纱,进而呈现了人与人之间的冷漠与算计。小说中心事重重的路遥遥,因为自己难以启齿的暗疾,让人抓住了把柄,因而尽管她出身富贵,也不得不因这一暗疾而颜面扫地,由此婚姻关系中原本强势的地位荡然无存。形势的变化使得权力关系发生戏剧性的逆转,而亲家之间也由此呈现出微妙而紧张的气氛。小说的妙处在于由此及彼,展现了两位隐忍者的故事:一方面是可怜的路遥遥因饱受歧视而不得不备受煎熬,另一方面是她的嫂子也先行承受着相似的遭遇。嫂子本是镇长的女儿,嫁入寻常人家,后者本应受宠若惊才是。然而很快,不堪的往事与真相便暴露了出来,再加之有权势的父亲暴病而亡,趾高气扬的嫂子也变得忍气吞声。她们都因为家庭关系的变化,使得婚姻中的地位迅速发生滑落,进而出现严重的心理扭曲,用小说的话说,"她们都在婚姻里活成了怨妇"。

在此,婚姻的性质似乎早已发生蜕变,变得只是家庭之间基于利害关系而达成的临时契约与合作态势,人情脸面薄如纸张,只有冷漠与算计,而毫无温情可言。当然,小说至此还没结束,它惊人的逆转发生在故事的最后。情节的跌宕令人拍手称快,路遥遥的暗疾原来只是一场虚惊,她的成功怀孕终究让自己平添底气,于是隐忍者开始了复仇式的发泄,妄图以此找回早已失去的心理平衡。这个多少具有讽刺性的荒谬结局,也将生活的真相残酷地暴露在读者面前:生活本来就是个藏污纳垢的所在,所有的人都戴着面具,绵里藏针地笑着。面对这个世界,双目炯炯地看着只能使自己受罪,而貌合神离地隐忍下去反而显得简单。要不要捅穿这个流脓的包,将这个包裹着的腐臭给彻底挤出来?这是宋小词在小说中提出的问题,但她其实已经对此做出了很好的解答。

相对于《路遥遥的心事》,《开屏》中的隐忍则更加沉重,所彰显的时代真相也更为揪心。用评论家的话来说,《开屏》是一篇"直击社会溃败的世道人心"的作品。这个作品不禁让人想起《蜗居》和《甄嬛传》,这个时代有着太多这样的故事。小说讲述了来自农村穷门小户家的姑娘秦玉朵在都市生活中的坎坷遭遇,她千方百计嫁入豪门,受尽气辱,颜面无存,但为了优越的生活她甘愿隐忍,不择手段地解决生活、家庭、职场的多重困境,最后又归于失败的故事。坦率地说,故事里的秦玉朵其实就是我们常说的无依无靠的"屌丝"女,她没有煊赫的家族和靠山,没有过硬的关系和背景,却偏要在这势利的社会打拼,妄图获得人人热求的金钱和地位,这就不得不牺牲体面与尊严了。就像她自己所感慨的,"自己只能是无骨的藤萝,得时刻伸出触须去依附去抓紧"。于是,"失节事小,饿死事大""生活如强奸,如果反抗不了,就享受吧"等流俗的格言,均成了自己新的价值观。她为了生存,确切地说是为了活得更好,选择像甄嬛一样,做一个心机深邃,不择手段的"腹黑女",殚精竭虑地周旋于母亲、丈夫、婆婆和单位领导之间,最后却归于失败。小说一次次将秦玉朵遭遇的原因归咎于整个社会,"这个稀烂的社会既然要把劳动人民分成三六九等,是人就得往高处挣",或者,这压根就是"一个充满很多肮脏分泌物的世界,体面与尊严丧失殆尽的世界"。因而《开屏》不仅让我们"看到了一个女性为生存而斗争的艰辛与酸楚",也让我们"看到了社会的巨大鸿沟所带来的情感与精神创伤"。

应该说,秦玉朵最后的失败,可以看作"屌丝逆袭"不成,而被打回原形的故事。她的腹黑和不择手段,恰是近年来中国社会转型的最佳征兆。一方面,社会体制有着巨大的问题,阶层固化,"富二代""官二代"掌控一切,个人奋斗者难有容身之地;另一方面,在这个欲望化的时代,每个人都在追求财富、欲望、金钱、地位,而从不反思自己究竟想要什么。就像一位论者在一篇批评《甄嬛传》的文章中所说的,"值得追问的不是'屌丝'如何逆袭,而是为何只有逆袭,只有在聚光灯下才意味着一种幸福和成功,做一个不会创造奇迹的普通人就只能意味着一种人生的失败呢?在这个意义上,要紧的不是给年轻人创造更多的机会参与逆袭和宫斗,而是重新思考生命的价值、人生的意义这些最为基本和朴素的问题。"同样的启示也是秦玉朵的故事带给我们的。因为可喜的是,似乎是为了彰显正能量,小说最后,绝望的秦玉朵一下子生出虚妄之感,"她忽然觉得这用金钱堆砌起来的繁华和灿烂是如此的邪恶和肮脏,如同真菌孢子一样大肆培养人的贪婪之心,是胁迫和摧毁人的一种手段。她奇怪以前竟没有这样的警觉。"此时秦玉朵的幡然悔悟多少有些突兀和矫情,但却是对这个物欲沉迷的社会的振聋发聩的抗议之音。她终究开始重新思考生命的价值、人生的意义这些最为基本和朴素的问题,就像小说所说的,"人不能跟衣服当奴隶",这或许便是原题"锦衣行"的意义所在。而鲁迅先生有句名言,孔雀开屏很好看,但是到了背面看,就只剩屁眼了。隐喻华美身后的满目疮痍,这或许也是"开屏"的意义所指。因而这个小说注定带给人们长久的思索。

宋小词的故事总是顽强地讲述现实的冷峻与乡村的荒芜,有时甚至将题材的功能意义发挥到极致。《血盆经》便锁定弱智者这一乡村的特殊群体，讲述他们悲苦的命运，在某种意义上，这篇小说似有以"弱势者文学"的方式实践其题材胜利的打算。好在这个故事终究写得兴味盎然，气韵悠长，读起来也是力道十足，撼人心魄。这个作品让人想起陈应松的《送火神》，在那篇小说里，作为"无名之人"的"大系哥"，一个热衷放火的"弱智少年"，一个无所顾忌的"麻烦制造者"，犹如摧毁一切的"火神"，用他的怪诞与疯狂给整个村子造成了威胁，为了围剿这个令人心悸的"神魔"，原本善良的村民达成了"肮脏的默契"，最后将其合谋虐杀。《血盆经》同样关注乡村弱智者的命运。无论是沦为生育工具的翠儿，还是受人歧视的六儿、左胜、何旺子，都被视为低人一等的生物，一个纯粹的物件，乃至死不足惜的草芥。为了表明作者的态度，小说二元对立的态势清晰可见，弱智者的世界单纯而善良，而健全人的世界则污秽不堪，以至让人感慨，"地肮脏了，没得救了"。

深入小说肌理或可发现，为了表明一种道德的正确，作者急不可耐地显示出小说的隐喻意义和关切情怀，甚至为了达成这种浪漫的情愫，彰显神性的光辉，连习惯意义上招摇撞骗、装神弄鬼的"道术"，也在小说里实践着非凡的叙事功能。正像小说所说的，"对于生和死，师傅都很淡然。他说，生，生不息，死，死不绝，生不为之喜，死不为之悲，就是道"。这当然不是智者虔诚而通透的人生总结，而毋宁说只是一种顺手的挪用，乃至信口开河的职业套语，但正是这样的言辞，却颇为反讽且极富批判意味地指出了故事当事人悲苦的命运。作为一群"多余之人"，生不可喜，死不足惜，这便是他们的命道。当然，小说也决非扼腕叹息的悼词，而是要希求这悲苦世界的一抹亮光，尽管这种亮光只能在想象中呈现："天上一颗星，地上就一个人。这些人生前活着时没有多少亮，不能死后也没有亮，所以就要送灯亮。"在这个意义上，"血盆经"这个超度亡魂的经文，便是为他们唱响的。而作者拳拳的悲悯之心，也让人重新思索文学的意义所在：文学其实就是用来超度亡魂的，让那些被漠视、被摧残的灵魂得到安息。

尽管《血盆经》可能只是一篇因题材取胜的作品，但作者提出的问题终究引人深思。当这个世界无数的人们都在为动物的权利摇旗呐喊时，他们也许忘了，这里还有千千万万的"傻子""疯子"和"弱智者"，这些"异类"的人们同样是作为人的形象生存在我们的周围。他们才是真正的弱者，是伟大的人道主义者关注的对象。为弱势群体书写正义，为了一切弱者的反抗，这不就是文学的真谛吗？在这个忧伤的年代，在这乡村与底层的普通人都难得关爱的今天，企求善良的人们将他们自私的怜悯施舍给更为弱势的"弱智群体""疯癫之人"，这种书写行为本身或许是奢侈的，但却是不折不扣的"最低限度的道德"，宋小词的《血盆经》便在实践着这种道德。

当然在关注现实的时候，宋小词也不乏一些稚嫩的试笔之作，比如那篇《做业务》，一开篇就以"服务员离奇死去，女记者调查真相"为噱头，显示出十足的通俗悬疑剧风格。这种类似探案的叙事结构当然具有引人入胜的功能，小说所展现的核心事件虽然离奇，但用女色搭建的官场腐败场所多少还是令读者感觉熟悉，因而细究主人公焦素素的惊人发现，其实并没有太多意外的地方。甚至连同她的态度，是新闻敲诈还是匡扶正义，面对这个时代留给记者这个职业的最后疑问，小说也没有表现出太多态度上的犹疑与挣扎。故事中漂亮的女记者虽然逃不出"潜规则"的命运，但最后还是拼尽全力揭示真相，也算是对人物及其文本正义的执守。故事最后完满地结束，但小说却远远谈不上完美。这里充斥着太多对"时代真相"的"想象性描述"，偏重于故事的编织，而情感的体认却稀薄乏力。就像作者自己所说的，"现实生活永远比想象要荒唐，无论多写实的写实始终代替不了庞大又无耻的生活本身。所以写作者要具备提炼生活的能力。要选择符合逻辑和最有说服力的情节来塑造人物"。就此而言，《做业务》尽管显示了关注现实的勇气，以及由鸡毛蒜皮的家庭琐事向社会现实的严峻事件切入的决心，但其写作依然具有极大的改善空间。

就像人们所说的，在市民社会，任何伟大历史事业的缔造者最终都沦为个人奋斗的庸俗人物，在这些英雄那里寻找发财成功经，寻找造作的落泪点，寻找缥缈的历史感。宋小词的小说也逃脱不开这样的命运，这些故事有时候看起来是如此琐碎、平庸，乃至世俗，屡屡让人想起卢卡奇在《叙述与描写》中所说的"真实细节的肥大症"。然而，这也许正是资本全球化时代"分工意义上的作家"所能创作出的最好的作品。在这据说历史已经终结的时代，"历史化"的叙事形式已然抵达极限，"生活流"成为最为诱人的靓丽风景。然而问题在于，作家们敢不敢想象另外一种可能的生活，从而在这个时代的观察者之外，增添几许历史参与的信心。

当然，宋小词也有自己的困惑："我是个低产作者，导致低产的原因是因为懒惰和迷茫。我在写东西的时候写着写着就会有种迷茫感，我常常困惑小说应该怎么写，什么样的小说是好小说，小说到底是要像刀一样给沉重的现实捅刀子还是要像线一样将残酷缝合给人以美好的慰藉。"是暴露还是缝合，这确实是一个颇为尖锐的问题。为此，她在《开屏》和《做业务》的结尾都不惜用了曲笔，事情超越了流行的价值，而朝"好"的方面发展。这样的曲笔究竟意义何在，是在某种程度上超越"真实细节的肥大症"，而显示出重拾总体性写作的惊人勇气，还是矫揉造作地彰显虚无缥缈的正能量？或许二者都不是，暴露之余的缝合，才是诚挚而聪明的作家的当然之选。然而问题在于，为何只有暴露与缝合这两种选项？小说面向现实求解，理应有更为博大的情怀与野心。除此小说写作也是一项需不断经营、磨砺的手艺活，需要情感和体温，更需要从容与耐心，急于求成反而欲速不达。

五　蔡东：卑微者的隐痛

在一篇访谈中，作家蔡东曾坦言，"写小说是一次美妙的误入歧途，且很难迷途知返"。当今之时，小说已然成为一项奢侈的爱好，"执迷不悟"的作者不在少数，但真正能够切入世道人心者并不多见，而蔡东便是其中之一。这位自 2005 年的秋天"真正开始写作"的"80 后"作家，一路写来，断断续续只有屈指可数几个短篇，但每一篇小说都显示出不凡的功力，不禁令人赞叹、激赏与思索。

像所有年轻的作家一样，蔡东最初的小说往往写记忆中的人与事，写纯真的年华和刻骨的爱恋，与此同时，她也执着地描摹自己置身的城市，探讨这个城市内在的生存逻辑，刻画匍匐在城市脚下艰难而卑微的灵魂。《嘿，天堂》（《人民文学》2006 年第 3 期）便是一部以爱情小说的方式记叙城市生活的作品。从表面上看，小说关乎的是有些久远的"爱的纪念"，讲述主人公王果从 J 城（济南）到 S 城（深圳），寻找异地恋的男友铁帅，进而竭力挽回即将逝去的爱情的故事。其间倾情书写的年少的纯情，或许有着蔡东自己生活的影子。然而故事的核心却与城市生活有关，揭示的是年轻一代在残酷现实秩序中的困顿与无助。故事中的深圳，一方面被人称为天堂，另一方面又是包含着巨大生存风险的残酷之地，这里显然不是纯真的年轻人的理想居所。巨大的生存压力，早已让生活变得极为艰难，哪里还支撑得起名存实亡的爱情？因而两位多少还有些孩子气的年轻人，既无力面对现实的重压，当然也无法左右自己的爱情。因而现在看来，摧毁爱情根基的罪魁，与其说是聚少离多的异地恋，不如说是涉世不深的男女所共同面对的这个艰险无比的世界。

纵观蔡东的作品，她最为擅长的无疑是那些卑微的小城故事。在她笔下，小县城的沧桑与逼仄在旧城改造的浪潮中更加醒目，而那些平凡却不普通的故事，也于波澜不兴之中暗藏着生活的锐利诗意。

众所周知，每一座小城都有一个被叫做师专的地方，那里麇集着一群与这个时代显得格格不入的知识者角色。那里的稳定与优越，也令它在小县城"密匝匝、灰蒙蒙，缭绕着密密实实的人间烟火"之外，独守着一丝孤傲与圣洁。或许因为自身就是大学老师的缘故，蔡东的小说常常在小城的背景下，书写师专老师这些象牙塔里的知识分子角色。这些人物当然免不了有一些与世俗的气息大不相同的地方。比如《城南城北》（《辽河》2007年第1期）里的于曼便是一个研究古代文学的优雅女子，她"像个优秀的文艺晚会导演，能把节目安排得丰富多彩"。相形之下，来自城南的赵丽英则一切都显得平淡无奇，是个不折不扣的普通家庭妇女。小说就这样以泾渭分明的方式，将小城里分居南北两侧的两位女子奇妙地捏合到了一起。她们一个粗俗，一个优雅；一个堪称小市民，一个则是地道的知识分子。然而，人群中出众的女子总会有些令人意料之外的结局，小说中，于曼的遭际虽未明言，却分明能让人真切地感受得到。对于普通家庭妇女赵丽英来说，于曼的优雅固然令人印象深刻，她懂生活、会生活的举止也终究让她自惭形秽，但于曼的婚姻却是如此一败涂地，而她在世俗的目光中不断退守的境遇也不禁令人扼腕，甚至令心直口快的赵丽英忍不住"拔刀相助"。当然，也正是因为这次过于热心的帮助，却意外地加速了于曼最终的退离。

自《城南城北》以后，蔡东的故事似乎总是和小城密切相关。她不厌其烦地讲述小城记忆里的人与事，进而思索小城的全部意义。《吴女娇艳》（《中国作家》2007年第22期）的故事重点便是一对姐妹平淡无奇的小城生活。憨厚的妹妹苏春艳，曾因失足掉进小河，而在休养调理之中不知不觉出落成其貌不扬的"胖妞"；相反，姐姐苏春娇虽然模样出众，却有着心高气傲、挑三拣四的毛病，因而最后姐妹俩都悲剧般地沦为剩女。整篇小说正是从剩女入手，将大量的笔墨落实在姐妹俩的婚恋问题上。当然，这些记忆中的人与事固然重要，但小说隐秘的重心却牢牢地锁定在沉闷无聊而缺乏新意的县城生活之上。这几乎成为蔡东一贯的风格:无论是写人写情,写回忆还是写爱情,最后的关键都无一不落实在城市的书写之上。就像小说所言的,"小城有小城的方式、小城的节奏和小城的逻辑",在这个意义上,吴女娇艳作为虚实相间的奇人轶事,便成了啜苦咽甘的小城生活的必不可少的精神调剂。当然,时过境迁之后,城市早已不再是那个城市,它的沧桑与变迁注定令那些明亮而散淡的回忆因无所依附而随风飘散。

蔡东的小说总是不落俗套,你无法预知她下一刻将会写些什么,但终归是细腻的情致和微妙的情感。对人对事,对待生活,对待小说,蔡东没有太多先入为主的东西,她的作品看似散漫、随意,没有明显的机巧和刻意的安排,但一切却自有其内在的韵致。《凌霄,凌霄》(《山花》2007年第3期)见证了一个优雅的邻家女子蜕变为一位训练有素的家庭主妇的历程。正如小说所记录的,"女孩如果婚前俗气一把,婚后就有资本扮成不食人间烟火的仙女,如果婚前清高脱俗不思柴米油盐,婚后就会披头散发地指天骂地"。小说似乎处处紧扣世俗生活消弭青春梦想的惯常主题,却终究荡涤了新写实的揶揄与讥讽,因而一切都显得极为自然。小说绝妙的地方在于,它是由一盒从天而降的网购票据来切入的:"我拿出那个鞋盒子,翻看了一下里面的发票收据,我有意外的发现。像一把刀慢慢切入一个不透明的圆球,里面的内容一点点呈现出来。这绝不是一堆废纸,它们无意间记载了凌霄的生活轨迹。这就是商品社会的好处,它用独特的形式记录人的生活。"犹如档案一般,网购票据记录了一个人或辉煌或暗淡的历史。而故事的最后,也就像小说所指出的,"本来,我以为凌霄的生活是散乱的、无章可循的,有太多的意外和偶然",但"我"也终究会意识到,"谁的生活里都有逻辑和必然,就像每个人都有独一无二的指纹和掌心"。因而,于"我"这个对年少的梦想依然念念不忘的小城男人而言,最令人心痛的莫过于,自己与凌霄之间的深情厚谊,逐渐化作"无关痛痒的闲聊、只在往事中鲜活的伙伴和此时徒有虚名的友谊"。在此,无望的暗恋终归让人心痛不已，然而细细读来，故事在这微妙的情感背面，其内在的叙事却依然指向的是城市本身。对于那座记忆中的城市，蔡东在字里行间不自觉地流露出一丝沧桑和颓败之感。因而《凌霄，凌霄》与其说是写给邻家女孩凌霄的，倒不如说它是写给留州这座小县城的。正如凌霄这位梦幻般的邻家女子，终会被居家俗事、鸡毛蒜皮锻造成世俗的中年妇女，直至从我的记忆中消失，留州这座古老的县城也"主动患上了失忆症"，它"所有的痕迹都被抹掉了"。由此，小说正是将一位姑娘的成长与对一座小城的记忆联系在一起，在一片行将逝去的"踪迹"中，摸索出一段年少时的梦想与刻骨的暗恋。这是记忆暗淡的过程，更是生长于斯的小城走向颓败没落的过程。

女性写女性其实并不稀奇，这种性别的优势当然具有更多细腻的情感体认和情绪发现，比如孙频、文珍等同龄作家皆以女性作为第一主人公，但在她们的小说中，主人公多与作者本人年龄相仿，以此显示某种具有自传性的叙事痕迹。然而蔡东的小说与此不同，她虽然也多写女性故事，但这里的女性叙事却是不折不扣的"由内而外"的生活发现。因而在此，正像评论者所指出的，一个优秀的作家不仅要善于讲述自己的故事，更要善于从对他者的观察中提取对生活与人性的反思。而蔡东的作品，正是"在不同年龄的人之中自由游走，毫无隔膜，可见她对人生有着深刻的洞察力与感受力"。蔡东笔下，不仅有《凌霄，凌霄》里的凌霄、《城南城北》里的于曼等年轻女子，更有《断指》（《芒种》2006年第5期）里的余建英、《无岸》里的柳萍、《往生》中的康萍等年届中年，甚至老年的女性人物，由此，小说不仅呈现了生活中难以照见的侧面，而在此之中，她通过移情和自居的方式所把握的微妙情感也着实令人惊叹。

蔡东的文字似有一种从容而笃定的力量，毫无渲染的笔墨，却总能敏锐地一击中的。她书写城市，思索城市空间加诸人的全部意义，进而以叙事的方式讨论城市的变迁所包含的时空飘零感，城市的残酷所展现的竞争性和丛林法则,以及城市社会人际关系的刻薄与势利,给人们的内心带来的无尽创痛。

蔡东近期的小说在延续以往风格的基础上,有着一些微妙的变化。比如《无岸》(《人民文学》2013 年第 3 期)虽与早期作品《断指》一样,聚焦中年女性内心的隐痛,但到底还是滤去了后者流畅故事中包含的悲情与怜悯,转而略显繁复地呈现生活中无尽的琐碎与平庸。《无岸》讲述了中国式的生存经验和竞争法则,但弥漫在文本之间的,更多则是中国式的中年心态,他们的理想与创痛,以及无以名状的深沉绝望。作为大学里一位卑微的小教师,柳萍的人生充满了挫败。为了供女儿出国留学,夫妇俩不得不盘算着卖掉房子,因而就被迫一改秉性,向领导软磨硬泡,申请众人紧盯的单位周转房。为了完成这一几无可能的任务,夫妇俩在家里一遍遍地操练着"受辱训练"。这一系列的事件都惊人呈现了中年知识分子内心的贫困,面对生活重压的自卑与焦虑,以及弥漫其间的无力和屈辱,而那些传说中引以为傲的孤绝的高贵感,也终究被严酷的现实冲击得七零八落。

这种卑微的小情绪,无疑会令人产生"活着就是逃难"的念想。细读《无岸》,小说中令人震惊的场景比比皆是,比如对女儿少白头的描述:"她的注意力集中在女儿的白头发上,一种衰败的灰白色,使得女儿的背影酷似老人。女儿猛然转过脸来,吓了她一跳,白发之下,年轻的面庞上有一种说不出来的怪异。"再比如,柳萍秘密前往康宁医院做精神病治疗时,站在精神病院里望着对面的购物中心,望着那一间巨型精品店时的场景,那里居然"琳琅着最美、最高级、最上等的货色"。城市的景观如此错杂,奢侈繁华与精神分裂之间只有一线之隔,这是何等讽刺的场景?然而这也正是城市的秘密所在:"活在这城市,本身就是享受,活在这城市,本身就是侮辱。"物质主义时代的精神分裂,残酷的资本与沉重琐碎的日常生活的压抑,给人造成的孤苦无靠的漂泊感,这或许便是"无岸"的全部意义。

在这样的时代,卑微的人群日益扩大,弱势感和无力感在社会里蔓延,由此而来,安全感的丧失,迫使人们只能将残存的激情悉数投注到对财富永无止境的追逐之上,徒留内心的脆弱和无尽的惶恐。《无岸》的结尾尤其凄凉:

> 他说:"我一直都在害怕。"她紧握他的手,说:"我也是。"
> 他说:"我希望自己在精子阶段就被淘汰,我希望游向卵子的那个不是我……我要是没被生下来该有多好。"

生活的残酷和尊严的丧失,让为生计所迫之人终究陷入无处可逃的窘迫,这也使得并不十分相爱的夫妻成了真正相濡以沫的伴侣,这种抱团取暖的温情之中自有一股难言的悲凉。

与《无岸》相似,《木兰辞》(《山花》2012 年第 11 期)也将叙事聚焦锁定在小城大学教师身上。陈江流是留州大学的老师,相较于他妻子李燕的机敏世故,陈江流显得有些矫情和不识时务,因而也迟迟不能晋升职称。为了改善生存处境,陈江流想尽一切办法,都未能奏效。不得已之下,妻子李燕代"夫"征战,目标直指那位以优雅、"斯文、秀气、得趣"的吃相,令满座"文明人"深为折服并自惭形秽的女子。殊不知,这个貌不惊人的邵琴,不过是一位苦心经营而又巧妙设计的茶叶商兼民办学校招生办主任,她"于取悦、攀附、献媚、钻营之外独树一帜",只为以"最小的人格牺牲换取最实在的收益"。在邵琴这里,优雅成为一项可资利用的资源,于是当真相揭开的时候,人与人之间的关系便迅速由贪慕优雅而心生暧昧,奇迹般地蜕变为寻找资源以求改变。好在小说的最后,两个女人在彼此"明朗而贴心"的笑容里找到了共鸣,由此也终究体现出作者对人事幽暗的惊人洞察力。

蔡东不仅惯于通过记忆中的女性叙事,来构形小城的空间变迁,她也善于执着思索城乡之间的故事。在她笔下,城市与乡村之间仿佛有着一段遥远的间隙,而蔡东就独自彷徨在这个间隙之中,仓皇而饶有意味地注视着城市和乡村所发生的一切。近二十年来,中国人总是顽强地穿梭在城乡之间,由乡村到城市,又从城市返回乡村;城市是寻求梦想的地方,而乡村则是生命的起点,又是它最后的归宿。在这种城乡流动之中,不同的伦理规范势必产生尖锐的冲突,这便使得生命状态的调整成了一个棘手的问题,而内在的创伤与不适也由此而来。在此情形之下,如何通过文学叙事这种绝妙的抚慰方式,形成对自我生存状态的一次别有意味的言说,进而通过这种"征兆性"的言说,使无法安顿的内心获得稍许的缓解,成为文学赋予这种城乡流动和情感波动的最大意义。

《福地》(《民治·新城市文学》2012年第4期)讲述的是一个进城者返乡的故事,这与不久前王祥夫的小说《归来》有着异曲同工之妙。小说一开头便是主人公傅源的噩梦:"窄窄的竹床上摆放着冰凉干硬的身体,他的魂魄立在竹床旁,焦灼地望着肉身,往哪里埋呢?"以此清楚地表明"返乡者"无家可归的精神境况,这也使得小说紧接着详细叙述的堂叔葬礼多少有了一些寓言的意味。在此,关于乡村和家园的想象,以及内心深处无处告慰的灵魂,连同乡村与城市的复杂情感交织在一起,借助这次别开生面的还乡之旅而惊人地呈现了出来。

就像小说中所表现的,"每次往深处想,他就感到一种彻底的虚空,他从来都未属于水城,并且,他也渐渐不属于傅屯了"。因而对于无数返乡的进城者来说,他们似乎只能永远地居于城市与乡村之间,局促而落寞,进而彷徨于无地。而等待他们的"葬礼"也早已没有了叶落归根的安详与诗意。曾经一度,葬礼是基于传统习俗的仪式,而祖坟则是乡村的信仰的图腾;它们共同铸造了与土地和神话息息相关的生命记忆,"老坟地让我知道我从哪里来,走了,老坟地让我知道我往哪里去"。它将久远的过往和无垠的未来紧紧地连接在一起,因而也是人们不可割舍的情感维系的纽结。然而,小说中最后的出殡仪式,连同那段有关哭丧的滑稽插曲，终究向人表明了一丝乡村习俗的挽歌情调。与此同时，也提醒人们城市生活的麻木无趣：那是一种无根的生活，一种精神的放逐。而悲剧性的命运在于，乡村的传统与习俗，那些淳朴和诗意，以及生活的坚实质地，都行将消失。而小说最后的定格之处，那座碑林沉寂的墓园，则无疑给了人们无限思索的空间。

蔡东用她的作品一再向我们展示人的理想如何萎缩，尊严如何丧尽，颜面如何无存的过程，也揭示出人生的千疮百孔但终究百折不挠的悲壮。《往生》(《人民文学》2012 年第 6 期) 是一篇被广泛赞誉的小说，它的故事情节异常简单：年过六十的康莲，到了本应安享晚年的年纪，却不得不去照顾生活不能自理的公公。而仍未退休的老公也依然在外奔波养家户口，为此他也无暇顾及老父，而弟弟、弟媳一家则不断为推脱责任躲躲闪闪，于是所有的劳累都顺理成章地落在了康莲的身上。她抱怨过，生气过，但最终还是耐不住良善的愿望，毅然扛起了这份重担，以至于最终因劳累而心脏病突发死去。在此，花甲儿媳照料罹患老年痴呆的耄耋公公，这样的题材，在作者习惯性的小城和知识分子叙事之外，多少增添了些许意外的因素。当然，作为一篇传播"正能量"的作品，总会习惯性给人呈现出某种可疑的面目，其中的疑窦在于，这部小说的诸多奖项，是否与那宗教般虔诚的道德叙事，以及读者们被劫持的情感息息相关？因而在阅读《往生》之前，会很自然地对这篇小说流露出些许不信任的感觉。好在随着阅读的展开，这种不信任感顷刻间烟消云散。小说细腻的笔触直切人物的复杂内心，生命的晦暗也在刹那间被照亮。

而就小说来看，细细读来，还是能够察觉出这篇小说与作者既往故事的连续性，相对于女儿的深圳生活，康莲留守留州，依然呈现出都市与县城参差对照的艺术格局。小城逼仄的生活对于年迈的康莲来说依然如故。而往生这个标题也包含着丰富的含义，它原本是指人死后，精神前往极乐世界达到另外一层生的境界的说法，或者说，人的肉身死了,但人的精神和灵魂实际上又在另外一个世界获得了永生。这看似是一部讴歌普通人平凡中的伟大的作品,但其实更多延续了作者一贯对屈辱者之悲苦与无奈的细致刻画,因而此处的永生(或往生)便具有了别样的意义。它泛指一切生活重压之下的普通人,他们孤立无援的境地,以及"生又何欢,死又何哀"的卑微处境,当然也包括他们在互助中建立的善意、体恤与牺牲。小说最后,康萍心脏病突发通向"往生"的一刻令人动容,"她的身体感受到一种前所未有的轻盈,像是,到家了。她闭上双眼,悲喜交加,万籁俱寂"。逃亡的凶险和解脱的欣快,使得永远的寂静成了生活最后的恩惠。

这便是蔡东的写作,这里不仅有质地坚实的生活结构,也有她所倾情投注的情感体认。对人与城的思索,对善与美的追求,以及对更大范围内的生存困境的追问,这些共同构筑了她充满魅力的文学世界。好在这个博大的世界的建构过程还远未终结,一切都充满着无限的可能,让人翘首以待。

后　记

　　2011年7月，我从北京大学中文系博士毕业，进入中国艺术研究院科研处从事行政工作，从此过上了"朝八晚五"的与学术研究毫不相干的日子。憋屈是憋屈，可也没有办法，年轻人在北京，能有一份像样的工作可以养家糊口，总比矫情地追求那些"不切实际的爱好"强。由于工作的繁忙，时间的限制，我此前一直进行的"十七年文学"研究逐渐停滞。然而，或许是为了体现自己心有不甘的存在感，抑或是隐隐地有着那么一丝改变现状的期待，也是从这个时候开始，我在老师、朋友的引领下，逐渐尝试无须太多资料文献支撑，更显"短、平、快"的文学批评工作。两三年间，便顶着青年批评家的头衔，拉拉杂杂地写了许多文章。这些并不成熟的文字，能够获得朋友们的肯定和支持，感动之余也更加坚定了我继续前行的信念。

　　在经过那样一段白天给领导写材料，晚上疯狂从事文学批评的略显荒诞却毕竟充实的难忘时光之后，我于2014年1月，从中国艺术研究院正式调入我现在工作的中国社科院文学研究所，从此便翻开了人生新的一页。从文学批评的"杂牌军"向"正规军"的转变，这让我既感荣幸又觉惶恐。好在来到新的工作岗位之后，领导和同事们的提携、鼓励，让我几乎没怎么体验适应期的艰难，便迅速进入状态。

　　集结在此的这部评论集便是这几年文章的呈现，取名"虚构的仪式"，大抵是为了说明我对于小说这种文体的理解。在我看来，小说是以具有某种仪式感的虚构方式,展示最有力量的思想、关于人性的最透彻的知识以及对人的复杂性的最精妙的描绘,而批评则正是对这种仪式的鉴赏和评判。在这个意义上,批评似乎具有了某种神圣的力量,让人觉得值得为了它奉献心血。标题在"虚构的仪式"后面还颇为郑重地连缀着"同时代文学"的字样。这并不是什么高深莫测的概念,它的来由当然得益于阿甘本在《何谓同时代?》一文中的精妙描述,那句被无数人引用的话几成经典:"成为同时代人,首先以及最重要的,是勇气问题,因为它意味着不但有能力保持对时代黑暗的凝视,还要有能力在黑暗中感知那种尽管朝向我们却又无限地与我们拉开距离的光。"在此,相较于当代或当下的抽象与模糊,"同时代"显然更能传达文学叙事那微妙难言的时代感和共在感,而后者正是我的文字所竭力捕捉和追求的。因而,无论是对张洁、莫言等人经典作品的重读,还是对《老生》《炸裂志》等最新小说的批评,以及相关同代作家的综论,都是力求清晰地阐释小说这种"虚构的仪式"背后所潜藏的"同时代性"。当然在此需要指出的是,全书运用章节的形式将独立成篇的文字框定起来,并非是迷恋学术著作的规整严谨,而只是为了让这些拉杂的文章不至于太过散乱。但是不知道有没有起到适得其反的效果,这也得交给读者来评判。

2014年3月,我有幸与张晓琴、夏烈、熊辉、张定浩、饶翔、金赫楠、王敏、王晴飞、陈思、丛治辰、李振等十一位青年才俊一道,被中国现代文学馆聘为第三届客座研究员。这一年多来,我们在李敬泽、吴义勤、李洱、计文君、郭瑾、崔琦、宋嵩等师友的帮助下,参加中国作协、文学馆组织的一系列文学讨论活动,彼此都获得不小的收获。而"十二铜人"之间的把酒言欢,切磋砥砺,也汩汩流淌着彼此真挚的情谊。这是一段值得珍视的人生经验。收录在此的这些文章作为中国现代文学馆青年批评家丛书出版,既是这些收获的集中体现,也是彼此情谊的共同见证。

在此还需郑重感谢发表这些文章的期刊报纸，感谢编辑们为拙作所做的工作。感谢北京大学出版社为本书的顺利出版所做的努力。

感谢我的家人，尤其是女儿兜兜，这些文字也见证了她的成长。

徐　刚

2015 年 8 月 13 日，记于京郊北七家